A TRISTEZA DO SAMURAI

A marca FSC® é a garantia de que a madeira utilizada na fabricação do papel deste livro provém de florestas que foram gerenciadas de maneira ambientalmente correta, socialmente justa e economicamente viável, além de outras fontes de origem controlada.

VÍCTOR DEL ÁRBOL

A tristeza do samurai

Tradução
Eduardo Brandão

COMPANHIA DAS LETRAS

Copyright © 2011 by Víctor del Árbol

Grafia atualizada segundo o Acordo Ortográfico da Língua Portuguesa de 1990, que entrou em vigor no Brasil em 2009.

Título original
La tristeza del samurái

Capa
Claudia Espínola de Carvalho

Foto de capa
© franckreporter/ Getty Images

Preparação
Lígia Azevedo

Revisão
Adriana Bairrada
Angela das Neves

Dados Internacionais de Catalogação na Publicação (CIP)
(Câmara Brasileira do Livro, SP, Brasil)

Árbol, Víctor del, 1968-
    A tristeza do samurai / Víctor del Árbol ; tradução Eduardo Brandão. — 1ª ed. — São Paulo : Companhia das Letras, 2014.

    Título original: La tristeza del samurái
    ISBN 978-85-359-2409-1

    1. Ficção de suspense 2. Ficção espanhola 3. Ficção histórica I. Título.

14-02540   CDD-863

Índice para catálogo sistemático:
1. Ficção : Literatura espanhola 863

[2014]
Todos os direitos desta edição reservados à
EDITORA SCHWARCZ S.A.
Rua Bandeira Paulista, 702, cj. 32
04532-002 — São Paulo — SP
Telefone: (11) 3707-3500
Fax: (11) 3707-3501
www.companhiadasletras.com.br
www.blogdacompanhia.com.br

Para Jordi, Susana e "nosso" pequeno Jordi. Obrigado por estar sempre do outro lado da vala e saltá-la sempre que necessário.

Para aqueles amigos que se alegraram e sofreram comigo, e que viram crescer dia a dia os personagens desta história, até que se afastassem de minhas mãos transformados num ponto final.

A grande virtude da arte da espada está na simplicidade: ferir o inimigo no exato momento em que ele te fere.

A técnica do sabre, movimento do kenjutsu

Prefácio

Barcelona, maio de 1981

Existe um tipo de pessoa que foge do carinho e se refugia no abandono. María era uma delas. Talvez por essa razão se negava a ver quem quer que fosse, inclusive agora, naquele quarto de hospital, que era como a estação final do trajeto. Preferia ficar olhando para os buquês de lilases que Greta lhe enviava. Lilases eram suas flores preferidas. Tentavam sobreviver no vaso d'água com aquele gesto heroico de tudo o que é inútil. A cada dia, suas pétalas frágeis murchavam, mas faziam-no com elegância discreta, com sua cor cintilante.

María gostava de acreditar que sua agonia também era assim: discreta, elegante, silenciosa. No entanto, ali estava seu pai sentado ao pé da cama como um fantasma de pedra, um dia depois do outro sem dizer nem fazer nada, salvo contemplá-la, para lhe recordar que nem tudo ia ser tão fácil quanto morrer. E bastava que se entreabrisse um pouco a porta para ver o policial fardado no vestíbulo, que vigiava o quarto, para compreender que tudo o que havia acontecido nos últimos meses não se apagaria, nem mesmo quando os médicos desligassem a máquina que ainda a mantinha com vida.

De manhã cedo tinha vindo o inspetor que conduzia seu caso. Chamava-se Marchán. Era um homem simpático, dadas as circunstâncias, mas intransigente. Se sentia pena pelo seu estado, não demonstrava. Para o inspetor, María era suspeita de vários assassinatos e de ter ajudado um preso a escapar.

— Nosso amigo já entrou em contato com a senhora? — perguntou com respeitosa frieza. Marchán trazia os jornais do dia, que deixou na mesinha.

María fechou os olhos.

— Por que entraria?

O policial encostou na parede com os braços cruzados sobre o peito, o paletó desabotoado. Estava pálido e dava para ver que cansado.

— Porque é o mínimo que pode fazer pela senhora, levando em conta sua situação.

— Minha situação não vai mudar, inspetor. E suponho que César sabe disso. Seria uma imbecilidade ele arriscar tudo para vir visitar uma moribunda.

Marchán inclinou a cabeça, contemplando a figura hierática do senhor sentado junto à janela.

— Como está seu pai hoje?

María deu de ombros. Era difícil reconhecer os sentimentos de uma pedra.

— Ele não diz nada. Só fica ali, olhando pra mim. Às vezes penso que vai continuar assim até seus olhos secarem.

O policial suspirou profundamente e contemplou aquela mulher que um dia devia ter sido atraente sem a cabeça raspada e sem todos aqueles cabos que a ligavam a um monitor cheio de luzes e gráficos. Diante dela, Marchán se sentia como um mineiro que acerta a pedra com a picareta usando todas as suas forças, mas a única coisa que consegue fazer é tirar umas míseras lasquinhas.

— Bom, como queira... Mas e a confissão? Pensa em denunciar seu pai?

María desviou a atenção para o pai. O homem agora olhava pela janela. A luz da rua iluminava parcialmente seu rosto envelhecido. Seu lábio caía e um fiozinho de baba manchava sua camisa. María sentiu um misto de raiva e compaixão. Por que insistia em permanecer a seu lado com suas críticas mudas?

— Meu pai não pode ajudá-lo, inspetor. Mal reconhece alguém.

— E o que me diz da senhora? Vai me contar o que sabe?

— Claro, mas não é fácil. Preciso pôr as ideias em ordem — María Bengoechea tinha prometido ao inspetor ser concisa, ater-se aos fatos e descartar o palavrório supérfluo, os circunlóquios e todos os truques inúteis das histórias que saíam nos jornais.

A princípio ela pensou que seria simples. Colocou a situação como se fosse um memorando. Era essa a sua especialidade: a brevidade, os indícios claros, os fatos provados; o resto não servia. Mas a coisa se mostrava mais complicada que o previsto. Ela estava falando da sua vida, da sua vida particular, portanto não podia evitar ser subjetiva e misturar acontecimentos com impressões, desejos com realidades; por fim, o que devia ser um texto simples e asséptico tinha se transformado num divã de psicanalista.

— Leve o tempo que precisar — disse o policial, observando o caderno de notas junto da mesa de cabeceira, com alguns apontamentos no início da página. — Tenho de ir embora, mas voltarei a vê-la.

María retomou a caderneta ao ficar a sós, fez um esforço para ignorar a presença fantasmagórica do pai e começou a escrever com fingida serenidade: descobriu-se filosofando duas ou três vezes sobre o sentido da vida e sobre o mistério da morte. Ao se dar conta, riscou esses parágrafos, um tanto enrubescida. O que a envergonhava não era que um policial fosse ler aquilo; àquela altura, isso já não tinha muita importância; mas enrubescia porque o que escrevia estava realmente dentro dela:

— Eu sou assim? Eram assim meus sentimentos até umas semanas atrás?

Depois abandonava o mundo das suposições e retornava ao concreto. Aos fatos. Devia manter essa disciplina se pretendia terminar a tempo o relato do ocorrido nos meses anteriores. Iam operá-la novamente do tumor, mas pela expressão dos médicos sabia que já a davam por perdida. Sua doença era, de certo modo, um caminho inverso, uma rebobinagem rápida da maturidade à infância. Acabaria seus dias incapaz não só de escrever, mas de pronunciar seu próprio nome; balbuciaria como um bebê para se fazer entender e dormiria com fralda para não sujar os lençóis. Contemplou o velho na cadeira de rodas e estremeceu.

— Parece que no fim acabaremos nos entendendo, papai — murmurou com um cinismo que só machucava a si própria. Conjecturou se com esse esquecimento inevitável chegaria também, pelo menos, a inocência. Não imaginava nada mais terrível do que ficar como o pai: metida no corpo de uma menina, mas com a cabeça de uma mulher, que ainda era.

Surpreendeu-se com a facilidade com que esquecia tudo aquilo que tanto lhe havia custado aprender até chegar a esse ponto da vida em que se é chamada de "mulher adulta" — sensata, serena, casada, responsável e com filhos. María não era nada disso, nunca tinha sido; nunca chegou a ser o tipo de mulher que esperavam que ela fosse. Sua doença não teve nada a ver com essa impossibilidade, era antes uma questão congênita. Tinha trinta e cinco anos, era uma advogada de prestígio, separada, sem filhos, e vivia com outra mulher, Greta, que também a havia abandonado, desesperada ante sua incapacidade de realmente amar alguém. Enfrentava um processo judicial pelo assassinato de várias pessoas, um julgamento que não chegaria a se dar, porque Deus, ou quem quer que fosse o responsável pelo destino, já havia pronunciado uma sentença de culpa sem apelação.

Basicamente, eram esses os dados biográficos que podiam interessar a qualquer um. Poderia encher páginas inteiras com números da previdência social, carteira de motorista, identidade, telefone, nascimento, estudos, MBAs, pós-graduações, currículos e até gostos, cores favoritas, número da sorte, do sutiã, do sapato; poderia incluir uma foto três por quatro a partir da qual alguém decidiria se era bonita ou feia de acordo com seu gosto pessoal, loura tingida ou natural, magra, baixa etc. Os mais observadores, ou os mais românticos, diriam que ela tinha um ar melancólico, deduziriam sem argumentar que sua vida sentimental tinha sido um desastre... Mas no fim das contas continuariam sem saber nada a seu respeito.

Com um andador, foi ao banheiro. Acendeu a luz. Era uma lâmpada fluorescente que acendia com piscadas longas e inseguras, vislumbrando um contorno por um instante que desaparecia em seguida no escuro. Esse brilho momentâneo permitiu-lhe ver a silhueta de um corpo nu e um rosto povoado de sombras inquietantes.

Sentia medo da estranha que havia nela. Mal se reconhecia. Um corpo pálido, de músculos flácidos, extremidades quebradiças, com o peito sulcado de veias que convergiam nos seios caídos. Quase não tinha pelo nas axilas e no púbis. O sexo, mortiço, imprestável. Seus dedos tocaram as coxas como se fossem águas-vivas roçando uma pedra. Não as sentia. E o rosto... meu Deus, o que havia acontecido com seu rosto? As maçãs do rosto sobressaíam como montículos pontiagudos que tencionavam as bochechas. A pele rachava como terra seca, cheia de crateras escuras, macilentas. O nariz se estirava, pontiagudo, como de águia, com os orifícios completamente secos. Não havia mais vestígio da sua formosa cabeleira. Só um crânio raspado com catorze pontos de sutura na altura do lobo direito. Mas o pior eram os olhos.

— Onde estão? O que fixam? O que veem?

Bolsas azuladas, pálpebras caídas, sem brilho. Com um cansaço infinito, uma ausência total. Os olhos de uma desenganada, de um moribundo, de um cadáver. Mas, apesar de tudo, sob a decrepitude e a doença, continuava sendo ela. Ainda podia se reconhecer. Forçou um sorriso. Um sorriso que era quase uma queixa, um gesto de impotência, de ingenuidade.

Sim, ainda não estava morta e continuava sendo dona de seus restos.

— Sou eu. Ainda. María. Tenho trinta e cinco anos — disse em voz alta, como se quisesse espantar a sombra de dúvida do fantasma que aparecia do outro lado. Poucos seres humanos aguentam seu próprio olhar, porque diante do espelho se produz um fenômeno curioso: você olha para o que vê, mas, se penetra além da superfície, assalta-o a incômoda sensação de que é o reflexo que olha para você com insolência. Ele lhe pergunta quem é você. Como se você fosse o estranho, e não ele.

Voltou para a cama arrastando os chinelos. Seu corpo pesava, apesar de ela flutuar dentro da camisola branca do hospital. Ligou a televisão. As notícias a aturdiam. Sucediam-se como se nada pudesse deter os acontecimentos. Como se esses mesmos acontecimentos estivessem acima dos atores que os protagonizam. A jornalista Pilar Urbano falava do mesmo Congresso que os golpistas haviam tomado de assalto em fevereiro. Lá estavam as fotos de Tejero, Milans del Bosch, Armada e os outros conjurados; todos arrogantes, cheios de si.

Publio não estava entre eles, nem sua fotografia nem seu nome. Também não se fazia nenhuma menção à família Mola. Não a surpreendia, tinha consciência de como essas coisas funcionam. César Alcalá já a avisara para que não se iludisse em sentido contrário: "Esta nossa democracia é como uma menina esperta que já sabe onde esconder a merda quando ainda nem começou a andar"; no entanto, María não podia evitar certa amargura ao verificar que todo aquele sofrimento, todas as mortes ocorridas nos meses anteriores não haviam servido para nada.

Deu-se conta de que seu pai também espiava as notícias. Não sabia se ele era capaz de entender alguma coisa, mas notou que seus olhos brilhavam e que suas mãos agarravam com força o manípulo da cadeira de rodas.

— Não vale mais a pena se preocupar, não acha? — María lhe disse.

Seu pai inclinou um pouco a cabeça e a encarou com os olhos avermelhados. Balbuciou algo que María não quis ouvir.

Mudou de canal. Um atentado do ETA em Madri. Um carro pegando fogo na Castellana, fumaça. Gente gritando cheia de ódio e impotência. Intoxicados com óleo de canola mostram suas deformidades à porta de um tribunal; essas cenas lembravam as dos mendigos com pólio na porta das igrejas. Políticos apontando crucifixos contra a lei do divórcio, outros erguendo a bandeira republicana. O mundo girava depressa, as pessoas se protegiam com estandartes e palavras de ordem. Desligou a televisão e todo aquele ruído desapareceu.

Voltou o silêncio no quarto pintado de creme. A bolsa de soro, os passos das enfermeiras do outro lado da porta fechada. Imaginou que continuava lá o policial de guarda, cochilando entediado numa cadeira, perguntando-se que sentido tinha vigiar uma moribunda.

Entraram duas enfermeiras para dar banho nela. María foi

simpática e, embora soubesse que seria inútil, pediu-lhes um cigarro.
— Faz mal à saúde — responderam. María sorriu e elas coraram ante a evidente idiotice do comentário.

Deveria ser o contrário. Ela é que deveria corar ao sentir que a limpavam com uma esponja como se fosse uma criança. Mas não fez nada, deixou-se virar como um pedaço de carne por uma delas, enquanto a outra pegava a cadeira de seu pai e a empurrava para fora do quarto, ao que María agradeceu, aliviada. A enfermeira lavou-lhe as axilas, os pés, trocou a bolsa de soro e não parou de falar dos seus filhos, do seu marido e da sua vida. María a escutava de olhos fechados, desejando que aquilo acabasse logo.

Trocaram os lençóis. Não tinham cheiro. Isso era inquietante. Não havia cheiro no quarto. Os médicos diziam que era por causa da operação. Essa parte do cérebro tinha sido afetada. Um mundo sem cheiro era um mundo irreal. Nem mesmo os lilases que Greta havia enviado aquela manhã cheiravam. María os via, ao lado da cabeceira. Ficava horas olhando para as flores. Pareciam frescas, com gotas de umidade no talo e nas pétalas. Inclinavam-se para a luz que entrava pela janela. Gostariam de fugir, sair dali. Como María. Como todos os que antes dela agonizaram na mesma cama. Daí as grades nas janelas. Para evitar tentações. Mas com ela eram desnecessárias. Para se suicidar é preciso ter coragem. Quando a vida já não é uma opção, não devemos deixar que o acaso nos tome o último ato digno que nos resta. María tinha aprendido isso com os Mola; mas ela nunca pularia.

Às vezes o padre do hospital ia visitá-la. Era uma visita rotineira como as que faziam de manhã cedinho os médicos com sua prancheta, seguidos pelos jovens residentes. Aquele padre era como eles. María imaginava que ele levava debaixo do braço uma lista dos desenganados do dia, ou talvez marcasse com uma cruzinha os quartos dos que já estavam nas últimas. Devia pensar que no trânsito definitivo os pacientes estavam mais fracos, mais volúveis e sensíveis a seus argumentos sobre Deus e o destino. De resto, não era um homem desagradável. María até gostava de ouvi-lo, mas só porque se perguntava o que poderia ter levado um homem tão jovem a entregar toda a sua vida a uma quimera. Vestia batina e cabeção. Uma batina limpa, discreta, com botões acolchoados que o cobriam até os sapatos. Aquele jovem padre pré-conciliar não parecia se sentir culpado por nada, muito menos pela morte de María. Pelo contrário, quando ela confessou não crer em Deus, ele a contemplou com uma pena tão sincera, com tal compreensão do seu medo, que a deixou seca por dentro.

— Não tem importância. Quer você creia, quer não, está a um passo da Graça, da imortalidade junto a Ele.

María fitou-o perplexa. Sem hesitar, sem uma ponta de cinismo ou de hipocrisia, o padre pediu a ela que se arrependesse de seus pecados.

— Dizem que matei um homem, padre. E que o fiz com minhas próprias mãos. O senhor acredita?

— Conheço a história, María, todo mundo conhece. Tudo pesará na balança, e Deus é misericordioso.

— Por que o senhor fala assim? Acredita mesmo que existe um Juiz Supremo que nos julga do Alto?

— Sim, creio sinceramente. Essa é a minha fé.

— E por que seu juiz não arregaça as mangas e desce para dar uma ajudinha aqui, em vez de ficar dizendo o que está certo e o que está errado lá do trono?

— Não somos crianças a quem se diz o que fazer. Somos seres livres e, como tais, enfrentamos as consequências do que fazemos.

— Sinceramente, padre, quem foi que deu licença a esse seu Deus para que venha me exigir que lhe preste contas dos meus atos?

— O que você crê ou o que eu creio não muda a certeza das coisas. Você logo estará na Vida Eterna, e tudo terá sentido — respondeu pausadamente o sacerdote.

María perguntou a ele para que um homem ia querer a imortalidade.

— Para que comer? Para que continuar respirando? Para que continuar bebendo neste copo de plástico? Por que continuo tomando estas cápsulas coloridas? Por que não me rendo? Gostaria de parar com tudo isso. Pôr um ponto final. Imortalidade, quem quer? Um ciclo de nascer e morrer contínuo, a repetição incessante da mesma agonia sem nenhum motivo. A morte é uma coisa que acontece com tudo o que está vivo. É o preço a pagar. E Deus não tem nada a ver com isso. Deviam deixar Deus em paz. A culpa é dos fluidos, da química que se rebela contra o próprio corpo, da genética, da fragilidade humana. Não existem deuses nem heróis. Só miasmas. Bastaria aceitar isso, e tudo seria muito mais fácil para mim. Mas não posso.

— Você não pode se resignar porque em seu interior existe algo divino, uma parte de Deus. Pense na sua vida, examine sua consciência e verá que nem tudo foi tão ruim — disse-lhe o padre. Deu uma palmadinha nas mãos de María, como um até logo, e saiu, deixando atrás de si suas palavras e seu cheiro de igreja antiga.

Com o correr dos dias, o estado de saúde de María piorou. Passava a maior parte do tempo drogada para suportar as dores e, quando às vezes recuperava a lucidez, só desejava fechar os olhos e continuar dormindo, anestesiar as recordações que se amontoavam em sua mente sem ordem nenhuma.

Foi num desses momentos entre o onírico e o real que María recebeu, ou acreditou receber, uma estranha visita. Sentiu uma mão com dedos magros e frios apertando a sua, fervendo de febre. Seu tato era rugoso e áspero, com grandes veias que pareciam querer sair da pele. Uma voz distante, calma e quente lhe pedia que acordasse. Essa voz entrou em seus sonhos e a obrigou a abrir os olhos. Não havia ninguém. Estava sozinha no quarto. Uma corrente de ar frio entrava pela janela entreaberta. Pensou que havia sido apenas um sonho, um delírio causado pela febre. Virou de lado, disposta a dormir, mas viu então, junto à mesa de cabeceira, um pequeno envelope fechado com seu nome. Abriu-o com os dedos trêmulos. Era uma breve nota:

Lembre-se do preceito do samurai. Não existe honra ou desonra na espada, e sim na mão que a empunha. Vá em paz, María.

Reconheceu no mesmo instante a letra miúda e apertada. Era a letra de um fantasma.

Abriu a gaveta da mesinha e dela tirou uma velha fotografia em sépia.

Era o retrato de uma mulher quase perfeita. Tanto que parecia irreal. Talvez fosse o efeito da fotografia, o momento que congelava. Parecia uma atriz dos anos quarenta. Fumaça saía da sua boca com fluidez, criando volutas acinzentadas e brancas que cobriam parcialmente seus olhos, formando um halo misterioso. Segurava o cigarro com delicada negligência, acima da mão direita apoiada na face, com o indicador e o médio, o filtro entre dois anéis. Fumava com prazer, mas sem volúpia, como se fazê-lo fosse uma arte. Fumava consciente do seu gesto. O sorriso era estranho. Como se escapasse da boca contra a sua vontade. Não sabia, ao observá-lo, se era um sorriso de tristeza ou de alegria. Na realidade, tudo nela era evanescente, provável, mas inseguro, como aquela fumaça que a envolvia.

María se perguntou, ao observar a fotografia, que ar respirava aquela mulher misteriosa, causadora de tudo o que aconteceu; a que recendia sua pele, com gotas de perfume detrás dos lóbulos. Imaginou que era um aroma suave, que devia ficar pairando no ambiente, como o rastro da sua presença, quando já havia saído. Um aroma indeterminado, evocador. Impunha a lei do seu próprio desejo, uma tirania branda, mas definitiva, e ao mesmo tempo era prisioneira da sua beleza, dos seus silêncios. Um chapéu de aba larga pretendia esconder o cacho rebelde na testa e as ombreiras do casaquinho bege reprimiam seu peito, bonito e turgente.

Sem pressa, María rasgou em pedaços diminutos aquela foto de que não tinha se separado nos últimos meses. Foi até a janela aberta e atirou os pedaços, que se dispersaram no ar daquela manhã brumosa de 1981.

1

Mérida, 10 de dezembro de 1941

Fazia frio, e um manto de neve endurecida cobria a linha do trem. Uma neve suja, manchada de fuligem. Brandindo sua espada de madeira no ar, um menino contemplava hipnotizado o emaranhado de trilhos. A linha se dividia em duas. Um dos ramais levava para oeste, o outro se dirigia para leste. Uma locomotiva estava parada aguardando a mudança de agulhas. Parecia desorientada, incapaz de tomar um dos dois caminhos que lhe eram oferecidos. O maquinista mostrou a cabeça pela janela estreita. Seu olhar encontrou o do menino, como se perguntasse a ele que direção tomar. Assim pensou o pequeno, que deu de ombros e apontou o caminho para oeste. Não por nada. Só porque era uma das duas opções. Porque estava ali.

Quando o chefe da estação ergueu a bandeira verde, o maquinista atirou pela janela o cigarro que estava fumando e desapareceu dentro da locomotiva. Um apito estridente espantou os corvos que descansavam nos postes da catenária. A locomotiva pôs-se em movimento, cuspindo grumos da neve suja dos trilhos. Lentamente tomou o caminho do oeste.

O menino sorriu, convencido de que sua mão é que havia decidido o destino daquela viagem. Ele sabia, com seus dez anos, ainda sem palavras para explicar, que podia conseguir qualquer coisa a que se propusesse.

— Andrés, vamos.

Era a voz da sua mãe. Uma voz suave, cheia de matizes que só podiam ser descobertos prestando atenção. Chamava-se Isabel.

— Mamãe, quando vou ter uma espada de verdade?

— Você não precisa de espada.

— Um samurai precisa de uma catana de verdade, não de um pedaço de pau — protestou o menino, ofendido.

— O que um samurai precisa é se proteger contra o frio para não pegar uma gripe — replicou a mãe, arrumando o cachecol.

Encarapitada em sapatos de salto inverossímil, Isabel eludia os olhares e os corpos dos passageiros na plataforma da estação. Movimentava-se com a naturalidade de uma equilibrista na corda. Esquivou uma pequena poça em que boiavam duas guimbas e, com um requebro, evitou pisar num pombo agonizante que girava sobre si mesmo, cego.

Um rapaz com corte de cabelo de seminarista abriu espaço para a mãe e o filho na marquise da estação. Isabel sentou cruzando as pernas com naturalidade, sem tirar as luvas de pelica, marcando cada gesto com a suficiência sutil que alguém se impõe quando se sente observado e está acostumado à admiração.

Naquela mulher de pernas bonitas e compridas, que surgiam pela saia bem na altura do joelho, até o gesto mais corriqueiro adquiria a dimensão de uma dança perfeita e discreta.

Inclinando o quadril para a direita, ergueu o pé justo o necessário para limpar uma gota de lama que manchava a ponta do sapato.

A seu lado, apertando-se contra o corpo da mãe para reafirmar a quem ela pertencia, Andrés olhava desafiador para o resto dos passageiros que esperavam o trem, disposto a transpassar com a espada o primeiro que se aproximasse.

— Tome cuidado com isso, você vai acabar se machucando ou machucando alguém — disse Isabel. Parecia-lhe uma loucura que Guillermo estimulasse aquela estranha fantasia do filho. Andrés não era como os outros meninos da sua idade, para ele não existia diferença entre a imaginação e o mundo real, mas seu marido tinha prazer em lhe comprar todo tipo de brinquedos perigosos... Tinha até prometido lhe dar de presente uma espada de verdade! Antes de sair de casa, ela havia tentado tomar seus cartões de guerreiros, mas Andrés havia desatado a gritar como um histérico, de modo que ante o temor de que acordasse todo mundo na casa e descobrissem sua fuga precipitada, deixou que os levasse. Agora, não tirava o olho deles. Assim que pudesse se desfaria dos cartões, como pensava fazer com tudo o que tivesse a ver com o marido e sua vida anterior.

Naquela manhã do pós-guerra civil, começava o inverno do lado de fora das janelas da estação ferroviária. Os homens caminhavam cabisbaixos, tensos, com o olhar no infinito para evitar que se cruzasse com o de desconhecidos. A guerra civil havia terminado, mas era difícil se adaptar ao novo silêncio e conjugá--lo com aquele céu sem aviões ou silvos de bombas caindo como serpentinas. Nos olhos das pessoas ainda se aninhava a dúvida, mirando de esguelha para as nuvens, temendo reviver o susto das explosões, a correria para se refugiar num porão enquanto soava a sirene, emitindo breves uivos que deixavam todos arrepiados. Uns e outros se amoldavam devagar à derrota ou à vitória, a não acelerar o passo, a dormir as noites sem muitos sobressaltos. Pouco a pouco a poeira assentava nas ruas, as ruínas e os escombros desapareciam, mas tinha se deflagrado outra guerra surda de sirenes de polícia, de novos medos, apesar de já não soar a corneta da Rádio Nacional com o boletim bélico.

Nessa guerra depois da batalha, Isabel havia perdido tudo. Entre os passageiros à beira dos trilhos, estendia-se com rapidez uma mancha oleosa com cheiro de piolho, chicória, cupons de racionamento, bocas desdentadas e sujeira debaixo das unhas, tingindo sua existência com cores cinzentas e mortiças. Uns poucos, somente uns poucos, se espalhavam pelos bancos da plataforma, apartados, recebendo com os olhos fechados e a expressão confiante a suave luz do sol que atravessava a neve.

Andrés observava com desconfiança. Não se sentia parte do mundo infantil. Parecia que sempre pertencera ao círculo dos adultos. E, dentro dele, ao da sua mãe, de quem não se separava nem mesmo quando sonhava. Apertou com força a mão dela, sem compreender por que estavam naquela estação, mas intuindo que era por um motivo grave. Sua mãe estava nervosa. Ele notava seu medo sob a luva.

Irrompeu na plataforma um grupo de jovens camisas-azuis. Eram imberbes e ostentavam com orgulho, partidários que eram de José Antonio, o jugo e as flechas no peito, intimidando os outros com seus cantos e olhares guerreiros, embora a maioria deles não tivesse nem idade nem cara de ter combatido em nenhum lado daquela guerra que ainda fumegava em muitas famílias.

O rapaz que havia dado espaço para Isabel no banco mergulhou ainda mais na contemplação dos seus pés, apertando entre os joelhos a malinha amarrada com um cordão, evitando os olhares desafiadores dos falangistas.

O pequeno Andrés, ao contrário, fascinado com os trajes azuis e as botas de cano alto, saltou do banco, saudando aqueles uniformes tão familiares. Não podia perceber a atmosfera angustiante que a presença daqueles rapazolas provocou, nem o tremor do ar entre as pessoas que se apinhavam cada vez mais perto dos trilhos. O menino vira desde sempre uniformes como aquele em sua casa. Seu pai usava um, seu irmão Fernando também. Eles eram os vencedores, dizia seu pai. Não tinham nada a temer. Nada.

No entanto, aquela gente na plataforma se comportava como um rebanho de ovelhas empurradas para o precipício pelos lobos que as rodeavam. Alguns falangistas obrigaram uns passageiros a saudar com o braço erguido e cantar "De cara para o sol". Andrés ouvia o estribilho do hino de Juan Tellería, e seus lábios, tão adestrados ao mesmo discurso, o repetiam inconscientemente. O impulso tinha se tornado reflexo:

Voltará a sorrir a primavera
que no céu, terra e mar se espera.
Avante, esquadras, vamos vencer
que na Espanha começa a amanhecer...

Sua mãe, porém, cantava o "De cara para o sol" sem o entusiasmo de antes. Sua ânsia de paz, como a de tantos outros, não passava de uma ilusão.

Nesse momento ouviu-se um apito de locomotiva e todo mundo se agitou, movido por uma corrente invisível.

O trem entrou na estação, reduzindo a velocidade com o chiado vaporoso dos freios e separando as duas plataformas da estação com seu corpo metálico. Assomavam cabeças de todas as formas, com quepes, chapéus, descobertas, e dezenas e dezenas de mãos apoiadas nas janelas. Quando o chefe da estação ergueu a bandeira vermelha e o fiscal abriu a porta, os passageiros se misturaram uns aos outros com suas tralhas e suas vozes, os pais dirigindo a acomodação nos vagões estreitos, as mães puxando os filhos para não se perderem no tumulto. Por um instante, o cotidiano, o esforço suplantou a calma intranquila de minutos antes, substituindo-a pelo suor do necessário. Em cinco minutos soaram dois apitos, luz verde, e o trem tossiu, moveu-se para a frente tomando embalo, pareceu que ia falhar no arranque, mas finalmente alcançou a inércia da marcha, deixando para trás as plataformas da estação vazias e silenciosas envoltas numa nuvem de fumaça.

Isabel não pegou esse trem. Não era o que estava esperando. Mãe e filho ficaram de mãos dadas na plataforma deserta, com a respiração condensada saindo dos lábios arroxeados, sob a luz azulada do dia detrás das nuvens brancas e compactas. O olhar de Isabel ia atrás do último vagão daquele trem, que penetrava na brancura até desaparecer.

— A senhora está bem?

A voz masculina soou bem perto. Isabel se sobressaltou. Embora o homem tivesse afastado o rosto alguns centímetros, dava para perceber seu hálito contaminado por uma cárie ou uma gengiva malsã. Era o chefe de estação.

— Estou esperando o trem das quatro — respondeu Isabel, com uma voz que parecia querer se esconder.

O homem ergueu os olhos acima da viseira do quepe e consultou as horas no relógio ovalado da parede.

— É o trem que vai para Portugal. Falta mais de uma hora e meia — informou com certa estranheza.

Ela começava a temer a curiosidade daquele sujeito, cujas mãos não via, mas imaginava com unhas sujas de graxa.

— Eu sei. Mas prefiro esperar aqui.

O chefe da estação olhou para Andrés sem expressão. Perguntou-se o que fazia ali uma mulher com um filho de dez anos esperando um trem que ainda demoraria a chegar. Concluiu que devia ser mais uma das loucas que a guerra desenterrava. Devia ter sua história, como todos, mas não tinha interesse em ouvi-la.

Muito embora fosse sempre mais fácil consolar uma mulher de pernas bonitas.

— Se quiser um café — disse, utilizando desta vez o ronronado de um gato grande para falar —, posso lhe oferecer um, ali na minha sala. Um bom café torrado, nada dessa porcaria que servem na lanchonete.

Isabel declinou. O chefe da estação se afastou, mas ela teve a sensação de que se virava algumas vezes para examiná-la. Fingindo uma tranquilidade que estava longe de sentir, pegou sua bolsinha de viagem.

— Vamos entrar. Se não, você pega um resfriado — disse ao filho.

Na sala de espera, pelo menos os pulmões não doíam ao respirar. Procuraram um lugar para sentar. Ela deixou o chapéu no banco e acendeu um cigarro, ajustou-o na piteira e aspirou a fumaça adocicada. Seu filho ficava extasiado vendo-a fumar. Nunca mais voltaria a ver outra mulher fazê-lo com aquela elegância.

Isabel abriu a mala de viagem e pegou um dos seus caderninhos de capa envernizada. De entre as páginas caiu o papel em que o professor Marcelo havia anotado as coordenadas da sua casa em Lisboa.

Não pensava em esconder-se lá por muito tempo, apenas o necessário até conseguir uma passagem em algum cargueiro que pudesse levá-los, a ela e Andrés, para a Inglaterra. Sentiu pena do professor. Sabia que, se Guillermo ou Publio descobrissem que Marcelo a ajudara a fugir, ele passaria por maus bocados. Em certo sentido, sentia-se culpada: não tinha dito toda a verdade, só o que precisava para convencê-lo, coisa que não havia sido difícil, aliás. A mentira era um recurso necessário nesses momentos. Sempre soubera que Marcelo estava apaixonado por ela e não tinha sido difícil usar isso a seu favor, inclusive quando deixou claro ao professor que seus sentimentos não iam além da amizade.

— É melhor ter sua amizade do que não ter nada — ele lhe dissera, com aquele ar de poeta pobre que os professores rurais têm.

Isabel guardou as coordenadas e pôs-se a escrever. Mas estava nervosa. Premida pelo tempo, irritada com seus sentidos, que lhe falhavam no momento em que mais precisava deles, escrevia sem a consciência estética e a paixão costumeira, guiando a escrita pelo papel com o indicador, afastando a cinza do cigarro que havia caído entre as páginas. Deveria ter escrito a Fernando na noite anterior, mas temia a reação de seu filho mais velho; em certas coisas, ele era igual ao pai. Sabia que não ia entender por que ela estava fugindo e temia que tentasse impedi-la, então decidiu escrever para ele quando já estivesse suficientemente longe:

Querido filho Fernando,

Quando esta carta chegar, já devo estar bem longe com seu irmão. Para uma mãe não há dor maior do que abandonar aquele a quem deu à luz com dor e felicidade; você pode entender como estou triste, e essa tristeza aumenta quando penso que afasto Andrés no momento em que ele mais precisa de você; sabe tão bem quanto eu que ele é um menino especial, que necessita da nossa ajuda, e que te admira e te ouve. Só você é capaz de acalmar seus ataques de raiva e obrigá-lo a tomar seus remédios. Mas, como não posso ficar naquela casa, na casa do seu pai, depois do que aconteceu, tenho de fugir.

Sei que agora você me odeia. Vai ouvir coisas horríveis a meu respeito. São todas verdadeiras, não vou mentir. Pode ser que agora não entenda por que fiz isso, e pode ser que nunca compreenda. A não ser que um dia se apaixone perdidamente e seja traído por esse amor. Você vai me chamar de cínica se eu disser que, quando me casei com seu pai, dezenove anos atrás, a idade que você tem, eu o amava tanto quanto amo vocês. Sim, Fernando, eu o amava com a mesma intensidade com a qual vim depois a odiá-lo e amar outra pessoa. Esse ódio me cegou tanto que não me dei conta do que acontecia ao meu redor.

Não fujo por amor, filho. Esse sentimento morreu para sempre no meu coração. Se continuo vivendo, é porque Andrés precisa de mim a seu lado. Não quero me justificar, minha tolice não tem perdão. Pus todos vocês em perigo, e muita gente vai sofrer por minha ingenuidade; por isso não posso deixar que seu pai ou aquele sabujo dele, Publio, me peguem. Você já é um homem, pode tomar suas próprias decisões e seguir seu caminho. Não precisa mais de mim. Só espero que um dia, quando o tempo passar, possa me perdoar e entender que por amor também se pode cometer as piores atrocidades. Um dia, se tiver serenidade suficiente, descobrirá a verdade.

Sua mãe, que sempre te amará, aconteça o que acontecer,

Isabel

Alguém a observava. Não era o chefe da estação. Ouviu os passos ecoando no chão, aproximando-se. Passos de ritmo regular. Pesados. Isabel ergueu a cabeça. Diante dela se deteve um homem corpulento, com as pernas separadas.

— Olá, Isabel — a voz era descontínua, uma voz que logo ia perder a casca para nascer de novo.

Isabel levantou o olhar. Examinou com uma dor infinita aquele rosto tão conhecido, aqueles olhos outrora cheios de promessas que agora a escrutavam, insondáveis. Muito a contragosto, sentiu ainda em suas entranhas o eco dos estremecimentos passados em sua cama. Por um décimo de segundo, ficou hipnotizada por aquelas mãos grossas acostumadas ao trabalho duro, que a tinham erguido até o céu, para deixá-la cair agora no inferno.

— Quer dizer que, no fim das contas, vai ser você. Evidentemente, o chefe da estação a tinha delatado. Não podia censurá-lo. Nos tempos que corriam, de patriotismo espicaçado pelo medo, todo mundo competia para aparecer como o mais fiel servidor do novo regime.

Percebeu o movimento hesitante do homem e seu sorriso de Mefistófeles, o amargo, obscuro e, no entanto, atraente príncipe do nada.

— Melhor eu do que Publio ou algum outro cão do seu marido.

Isabel fez uma careta. Sentia tanta tristeza que mal podia conter as lágrimas.

— E o que é você, senão o pior dos cães de Guillermo? O mais traiçoeiro.

— Minha lealdade é diáfana, Isabel. Não pertence a você, nem mesmo ao seu marido. Pertence ao Estado.

Isabel sentiu um aperto no peito. Era terrivelmente doloroso ouvir coisas assim serem ditas pelo homem com o qual tinha dormido todas as noites por quase um ano, o homem a quem dera tudo, absolutamente tudo, até a própria vida, porque era só dessa maneira que ela entendia o amor. E ele a trocava agora por uma palavra, por algo tão abstrato quanto inútil: o Estado.

Lembrava-se das noites juntos, quando suas mãos se procuravam no escuro e suas bocas se encontravam, como a água e a sede. Aquelas noites furtadas ao sono, fugazes e prenhes do medo da descoberta, haviam sido as mais intensas, as mais felizes da sua vida. Tudo era possível, nada era proibido nos braços daquele homem que lhe prometeu um mundo melhor. Mas não podia mais lamentar seu erro. Outros antes dela sofreram o desamor e muitos outros veriam depois dela suas ilusões desfeitas. O que acontecia com Isabel já acontecera, e aconteceria sempre. Mas a traição era tão grande, tão vasta a destruição que seu coração havia sofrido, que lhe custava aceitar essa ideia.

— Esse tempo todo você me usou para conquistar a confiança dos outros. Você tinha tudo preparado, sabia que eu era a mais acessível e serviu-se de mim sem remorsos.

O homem examinou Isabel com frieza.

— É curioso que seja você a me falar de moral e de remorsos. Logo você, que andou alimentando e protegendo os que queriam assassinar seu marido.

Subitamente, Isabel pegou o homem pelo braço com um gesto tão violento quanto frágil.

— Foi você que teve a ideia do atentado e que fez os preparativos. Foi você que levou aqueles pobres rapazes para o matadouro. Você armou uma cilada para nós.

Ele se soltou com um movimento seco.

— Só acelerei os acontecimentos. Mais cedo ou mais tarde eles teriam tentado algo parecido, e o melhor era que eu controlasse como e quando para minimizar os possíveis estragos.

O semblante de Isabel se desfazia por momentos, como uma ridícula máscara de cera ao sol. Aquilo tudo era penoso demais para ela, a falta de sentimentos daquele homem, a certeza de acreditar que não tinha agido mal.

— E o mal que você fez a mim, como vai minimizá-lo?

Ele cerrou as mandíbulas. Lembrava-se das mesmas noites que Isabel, mas seus sentimentos não eram plenos de beleza, e sim de remorso. Todas as noites, depois de fazer amor com aquela mulher, tinha se sentido miserável, mesmo quando ela o fitava cheia de gratidão e admiração. Tinha ouvido da sua boca o modo brutal e silencioso como seu marido a possuía, como se ela não fosse um ser humano; tinha ouvido dos outros conjurados do grupo as barbaridades que Publio e seus falangistas faziam quando encontravam algum vermelho escondido na casa de um amigo ou parente. E embora tudo isso mexesse com suas certezas, mesmo durante aquele longo ano de convívio com eles, chegou a sentir algo parecido com amor e amizade, mas nada daquilo podia ser levado em conta, porque o importante era cumprir a missão que lhe fora encarregada: desmantelar o grupo de conspiradores patrocinado pela própria sra. Mola. Não fosse ele, teria sido outro o encarregado de fazê-lo. Isabel nunca foi muito discreta, não sabia mentir, e, portanto, não era uma revolucionária. Apenas uma burguesa que odiava seu marido.

Fizera o que tinha de fazer, mas isso não aplacava o desprezo que sentia por si mesmo.

— Você devia ter se afastado a tempo daqueles intrigantes, Isabel.

— Você só pegou a mim. Quando soube quem você realmente era, avisei os outros. Já devem estar fora do seu alcance, do seu e do seu chefe.

O homem esboçou um sorriso condescendente.

— Você vai me dizer onde estão.

— Não vou.

— Garanto que sim, Isabel — vaticinou com voz funesta e, virando-se para Andrés, acrescentou: — Se deseja voltar a ver seu filho, claro.

O menino observava a cena sem entender o que acontecia. Sua face estava enrubescida pelo frio.

No vento que soprava chegou o som de um trem que se aproximava. O trem que ia para Lisboa. Vinha através da névoa o ruído das rodas nos trilhos, que pouco a pouco foi se apagando. Houve uma pausa e um apito, como o suspiro profundo de um corredor ao se deter depois de um grande esforço.

— Vamos, mãe, é o nosso trem — disse Andrés pegando a mãe pela mão e puxando-a, mas ela não saía do lugar nem desviava o olhar do homem.

Então ele se inclinou para o menino. Exibia um sorriso amplo e bondoso que feria Isabel até a alma.

— Houve uma mudança nos planos, Andrés. Sua mãe tem de fazer uma viagem, mas você vai voltar para casa. Seu pai está esperando você.

O menino olhou confuso para aquele desconhecido, depois desviou o olhar para sua mãe, que o fitava angustiada.

— Não quero voltar para casa. Quero ir com a minha mãe.

— Isso não vai ser possível. Mas parece que seu pai tem uma grande surpresa para você... Uma catana japonesa de verdade!

Como se aparecesse de repente uma clareira no bosque, o rosto do menino se iluminou. Andrés ficou mudo de assombro.

— Está falando sério?

— Seriíssimo — garantiu o homem. — Eu não me atreveria a mentir para um samurai.

O rosto de Andrés se encheu de orgulho.

Foram andando até o carro, na entrada da estação. Andrés enterrava os pés na neve dando pulos em sua corrida para chegar antes de todos em casa, gritando de alegria. Isabel arrastava os seus, seguida de perto pelo homem, que não tirava os olhos dela.

— O que vai acontecer com meu filho? — perguntou de repente, antes de entrar no carro.

— Vai ser um menino feliz, que crescerá lembrando como sua mãe era bonita... Ou um pobre demente trancado o resto da vida num manicômio horrível. Depende de você.

O carro se afastou da estação com um barulho surdo e lento, sob um céu envolto em celofane. No banco de trás, Isabel apertou Andrés com força, como se quisesse enfiá-lo de volta nas suas entranhas para protegê-lo. Mas o menino se soltou do seu abraço com um gesto egoísta, pedindo àquele homem que fosse mais depressa... Mais depressa. Enfim ia ter uma verdadeira catana.

2

Barcelona, novembro de 1976

Havia um quadro estranho no vestíbulo da clínica. Representava um mendigo cheio de pústulas, enrolado numa capa que mostrava seu rosto coberto por um capuz. Irradiava desconfiança e irritação. Os olhos, envoltos nas órbitas por um tom esverdeado, cintilavam insondáveis. Era de uma beleza sublime, não tão apreciável por suas qualidades plásticas e seu desenho quanto por sua cor: o vermelho berrante da capa, o cinza metálico do capuz, o azul intenso do céu e os marrons terrosos do fundo.

María se refugiou naquela imagem enquanto esperava o médico chamá-la. Tinha à sua disposição uma mesa com revistas de moda, jornais velhos e folhetos sobre saúde mental. Mas inevitavelmente seus olhos se voltavam para a triste figura emoldurada na parede.

— Srta. Bengoechea, o doutor vai recebê-la.

O médico era um homem magro, de carne murcha, peito encolhido e ombros caídos para a frente. Não era muito mais velho que ela, mas falava como um velhinho, com a voz cansada. Pediu que sentasse e pegou um envelope fechado na gaveta. Era do hospital onde tinham feito os exames em seu pai.

Durante vários segundos, o médico passou o envelope de uma mão para a outra, sem abri-lo, o que deu nos nervos de María, que tentava enxergar o conteúdo contra a luz, como uma boboca. Adivinhava meio parágrafo escrito.

Não podia ser grave. As coisas importantes costumam requerer maiores explicações, pensou tolamente. O médico abriu o envelope e deu-lhe o diagnóstico.

— Não são boas notícias. Temo que seu pai esteja com câncer. A metástase se espalhou muito. Teria de interná-lo, mas, sinceramente, não sei se vale a pena. Talvez o melhor seja passar em casa seus últimos meses. Não vai demorar a piorar e vai precisar que cuidem dele.

María pestanejou, perplexa. De repente tudo girou depressa, muito depressa, tanto que os móveis do consultório, as janelas, as cortinas, as vozes no corredor e os pensamentos anteriores a esse momento convergiram para um funil de perguntas absurdas.

Quando cessou a força centrífuga que aquela notícia acabava de provocar nela, restou apenas o ar e uma chuva de cinzas.

— Como pode ter acontecido?

Essas coisas acontecem, foi a sentença do médico. Pouco clínica, pouco científica. Mas absolutamente certa.

— Sinto muito — disse o médico, engolindo em seco.

María sabia que não era verdade. O médico não sentia. Fazia apenas seu trabalho.

Enquanto o ouvia relatar uma série de conceitos clínicos aos quais ela era indiferente, María acendeu um cigarro.

— É proibido fumar aqui — avisou o médico.

Ela não ligou. Deu a primeira tragada e observou com apreensão a fumaça saindo do nariz e da boca. Amaldiçoou sua falta de vontade, mas não apagou o cigarro. Que importância qualquer coisa podia ter agora? Antes de abandonar a clínica seus olhos cruzaram com os do quadro. O mendigo parecia sorrir com ironia para ela.

Foi ao escritório e tentou trabalhar, mas não conseguiu se concentrar. Observou com muito pouco entusiasmo a papelada que se acumulava esperando sua assinatura. Detrás da porta de vidro bisotê ouvia o murmúrio das pessoas que esperavam para ser atendidas.

— Isso tudo é uma merda — murmurou, enfiando a cabeça entre as mãos. Todos aqueles números e gráficos coloridos que os acompanhavam, os documentos cartoriais, os testamentos, os processos civis pareciam uma coisa abstrata e absurda, sem a menor ligação com a realidade.

Entorpecida, com as cortinas fechadas e as luzes apagadas, sentia-se fora de tudo. Só pensava em como explicar a Lorenzo para que ele não se irritasse muito, em como se acostumar a viver com seu pai depois de tanto tempo sem se falarem.

Bateram na porta. María adivinhou a silhueta escultural da sua colega no escritório de advocacia. Greta era a melhor coisa que podia acontecer a ela naquele momento.

— Entre — disse, acendendo o enésimo cigarro Ducados do dia.

Greta abriu a porta e abanou, de maneira teatral, a fumaça que enchia a salinha.

— Se o que você quer é se drogar, use um bom canudinho, mas não se sufoque com esta porcaria que você fuma.

Greta era uma mulher bonita, como são bonitas as coisas proibidas. Irradiava uma força que ia muito além de seus grandes olhos verdes ou de sua figura ereta e elegante. María tinha se pegado observando-a disfarçadamente mais de uma vez e tinha corado ao sentir-se atraída por aquela estranha mistura de felicidade e tragédia que sua colega de escritório destilava.

— A julgar pela sua cara, não teve boas notícias do seu pai — disse Greta, sentando-se na ponta da mesa e cruzando as pernas.

— Ele tem câncer.

Greta contraiu a expressão.

— E o que você vai fazer?

— O mais sensato seria trazê-lo para casa, mas Lorenzo não vai gostar nem um pouco.

Greta fez uma careta ao ouvir aquele nome.

— Que se dane o imbecil — exclamou com brutalidade.

María fitou-a com uma censura nos olhos.

— Não fale assim dele. É meu marido.

— É um babaca que não merece você, María. Um dia você vai ter de repensar seriamente sua situação.

María fez com a mão um gesto para que não continuasse. Sabia que a amiga tinha razão; a relação com Lorenzo estava chegando a extremos insuportáveis, mas não precisava pensar nisso agora.

— Não é só por Lorenzo, é por mim também. Faz anos que meu pai e eu não nos falamos, mal nos conhecemos, como vou levá-lo para morar comigo? Nem sei por que ele deu meu endereço no hospital quando foi fazer os exames. Não é engraçado? Tenho de saber que meu pai vai morrer porque o médico só tinha o meu telefone e não sabia a quem comunicar os resultados.

Greta estendeu seus dedos com bonitas unhas esmaltadas e acariciou a franja ondulada de María. Demorou mais do que o necessário naquele gesto carinhoso, sem se importar que ela pudesse perceber o tremor da sua mão. Perguntou-se como era possível que estivesse apaixonada por aquela mulher tão fria e inacessível.

— Será uma boa maneira de vocês começarem a se conhecer. Afinal, é seu pai, você é filha dele, e por mais diferenças que tenham, existe um laço inquebrantável unindo vocês.

María sentiu um tremor de prazer ao contato dos dedos de Greta. Aquela sensação a perturbava. Deu de ombros para dissimular e se afastou daqueles dedos tentadores, fingindo se concentrar num documento sobre a mesa.

— Deixei você nervosa? — perguntou Greta, com evidente malícia.

— Claro que não — respondeu María. Não era nenhuma santinha e conhecia bem os gostos sexuais de Greta, mas estava casada e queria formar uma família, embora às vezes não tivesse muita certeza de que essa fosse sua verdadeira vontade.

Principalmente depois de ter perdido o bebê, María se perguntava se não pretendia ter essa vida simplesmente por ser o que se esperava de uma mulher de trinta anos.

— Voltando ao assunto do seu pai, por que não vai vê-lo? Vai ser bom para você e vai poder decidir com calma o que mais convém aos dois — disse Greta, consciente do significado daquele rechaço amável.

María pensou um pouco. O dia seguinte era sábado, Lorenzo estava de plantão no quartel até segunda-feira e a aldeia ficava a não mais de duas horas de ônibus. Depois podia pegar um táxi até a casa do pai, passar a noite lá e voltar no domingo sem que seu marido ficasse sabendo de nada.

— Tem razão. E aproveito para ir ver minha mãe. Faz séculos que não vou lá.

Passou as horas da viagem com a testa apoiada no vidro da janela, olhando sem ver, pensativa. A paisagem se tornava tanto mais plana e mais verde quanto mais penetrava nas comarcas dos Pirineus. Ao passar por um daqueles pequenos povoados, prendeu-se ao olhar de um menino que acompanhava o rastro do ônibus como algo que passa, mas nunca para. Quando menina, María também tinha aqueles olhos inquietos. Via os aviões e os carros passar e se perguntava aonde iam. Sempre acreditou que iam para um lugar melhor que sua aldeia.

Uma hora depois, o ônibus entrou na praça de um povoado maior. Era dia de feira e sob os portões se estendiam as barracas de frutas, licores, aguardentes, geleias e embutidos. Grandes eucaliptos adormeciam sob um sol de inverno que não esquentava.

— Ninguém deveria morrer num dia tão bonito — disse um passageiro ao descer do ônibus, sem consciência do despropósito de suas palavras.

Era um dia bonito, de fato. Pombos cinzentos mergulhavam a cabeça numa fonte de jorro limpo, contínuo e vigoroso. Duas grandes palmeiras sombreavam as fachadas caiadas dos solares da praça. Aquelas grandes casas senhoriais conservavam certo gosto ascético, quase monacal. Mantinham os escudos heráldicos de velhas famílias nobres, as pedras da Reconquista, o ar de seminário, com janelas enormes.

María se afastou da agitação da praça, pegando uma transversal. Uma velhinha passava uma vassoura de estopa no piso de cerâmica. Pôs a mão em viseira no rosto, cobrindo as sobrancelhas espessas e observou-a se aproximar. Tinha os olhos vítreos da indolência.

— Onde fica o ponto de táxi? — María perguntou.

A senhora apontou com o cabo da vassoura em direção a uma casa isolada que ficava a uns cinquenta metros dali.

— No bar.

Um cartaz da Pepsi desbotado balançava na fachada. Sob o toldo esfiapado havia um táxi parado. María observou com uma expressão azeda a entrada e as mesas vazias do bar, as paredes rugosas e caiadas mal e porcamente, a sujeira do chão do terraço. Parecia fechado e escuro. Na televisão ouvia-se a vinheta do jornal. Num extremo do balcão, um cliente tomou um gole de cerveja depois de limpar a borda do copo com os dedos. Estalou a língua sem saber onde deixar cair o olhar. Estavam a sós na pequena taberna ele e a atendente, uma mulher gorda de peito amplo que descansava no balcão. Ambos observaram María com curiosidade.

— Estou procurando o taxista.

— Já o encontrou — disse o homem, acentuando as rugas da testa e as dobras da boca sob uma barba densa e ruiva, com uma solenidade que resultava cômica. Parecia um ministro da ilha de Sancho Pança.

— Gostaria que me levasse a San Lorenzo.

O homem fez cara de espanto.

— Não faço corridas tão longas. Subir até a serra levaria o dia inteiro, e hoje tem feira. Eu perderia toda a clientela.

A atendente soltou uma risadinha zombeteira.

— Você passa a manhã toda aqui sem se mexer — disse. O homem olhou-a de esguelha com raiva, mas a mulher fez como se não fosse com ela. Aumentou ainda mais o som da TV. Adolfo Suárez ia anunciar alguma coisa importante.

— Eu pago a viagem de volta também — disse María, erguendo a voz acima da do presidente, que soltava seu refrão, ouvido por todos à exaustão naqueles anos de frustração: "Posso prometer e prometo…".

O taxista passou a mão pelo rosto ossudo, sulcado por veias vermelhas. Semicerrou os olhos, aumentando a espessura das sobrancelhas revoltas.

— Vai sair caro.

— Não tem importância.

Enfiou uma boina suja, terminou a cerveja e saíram do bar.
— Então vamos.

A estrada, sinuosa, mal asfaltada e úmida era como um túnel do tempo em que um momento do passado ficara preso. As árvores centenárias se estendiam em todas as direções, possibilitando a passagem da luz do dia entre breves espaços livres. O carro, um Mercedes velho, subia com dificuldade entre as rochas. Nos trechos mais íngremes, o motor grunhia como um asmático levado ao limite da sua capacidade, queimando diesel e deixando uma espessa nuvem negra, mas continuava subindo.

— Não se preocupe, esses alemães fazem bem as coisas. Em doze anos, este traste nunca me deixou na mão — comentava o taxista, arranhando as marchas com violência sem se alterar.

À medida que ganhavam altura o desmatamento era maior, mas compensando a desolação imediata se desfrutava de uma linda panorâmica de todo o vale.

Apesar da confiança do taxista na mecânica alemã, o carro enguiçou. Ao chegar a uma zona de vegetação cheia de samambaias, começou a sair fumaça do capô. O taxista não se enervou.

— Está velho e esquenta muito, mas em poucos minutos estará funcionando.

María saiu para fumar um cigarro. Caía a tarde e o frio da serra começava a ficar cortante. Levantou a gola do casaco e se afastou uns metros. Sua cabeça doía. A viagem cheia de curvas, o cansaço e o cheiro de diesel queimado tinham revirado seu estômago. Sentou numa pedra tomada por musgo e se encolheu, apertando a barriga.

Fazia mais de dez anos que não voltava àquelas terras, e em suas lembranças tudo era menos hostil, mais próximo: lembrava-se de que quando menina enfiava os pés nas águas cristalinas do rio, caçava salamandras e tritões nos charcos e contemplava assombrada o voo dos martins-pescadores, capazes de mergulhar na água para pegar pequenos insetos. Era como se tudo houvesse desaparecido. Agora sentia frio, mal-estar, e se deu conta de que o nó no estômago não se devia apenas ao enjoo. Nem sequer havia pensado no que ia dizer ao pai.

Imaginou-o como dez anos atrás, enfiado em seu velho avental de couro, com os óculos de plástico para proteger os olhos das estilhas que saltavam do metal. Provavelmente estaria sentado no tamborete junto da entrada da forja, a porta aberta apesar do frio que já devia fazer em San Lorenzo.

Quando pequena, María detestava a sujeira que a forja desprendia, o cheiro das tintas com que se trata o metal, o calor sufocante do forno. Não gostava que seu pai a acariciasse porque suas mãos eram ásperas e cheias de rachaduras e cortes; não suportava que ele a aproximasse de seu corpo firme e duro porque era como ser apertada contra uma parede de granito recendendo a solda.

Perguntou-se o que restaria daquela lembrança e assustou-a o que podia vir a encontrar.

Quando o taxista disse que podiam continuar, María quase pediu que desse meia-volta, mas não o fez. Encolheu-se no banco de trás, adormecida pela calefação que atapetava os vidros e procurou não pensar em nada.

Meia hora depois, o taxista a acordou.

— Chegamos. Não sei o que vem buscar aqui. Isto é um verdadeiro cemitério.

María forçou um sorriso. Ela também se fazia a mesma pergunta. Desceu do táxi. Uma gota grossa embrenhou-se em suas pestanas. Depois, outra lhe abriu os lábios e as sucessivas se cravaram nas palmas das suas mãos.

Ficou junto do acostamento até o táxi desaparecer numa curva, de volta ao vale.

Subiu a ladeira sem pressa rumo ao núcleo de casas que se erguiam em torno do campanário da igreja. Ao passar por uma cerca, os cachorros que cochilavam indolentes acordaram de repente e, como uma matilha, se lançaram contra a cerca latindo. Pareciam recriminá-la por alguma coisa. Era a maneira que tinham nos pequenos povoados de assinalá-la como estranha.

Já não era um deles. Notava-se em seu modo de falar, de vestir, de se comportar. Curiosamente, não havia notado essa obviedade até então. Talvez naquele instante se desse conta de que não são os lugares que se perdem em nossa memória, mas o que trazemos dentro de nós. Não era San Lorenzo que havia mudado. Era ela.

Um relâmpago clareou breve e intensamente o vale, e ao longe ouviu o rumor de um trovão. Começou a chover forte. Escurecia com rapidez e a trilha estava cada vez mais lamacenta.

Retomou o caminho e em poucos metros, entre a cortina de chuva, apareceu uma casa humilde, muito menor do que María recordava. Tinha o teto restaurado com telhas novas que se distinguiam das velhas pelo brilho que a chuva lhes imprimia. A cerca de madeira estava restaurada e as cerejeiras estavam bem cuidadas, com os galhos podados.

Abriu a cancela do jardim, indecisa. A porta principal da casa estava fechada. A chuva escorria pela madeira. Ficou um instante segurando a aldrava, sem se decidir a bater. Sentia-se uma intrusa. Ouviu então passos se arrastando lá dentro. Afastou-se da porta, que se entreabriu com um grunhido.

Ante seus olhos surpresos, apareceu um ser impossível.

Gabriel era um homem encerrado num cárcere de carne, um corpo deformado que se retorcia como o tronco de uma oliveira velha. Olhava com olhos perdidos, jogando a cabeça para a frente como um pássaro bicudo. O lábio inferior caía flácido, dando-lhe uma expressão um tanto abobalhada, e as rugas profundas da sua pele murcha se dividiam em ramais a partir dos olhos quase brancos, como o cabelo curto da sua cabeça. Parecia um esqueleto tremendo numa bengala.

Lágrimas jorraram dos olhos de María.

— Olá, papai.

Gabriel examinou a filha de cima a baixo em silêncio, por um minuto que se fez demoradíssimo. Ergueu os olhos devagar, como se escalasse um precipício, até deparar com seus olhos. Eram como pequenas massas de limo boiando numa superfície de leite. Os lábios tremeram e seu rosto desmoronou com uma expressão desvalida.

María abraçou-o. Doía até o mais profundo da dor apertar as costelas de um homem que ela recordava forte e poderoso. Sentia sua fragilidade e a perturbação de não saber como se comportar.

— Quanto tempo — balbuciou Gabriel. Sorria bobamente, envergonhado, sem saber o que dizer. Acariciou os cabelos ensopados da filha e fez um gesto indicando que entrasse.

A casa era pequena, estava desarrumada e suja. Recendia a velhice. Num canto ardia a chama tacanha da lareira, na frente de uma poltrona com a forma do corpo de Gabriel.

María sorriu fazendo uma cara contente, ao mesmo tempo que resvalava dissimuladamente o olhar pelos móveis velhos cheios de poeira, encostados na parede irregular, caiada e pintada muitas vezes sem esmero. O assoalho era de ladrilhos desiguais. Ao lado da janela, um relógio de parede contava os segundos com uma calma impassível.

Gabriel se movimentava de um lado para o outro, esforçava-se para superar a surpresa, fingia que entre eles não havia a barreira de uma distância impossível de romper em um minuto. Aproximou-se da lareira e mexeu na lenha para avivar o fogo.

María tirou o casaco ensopado e sentou na beira da poltrona. O cobertor que descansava no braço dela tinha o cheiro de Gabriel, um cheiro um pouco ácido, misto de fumo para cachimbo e de muitas noites de solidão.

— Por que veio? — perguntou o pai. Seu tom de voz foi mais seco do que desejava.

María pegou o envelope do hospital. Gabriel franziu o cenho.

— Entendi. Não queria te incomodar, mas no hospital me pediram um telefone e eu não sabia qual dar. Você sabe que aqui em cima a gente vive incomunicável.

— Não precisa se justificar, pai. Só que eu gostaria que você tivesse me pedido... Eu talvez pudesse ter feito alguma coisa.

Gabriel olhou para o envelope na mão de María.

— Se você veio até aqui, não deve ser boa a notícia, de modo que não poderia ter feito grande coisa.

María percebeu que a vista do pai se turvava. Não era mais o herói invencível da infância. Aparecia ante ela agora o homem simples, nu, cheio de feridas, equimoses, fraquezas, misérias e contradições. Às vezes a intransigência forma um calo, cicatrizam falsamente todos os rancores e decepções, reprovações e brigas, e não há mais maneira sincera de quebrar esse silêncio nem essa distância infinita, nem mesmo depois de mortos, nem mesmo na recordação. Mas, como Greta lhe dissera, aquele homem, ou o que restava dele, era seu pai. E isso bastava. Soube que não tinha nada a lhe perdoar, porque ele não sentia que devia ser perdoado.

— Você se molhou toda com a chuva. É melhor subir e tomar um banho. Depois comemos alguma coisa. Temos muito o que falar.

María subiu para o segundo andar com uma sensação amarga. Tirou a roupa no escuro, jogou-a em cima da cama e entrou no banho. Encostou a testa no azulejo, sentindo o jato do chuveiro no centro do crânio, provocando a sensação de estar num manancial, alheia ao jorro que caía sobre seu corpo. Moveu os dedos da mão direita pelos ladrilhos da parede como uma aranha preguiçosa até esticar o braço totalmente, e então fechou a torneira, permanecendo quieta de olhos cerrados. Deixou a tristeza entrar em massa até seu âmago, e não fez nada para impedir que arrancasse dela um pranto amargo, convulso, irrefreável e solitário.

Voltou ao quarto e sentou na beira da cama. Os cabelos molhados gotejavam sobre a face. Algo na cômoda chamou sua atenção: uma foto do seu primeiro ano na faculdade.

Não se lembrava de tê-la enviado a seu pai, mas ali estava, num lugar de destaque, com uma bonita moldura de madeira entalhada.

Mal se reconhecia. Estava de calça jeans desbotada, tênis e uma camisa azul de gola Mao. O cabelo estava preso com um lenço de flores vermelhas e amarelas, e o pescoço e os punhos estavam carregados de correntes e pulseiras com motivos orientais. Sua expressão era intransitiva, própria da estudante marxista que ela era, atraente e implacável. Insuportável e veemente com aqueles discursos aprendidos na revista *Triunfo* e nos *Cuadernos para el diálogo*. Era a época em que conheceu Lorenzo, um jovem bonitão com ar de anarquista e de pouca leitura. Sorriu ao lembrar que fazia amor com ele sem preservativo no incômodo sofá-cama do seu apartamento, depois de recitar para si mesma passagens de *Náusea* de Sartre, fumando haxixe e ouvindo no velho toca-discos Serrat, María del Mar Bonet ou a guitarra de Frank Zappa.

Incomodava-a que aqueles seus pensamentos também tivessem um lugar na vida de seu pai. Era como encaixar duas existências opostas.

Seu pai sempre se opôs à relação com Lorenzo. Dizia que não era uma boa pessoa, que havia algo de doentio no seu olhar. Talvez o tempo tivesse terminado por lhe dar razão, mas ainda lhe custava aceitar que seu pai tinha sido capaz de denunciar Lorenzo à polícia por suas atividades clandestinas na universidade. Naquela época eram só duas crianças brincando de adultos, e a denúncia custou a seu namorado cinco longos meses no presídio-modelo, e à própria María a perda de seu pai durante dez anos.

— Não sabia que você tinha essa foto minha da universidade — disse com fingida jovialidade ao descer à sala.

Gabriel tinha se levantado e estava junto da janela. Abriu com um gesto leve a cortina e observou o exterior. Contemplou algo ao longe, talvez uma recordação, com o rosto concentradíssimo, esquecendo-se por um momento de María. Depois suspirou cansado, deixou a cortina cair, e eles mergulharam de novo na penumbra. María teve a impressão de que seu pai olhava para ela com mais afeto que antes, como se alguma coisa tivesse se movido na sua mente.

— É a única que conservo — disse. Em suas palavras notava-se uma tristeza antiga, quase indiferente e estéril. Sentou na poltrona contemplando o fundo vítreo do fogo. Passou a língua embranquecida pelos lábios rachados e fechou os olhos um instante. Era evidente que estava acostumado à solidão e que a repentina aparição da filha, embora o alegrasse, lhe causava estranheza e inquietude.

María sentiu-se na obrigação de dizer alguma coisa, mas não encontrou as palavras. Não há palavras para tudo.

— Vou preparar o jantar.

Jantaram na cozinha. María contava histórias para preencher os silêncios, ria com falsa alegria e, quando apertava a mão do pai por cima da toalha da mesa, sentia a dúvida na ponta dos dedos. Perguntou pela forja. Os olhos de Gabriel se iluminaram.

— Minhas espadas e minhas facas não interessam mais aos filhinhos de papai que as colecionavam — admitiu com um pouco de nostalgia, como se pretendesse fazê-la entender que seu tempo havia passado. Mas estava bem, garantia. Gostava de viver longe do povoado. Além do mais, ali não tinha fantasmas com os quais conviver.

Gabriel mal provava a sopa. Bebia muito. Mais de uma vez reprimiu o gesto de levar o copo à boca, consciente de que sua filha o observava. Terminaram o jantar e a conversa foi decrescendo. Ambos sentiram a tristeza de comprovar que eram incapazes de se aproximar.

Finalmente María decidiu tocar no assunto.

— Papai, você não gostaria de vir morar conosco na casa da praia? Aqui, sozinho, não tem quem cuide de você.

Gabriel inclinou a cabeça, procurando desajeitadamente um guardanapo para limpar o queixo. María ajudou-o. Seu pai queria demonstrar que sabia se cuidar sozinho.

— Tenho sua mãe.

María suspirou.

— Eu sei, mas você poderá vir vê-la sempre que quiser, prometo.

Gabriel negou com a cabeça.

— Lorenzo não gosta de mim. E eu não gosto dele.

María cerrou os lábios. Mentiu sem convicção.

— O passado a gente esquece. Além do mais, Lorenzo agora está mais tranquilo, esperando uma promoção, e pode ser que o transfiram para Madri.

Gabriel abriu a palma da mão e examinou-a com atenção. Era difícil saber o que pensava, como se seu olhar transpassasse a carne e remontasse ao horizonte daqueles anos que havia apagado da sua lembrança.

— Esta é a minha casa, este é o meu lugar. Você escolheu viver com esse homem, mas eu não farei o mesmo — argumentou.

María sentiu voltar a velha irritação. Se se deixassem levar, tinham mil razões para brigar de novo.

— Podemos falar disso em outro momento, não se preocupe.

Gabriel se concentrou com seriedade no rosto da filha.

— O passado nunca se esquece, nunca se apaga... Eu sei disso.

3

Na manhã seguinte, María se levantou cedo e saiu em direção ao cemitério de San Lorenzo. Nada havia mudado. Salvo, talvez, o mato que crescia mais desenfreadamente e as árvores que se encolhiam ainda mais sobre si mesmas, coibidas em sua nudez. Os túmulos se espalhavam sem ordem, como se cada morto tivesse escolhido o lugar que melhor lhe convinha para a eternidade. No morro, recortavam-se as ruínas de uma fortaleza romana.

Demorou para se lembrar onde ficava a lápide da sua mãe. Por mais estranho que possa parecer, María nunca quis saber por que certa manhã sua mãe decidiu se enforcar numa viga, quando ela tinha apenas seis anos.

Encontrou-a num lugar afastado, voltada para o sol que se erguia sobre as colinas. Seu túmulo era o único no chão gretado, sem mato ao redor, sem pichações obscenas nem titica de passarinho. O único cujo nome era perfeitamente legível, assim como a data da sua morte. Apesar disso, pareceu-lhe um lugar estéril a

que seu pai continuava se aferrando para chorá-la, quase trinta anos depois.
Que tipo de mãe havia sido aquela mulher enterrada ali? Quase não tinha lembranças dela. Somente a imagem de uma pessoa sempre taciturna, calada, de aparência triste. Alguém para quem, por algum motivo, a vida era mais dolorosa do que para os outros. Seu enterro foi como a sua presença, sempre muda e solitária nos corredores da casa. Um enterro cinza, sob um céu cheio de nuvens escuras e um vento gelado. Lembrava-se de um quartinho às escuras, iluminado somente por dois castiçais com velas de chama trêmula que formavam um círculo amarelado em volta da cama na qual jazia sua mãe, deitada com as mãos cruzadas no peito, segurando um crucifixo. Seu rosto estava coberto por uma gaze para que as moscas não entrassem na sua boca e em seus olhos. Movida pela curiosidade, María se aproximou e roçou com os dedos a ponta do vestido negro com que haviam amortalhado sua mãe. Uma velha desdentada que rezava o terço deu-lhe um tapa na mão e olhou para ela com autoridade:

— Não se toca nos mortos — recriminou-a, e María correu para fora, aterrorizada, porque talvez a morte se transmitisse por contato.

Quando perguntava ao pai por que sua mãe tinha se matado, Gabriel sempre se escondia detrás de um espesso silêncio. A única coisa que dizia era que ela estava no paraíso.
Trocou as flores secas por frescas. Por um instante permaneceu ali, rodeada de um intenso silêncio. Mas não encontrou paz nem sossego. Sacudiu a calça, acendeu um cigarro e foi andando até o povoado, sem se virar para trás.

— Subi para ver mamãe — disse a seu pai.

Gabriel estava afiando uma velha faca de lâmina dentada. Por um segundo parou de pedalar a roda do amolador, sem erguer os olhos. Depois, como que movido por um mecanismo invisível, o pé voltou a trabalhar com mais força do que antes.

— Muito bem — foi tudo o que disse.

María pegou um tamborete e sentou perto dele. Por um instante observou a meticulosa dança dos dedos do pai na lâmina da faca. O som das correias da polia e o chiado do metal enchiam a pequena oficina no porão da casa.

— É curioso — disse, procurando chamar a atenção do pai. — É curioso que você tenha aquela minha foto na universidade e não guarde nenhuma de mamãe. Nem tenha conservado as coisas dela. Lembro que você queimou tudo no jardim depois do enterro, antes de nos mudarmos pra cá. Era como se quisesse apagá-la da sua vida... No entanto, você continua cuidando do túmulo dela todas as manhãs.

Gabriel não mexeu um músculo do rosto circunspecto. Sim, talvez seus olhos tenham se entrecerrado um pouco mais e ele tenha dedicado maior atenção ao que estava fazendo.

— Por que nunca falamos do que aconteceu? — insistiu María.

Gabriel parou de pedalar e ergueu a mão com um gesto exasperado.

— Faz dez anos que você não aparece por aqui... Não acho que agora deva me perguntar coisas que aconteceram trinta anos atrás. Você não tem esse direito, María. — Em sua voz não havia recriminação. Era antes uma súplica para ela não insistir.

María assentiu em silêncio. Deu uns tapinhas na coxa com um gesto contido e saiu da oficina. Precisava respirar. Não se lembrava mais daquela sensação de sufocamento, de asfixia, que às vezes sentia diante de seu pai e de seus silêncios intermináveis.

Era como uma casa cheia de cômodos fechados. Ela tentava apenas abrir uma porta que se fechava de repente no seu nariz, guardando todos os segredos na escuridão.

Entrou na casa. A lareira fumegava e fazia frio. Desceu ao lenheiro em busca de lenha seca. Abriu o alçapão e tateou a parede às escuras até dar com o interruptor. A escada de madeira rangeu quando desceu os degraus, afastando as teias de aranha que pareciam petrificadas desde muito tempo.

Os troncos cortados se empilhavam ordenadamente contra uma parede até cerca de um metro e meio de altura. María pegou os da parte de cima e, ao tirá-los, descobriu a moldura de uma porta. Não se lembrava de tê-la visto um dia. Perguntou-se que utilidade poderia ter uma porta sepultada detrás da pilha de lenha. Uma a uma, afastou as achas mais grossas até abrir caminho. Empurrou a porta com a mão e ela cedeu sem dificuldade.

O lugar não era muito maior que um galinheiro. O teto era baixo e o chão, de terra batida. A única luz que entrava vinha de uma pequena abertura gradeada. Recendia a um espaço fechado. María viu correrem surpresos alguns ratos, que se esconderam atrás de uma mala encostada na parede. Era uma mala antiga, de madeira, com correias de couro e fechos descascados.

Abriu-a com cuidado, como se levantasse a tampa de um sarcófago, e com uma estranha inquietação. Procurou o isqueiro no bolso e iluminou o interior dela.

Estava cheia de recortes de jornais velhos, quase todos da época da guerra civil e do pós-guerra. Não achou nada estranho naquilo. Seu pai havia combatido na frente de ambas as guerras do lado comunista, mas nunca falava no assunto. Ergueu os recortes com cuidado. Eram como folhas de uma árvore morta, marrons e carcomidas, prontas para se esfumar ao primeiro sopro de ar puro. Debaixo deles encontrou algumas cartucheiras e cilhas militares gastas e cheias de furos. Também um velho uniforme de miliciano e botas sem cadarço. No fundo da mala havia uma caixinha. Sopesando-a, ouviu um barulho metálico. Ao abri-la, encontrou uma pistola perfeitamente engraxada e com um cartucho de dez balas. María não entendia muito de armas, mas estava acostumada a vê-las em casa. Lorenzo guardava sua pistola na gaveta do criado-mudo, junto da cabeceira da cama. No entanto, aquela parecia muito mais antiga.

— É uma Luger semiautomática do Exército alemão — esclareceu seu pai com voz grave.

María se virou assustada. Gabriel estava no umbral da porta, as pernas abertas e os braços cruzados sobre o peito. Encarava a filha com severidade. Se ela ainda fosse uma menina, com toda a certeza teria lhe dado uma boa coça. María sentiu-se enrubescer. Pôs a pistola no lugar e se endireitou devagarinho.

— Vi a porta e fiquei curiosa... Desculpe se incomodei.

Gabriel avançou para a mala. Fechou-a e virou-se para a filha com seriedade.

— Todos nós temos portas que convém deixar fechadas. Acho melhor que amanhã cedo volte para casa, antes que seu marido se pergunte onde você está.

Naquela noite, María ouviu seu pai andar pela casa até alta madrugada. Ela também não podia dormir e foi à sacada fumar um cigarro.

Viu-o então na porta de entrada, de pijama, fumando cachimbo. Seu olhar parecia triste, e com as pálpebras caídas sentou na poltrona do terraço. Estava tão quieto que aparentava ter morrido. De repente, com uma voz gasta que não parecia sua, começou a murmurar coisas incompreensíveis, do passado.

María não se atreveu a se manifestar sobre aquela tristeza. Limitou-se a ficar apoiada na moldura da janela, observando-o e ouvindo como sua voz se extinguia pouco a pouco, até se encerrar num suspiro.

Apagou o cigarro no parapeito e voltou para dentro do quarto. Acordou antes do amanhecer e se vestiu lentamente. Tornou a sentir uma dor pungente e intensa na nuca e procurou os comprimidos que tomava para a enxaqueca. Não passavam de placebo, mas ela precisava acreditar que fazia alguma coisa para deter aquela dor que a paralisava. Escreveu um pequeno bilhete com as coordenadas da sua casa e deixou-o em cima do travesseiro, para que seu pai o encontrasse. Não se via luz nas janelas. Gabriel devia estar dormindo. Saiu à rua e uma lufada de vento gelou seu rosto.

Quando o ônibus a deixou de volta na parada de Sant Feliu de Guíxols, o povoado mal começava a se espreguiçar. Ao longe, viam-se as luzes da orla deserta, com seus restaurantes e espaços de lazer fechados. Era triste ver as barracas da Coca-Cola e da cerveja Damm manchadas de titica de pombo e esfiapadas, e, a seu redor, empilhadas de qualquer jeito, as cadeiras e as mesas de plástico do terraço dos bares. Os domingos de inverno eram deprimentes num povoado de veraneio da costa.

María se perguntou como era possível ter chegado até ali, até a orla daquele mar, àquele povoado, até aquela vida, e se tornado aquela mulher. Era estranho. Tinha a sensação de que simplesmente havia se deixado levar pela maré desde que um belo dia pulou a cerca da sua casa num povoado dos Pirineus na região de Lérida para nunca mais voltar.

Enquanto ia para casa pelas ruas desertas, lembrava-se da emoção que a embargou da primeira vez que viu o povoado. Sentia-se uma vencedora; toda a costa, o Mediterrâneo inteiro pareciam lhe render homenagens dignas de um cônsul. Tinha apenas dezenove anos. Acabara de começar o curso de Direito e ficara entusiasmada com o clima efervescente das aulas, com as pichações nas paredes da faculdade, as batidas da polícia, os conciliábulos na lanchonete da Gran Vía de Barcelona, as escapadas ao canódromo da Meridiana, as excursões noturnas ao bairro chinês para dar café quente e churros às prostitutas e lhes entregar clandestinamente preservativos... Tudo era pujança, força, ilusão e novidade: diante dos olhos famintos descobriu um mundo cheio de matizes, aberto e supostamente cosmopolita, tão diferente do bitolamento da sua aldeia. Chegaram as festas na república, os primeiros porres, os primeiros baseados, os primeiros beijos; chegou o amor. E descobriu o mar.

Na realidade o mar era de Lorenzo, seu ambiente. Ela o detestava. Ele adorava fazer longas travessias fundeando na enseada. Como se fossem grumetes, ele e seus amigos de quartel separavam os equipamentos, as iscas, os baldes, abasteciam-se de água, faziam sanduíches de ovo e enchiam sacolas de lona com frutas. Passavam horas sentados na frente de um mapa da Costa Brava explicando a quantas milhas poderiam se afastar se o tempo colaborasse, que cardumes de peixes iam encontrar, que amanhecer bonito teriam o privilégio de ver.

Quando María o via tão entusiasmado, sorria condescendente, fingindo a mesma emoção, mas na realidade se preparava para o pior. O mar a assustava. Sabia que seu estômago ficaria embrulhado quando se afastassem da praia, que olharia apreensiva da popa a linha de flutuação, mas sempre se esforçava para reprimir o pânico. Desde pequena, bem pequena, sabia que certas coisas não devem ser demonstradas.

Depois tudo isso mudou, e os presságios de seu pai se fizeram dolorosamente certeiros. Já fazia tempo que Lorenzo não saía para o mar. Na verdade, desde o aborto, seu marido não fazia mais nada além de trabalhar, beber e voltar para casa de mau humor, sempre disposto a comprar briga. Comparado com o que estava vivendo, María se lembrava, com surpreendente carinho, do som do velho motor a diesel do barco e da esteira de espuma que a hélice ia deixando. E, sobretudo, da quietude. Essa calma que nunca havia voltado a experimentar em nenhum outro lugar. Num ponto determinado daquele deserto sem esquinas que era o mar quieto, lançavam as boias e a âncora. O barco parava completamente, balançado com suavidade por uma corrente que parecia azeite. Então ela caía de boca para cima no barco e se deixava levar pelo sol do entardecer. Nunca venceu seu medo das profundezas do mar aberto, e não se atrevia a seguir Lorenzo quando ele mergulhava. Mas era capaz, isso sim, de fechar os olhos e acariciar a água com os dedos, como se tocasse com prevenção, mas também com curiosidade, um monstro adormecido que a assustava e ao mesmo tempo a seduzia. Contemplava depois a respiração de Lorenzo de calção de banho, sua pele úmida e brilhante ao sol, seu rosto perfeito, sereno, num estado de silêncio absoluto, até soarem os guizos das varas, anunciando que um peixe havia mordido o anzol. E se sentia a mulher mais feliz da Terra.

Não demorou a se casar com ele; era inevitável sucumbir à sua inteligência e ao seu carisma, apesar da oposição férrea de Gabriel. Lorenzo era um líder, todos o seguiam e o admiravam; olhando para trás, era fácil já adivinhar nele os tiques autoritários e a violência reprimida em seus gestos, em seu modo de defender com veemência suas propostas. Mas então ela não via um homem intransigente, e sim alguém seguro de si, uma rocha, pois a missão que tinha se imposto — salvar o mundo do franquismo — não admitia atitudes tíbias nem fraquezas de caráter.

Ao terminar os estudos, Lorenzo tomou uma decisão que consternou todos os seus amigos, inclusive ela: prestar concurso para o Ministério da Defesa. Garantia que era uma maneira tão eficaz quanto qualquer outra de lutar contra o sistema, de dentro, a partir das próprias entranhas do monstro. Os cinco meses passados no presídio-modelo o haviam transformado. Já não era tão impetuoso, tornou-se mais taciturno e começou a beber além da conta, mas mesmo assim convenceu María, como fazia com tudo a que se propunha. Por alguma estranha razão, seus antecedentes não foram levados em conta e passou no concurso de forma meritória.

Foi então que decidiram comprar aquela casa de pescadores com embarcadouro. Estava em ruínas, mas trabalharam duro para transformá-la num lar. Dedicavam o dia a dia do matrimônio recente para fazer amor o tempo todo e nos lugares mais insólitos. Queriam ter três filhos, mas na realidade, ao pensar mais detidamente no caso, María se dava conta de que era Lorenzo que queria ter duas meninas e um menino, e eles se entregavam com entusiasmo ao sonho de ser uma família feliz.

Agora era como se tudo aquilo não tivesse existido nunca. María havia perdido o bebê e os carniceiros que a atenderam na maternidade destroçaram seus ovários. Lorenzo começou a mostrar a face escura que todas as luas têm e que María não quisera enxergar antes. O trabalho no ministério o absorvia por completo, e ele passava muitos dias fora de casa. Era tenente da Infantaria, mas em raras ocasiões tirava a farda do armário, e os camaradas que às vezes trazia para casa nas horas mais intempestivas tinham mais pinta de policiais civis do que de militares.

María começou a fazer perguntas, mas ele sempre lhe dava o silêncio como resposta, ou replicava com evasivas que insultavam a inteligência da mulher. Se ela insistia, ele ficava furioso, quebrava coisas e saía de casa batendo a porta.

Até que chegou o primeiro bofetão. O segundo veio acompanhado de uns tantos chutes na barriga. No terceiro, ela quebrou um braço. A quarta tentativa foi frustrada quando María pôs uma faca debaixo dos colhões dele. Não teve coragem suficiente para cortá-los, mas já sabia que rápido era o trânsito do desengano. Depois de cada surra, quando via seu marido entrar no quarto, de noite, olhava para ele erguendo a sobrancelha, como se estivesse surpresa de vê-lo ali de novo. Lorenzo ficava no pé do colchão, com o olhar fixo nela, sentindo que aquela vigilância dos leves movimentos dos pés de María ou de seus murmúrios enquanto fingia dormir o aproximavam da verdade.

— María, você me perdoa?

Mas ela não respondia. Lorenzo crispava então os nós dos dedos e erguia o punho no ar. Mas antes de descarregar o golpe se continha. María se apertava como um caracol em silêncio e se arranhava a palma das mãos. Lorenzo arrancava o lençol que cobria seu corpo. Baixava as calças e se masturbava em cima das costas de sua mulher até ejacular com um grunhido obsceno. Limpava o sêmen com um pedaço do lençol e jogava-o na cara dela.

Todas as manhãs María abria os olhos e sentava na cama com os braços caídos e os cabelos desgrenhados nos ombros, observando seus pequenos pés sulcados por veias azuis apoiados no chão frio. Todos os ruídos vulgares do mundo se apoderavam do seu coração. A descida da água do esgoto pela canalização. E a música absurda, fora de toda lógica, de Antonio Machín, que tocava numa vitrola velha e que tanto emocionava Lorenzo:

Duas gardênias para você,
com elas quero dizer
te amo, te adoro, minha vida...

Uma morte lenta, demorada, mas certa. A isso aspirava María depois de dez anos de casamento. Ela aprendeu a se refugiar num sexo anônimo com amantes de circunstância. Nenhum significou nada, mas cada um deles havia interpretado aquele hieratismo de acordo com sua vivência. Para uns, era uma freira violentada; para outros, uma retardada; para outros ainda, uma mulher mística ou vulgar e cínica. Mas todos eles, sem distinção, pretenderam triunfar sobre seu abandono, forçando María a renunciar a ele, como se fosse esse o verdadeiro desafio que se impunham.

Ninguém conhecia sua verdadeira situação, salvo Greta, com a qual de vez em quando desabafava. Sua amiga insistia repetidamente para que se separasse. Havia até oferecido sua casa, mas María se mostrava reticente. Dizia a si mesma que, se aguentava, era porque ainda o amava, mas no fundo se dava conta de que não era verdade. Pesavam mais o costume, o medo da incerteza de uma vida sem horizontes claros, a penúria econômica e, sobretudo, ter de reconhecer seu fracasso. Talvez esperasse um milagre, que o homem pelo qual se apaixonou voltaria.

Se acontecesse algo diferente em sua vida, repetia María para si mesma, uma coisa que abrisse seus olhos, que lhe oferecesse um novo destino... Mas nada mudava para melhor: o trabalho era rotineiro, mal pago. Nem sequer tivera a oportunidade de demonstrar seu valor como advogada criminalista: consumia-se em causas, que os clientes não podiam pagar, num velho porão que compartilhava com outros ex-colegas de universidade, tão frustrados e cansados quanto ela. A única exceção era Greta, mas nem mesmo sua luz eclipsava as sobras da vida de María.

Ao fim de dez minutos, contornou a casa do ceramista e viu-se diante do Paseo de S'Agaró. Pouco depois, avistou de uma curva o muro de pedra que cercava sua casa.

Não se atrevia a entrar. Sabia que Lorenzo perguntaria onde havia estado e que ficaria furioso quando ela dissesse. Uma coisa de que seu marido não havia esquecido eram aqueles cinco meses passados na prisão por culpa de Gabriel. Procurou instintivamente no bolso do casaco outro cigarro, esquecendo que já havia fumado o último. Em vez do maço, seus dedos frios encontraram a carta do hospital e o diagnóstico de seu pai.

Estava cansada, seus braços e suas pernas pesavam como se tivera combatido com unhas e dentes na lama. Respirou fundo e entrou em casa.

Lorenzo dormia no sofá da sala. Ouvia-se, vindo do toca--discos, um bolero. Era a música ideal para acompanhar seus porres. Ele devia ter bebido bastante antes de adormecer, a julgar pelos restos espalhados na mesinha de vidro. María tirou os sapatos e se aproximou sem fazer barulho. Contemplou-o, acariciando o ar que o rodeava sem chegar a tocá-lo, com medo de que acordasse; triste, mas também aliviada por poder adiar a conversa sobre seu pai.

A pele morena e os pelos encaracolados do peito de Lorenzo escapavam dos limites do pijama. Dormia como uma criança, com uma expressão ingênua e provocadora ao mesmo tempo. Era um perfeito oximoro. Ele era muito bonito, mas começavam a aparecer evidências de que logo aquela beleza esmaeceria. María gostava de contemplá-lo nesses breves momentos de paz que o sono lhe dava. Parecia que estaria sempre ali, que era o homem que dormia do lado direito da cama, puxando toda a colcha para se cobrir. Tinha saudade do tempo em que, para poder adormecer, se agarrava às suas coxas e se apertava contra suas costas; sentia suas costelas e as vértebras da sua coluna. Ouvia sua respiração. Passava a mão pela sua cintura e seus dedos tateavam seu peito, enredando-se em seus pelos.

Foi buscar um cobertor e cobriu-o. Depois subiu para o escritório.

Acendeu o abajur e abriu um maço de cigarros. Correu um pouco a porta de vidro que dava para o terraço e acendeu um.

Lorenzo não suportava que ela fumasse. A primeira baforada escapou, aspirada pela fresta da porta. Sentou com os cotovelos apoiados na escrivaninha e a cabeça descansando entre os dedos. Viu então o bilhete manuscrito encostado no vaso de flores. Reconheceu a letra do marido, apressada e de traço forte:

> Aquela sua amiga lésbica ligou. Pediu que telefonasse para ela assim que pudesse, é um assunto muito importante. Imagino que seja uma desculpa para tirar sua calcinha, mas você vai descobrir.

María se sentiu magoada com o tom grosseiro do bilhete.
— Filho da puta... — murmurou irritada consigo mesma por se obstinar em permanecer ao lado de um homem assim. Mas logo se perguntou intrigada o que era esse assunto tão importante sobre o qual Greta queria conversar.

4

Quando chegou ao escritório, zumbia no corredor somente a enceradeira do faxineiro. As mesas ainda estavam vazias, os arquivos metálicos, fechados, os telefones, em cima das mesas, silenciosos, as luzes, apagadas e os livros de legislação, alinhados em perfeita ordem ao longo de toda a parede. María havia passado ali boa parte dos últimos anos, e havia entregado todo o seu talento e a sua energia para que o escritório crescesse. Mas, de repente, via-o como era realmente: um lugar frio, inóspito, estéril, um lugar com a indiferença de um grande deus que não valoriza os sacrifícios dos minúsculos adoradores que lhe servem.

Atrás da porta de Greta a luz estava acesa.

María bateu e não esperou resposta. Abriu. As janelas estavam com as persianas pela metade e uma agradável penumbra iluminava uma estante e uma escrivaninha com três cadeiras postas em semicírculo. Num canto, uma mesinha tinha em seu tampo dois copos, uma garrafa térmica de café e uma garrafa d'água.

Greta estava de pé falando com uma mulher de uns cinquenta anos que parecia uma pilha de nervos.

— A que se deve tanta urgência? — perguntou María, deixando o casaco no cabide.

Greta estampava uma expressão grave.

— Esta é a Pura. Acho que vai te interessar o que ela tem a nos contar.

Purificación era uma mulher minúscula e aflita, sem aspirações além de pagar o aluguel. Não havia nada de interessante nela. Nem se considerava uma mulher. Ela via a si mesma como um burro de carga que levava no lombo cinco crianças sujas e uma casa minúscula, e que suportava as investidas da vida encolhendo-se e olhando para a ponta das sapatilhas furadas. Pura sentou-se na beira da cadeira com as mãos no colo, apertando um lenço sujo. Greta lhe serviu um café.

— Conte para a minha colega o que me disse.

A mulher começou a falar do marido. Chamava-se Jesús Ramoneda.

— Trabalha de informante da polícia. Todo mundo sabe, contando isso não estou revelando nenhuma novidade.

— Não é um "emprego" muito comum — interveio María intrigada.

Pura olhou para ela com uma ponta de intransigência nos olhos.

— Meu marido não é um homem comum.

Explicou que ele não era capaz de cuidar da própria vida. Batia nela e nas crianças e bebia demais. Volta e meia sumia dias a fio, às vezes semanas até. Purificación chegou à conclusão de que ele a enganava com outras ou que andava com putas, ou que talvez tivesse se metido em alguma encrenca com a justiça. Era esse o seu universo, o do submundo. Mas ele não dizia nada, o que podia dizer? Seu mundo abarcava uma sala cheia de trastes, uma cozinha imunda e cinco crianças chorando sem parar. Chegava a desejar do fundo de seu ser que ele a deixasse. Pelo menos, quando estava fora, ela podia respirar sem medo.

María ia ouvindo e tomando notas. Pensou que se tratava de um típico caso de maus-tratos, que o marido daquela mulher era um autêntico filho da puta, como tantos outros... E de repente sentiu-se envergonhada e perplexa: como tantos outros. Por acaso havia muita distância entre o que acontecia com aquela pobre mulher e o que Lorenzo fazia com ela? Como se aquela comunhão de destinos a incomodasse, pegou uma xícara de café e escondeu nela seu olhar. Sabia que Greta a observava com atenção, mas fingiu não perceber.

— Entendo — disse —, mas não creio que possamos fazer muito para ajudá-la. O divórcio é proibido, e o abandono do lar por uma mulher é penalizado. Posso lhe dar o endereço de uma casa de acolhimento clandestina para onde enviamos mulheres em sua situação.

Começou a anotar o endereço, quando Pura lhe pediu que parasse de escrever e fitou-a muito séria.

— Faz uns dias apareceu um policial à paisana perguntando por ele. Não era um dos de sempre, eu nunca o tinha visto. Parecia muito zangado. Me mostrou a foto de uma menina que deve ter uns doze anos e me perguntou se eu a tinha visto por ali ou se Ramoneda tinha me falado dela. Eu disse que não, e ele foi embora... Passados uns três dias, outros dois agentes vieram me ver. Esses eu conheço, são da delegacia de Verneda e costumam passar em casa para que Ramoneda lhes dê informações sobre o pessoal do bairro. Mas não era ele que queriam ver, vinham me ver. Disseram que tinha acontecido uma coisa horrível e que meu marido estava no hospital. Provavelmente morreria. Eles disseram que podiam dar um jeito nas coisas. Me ofereram cem mil pesetas para que eu não desse queixa. Iam se encarregar de tudo.

María remexeu-se estupefata em sua cadeira.

— Mas por que lhe ofereceram dinheiro para não dar queixa?

— Parece que quem quis matar meu marido foi aquele primeiro policial que apareceu uns dias antes com a foto da menina. Acho que é um inspetor-chefe da brigada de informação. Manteve meu marido trancafiado vários dias num porão, fazendo todo tipo de maldade com ele.

Nesse instante, María teve medo. Foi como se até aquele momento da conversa ela estivesse brincando com um cilindro que parecia inócuo e de repente descobrisse que estava cheio de nitroglicerina. Desviou cautelosamente o olhar para Greta, que permanecia em silêncio com os braços cruzados sobre o peito.

— Suponho que a senhora veio me ver porque quer denunciar esse policial — indagou María.

Purificación olhou para as duas advogadas com seus olhinhos mortos, que de repente adquiriram um brilho intenso.

— O que quero é saber se posso arrancar mais dinheiro deles.

María e Greta trocaram um olhar entre perplexo e envergonhado. No entanto, María avaliou imediatamente a importância do que lhes caía nas mãos. Os melindres ou as motivações não importavam, tanto fazia se aquela mulher procurava obter dinheiro ou justiça.

— Se conseguirmos pôr esse inspetor-chefe na cadeia, a senhora terá o dinheiro e a fama que quiser.

María aceitou o caso sem pensar mais, entusiasmada. Era o que estava esperando desde que saiu da faculdade. Adeus estágios, adeus casinhos bobos, adeus minúcias. Tinha tirado a sorte grande e contava aproveitar a oportunidade.

— Precisarei falar com seu marido.

— Ele está em coma.

María torceu a boca. Aquela era a primeira dificuldade com que ia deparar. O agredido não podia identificar o agressor.
— Mesmo assim quero vê-lo.

A única coisa que María viu daquele homem espancado foi seu corpo intumescido numa maca do setor de emergências do hospital Francisco Franco. Ficou impressionada com a deformidade do rosto, completamente descarnado, desfeito. E teve certeza de que também impressionaria o promotor e o juiz. Do seu caráter, da sua forma de pensar ou de ser, só tinha as referências de Purificación, e a maior parte dessa informação ela saberia ocultar para ganhar a causa.

Foram meses de trabalho intenso. Levantar provas de acusação, testemunhas, o motivo da agressão... Foi surpreendentemente fácil encontrar testemunhas que avalizassem a brutalidade daquele inspetor que María não chegara a ver antes do início do julgamento. Mas, então, já havia reunido provas suficientes para demonstrar que o inspetor-chefe César Alcalá era um policial corrupto que comandava uma rede de prostituição e drogas. Ramoneda, que trabalhava para ele como informante, tencionava denunciá-lo, motivo pelo qual César Alcalá resolveu assassiná-lo, não sem antes torturá-lo com crueldade para averiguar o que sabia.

— Um caso claro — disse María, antes da alegação final.

Greta, que havia trabalhado naquele caso tanto quanto a colega, torceu a cara. De repente apareciam provas demais, testemunhas de acusação demais. Enquanto isso Ramoneda continuava em coma, sem poder se explicar. Além disso, restava um ponto que ninguém havia mencionado no caso.

— Pura disse que aquele policial lhe mostrou a foto de uma menina de doze anos. Nem tentamos descobrir quem era e por que o inspetor a procurava.

— Não é importante para nós — disse María, incomodada, encerrando o assunto.

Todo o país estava com os olhos voltados para ela, num caso que vinha ganhando tamanho e importância midiática à medida que passavam os meses de instrução, até se transformar numa verdadeira prova de fogo para a Justiça. Nos bares, nas salas da faculdade e até nas fábricas, as pessoas faziam suas previsões: será que o regime havia realmente mudado a ponto de mandar para trás das grades um policial de alto cargo? Será que imporia contra as evidências apresentadas em juízo uma sentença inocentando o policial e o caso terminaria em pizza?

Em fins de 1977, tudo estava pronto para a sentença. Foi o momento de glória esperado por María durante anos. A sala abarrotada ouvindo sua ardente alegação final, os flashes das câmaras, os jornalistas tomando notas, a rádio transmitindo ao vivo. Seu discurso foi gravado inclusive pela RTVE. Nem María confiava numa sentença favorável. Mas não lhe importava muito. O caso já a tinha catapultado para o primeiro plano e vários escritórios de prestígio se mostravam interessados em contratá-la.

Naqueles meses sua vida mudou para sempre. As brigas com Lorenzo se tornaram cada vez mais acaloradas até que ela finalmente decidiu sair de casa. Contribuiu, e muito, para sua decisão o fato de ceder aos encantos de Greta.

Quanto a seu pai, não aceitou de nenhum modo sair de San Lorenzo, mas pouco importava. Com o que María ganhava dando conferências podia pagar uma enfermeira para atendê-lo vinte e quatro horas por dia. Além do mais, seu volume de clientes aumentou espetacularmente, assim como sua renda. Tanto que pôde comprar a metade da casa que cabia a Lorenzo e mudar-se para lá com Greta, ridicularizando seu marido, que pediu transferência para Madri.

Claro, não foram só triunfos. À medida que os meses passavam as pressões se tornaram insuportáveis. Uma manhã desconhecidos assaltaram seu escritório, agredindo os advogados que trabalhavam no caso contra o inspetor Alcalá, destruíram móveis e processos, e encheram as paredes de pichações ameaçadoras. Por sorte María não estava naquele dia. Greta também não, mas quando começaram a receber telefonemas com ameaças de morte em casa, ela ficou preocupada. Pedia a María que fosse discreta, mas ela se negava a se afastar dos holofotes midiáticos. Estava eufórica e cega, era incapaz de compreender que colocava as duas em perigo, até que em certa ocasião Greta foi agredida em plena rua por um grupo de ultradireita que a humilhou atirando ovos e pendurando nela um cartaz chamando-a de "sapata comunista".

E, finalmente, antes do Natal de 1977, saiu a sentença: contra todos os prognósticos, o juiz aceitava os argumentos de María e condenava o policial à prisão perpétua. Era muito mais do que ela e seus colaboradores tinham esperado. Parecia inclusive uma pena exagerada. Como se alguém quisesse dar uma lição ao inspetor. Nem houve tempo para recorrer. Alcalá foi logo mandado para o presídio-modelo de Barcelona.

Ramoneda continuava em coma um ano depois. Sua mulher se deu por mais que satisfeita com a indenização e com a entrevista à revista *Interviú*, paga a preço de exclusiva.

— Tudo acabou bem — disse María na noite em que ela e Greta saíram para comemorar. Era a primeira vez que podiam se permitir jantar num restaurante dos bairros nobres da cidade e brindar com um Gran Reserva.

Greta observou em silêncio María erguendo seu copo no ar. Sentou-se na cadeira e tomou um longo gole. Depois pousou o copo na mesa e enxugou os lábios com um guardanapo bordado. Uma ramificação de pequenas veias vermelhas molestava sua pupila. Já não mostrava a alegria de antes.

— O que foi? — perguntou María.

Greta sentia uma pontada num lugar indeterminado, bem dentro.

— Tenho a impressão de que pagamos um preço alto demais por tudo isso... É como se tivéssemos vendido nossa alma.

María franziu as sobrancelhas, mal-humorada.

— Não seja dramática. Você adora um lugar-comum. E, aliás, o que é a alma?

Greta olhou para ela com estranheza, como se desconfiasse de onde provinha aquela pergunta.

— O que levamos dentro de nós. Ou, melhor dizendo, o que nos leva lá de dentro — precisou, desalentada ao ver a expressão cética de María.

— Imagino minha própria mão entrando no corpo através do estômago: posso apalpar os rins, o fígado, os pulmões. Posso até tatear às cegas o coração, entre vísceras, células, glóbulos e nervos. Sopesá-lo com a palma da mão aberta, sentir o movimento rítmico de contração e expansão. Mas a alma não. Não a encontro em lugar nenhum. Fizemos o que devíamos fazer, justiça. Você devia estar satisfeita por derrotar os moinhos de vento.

— Não seja sarcástica. Não há nada de quixotesco em tudo isso, nem tem nada a ver com a justiça. Nós duas sabemos que tipo de homem é Ramoneda, e você viu a mulher dele gastando o dinheiro da indenização na Galerías Preciados. Em compensação, não tiro da cabeça aquele policial. Você viu sua resignação, sua expressão de desânimo?

— Foi condenado à prisão perpétua, não ia sair dando pulos de alegria.

— Não era a prisão que pesava em seus olhos, mas a sensação de injustiça. Ouvi a história da filha dele. Era a menina da foto, não é?

María jogou o guardanapo na mesa.

— Chega, Greta, por favor. Sim, também ouvi falar do sequestro da filha dele. Mas é tudo uma falácia, não há provas, nada. Em compensação, há dezenas de evidências de que é um policial corrupto e brutal.

— Mas e se for verdade? E se aquele informante tinha algo a ver com a menina desaparecida?

— Quem tem de investigar isso é a polícia. Não é nosso trabalho.

Greta sorriu com tristeza. Olhou para as luzes da cidade, que se estendiam diante dela como um remanso de paz enganador.

— Tem razão, nosso trabalho terminou. Agora, é simplesmente esquecer. Mas eu me pergunto se vamos conseguir.

Os guardas que levavam César Alcalá entraram por uma porta lateral da penitenciária.

As tripas daquela velha prisão estavam apodrecidas. Eram como catacumbas cheias de portas fechadas, janelas cegas, canalizações labirínticas e cantos que nunca tinham visto a luz. Uma tubulação de esgoto estava arrebentada, inundando tudo de merda. Homens nus até a cintura andavam descalços na imundice. Mal protegiam a boca com um lenço, e era evidente que o mau cheiro lhes provocava ânsia de vômito. Eram pessoas sem nome nem rosto que povoavam o subsolo, como ratos: às vezes, dava para ouvi-los correndo, mas ninguém nunca os via.

César Alcalá tentava manter a compostura, mas as pernas fraquejaram ante o espetáculo desolador que se oferecia a seus olhos. Obrigaram-no a entrar num quartinho onde mal podia ficar de pé sem bater a cabeça no teto úmido e gotejante.

— Tire a roupa — ordenou um guarda sem que seus olhos inexpressivos piscassem.

Teve de entrar num chuveiro de água gelada, e o fizeram andar até uma linha pintada no chão sem quase ter tempo de se enxugar. Aquela linha era o meridiano entre dois mundos. Atrás dela, a vida. Em frente, o nada.

Tiraram suas digitais em cartões amarelos, fotografaram-no, entregaram-lhe os apetrechos para higiene e mandaram pôr seus objetos pessoais numa caixa e assinar um recibo.

— Quando sair, devolvem tudo... — disse o guarda que o havia revistado, como se pretendesse acrescentar: "se é que um dia você vai sair".

César Alcalá perguntou se podia ficar com as fotos da filha e do pai, que guardava na carteira. O guarda examinou ambas, detendo-se além da conta na da menina.

— Quantos anos tem?

— Treze — murmurou com tristeza o inspetor.

O guarda lambeu os lábios como um gato.

— Tem uns peitinhos bem gostosos — disse com brutalidade.

César Alcalá cerrou os dentes, mas conteve a vontade de esmagar a cabeça daquele verme.

— Posso ficar com elas, por favor?

O guarda encolheu os ombros. Rasgou com uma minúcia maníaca as fotos em pedaços bem pequeninos, que deixou voar sobre a mesa. Seu olhar caiu como chumbo sobre César Alcalá.

— Claro, *inspetor*. Pode ficar com elas.

César Alcalá engoliu seco e catou os pedaços.

— Como é que se diz? — perguntou o guarda com fingida irritação.

César Alcalá cravou seu olhar em brasa no chão sujo.

— Obrigado — sussurrou.

Levaram-no para uma galeria com celas dos dois lados. O silêncio desesperador comprimia seu pescoço. Mal dava para ouvir o barulho ritmado de um portão abrindo e fechando mecanicamente. O eco surdo e profundo desse som era como o repicar dos sinos no dia de Finados. O guarda que o conduzia parava diante de cada portão, e a cada parada repetia em voz alta o nome do inspetor, para que os presos soubessem que ele estava ali. Açulavam os cães, e César Alcalá sabia que quando pisasse em uma área comum estaria morto.

— Dizem por aí que alguém está disposto a pagar uma fortuna pela sua cabeça, por isso trate de ficar sempre de olho.

César Alcalá inclinou a cabeça, incrédulo. Já estava morto antes de entrar naquela prisão. Morto desde o dia em que sua filha havia desaparecido sem deixar rastro; morto desde que sua esposa Andrea, incapaz de suportar tanta dor, tinha disparado um tiro contra si, deixando-o sozinho.

Sua cela era um espaço pequeno, com as paredes e o chão de cimento grosso, com um beliche junto de uma janela pequena, fechado com grades por onde a luz do pátio entrava quase pedindo licença; uma pia sem espelho e uma latrina sem assento, com aspecto pestilento, completavam o quadro.

César Alcalá observou por alguns instantes, com ar de nojo, a desoladora e inquietante paisagem a que teria de se acostumar. Num movimento de cansaço, deixou-se cair no beliche inferior.

O guarda sorriu sarcástico e fechou a porta.

Os holofotes do pátio iluminavam parcialmente o rosto do inspetor. Permaneceu com os olhos fixos naquele brilho de luz artificial, hipnotizado por sua força abrasiva. Junto dos varais de meias e camisetas pendurados nas grades das celas, rostos abstratos espremidos contra as grades de ferro observavam um horizonte invisível enquanto a noite caía. Nesses instantes, a solidão se acentuava e a saudade enchia até os corações mais duros. Era como se, ao parar o dia, cada um daqueles homens tomasse consciência de onde estava e se sentisse miserável e perdido. Cada homem ali trancado se agarrava às suas lembranças, agasalhava-se com elas: um nome, uma fotografia, uma canção, qualquer coisa a que pudesse se aferrar para se sentir vivo.

Já Alcalá batia a cabeça para apagar tudo aquilo que existiu antes daquela noite, porque se sentir vivo lhe doía muito mais do que o presságio de uma morte que já o rondava. Virou-se para a escuridão da cela. Seu destino havia deixado de preocupá-lo. Sentou na cama e reconstruiu com paciência os restos das fotos de sua filha e de seu pai, encerrado naquela mesma penitenciária quase quarenta anos antes — quem sabe naquela mesma cela —, e zombou de si mesmo, da circunferência absurda que seu destino traçava.

5

Mérida, maio de 1941
Sete meses antes do desaparecimento de Isabel Mola

O professor Marcelo estava contente. Com seu novo trabalho de tutor do pequeno Andrés pensava que acabariam para sempre os caminhos duros e gelados que percorria como professor rural.

Já seu filho, o pequeno César, se mostrava taciturno e mal-humorado. Acostumado com a vida nômade, sentia falta de ir de um lado para o outro. Talvez, dizia consigo, antes não tivessem muito, mas seu pai cantava canções estupendas e podia ir de povoado em povoado e falar sem perder o fôlego horas a fio. De vez em quando encontravam um telheiro ou uma casa de pastor e alguma coisa para comer. Qualquer coisa, água quente com acelga, duas batatas duras e negras, era motivo de festa.

E havia as grandes descobertas. Seu pai era uma enciclopédia; apontava sem hesitar cada uma das constelações do hemisfério norte, do Cavalo Menor à Virgem, e falava da magnitude dos planetas como se tivesse vivido neles. Outros dias se entretinha recitando Góngora e Quevedo, fingindo ser os dois ao mesmo tempo discutindo. Entendia de música, matemática e ciências naturais, mas nada o satisfazia.

César se sentia feliz. Enfrentava as penúrias e as inclemências com um espírito alegre, atento a um mundo que se abria a seus olhos pelas mãos do pai como uma coisa complexa, dura, às vezes cruel, mas sempre maravilhosa.

— Isso que você sente é a liberdade — Marcelo lhe ensinava. — Seu corpo se sacode com o frio da manhã, agradece o primeiro raio de sol que o aquece, se emociona com uma sopa quente, porque seu estômago conhece a fome. E seus olhos desfrutam da imensidão das paisagens de que um dia o homem foi arrancado para ser encerrado em fábricas imundas. Se cada operário, cada camponês fosse capaz de redescobrir essa sensação de humanidade, quem acha que ia querer continuar sendo escravo?

Mas então havia aparecido em suas vidas aquela mulher, Isabel Mola.

Desde que a conheceu, seu pai se tornou um desconhecido. Andava sempre trocando de roupa, gastando dinheiro em sapatos que apertavam os pés, impondo normas absurdas como se lavar com água gelada todas as manhãs e limpar a sujeira detrás das orelhas até elas ficarem vermelhas. Ainda por cima, tinha chamado a tia Josefa para cuidar dele.

— Não preciso que ninguém cuide de mim — protestou o menino ao ficar sabendo.

Marcelo se penteava pela enésima vez na frente do espelho, a risca no meio da cabeça, o cabelo fixado com brilhantina e com um forte cheiro de loção.

— Precisa, sim. Você só tem oito anos. Além do mais, sua tia precisa de nós quase tanto quanto precisamos dela. — Marcelo contemplou o rosto do filho e sentiu a angústia subir até a garganta. Ele estava tão triste com sua cara sardenta e seu cabelo raspado de colegial... Sentiu pela primeira vez em muito tempo que não soubera dar ao filho uma vida correspondente à sua idade. Por muito tempo, desde que enviuvara, tinha arrastado o menino numa vida ambulante que em nada ia ajudá-lo. Mas tudo aquilo ia mudar. Agora tinha um trabalho estável. Talvez César não aceitasse no começo, mas acabaria se acostumando à rotina de um menino normal.

— Não é tão ruim assim dormir todas as noites no mesmo lugar, você vai ver. Além do mais, agora vai poder se relacionar com outros meninos da sua idade. Com o filho dos Mola, por exemplo. Andrés tem a mesma idade que você e parece um menino muito interessante.

— Não gosto dessa gente — disse o garoto, franzindo o cenho. Odiava o menino. Pensou melhor e acrescentou: — Na verdade, não gosto de nenhum tipo de gente.

Marcelo sentiu-se tentado a sorrir. Deixou o pente na pia do banheiro e se acocorou diante do filho, fitando-o nos olhos. Aqueles olhos inquietos que eram como estrelas cadentes.

— Isso vai ter que mudar, filho. Não podemos viver sozinhos no mundo, entende? Precisamos dos outros, e os outros precisam de nós.

César assentiu, apesar de não entender o que estava sendo dito. Seu pai se ergueu e passou umas gotas daquela loção que tanto incomodava o menino. Ajustou a gravata e se fitou com ar satisfeito.

— Tudo isso, César, eu faço por você. Um dia, vai me agradecer. Você vai ver.

E então o garoto sentiu que era tudo mentira. Não conseguia captar a natureza do que estava acontecendo com seu pai, mas intuiu que não fazia aquilo por ele, e sim por aquela mulher de quem não parava de falar.

— Agora vá para o seu quarto. Sua tia chamará você para o almoço. Tenho de ir à cidade.

César Alcalá olhou desconfiado para seu pai.

— Você vai ver aquela mulher?

Marcelo devolveu-lhe o olhar, inquisitivo.

— Vou ver uns amigos que se reúnem com Isabel. E, sim, suponho que ela também estará presente.

— Posso ir com você? Não vou incomodar.

Marcelo negou com certa impaciência.

— Essas reuniões são uma chatice. É melhor que vá para o seu quarto já.

César subiu correndo a escada, entrou no quarto e passou o ferrolho na porta. Quando teve certeza de que ninguém ia incomodá-lo, abriu a caixinha de metal onde guardava o retrato da mãe. Tocou-o com delicadeza, como se temesse que se apagasse. Incompreensivelmente, o rosto de sua mãe começava a desaparecer da sua memória e se confundia com o daquela nova mulher de quem seu pai parecia gostar.

Virou-se para a parede rugosa e se cobriu com a manta áspera, fechando os olhos. Sem que as lágrimas pedissem licença, começou a soluçar com a cara enterrada no travesseiro para que ninguém ouvisse seu pranto. Não sabia por que chorava, mas era incapaz de controlar as lágrimas.

Teve um sonho estranho. Sonhou que estava sentado numa cadeirinha de berçário, parecida com a que seu pai lhe deu uma vez. Só que não era azul como aquela, mas vermelha, e não tinha assento de palha, mas um buraco, como as dos meninos que não sabem ir sozinhos ao banheiro fazer suas necessidades. Ele não precisava de uma assim, mas Andrés apareceu e obrigou-o a sentar de calça arriada. Estava vestido de um jeito esquisito, com um pijama ou algo parecido, e tinha os cabelos presos num coque e a cara pintada como que com gesso, muito branca, e os lábios muito vermelhos, como se tivesse bebido sangue. O filho mais novo de Isabel zombava dele, dizia que era um mijão e batia em sua cabeça com uma espada de madeira. César Alcalá queria se revoltar, devolver as pancadas, mas era incapaz de se levantar da cadeira e sentia uma vontade terrível de urinar. Finalmente, sentiu um jorro quente escorrendo entre suas pernas, enquanto Andrés ria como um desses loucos desdentados que César havia visto às vezes nos povoados que percorrera com o pai.

Acordou gritando. Estava em seu quarto. A tarde dava às paredes um reflexo alaranjado. No andar de baixo ouvia sua tia cantarolar. Viu então o lençol empapado e enrubesceu.

Marcelo Alcalá parou e consultou o endereço que trazia anotado num papel amarrotado. Soprava um vento cortante que vinha das margens do Guadiana. Era uma noite fechada e as únicas luzes que se viam eram as do passeio à beira do rio. Sob uma daquelas luzes macilentas viu a sombra de um homem fumando, encostado no poste. O professor distinguia com claridade a brasa do cigarro e a fumaça que ele deixava sair pela boca.

Marcelo se inquietou. Não havia mais ninguém na rua, a hora era imprópria e o lugar, propício para que qualquer um o assaltasse — conhecia a fama que tinham os cantos escuros perto da ponte. Ali se reuniam como sombras esquivas os michês com seus clientes, arriscando-se a serem presos pela polícia ou que um assaltante os deixasse sem nada com uma facada no ventre. Mas era o lugar em que Isabel havia marcado o encontro aquela noite.

Não sabia o que a sra. Mola pretendia. Alguma coisa pouco comum, certamente. Naquela manhã, enquanto repassava o abecedário com Andrés na fazenda dos Mola, Isabel havia entrado com a desculpa de se interessar pelo progresso escolar do filho.

No entanto, o que fez foi enfiar dissimuladamente em seu bolso aquele papel que agora segurava:

"Creio que posso contar com o senhor. Se me estima de verdade, virá esta noite a este lugar. Seja o mais discreto possível."

Agora se arrependia daquele entusiasmo um tanto ingênuo que o olhar perigoso da mulher lhe havia insuflado. Por um momento havia pensado que... quem sabe... fosse um encontro. Corou com essa falácia.

De repente, a sombra debaixo do lampião de rua atirou fora o cigarro. A guimba descreveu uma parábola sobre o nevoeiro do rio enquanto a silhueta deixava o facho de luz e se dirigia para ele. Diretamente para ele. Seus passos ressoando no calçamento agigantavam a figura como algo temível e perturbador. Marcelo pensou em fugir. Mas seus pés se negaram a lhe obedecer.

A sombra foi se tornando carne. Carne pesada e corpulenta, de um homem envolto num capote comprido e num chapéu de abas largas, com as mãos no bolso.

— Você é o Marcelo? — perguntou com uma voz grave, olhando para ele sem nada no fundo dos olhos.

Marcelo assentiu. Só então o homem relaxou e estendeu a mão enluvada.

— Isabel me disse que você viria. Disse que é de confiança. Vamos, vou te levar ao lugar da reunião.

Sem esperar uma resposta, o homem girou nos calcanhares. Marcelo observou suas costas de ombros largos que se perdiam em meio ao nevoeiro. Hesitou um instante, mas seguiu o desconhecido.

Atravessaram várias ruas labirínticas perto das ruínas do anfiteatro romano. No nevoeiro, as pedras da fachada pareciam fantasmagóricas, como a quilha de um navio pirata rompendo silenciosamente a noite. O homem se deteve no portão de um prédio. Olhou para um lado e para o outro e bateu várias vezes na porta. Aquilo tudo intrigava e inquietava Marcelo em partes iguais. Tinha a sensação de que ia se meter numa encrenca, mas já era tarde demais para recuar. A porta estava se abrindo.

No térreo do edifício outro homem os esperava. Parecia um metalúrgico, a julgar por seu macacão de trabalho e pelas mãos cheias de limalha de aço incrustada na pele. Seu aspecto era o de um cãozinho medroso, mas o olhar que dirigia ao professor era desconfiado do mesmo jeito. No entanto, apertou efusivamente o braço do homem que o acompanhava.

— Já estão todos lá em cima. Esperam vocês.

O homem que acompanhava o professor assentiu, tirando o chapéu.

— Bom. Vamos lá.

Num apartamentinho de não mais de quarenta metros, um grupo de homens e mulheres que o professor não conseguiu quantificar fumava, enchendo o ambiente de fumaça. Falavam entre si formando rodas dispersas. Não erguiam a voz, e aquelas conversas sussurrantes lembraram-lhe os estudantes conversando na sala de uma biblioteca universitária. Quando o homem que o acompanhava entrou, todos se viraram para cumprimentá-lo. Era evidente que o tinham como uma espécie de líder. Pouco a pouco foram ocupando as cadeiras dispostas em círculo na sala.

— Sente-se aqui, ao meu lado, professor — disse o homem, tirando o capote e deixando-o no encosto da cadeira.

Marcelo obedeceu, procurando Isabel entre os presentes.

— Ela não virá, professor. Temos de fazer esta reunião sem a presença da sra. Mola.

Marcelo se mexeu na cadeira.

— Então, o que estou fazendo aqui?

O homem torceu a cara com um sorriso que tinha uma ponta de cinismo, mas logo se recompôs.

— A mesma coisa que nós todos. Tentando construir um mundo melhor.

Iniciou-se o que parecia ser uma sessão plenária. Um a um, aqueles homens e mulheres — Marcelo pôde finalmente contar uns dez, a maioria bem moços, adolescentes apenas — foram ocupando o centro do círculo de cadeiras e expondo os fatos. Fatos que muito inquietaram Marcelo, que, à medida que ouvia, compreendia a natureza daquele grupo.

— Vocês são comunistas? — perguntou alarmado, sussurrando no ouvido do homem que presidia a reunião.

O homem não olhou diretamente para ele. Inclinou um pouco o rosto para o professor e esboçou mais uma vez seu sorriso complexo.

— Somos gente que pensa que as coisas não podem ficar como estão e que homens como Guillermo Mola, o chefe da Falange em toda a província de Badajoz, não podem continuar aterrorizando nossas mulheres, nossos pais e nossos filhos — fez uma pausa e olhou intensamente nos olhos do aturdido professor. — Por isso, decidimos fazer um atentado contra ele. Vamos matá-lo.

Marcelo teve que reprimir o gesto de não saltar da cadeira como uma mola.

Matar Guillermo Mola? Aquela gente estava doida. Ele era um dos homens mais poderosos de toda Extremadura. Ninguém podia tocar num fio de cabelo dele. E, além do mais, contava com a proteção de Publio e de seus camisas-velhas. Todo mundo sabia da ferocidade daquele esbirro. Mas o que mais o espantava era uma pergunta insistente: o que fazia ele, um simples professor rural, no meio daqueles conspiradores? Por que Isabel o enviara ali?

O homem que o havia acompanhado até aquele buraco leu seu pensamento.

— Foi Isabel quem teve a ideia. Ela vai nos dar a informação necessária para consumar o atentado — disse isso sem se alterar. Aquele desconhecido pretendia lhe fazer crer que Isabel estava disposta a assassinar seu próprio marido.

— Como quer que eu acredite em semelhante barbaridade?

O homem encolheu os ombros.

— Não seja ingênuo, professor. Quanto tempo faz que trabalha naquela casa? Seis meses? Não me diga que nesse tempo não se deu conta de que tipo de monstro é aquele homem. Sabe que Isabel se casou com ele para que os pais dela pudessem sair do país? Sabe que esse canalha confiscou todas as propriedades da família dela? Sabe que por ordem de Guillermo Mola o irmão mais velho de Isabel foi um dos fuzilados da praça de touros de Badajoz? Sim, ela, mais que qualquer um de nós, tem motivos para odiá-lo, sem falar nas vexações diárias a que essa besta a submete.

Marcelo tinha ouvido algumas dessas coisas, era verdade. E também tinha visto e ouvido outras que teria preferido não ter visto nem ouvido. Intuía que Isabel não amava o marido, e egoísta e estupidamente, essa percepção que agora se confirmava alimentava seus anseios secretos de que ela pudesse prestar atenção num pequeno rato de biblioteca como ele. Mas tramar um plano para assassinar o pai de seus filhos... Isso era uma coisa bem diferente. Era impossível de acreditar. Isabel era bonita demais, doce demais. Seus pés levitavam sobre o chão. Era impossível que os manchasse com a lama.

— Por que estou aqui? — perguntou, entre aturdido e perplexo.

— Isabel disse que o senhor tem um apreço especial pelo filho mais moço dela.

Marcelo assentiu. Sim, era verdade: Andrés era um menino peculiar, necessitava de ajuda para conter sua enorme imaginação e aquela portentosa energia que podia transformá-lo amanhã tanto num gênio como num monstro. Ele confiava conseguir canalizar esse potencial para a primeira opção. Mas não entendia o que o menino tinha a ver com aquele assunto tão tenebroso.

— Eu explico, professor: se as coisas ficarem feias, Isabel vai precisar fugir. E levará com ela o filho mais novo. O caso de Fernando é diferente. Ele já é grande, pode se virar sozinho. De forma alguma Isabel deixará Andrés nas mãos do marido. Guillermo Mola detesta o garoto. Acha que ele é uma aberração e não hesitaria em trancá-lo num manicômio o resto da vida. De modo que, se falharmos, ela precisará de um lugar onde possa se esconder com seu filho. Esse é o seu papel, professor. Não deve se envolver, ninguém vai saber que está a par do assunto. Só lhe pedimos que, se for o caso, proporcione a ela uma saída de emergência. Pelo que parece, ao enviuvar, o senhor herdou uma quinta bem perto da fronteira com Portugal. É um bom lugar. Eles só se esconderiam uns dias lá, o tempo necessário para entrar em Portugal e de lá ir para Londres. O resto não interessa ao senhor. Enquanto isso, siga com a rotina habitual.

Seguir com a rotina habitual. Aquelas palavras retumbaram no cérebro de Marcelo. Ele as repetiu a noite inteira sem cessar, sem poder pegar no sono, até as primeiras luzes da manhã entrarem a rodo pelas cortinas do quarto.

Aquela manhã, enquanto comia no desjejum as migalhas que Josefa havia preparado, imaginou se não era melhor fugir rapidamente daquela cidade. Ir para Madri, quem sabe Barcelona. Pelo menos devia mandar César e Josefa para lá. Pô-los a salvo, para o caso de as coisas se complicarem. Mas isso levantaria suspeitas. E ele não devia levantá-las. Na verdade, disse consigo, não estava exatamente "envolvido" no assunto. Assim que aquele homem disse o que ele devia fazer, se fosse o caso, Marcelo saiu da reunião. Não queria saber de detalhes nem de datas nem de nomes. Tampouco tinha se comprometido a fazer a sua parte, se necessário. Mas sabia o que estava acontecendo. E não denunciar o transformava em cúmplice. Se delatasse, se contasse para a polícia o que sabia, o que aconteceria com aquela gente? E, sobretudo, o que seria de Isabel? Era burrice fingir que não sabia. Não. Ele era um simples professor. Não era político nem lhe interessava nenhuma bandeira que não fosse a sua liberdade ou a do filho. Mas aquela não seria uma luta inevitável? Poderia ele continuar pregando os princípios da liberdade, da cultura, da justiça e por outro lado continuar escondendo a cabeça num buraco, como um avestruz? Estaria tão cego, tão morto de fome, para deixar sua vontade ser comprada por um salário e um teto, mesmo sabendo que gente repugnante eram Guillermo Mola e seu acólito, Publio? Não. Não ia denunciar Isabel.

No entanto isso não o aliviava. Sentia uma profunda amargura em sua masculinidade. Sabia que ela o havia utilizado, que o havia posto entre a cruz e a espada. Havia descoberto sua fraqueza e a tinha utilizado sem recato.

Nas semanas seguintes, Isabel tratou de afastar-se. Marcelo procurava se concentrar na educação de Andrés, mas era inevitável que, ao vê-la passeando pela casa com aquele ar de fada madrinha, sentisse uma espécie de repulsão. Finalmente uma tarde conseguiu abordá-la perto do caramanchão do jardim.

— Preciso falar com a senhora.

Isabel usava luvas de pelica com as quais podia manipular os espinhos das rosas sem se espetar. Tirou uma, fingindo não se sentir incomodada nem acusada pelo olhar ferino do professor.

— Acho melhor não conversarmos, professor. A não ser que se trate de Andrés.

Marcelo devia fazer um grande esforço para se comportar como um ser civilizado e não se trair.

— Claro que se trata de Andrés, e da senhora, e do seu marido... E de mim, Isabel. Não pode continuar fingindo que não está acontecendo nada.

Isabel virou a cabeça fugazmente para a fachada da casa, como se temesse que Guillermo ou seu cão de guarda, Publio, pudessem ouvi-la. Aquela expressão tensa do seu rosto, breve, intensa, pareceu a Marcelo tão bonita como a passagem de uma estrela cadente. Até naquelas circunstâncias, era impossível não sentir admiração por ela.

— Não há por que fazer o que quer que seja, Marcelo. Para dizer a verdade, me arrependi muito durante estas semanas por tê-lo envolvido. O senhor é um homem bom, mas preciso de alguém que possa proteger Andrés. E só posso confiar essa tarefa ao senhor. Mas não precisa continuar aqui, se não quiser.

Marcelo sentiu-se confuso. Ela falava com ele e sorria; sorria verdadeiramente, não como uma artimanha para vencer sua reticência.

— Eu não disse... que não quero fazer... Só esperava que...

Isabel enfiou de novo a luva de pelica e se inclinou sobre a roseira com uma tesoura de poda.

— Sei o que você esperava, Marcelo. E acredite que me sinto lisonjeada. Mas não comprarei sua lealdade com mentiras. Lembra-se do homem que o acompanhou naquela noite? Estou apaixonada por ele. E ele por mim. Quando tudo terminar, contamos começar uma nova vida... — ergueu o olhar, claro e limpo como as rosas que tinha nas mãos. — E acho que você deveria fazer a mesma coisa. Terá minha amizade e minha eterna gratidão. É tudo o que posso lhe oferecer.

Marcelo engoliu em seco. Sentia-se vil, sujo, triste.

— Será melhor sua amizade do que nada — disse, forçando o sorriso mais doloroso da sua vida.

Passaram-se os meses e não acontecia nada. Guillermo Mola continuava vivo, a rotina da casa não se alterava. Até Isabel parecia mais feliz e menos meditativa que de costume. Marcelo chegou a acreditar que talvez aquele grupo de conjurados havia compreendido a insensatez do que pretendiam fazer e, simplesmente, abortado o plano.

No entanto, quando acabava o ano de 1941, aconteceu uma coisa que pôs pelos ares aquela aparente placidez.

Eram dez da manhã. Marcelo cuidava da caligrafia de Andrés, que com sua letra miúda desenhava na lousa vogais irregulares. De repente, a porta se abriu. Nela apareceu um dos falangistas de Publio, o braço direito de Guillermo Mola. Em seu rosto contraído, Marcelo leu o pior dos presságios.

— Estou procurando a sra. Mola. A mando de Publio. Você a viu?

Marcelo disse que ela não havia aparecido por ali naquela manhã.

— Aconteceu alguma coisa?

O falangista lhe deu a notícia: haviam atirado em Guillermo Mola na saída da igreja a que ele ia todas as manhãs receber a eucaristia.

— Por sorte — acrescentou com ar satisfeito — só o feriram. Dom Guillermo está fora de perigo.

Tinham feito... e tinham falhado. Teve de se apoiar no encosto da cadeira e deslizar devagar até sentar, de lado. Andrés continuava aplicado na lição, apertando o giz com a língua entre os dentes, sem entender o que acontecia. E agora, o que ia ser daquele menino? E da sua mãe?

Viu então através da janela a figura tenebrosa de Publio. Estava de pé no meio do jardim, com as mãos nos bolsos, como se não estivesse acontecendo nada de anormal... Por que olhava com tanta insistência para a sala? Estaria olhando para ele?

Marcelo empalideceu. Publio, o homem que fazia tremer as pedras com sua simples presença, o cumprimentava com os olhos semicerrados e seu sorriso de lobo.

6

Barcelona, novembro de 1980

Não havia parado de chover, mas agora caía uma chuva preguiçosa que conduzia o dia a uma depressão sonolenta. María estava melancólica e taciturna, como a tarde. Observou os guarda-chuvas dos transeuntes que iam para o mercado de Born e que balançavam como as ondas de um mar agitado.

— Por que não me conta o que há? Está o dia inteiro mal-humorada — disse Greta. As duas passeavam pelo bairro de Ribera, reprimindo o desejo de se dar as mãos ou se beijar, como faziam os outros casais sob as sacadas que eriçavam a avenida com suas gárgulas e marquises modernistas.

— Não há nada — mentiu María. — É este tempo que me dá nos nervos. — Sentaram num banco. Paralelo à calçada descia uma pequena corrente de água suja. María ficou contemplando o cadáver de um rato inchado e sua deriva até o bueiro. Virou-se lentamente para o céu, que era como um sudário. Teria sido melhor uma tempestade, um aguaceiro que arrastasse para o mar os miasmas daquelas ruas estreitas que respiravam como um asmático.

Greta acendeu um cigarro e passou-o a María. Entrelaçaram as mãos por baixo do casaco. Os dedos de María estavam frios.

— Está assim por causa do seu pai? Era inevitável que o internassem. E não há por que se preocupar muito, é apenas um controle rotineiro.

María fez um gesto negativo.

— Não é isso que me preocupa. Afinal de contas, faz quatro anos que ele luta contra o câncer e não deu o braço a torcer. Ele é forte.

— Então…? — Greta se encostou no ombro de María. Estava com a cara avermelhada, apesar da maquiagem. Vestia uma capa xadrez muito chamativa, que gotejava sobre seus joelhos.

— Hoje faz três anos da sentença contra César Alcalá.

Greta se surpreendeu. Nem lhe havia passado pela cabeça. Aquilo era uma coisa já muito distante em sua vida; mas, pelo visto, não na de María.

— Ah! E devíamos ficar tristes ou comemorar?

María ralhou com a companheira, meio de brincadeira, meio a sério.

— Não seja irônica… Só estou dizendo que acordei hoje com uma sensação estranha, como um embrulho no estômago, e me lembrei da data. A manhã inteira esse mal-estar não parou de me afligir.

Greta assentiu sem dizer nada. Deu uma longa tragada no cigarro e afastou a franja molhada. Observou as unhas, procurando aparentemente alguma imperfeição em seu esmalte perfeito.

— Pensa nele?

María negou com veemência.

— Não. Claro que não. Pensamos em todas as pessoas que

acusamos ou defendemos num julgamento? Fazemos nosso trabalho e seguimos em frente.

— Mas o caso do inspetor Alcalá não foi como os outros, sabemos disso.

Greta tinha razão. A vida delas não voltara a ser a mesma. Agora eram advogadas de prestígio e tinham seu próprio escritório no Paseo de Gracia.

— As coisas vão bem para nós desde então — acrescentou Greta com um olhar carregado de segundas intenções. — Não é verdade?

María se esquivou daquele olhar interrogante. Com a desculpa de procurar na bolsa seus comprimidos para dor de cabeça, soltou sua mão.

— Sim, as coisas vão bem para nós. Temos uma boa casa, um bom carro, viajamos, vamos esquiar... — deixou a enumeração no ar, como se houvesse se esquecido de dizer uma coisa importante.

— E temos uma a outra — acrescentou Greta, sempre com segundas intenções.

De repente soaram os sinos da igreja de Santa María anunciando o quarto de hora. Um bando de pombos revoou em meio à chuva e María desviou o olhar, deixando-o vagar. À sua direita havia um indigente no meio da praça do Fossar de les Moreres, com as mãos nos bolsos de um capote cinzento, comprido e sujo, olhando para a esquerda e a direita alternadamente. Dava uns passos para um lado. Parava. Observava e voltava sobre seus passos, coçando a barba grisalha de vários dias, sem se decidir se ia para um lado ou para o outro.

María fitou-o atenta. Alguma coisa nele lhe parecia familiar.

— Veja aquele mendigo. Está olhando para nós.

Greta observou o indigente. Não lhe pareceu diferente dos outros que pululavam no lugar.

— Devíamos ir para casa. Está ficando tarde. E estou de novo com dor de cabeça.
— Quando você vai ao neurologista?
— Deixe de ser chata, Greta. Não é nada. Só uma enxaqueca.

Greta lembrou-lhe quantas vezes tinha ficado enjoada no último mês, as perdas repentinas de memória e aquelas manchinhas que de vez em quando salpicavam sua íris como pirilampos voando diante dos seus olhos, que lhe turvavam a vista.

— Uma simples enxaqueca por acaso provoca isso?
— Vou arranjar tempo para ir ao médico, prometo — respondeu María, virando a cabeça para trás. O mendigo estava olhando para ela. Lentamente, ele ergueu a mão e a cumprimentou. De longe María achou que ele inclusive pronunciara seu nome. De novo sentiu a certeza quase absoluta de que conhecia aquele homem. Mas não conseguia situar sua cara e associá-la a uma lembrança ou identidade concreta. — Vamos? Não estou gostando daqui.

Naquela noite, o telefone tocou três vezes antes de María tirá-lo do gancho e deixá-lo no aparelho sem atender, enquanto relia uma sentença de despejo para a qual preparava um recurso no escritório em casa. Não passaram mais de cinco segundos, mas quando levou o fone ao ouvido escutou apenas o zumbido da linha. Sem dar maior importância ao fato, desligou e continuou revisando seu trabalho.

Dez minutos depois o telefone voltou a tocar. Desta vez ela atendeu de primeira.

— Alô?
— Posso saber por que não atendeu antes?

María ficou paralisada ao ouvir aquela voz. Demorou alguns segundos para reagir, perplexa.

— Lorenzo?

Do outro lado da linha, ouviu uma risadinha ligeira.

— Parece estar ouvindo uma voz do além. O fato de não ter querido saber de mim esse tempo todo não significa que eu tenha morrido.

— O que você quer? — perguntou María lentamente, receosa. Fazia mais de três anos que não sabia dele e ouvir de novo sua voz fez voltar as antigas agruras, aninhadas para sempre no fundo das suas tripas.

— Estou em Barcelona. Pensei que seria bom nos encontrarmos.

María sentiu uma pressão muito forte na nuca, como uma garra que a empurrava para a frente contra a sua vontade. De repente voltou aquela sensação que sempre a intimidava quando estava com Lorenzo. A sensação de ridículo e o temor desmesurado.

— Estou muito ocupada estes dias. Além do mais, não creio que eu e você tenhamos algo a falar. — Sentiu-se reconfortada com sua determinação.

Do outro lado da linha ouviu uma bufada seguida de um silêncio pensativo.

— Não quero falar de nós, María.

— De que quer falar, então?

— De César Alcalá, o inspetor que você mandou para a prisão há três anos... Poderia vir me encontrar agora mesmo no meu escritório no ministério? Fica no segundo andar da Direção Provincial da Polícia.

María demorou a reagir.

— O que você tem a ver com esse homem?

— É complicado, e não creio que seja conveniente falar desse assunto por telefone. É melhor nos vermos.

Naquele momento Greta entrou no escritório para consultar

uns dados. Demorou uns segundos para erguer a cabeça dos documentos que trazia na mão. Deu-se então conta da palidez de María, que desligava o telefone com um ar ausente.

— O que foi?

María negou devagarinho com a cabeça, como se negasse um pensamento que a inquietava.

— Tenho de ir a Barcelona. Um cliente quer me ver. — Não havia nenhuma razão para mentir a Greta, mas sua intuição dizia que por ora era melhor não mencionar Lorenzo.

— Agora? São quase dez da noite.

— É, tem de ser agora — disse María, pegando o casaco e a chave do carro. — Não me espere.

Sabia que Greta não tinha acreditado numa só palavra, mas tampouco se esforçou para parecer mais convincente. Depois haveria tempo para explicações. Agora estava aturdida demais para pensar.

Foi a toda pela estrada da costa, atravessando pequenos povoados que naquela época do ano estavam desertos. Apesar do frio cortante que entrava através da janela entreaberta, María não conseguia acordar por completo. De repente, toda a angústia que havia sentido ao longo do dia adquiria peso e dimensão.

Sob a luz amarelada dos postes de luz, a fisionomia da rua mudava com uma tristeza ondulante. Ao longe pedestres podiam ser vistos através da chuva. Eram como pequenos insetos que corriam para se abrigar na noite. María se deteve diante da porta da Direção Provincial da Polícia para assegurar-se de que era ali que Lorenzo havia marcado o encontro.

Aproximou-se de um policial envolto em sombras que fazia a ronda de vigilância. A água escorria por ele todo, turvando seu rosto. O cano da submetralhadora a tiracolo brilhava com a chuva. Era um desses guardas altivos, seguros de si sob o barbicacho cingido ao queixo e sua arma em riste. Sua cara de espartano era tão teosófica quanto superficial.

— O que está fazendo aí, parada?

— Vim ver o... — hesitou, não sabia que cargo Lorenzo ocupava agora no Cesid, o Serviço de Inteligência, — vim ver Lorenzo Pintar. Está no segundo andar.

O policial torceu a cara. Sabia quem trabalhava no segundo andar do edifício. Seus olhos escuros e frios escrutaram María sem a menor emoção. Finalmente se deu por satisfeito e deixou-a entrar com uma justificativa tão taxativamente ridícula quanto certa:

— Nunca se sabe quem pode ser terrorista.

Mal cruzou a soleira, María foi recebida pela mesma rotina policial que já conhecia de todas as delegacias. Sempre se ouvia, ao fim de um corredor estreito, o fechamento metálico de uma porta, os passos secos de um guarda, as vozes altissonantes dos detidos e dos policiais. Era um mundo alheio à vida da luz. Ele a deprimia.

Subiu ao segundo andar. Teve de sentar à espera na beira de uma cadeira incômoda. De vez em quando observava de esguelha uma porta fechada. E, quanto mais esperava, mais crescia uma estranha sensação de inquietude, um formigamento no céu da boca. Sem saber muito bem por que, começou a se sentir insignificante. Essa sensação tornou-se opressiva quando entrou alguém atrás dela e, sem passar pelo purgatório da espera, cruzou a soleira da porta, que se abriu sem necessidade de bater.

María tentou se distrair olhando ao redor. As janelas, altas e inatingíveis, eram pequenas lucarnas pelas quais aparecia de vez em quando o brilho de um raio. As trovoadas da tempestade sepultavam o tamborilar das máquinas de escrever e dos telefones. Imaginou que durante o dia aquele barulho devia ser enlouquecedor. Numas mesas ao fundo, alguns homens tomavam café, outros escreviam com o antebraço apoiado na cadeira, cansados. O mobiliário era velho, de metal acinzentado. Em caixas que faziam as vezes de arquivos improvisados, amontoavam-se dúzias de pastas.

De vez em quando entrava alguém da rua arrastando a chuva atrás de si e deixando marcas no chão de lajotas não enceradas. Levantou-se e aproximou-se da janela que dava para a rua. Uma ou duas vezes pôde ver as botas encharcadas do policial de guarda lá fora. Supôs que cada pessoa que entrava ele submetia ao mesmo escrutínio e que, justificando-se, lhes explicava que qualquer um podia querer fazer aquela pobre delegacia voar pelos ares.

Finalmente a porta da sala diante da qual ela esperava para ser atendida se abriu. O homem que saiu nem se deu conta da sua presença. Passou por ela pensativo, imerso na seriedade e na meditação de algo que devia preocupá-lo profundamente.

— Lorenzo!

Lorenzo se virou. De repente seu rosto se transformou num poema. Não podia acreditar que aquela formosa mulher que o fitava séria fosse María.

— Meu Deus, nem te reconheci — murmurou admirado, aproximando-se com a intenção de lhe dar um beijo.

María deteve-o estendendo-lhe a mão.

— Você está mais ou menos igual — respondeu ela, titubeante. Na realidade ele parecia muito mais velho e cansado. Tinha grandes entradas na testa e os cabelos bem grisalhos. Além do mais, havia engordado.

Lorenzo estava perfeitamente consciente dessas mudanças.

— Parece que quem ganhou com nossa separação foi você — disse ele com certo sarcasmo, embora não lhe faltasse razão. — Está com um ar diferente, não sei, vai ver que é o corte do cabelo ou a maquiagem. Antes você não se maquiava nem usava esses vestidos elegantes.

María simulou um sorriso cortês. Lorenzo não se dava conta de que sua mudança não era física e que não se devia à franja caindo sobre os olhos, nem ao vestido italiano azul, nem aos sapatos de salto. Agora era outra mulher, alguns poderiam dizer que feliz. Irradiava uma luz diferente e própria. Mas Lorenzo admitir isso seria reconhecer implicitamente que ele era parte do problema que fizera ela não ser assim enquanto estiveram juntos.

— Por que queria me ver?

O rosto imperturbável dele se moveu lentamente, como a pedrinha que antecede o desmoronamento. Olhou hesitante para a saída, consultou o relógio e ficou pensativo.

— Preciso de um favor pessoal.

— Um favor pessoal? — repetiu ela, espantada.

— Deve estar pensando que tenho uma tremenda cara de pau para aparecer depois de tanto tempo e te pedir uma coisa, mas é importante.

Ele a fez entrar em sua sala. Os subalternos se levantaram e o cumprimentaram. Atravessaram uma porta interna, que Lorenzo fechou atrás de si.

Seu escritório era um lugar frio, uma paisagem austera de móveis velhos e arquivos metálicos. Havia num canto uma moldura com uma sempre-viva e o retrato de uma mulher e uma criança de uns dois anos.

Ao ver a foto da que provavelmente era sua nova família, María teve uma sensação ambígua. Por alguma estranha razão havia imaginado que Lorenzo era o típico homem solitário e infeliz, dedicado exclusivamente ao trabalho.

— Sua mulher?

Lorenzo fez que sim.

— E Javier, meu filho — acrescentou com orgulho.

María sentiu um travo de amargor. Era o nome que poriam no filho que ela tinha perdido, se fosse menino.

Lorenzo acendeu um abajur e sentou-se à escrivaninha, convidando María a fazer o mesmo. Em cima da mesa havia uma pasta com nomes em vermelho. Ela conseguiu ler dissimuladamente um deles. Ele fechou a pasta e afastou-a da sua vista.

Incomodada, María desviou o olhar para o verde de um talo de bambu cheio de nós, torcido como um cordão umbilical. Ao perceber que aquele toque verde na sala sombria lhe chamava a atenção, Lorenzo tirou-o do recipiente úmido.

— Comprei-o porque é absolutamente imperfeito. Os erros levam às vezes ao limite do prodígio. É um paradoxo que explica muito bem o meu trabalho.

— Ser espião é algo que combina perfeitamente com você.

Lorenzo sorriu.

— Não nos chamamos assim. Na "casa" preferimos crer que somos funcionários da Defesa.

Ele pediu que trouxessem dois cafés com mais veemência que a necessária; queria demonstrar que era o rei naquela corte e que María havia perdido um bom partido.

— Como vão as coisas com aquela sua amiga… Greta? — sorriu com a frieza daninha que ao conhecê-lo María confundiu tolamente com autocontrole e autoconfiança, mas que na realidade refletia a temperatura glacial da sua alma.

— Ótimas — respondeu ela.

Sabia que para o ego masculino de Lorenzo era imperdoável que ela o tivesse abandonado por uma mulher. Nunca poderia compreender que se o deixou fora pelos próprios deméritos dele. Era orgulhoso demais para reconhecer algum defeito seu. Essa soberba idiota dele, esse alarde de independência masculina tinham minado pouco a pouco aquele sentimento de amor inicial, do qual já não restava nada, salvo a vontade de sair correndo.

María acendeu um cigarro e contemplou meditativa a brasa fumegante e os anéis azulados que se desfaziam no ar. Notou a cara de nojo de Lorenzo. Era tão metódico, tão correto, que até as rebeldias mais simples, como acender um cigarro, o tiravam literalmente do sério. Não existem pequenas transgressões — não foi isso que ele disse na noite de núpcias, quando ela fumava um cigarro jogada na cama? Não era nem sequer um baseado. Era um maldito cigarro. Mas ele tinha olhado para María como se ela acabasse de cometer um terrível crime e estivesse com a arma nas mãos.

— Pelo que vejo, continua fumando. Você devia tomar cuidado com o câncer de pulmão. É uma loteria, e não necessariamente quem tem mais bilhetes ganha. — O imbecil riu da própria tirada.

— Não comece de novo com isso — murmurou María, para calar aquela voz interior que enchia sua cabeça de lembranças amargas. Apagou o cigarro no cinzeiro.

Lorenzo arqueou a sobrancelha. Sentia-se bastante incomodado.

— Eu não a teria chamado se não fosse um assunto importante, acredite. Se bem que às vezes devo reconhecer que tive necessidade de saber da sua vida.

— Minha vida vai muito bem. Agora, melhor do que nunca. — Quando se propunha, María podia ser o mais cruel e daninho dos seres. Não era como aqueles cachorros de sangue quente que se atiram sobre a presa e a despedaçam a dentadas. Aplicava aos sentimentos a mesma prática que utiliza um cirurgião frio, consciente da geografia que disseca, sem hesitações, sem misericórdia.

Lorenzo suportou com serenidade a estocada. Olhou para uma portinha entreaberta onde ficava o vestíbulo privado.

— Como está seu pai? — perguntou inesperadamente.

María se surpreendeu. Gabriel era a última pessoa pela qual Lorenzo se interessaria.

— Não muito bem — respondeu sinceramente. — Por que a pergunta?

— Pura cortesia, para quebrar o gelo.

— Sei... E por que não deixa de rodeios e me diz para que me chamou? — María começava a se inquietar. — Você nunca pede favores desse tipo, muito menos pediria a mim, de modo que deve estar com água até o pescoço. De que se trata? Você disse que tinha algo a ver com César Alcalá.

— Lembra-se de Ramoneda? O homem que César Alcalá quase matou?

María fez que sim com má vontade. Não lhe agradava lembrar aquilo.

— Vagamente — mentiu.

Lorenzo recostou-se em sua cadeira e pôs-se a brincar com um abridor de cartas entre os dedos.

— Você talvez não saiba que ele saiu do coma alguns meses depois do julgamento.

María se pôs na defensiva.

— Não vejo por que haveria de saber. Não voltei a ter contato com Ramoneda nem com sua mulher depois do julgamento.

Lorenzo se explicou com uma brusquidão desnecessária:

— Quando Ramoneda saiu do coma, a primeira coisa que seus olhos viram foi a bunda de um enfermeiro comendo sua mulher no hospital. Sabe o que ele fez? Fechou os olhos de novo e fingiu que estava dormindo. A esposa e o enfermeiro, achando que continuava em coma, repetiram aqueles encontros várias outras vezes, convencidos de que não os ouvia nem os via. Trepavam ao lado da cama do pobre Ramoneda, e ele fingia não perceber. Semanas mais tarde desapareceu do hospital sem deixar rastro.

María se mexeu, consternada.

— Por que está me contando isso?

— Pouco tempo depois, apareceram os corpos do enfermeiro e da esposa no lixão de Garraf. Estavam nus, amarrados um ao outro com uma corda. Ela tinha na boca os testículos cortados dele. Esse sujeito é um autêntico psicopata — Lorenzo fez uma pausa e avaliou María com seu olhar, antes de prosseguir. — Graças a você, César Alcalá está na prisão e Ramoneda na rua. — Disse cada uma dessas palavras com deleitosa malícia, depois a examinou com atenção. Pensou que ela se espantaria, que o cobriria de insultos, que se justificaria.

Mas María se limitou a encará-lo fixamente.

— É verdade — disse laconicamente.

Quem se espantou foi Lorenzo.

— E... é só?

María não se alterou.

— Fiz o que tinha de fazer. Legalmente não posso ser reprovada, nem por você nem por ninguém. Mas sei que não fui justa.

— De repente você virou santa ou budista em busca de perdão? — disse Lorenzo com uma ponta de irritação.

María não se alterou.

— Não mudei tanto. E você continua sendo o mesmo boboca arrogante. Está pouco se lixando para o que esse Ramoneda fez ou deixou de fazer, ou que o inspetor esteja apodrecendo na prisão. Eu conheço você, Lorenzo. Seu senso de moral está na altura dos seus sapatos. Então, me diga: por que está me contando tudo isso?

Nesse momento entrou a secretária com uma bandeja e três xícaras de café fumegante. Deixou a bandeja na mesinha auxiliar e saiu da sala discretamente.

— Para quem é a terceira xícara? — perguntou María.

Lorenzo deixou o abridor de cartas em cima do processo que

estivera estudando minutos antes e pareceu pensar. Na realidade, estava desfrutando aquele momento.

— Quero que você conheça uma pessoa — disse. Desviou o olhar para a porta entreaberta do vestíbulo e se levantou. — Coronel, entre, por favor.

A porta se abriu e apareceu um homem que devia ter cerca de setenta anos. Talvez não os tivesse completado ainda. Era alto. Magro. Apesar de Lorenzo ter mencionado sua condição de militar, estava à paisana, como o próprio Lorenzo. Vestia-se com elegância, com apuro seria mais exato, porque detrás de uma primeira impressão de elegância se descobria, prestando atenção nos detalhes, que o conjunto era resultado de um esforço meticuloso de conjunção de um traje e elementos cuidadosamente passados a ferro e cuidados, mas fora de moda. Aquele homem havia sido algo que já não era, mas que ainda representava dignamente.

Avançou com passo decidido mas discreto em direção a María.

— É um prazer conhecê-la pessoalmente, advogada — disse.

María sentiu uma corrente de simpatia para com aquele desconhecido que se inclinava para ela, impregnando-a com o cheiro característico dos cigarros Royal Crown que fumava. Seus olhos eram como uma tarde cinzenta, apanhados numa pesada melancolia.

— María, este é o coronel Pedro Recasens. É meu superior — disse Lorenzo com uma solenidade que soou um tanto ridícula. Recasens sentou-se ao lado de María e escrutou-a como uma águia, tomando alguma distância para manter a perspectiva.

— Lamento muito o estado de seu pai. Ele era um autêntico mestre da forja de armas.

Agora foi María que o observou com meticulosidade de entomologista.

— O senhor conhece meu pai?

Recasens esboçou um meio sorriso. Passou o olhar fugazmente por Lorenzo e retornou aos olhos de María.

— Vagamente... Nós nos encontramos certa ocasião, mas é improvável que ele se lembre de mim.

A simpatia inicial de María virou imediatamente desconfiança. De repente, ficou alarmada com o sorriso irônico e o modo condescendente que tinha o coronel de fitá-la. Os olhos pequenos, corados, com sobrancelhas espessas e grisalhas, eram como sondas de profundidade que dissecavam o que viam, analisavam velozmente e extraíam as consequências que se refletiam no rosto concentrado, na boca reta de lábios finos e dentes amarelados.

— Eu me informei detalhadamente sobre a senhora. Agora é uma advogada de prestígio.

María se voltou com violência para Lorenzo.

— O que significa isso? Estiveram me espionando?

Lorenzo pediu que ouvisse o que Recasens tinha a dizer. María notou uma mudança quase imperceptível em sua conduta. Parecia um pouco mais receptivo, mais amável.

— O que vou lhe propor é algo além de qualquer lógica, por isso eu a investiguei — interveio Recasens.

María sentia a imperiosa necessidade de se afastar daquele homem, mas o desconhecido a reteve um instante tocando-a no antebraço. Não foi um gesto imperativo, nem mesmo hostil, mas através dos seus dedos sentiu a autoridade de quem está acostumado a não dar por encerrada uma conversa enquanto assim não decidir. María sentiu-se incomodada, mas ao mesmo tempo incapaz de se desviar dos olhos magnéticos de Recasens.

— Imagino que uma advogada como a senhora esteja a par dos acontecimentos políticos do país.

María disse que a política tinha pouco interesse para ela. Lia o jornal, assistia à TV. Pouca coisa mais.

Recasens assentiu. Tomou um gole de café e deixou a xícara em cima da mesinha, dando-se um tempo.

— Já ouviu falar num homem chamado Publio?

— Acho que é deputado, mas nem sei de que partido.

Recasens sorriu.

— Na verdade, ninguém sabe. Publio é somente do partido dele mesmo.

Lorenzo riu da piada do chefe, mas o coronel o fez emudecer com um olhar gelado. O detalhe não passou despercebido a María. Começava a gostar de Recasens.

— Estou ouvindo — concedeu.

— Imagino que conhece as circunstâncias que cercaram o caso de César Alcalá. Existe uma foto de uma menina que na época tinha doze anos. A mulher de Ramoneda lhe falou dessa foto, mas não disse nada sobre ela em juízo.

María apertou as mãos contra o colo.

— Eu me lembro dessa alegação da defesa, mas não entrei em detalhes.

— Não a estou julgando, María. A senhora era advogada de acusação. Seu trabalho era demonstrar a culpa do inspetor Alcalá, e não fornecer atenuantes a ele. Fez bem. Mas isso já passou. Uma coisa é a justiça, outra muito diferente é a verdade.

— E qual é a verdade, para o senhor?

— Os detalhes estão aqui — interveio Lorenzo. Tirou um volumoso envelope da gaveta e colocou-o em cima da mesa.

O coronel Recasens observou María intensamente.

— Gostaria que estudasse com atenção esse material. Tome o tempo necessário. Então poderemos voltar a conversar. É tudo o que lhe peço... — o coronel consultou o relógio e se levantou. — Preciso pegar um avião. Ficaremos em contato, María.

Tenho certeza de que fará o que sua reta consciência lhe ditar — disse apertando calorosamente a mão dela.

Despediu-se de Lorenzo com um gesto frio e se dirigiu para a porta. Antes de sair, deteve-se um instante. Enfiou as mãos nos bolsos e se virou para encarar María.

— Ouviu falar alguma vez de Isabel Mola?

María pensou um minuto. Não, nunca tinha ouvido semelhante nome. O coronel escrutou seu rosto, como se pretendesse averiguar se dizia a verdade. Finalmente pareceu se dar por satisfeito e seus olhos relaxaram um pouco.

— Entendo. Leia essas informações. Espero que nos vejamos logo.

Quando ficaram a sós, Lorenzo e María mergulharam num silêncio pensativo, como se cada um deles repassasse toda a conversa.

Passados uns minutos, Lorenzo ergueu um pouco a voz.

— O ruim dos policiais é que têm memória demais. Não esquecem facilmente o nome de alguém que os estropeou. Eu teria cuidado com Alcalá, María. Talvez queira ajustar contas com você.

María ficou surpresa com o comentário, e mais ainda com a suavidade com que Lorenzo o inseriu na conversa, olhando para a janela, como se fosse uma questão banal, um falar por falar.

— Por que disse isso?

Lorenzo desviou lentamente o olhar para ela, com uma expressão amarga.

— Você sempre faz o que deve ser feito, María. Apesar das consequências. Por isso nos separamos, não é?

— Não seja hipócrita, Lorenzo. Você sabe perfeitamente por que nos separamos, não tente se fazer de inocente comigo.

Lorenzo encarou-a com uma tristeza que esteve a ponto de parecer sincera. Mas antes que surtisse efeito, pôs-se de pé.

— Às vezes ainda penso na nossa história, María. Sei que você me odeia, e não a recrimino por isso. Pensei muito no que aconteceu e me perdoei. Não sou assim: não bato em mulher, só que você... Não sei, me fazia perder o controle.

— Eu também pensei muito em tudo aquilo, Lorenzo. E me pergunto por que não cravei aquela faca no seu pau logo nas primeiras vezes que você levantou a mão contra mim.

Saiu à rua. Chovia a cântaros e a escuridão era absoluta. Desejou mais que nunca estar em casa, abraçar Greta, pedir que a beijasse com ternura. Virou-se lentamente para a janela da sala de Lorenzo. Lá estava ele, encostado na moldura, observando-a. Afastou-se pensando que a única coisa que a unia àquela figura esmaecida pela chuva era um sentimento difuso de rancor e tristeza.

7

San Lorenzo (*Pirineus de Lleida*), dois dias depois

Suas mãos eram incapazes de segurar qualquer ferramenta e, embora sua cabeça continuasse dando as instruções adequadas, os dedos de Gabriel se negavam a obedecer, assim como o resto do corpo. No entanto, contra todos os prognósticos, continuava lutando contra o câncer. Mas era uma luta que ele travava sem fé, por mera inércia.

Às vezes acreditava adivinhar no rosto da nova enfermeira que sua filha havia contratado uma expressão de repulsa quando tinha de levantá-lo pelos braços e colocá-lo na banheira. Não podia ficar bravo com ela. Ele mesmo se repugnava. Não era mais capaz nem sequer de conter as tripas e costumava acordar de noite com a fralda suja e a merda líquida manchando os lençóis e as pernas. Por vergonha não tocava o interfone para acordar a enfermeira. Ficava bem quieto, suportando a noite inteira suas imundices e sua ânsia de vômito, incapaz de chorar, porque seus olhos também se negavam a lhe dar esse consolo.

Era nesses momentos que ele se sentia mais inclinado a aceitar a proposta da filha.

— Você ficaria muito melhor numa clínica, e eu poderia te visitar mais vezes.

Custava muito caro. Mas ela podia pagar. María havia progredido muito desde aquele caso famoso, e subia de vez em quando para vê-lo com um Ford Granada prateado novinho em folha. Comportava-se como os reis Magos cada vez que aparecia em San Lorenzo: trazia livros de espadas e de técnicas de forjar para ele, além de ferramentas para sua oficina, como se tudo isso ainda lhe fosse útil.

Costumava visitá-lo acompanhada de Greta. Gabriel não era nenhum bobo, apesar de seu aspecto e de sua linguagem errática dizerem o contrário. Ele as via se abraçando e se beijando quando achavam que ninguém as estava observando. Não tinha nada a ver com isso, pensava Gabriel. De qualquer modo, sabia que sua filha estava mais feliz desde que tinha se livrado do cafajeste do Lorenzo.

Talvez María tivesse razão sobre a clínica. Já não abria a forja, aquela enfermeira com ares de machona que cuidava dele era tremendamente desagradável, e ele mal podia se mover com o andador.

Mas então, quando se sentia propenso a ceder, virava a cabeça para o porão onde guardava a lenha e para a porta que se escondia detrás dela, trancada a sete chaves. Isso lhe fazia recordar o motivo pelo qual nunca poderia abandonar aquela casa.

Além do mais, precisava cuidar do túmulo da esposa. Era sua promessa, e a cumpriria até o fim dos seus dias.

Já não podia subir sozinho ao cemitério, mas uma vez por semana fazia a enfermeira levá-lo até lá e com a ajuda dela trocava as flores e arrancava as ervas daninhas. Esse gesto de recordação dos mortos era o único que parecia comover a enfermeira, que costumava tratá-lo com mais consideração nos dias seguintes.

Naquela tarde, as nuvens se estendiam como fiapos sobre a colina. De longe, as pedras caiadas das ruínas da fortaleza romana, que dominavam o cemitério, iam adquirindo uma cor cobreada. Havia uma placa na entrada da fortaleza escrita em latim: "*Sit tibi terra levis*", rezava. "Que esta terra lhe seja leve." Para ter acesso ao interior das ruínas, era necessário passar por ela. Gabriel sempre fechou os olhos para não vê-la, para não pensar no sentido daquela asserção. Mas lá continuava, com o passar dos anos. Sentença teimosa.

Sentado ao lado do túmulo da esposa, Gabriel olhava naquela direção, mas seus olhos não se detinham lá. Iam muito mais longe, a um lugar ignorado da sua memória, talvez àqueles verões em que excursionava até ali com sua filha pequena e sua esposa.

Sorriu com tristeza ao recordar. Durante aqueles anos distantes, enquanto estendia a toalha para o piquenique entre aquelas ruínas e ouvia sua filha correr entre as pedras milenares e sua mulher cantarolar com os cabelos embalados pela suave brisa, talvez tenha sentido algo parecido com a paz, com a ausência de remorsos. Mas um bom dia essa bolha estourou. Sua mulher encontrou a mala escondida no lenheiro do porão, as cartas e os recortes de jornal. E o passado, aquele passado que acreditava esquecido para sempre voltou como se nunca tivesse se ido. Regressou sedento e cobrou sua vingança.

Por que não queimou aquelas cartas?, parecia perguntar às ruínas. Por que se empenhar em guardar uma coisa que se quer esquecer? Nem mesmo depois que sua mulher as encontrou e se suicidou tinha sido capaz de fazê-lo. Nem mesmo agora, que sua filha havia estado a ponto de descobri-las, se atrevia a fazê-lo. Por quê? Por que não queimar todas as recordações, transformá-las em cinzas, esparramá-las ao vento? Não sabia, mas era incapaz disso. Se esquecesse, deixaria de cumprir sua penitência. Não tinha o direito de fazê-lo.

Ouviu a enfermeira falar com alguém ao pé do caminho e usou a mão como viseira para se proteger do sol da tarde. Ela conversava com um homem e ambos apontavam em sua direção. O homem se aproximou dele. Andava devagar, arrastando nos pés o peso dos anos. Muitos. Quase tantos quanto Gabriel.

— Que bonita tarde — disse o recém-chegado a modo de cumprimento. E como para reforçar sua opinião respirou inchando o peito com o olhar dirigido para o horizonte em declive. Uma rajada de vento eriçava o mato colina abaixo. Na bochecha direita se adivinhava uma pequena cicatriz em forma de estrela, como se fosse de um velho ferimento de muito tempo atrás.

Gabriel se pôs de pé com dificuldade. A seu lado, aquele homem parecia moço. No entanto calculou que teria não menos de sessenta anos. Examinou-o com atenção. Não era morador do vale. Bem vestido e barbeado. Nem calçava botas, mas sapatos apertados e bem engraxados.

— Subiu até aqui só para ver a paisagem? — perguntou incrédulo.

O homem sorriu entreabrindo seus lábios rachados.

— Na verdade, vim cumprimentá-lo, sr. Gabriel... Suponho que não se lembre de mim.

Gabriel acentuou seu exame. Não se lembrava de ter visto nunca aquele rosto.

O homem deu de ombros.

— Não tem importância. De certo modo, já esperava que não se lembrasse. Creio que só nos vimos uma vez, muito tempo atrás, quase quarenta anos, para ser exato, e em circunstâncias bastante... como dizer... extremas. Sim, seria o termo correto.

Gabriel não gostava de adivinhas ou enigmas.

— Vivi várias situações extremas na minha vida, de modo que se o senhor não disser algo mais concreto não saberei qual.

O homem pareceu não se dar por aludido. Tirou o gorro montanhês que cobria uma calvície incipiente, como para se mostrar melhor e ajudar a memória de Gabriel. Mas, como ele não reagiu, tornou a vesti-lo com certo ar de indulgência.

— Na verdade, o que importa é que eu me lembro perfeitamente do senhor. Para ser sincero, direi que durante estes quarenta anos não houve um só dia em que não tenha pensado no senhor.

Gabriel se retesou. Começava a se preocupar.

— E por quê?

O homem sorriu enigmaticamente.

— O senhor tinha uma forja de armas em Mérida. Na viela do Guadiana. Fabricava armas excelentes. Mas eu me lembro de uma em particular, uma autêntica obra de arte. — O homem guardou silêncio por uns segundos, como dando tempo para o outro se lembrar. Depois tirou uma coisa do bolso do capote. Era um pequeno objeto de bronze em forma de dragão, com dois encaixes. — Esta era uma das duas peças que adornavam cada lado do punho.

Gabriel pegou a peça que o outro lhe estendia e examinou-a com olho de profissional.

— Não é propriamente um adorno — disse. — Estas protuberâncias que o senhor vê aqui servem para encaixar os dedos de modo que a espada não escorregue. — Examinou mais detidamente o objeto e de repente algo lhe chamou a atenção. Imediatamente seus dedos começaram a tremer. Ergueu a vista para o homem, que o observava com uma expressão entre divertida e perspicaz. Gabriel tratou de devolver a peça. — Quem é o senhor?

O homem declinou a devolução.

— Fique com ela. É a única peça que falta em sua obra-

-prima... Como foi mesmo que chamou aquele sabre? A *tristeza do samurai*. É isso. Forjou-o para o filho mais novo dos Mola, Andrés.

Gabriel começou a respirar com dificuldade. Tentou abrir passagem até o caminho, mas seus pés mal se mexiam.

— Não sei do que está falando.

— Acho que sabe, Gabriel — subitamente, a voz daquele homem se tornou acusadora. — Ainda o guarda? Provavelmente sim. Não é fácil livrar-se do passado, é? Por isso guarda todas as lembranças daquele tempo em Mérida; também guarda, tenho certeza, uma velha Luger de um oficial do Exército alemão... E pela mesma razão continua subindo aqui todos os dias que sua enfermeira se disponha a acompanhá-lo. Imagino que é a culpa que o obriga a fazer.

Gabriel virou-se furibundo para ele.

— Escute aqui, não sei quem diabos você é, nem o que quer de mim. Mas seja lá o que queira, de mim não terá. De modo que me deixe em paz — atirou a pequena peça de bronze no chão e se afastou capengando e chamando a enfermeira para vir buscá-lo com o carro.

O homem se agachou e catou a peça de metal. Acariciou-a como se fosse uma pedra preciosa, enquanto via Gabriel se afastar. Talvez ele se negasse a reconhecê-lo; ou talvez realmente não o tivesse reconhecido. Pouco importava, disse para si mesmo. Mais cedo ou mais tarde, as lembranças se transformariam novamente em realidade e ele obrigaria Gabriel a bebê-las uma depois da outra até se sufocar com elas. E seria María, sua filha, que faria estourar aquela bolha de falso esquecimento.

— Claro que obterei o que quero de você, Gabriel — murmurou, enquanto guardava a peça no bolso. — Que ela pague pelos pecados que você cometeu. Sim, é justo. Justo para os pecadores.

8

Em algum lugar de Badajoz, dezembro de 1941

A pedreira estava desativada havia anos. Um vagonete abandonado continuava carregado de pedras, como se esperasse que viesse alguém acabar de descarregá-lo. Ouvia-se o vento entre o mato que crescia sem contenção nos trilhos das vias mortas.

Um jovem soldado se deixava levar pelo abandono, sentado num solitário banco, mordiscando uma frutinha silvestre enquanto tentava decifrar, com os olhos semicerrados, as palavras desfiguradas num vagão de madeira desmantelado que estava à sua frente. Quando chegou à parte amarga da fruta, o soldado a cuspiu, suspirando pesadamente. Depois de tanto movimento era triste presenciar semelhante quietude, pensou, reconstruindo mentalmente a atividade da antiga pedreira. Agora, os buracos de diferentes calibres no paredão mordido da montanha assinalavam que ele era utilizado como campo de tiro do Exército.

Passados alguns minutos, consultou novamente o relógio. Ainda faltava uma hora para amanhecer. Não entendia qual era sua missão, vigiar uma velha pedreira onde ninguém nunca ia. Parecia absurdo. Como tudo o que vinha fazendo no último ano, desde que havia sido forçado a se alistar para dois anos de serviço militar em troca da pena que deveria cumprir na cadeia.

Seu único delito havia sido ter de vestir a farda do Exército republicano, no qual também fora obrigado a se alistar na leva de maio de 1938. Quando foi feito prisioneiro pelos nacionais em Cervera, alegou que era soldado forçado, mas o juiz militar não quis saber de conversa. "O senhor podia se negar a empunhar uma arma contra as tropas de salvação nacional", disse o magistrado. O soldado nem podia imaginar como: teria sido fuzilado. Além do mais, ele não entendia de política, mas pelo que sabia as tropas "nacionais" eram as outras, as do governo ilegal. Claro que não disse isso diante do tribunal militar. Seu silêncio também não o ajudou muito: ou o serviço militar, ou a prisão, sentenciou o juiz.

E ali estava ele, enrolado num cobertor puído que mal o protegia do frio, observando a noite prenhe de estrelas e o horizonte distante que começava a clarear. Ainda olhou mais duas ou três vezes para o relógio antes de tornar a matar o tempo até ser rendido, acariciando o escapulário de ouro com a imagem de são Judas que trazia ao pescoço e que nunca tirava. De vez em quando acariciava a cabeça raspada com a palma da mão e se coçava como um cachorro, levantando minúsculas partículas de caspa para o vazio.

De repente ouviu um barulho de motor se aproximando. Conhecia o som do caminhão do quartel que passava para pegá--lo no fim do seu turno, o ruído não era o dele. Era fino, de veículo francês. Sabia bem, porque antes de ser militar trabalhava como mecânico na oficina de seu pai. Enfiou o quepe, ajustou a túnica e pôs o fuzil no ombro. Poucos minutos depois viu os faróis de um carro. Sorriu orgulhoso ao comprovar que havia acertado: era um Renault escuro.

Dele desceram duas pessoas, um civil e uma mulher. O civil se aproximou e lhe mostrou uma credencial do Serviço de Inteligência Militar.

O soldado reconhecia esse tipo de gente, porque foram precisamente eles que o prenderam terminada a guerra. Com esses caras era melhor não levantar a crista. Mesmo assim se atreveu a perguntar o que faziam ao raiar do dia numa zona de circulação restrita.

O oficial à paisana, pois era disso que se tratava, sorriu.

— Vá fumar um cigarro no carro e não faça tantas perguntas.

O soldado ergueu a cabeça para a mulher. Estava com as mãos algemadas e logo viu o péssimo estado em que ela se encontrava. Pressentiu o pior. Bateu continência ao superior e se afastou. Nisto é que eu não me meto, pensou.

Uma luz muito suave começava a revelar o contorno das coisas, banhando tudo com uma cor avermelhada. O oficial empurrou a mulher por uma estreita trilha que subia montanha acima.

— Vamos dar um passeio, Isabel.

Enquanto Isabel avançava penosamente, pisando com cuidado, tropeçando nas pedras do caminho e se agarrando no capim para não perder o equilíbrio, veio-lhe à mente a fugaz sensação de que, apesar de tudo, aquele ia ser um bom dia. Lembrou-se do filho Andrés. Perguntou-se o que ia ser dele; confiava em que Fernando soubesse cuidar do irmão. Parou um instante tocando seu lado direito e ergueu a cabeça para contemplar a bela aurora que a conduzia ao inferno.

— Continue andando — ordenou o homem.

Isabel acariciou com a língua o lábio superior, inspirou com força, vencendo a pontada na costela direita quebrada, e encheu os pulmões com o ar úmido que vinha dos pinheirais vizinhos. Ao longe se ouvia o zumbido surdo do vento entre a copa das árvores. Ainda caminhou penosamente mais vários metros.

— Aqui está bom — disse o homem.

Isabel se deteve no limite da terra, quando só restava entre ela e a morte o vazio. No fim da trilha, a terra despencava abruptamente por um barranco do qual assomavam as copas de alguns pinheiros que milagrosamente haviam conseguido crescer entre as pedras. As raízes emergiam do paredão como se fossem garras de que as árvores se serviam para trepar nas pedras.

— Tire a roupa.

Isabel se despiu. Dobrou a roupa lentamente e colocou-a no chão. Seu corpo estava cheio de ferimentos dolorosos e de equimoses que o sol nascente esfumava com cores pálidas.

— De joelhos!

Ela obedeceu, olhando para o horizonte.

— Não esperava que meu carrasco fosse você — disse com um fio de voz.

O homem se pôs de cócoras a seu lado, fumava um cigarro sem filtro, soltando a fumaça na cara de Isabel. Ela não conseguia enxergá-lo direito, uma nuvem de sangue tapava seu olho direito, e o esquerdo ela havia perdido num pontapé. Mas ouvia a respiração pausada do homem e notava o cheiro de couro do seu blusão.

— Ninguém está te ouvindo. Estamos a sós, você e eu. Pela última vez eu te peço: preciso saber onde se escondem os que iam praticar um atentado contra seu marido. Se não faz isso por você, faça por seu filho Andrés.

Isabel ergueu com dificuldade a cabeça.

— Por que me fez isso? Por que tanto ódio em troca de tanto amor?

O homem baixou a cabeça. As coisas não tinham que ser assim, pensou. Não era esse o fim que havia esperado para Isabel. Custava-lhe sustentar seu olhar e mal era capaz de reprimir um gemido ao observar como os gorilas dos interrogatórios a haviam massacrado dias a fio. Aqueles falangistas eram uns desalmados, uns sádicos que confundiam a obrigação com o prazer. Até o último minuto havia contado com que o nome de Guillermo Mola impusesse respeito bastante para que não se atrevessem a fazer com Isabel o que haviam feito; mas depois do atentado Guillermo tinha se desinteressado pelo caso, e ela não havia melhorado sua situação com seu silêncio obstinado. Guillermo havia mandado executá-la. E ele não podia se opor a essa ordem, repetiu-se para se convencer. Aquela guerra ainda não havia terminado, continuava na retaguarda, e ele era apenas um soldado.

— Se negar a delatar os outros não vai resultar em nada de bom para você. Além do mais, é uma atitude idiota: mais cedo ou mais tarde nós os pegaremos.

Isabel não disse nada. Inclinou a cabeça em busca do horizonte.

Gostava da monodia das luzes zenitais, o dia crescendo. Em compensação, o relógio no pulso do homem a fazia sentir-se absurda, fora de lugar, numa pedreira esquecida e deserta, onde os trens e os seres humanos morriam sem honra, sem elegância, sem dignidade. Não era capaz de julgar se sua vida tinha ou não valido a pena, mas é claro que sua morte não ia redimi-la.

— Vamos acabar logo com isso.

O homem suspirou. Apagou o cigarro no chão e se levantou.

— Como queira.

Apontou. Disparou duas vezes: a primeira à queima-roupa bem na cabeça; a segunda, quando o corpo caiu de lado, na cara.

Os disparos soaram secos, inofensivos, mal ecoaram. Só um gato que dormia no mato se mexeu ligeiramente. Uma mancha de sangue se estendeu sobre o rosto de Isabel, que havia ficado com uma expressão perplexa, fitando um céu sem nuvens, como se sua incredulidade se devesse ao magnífico dia em que sua sorte tinha se consumado.

Quase no mesmo instante, Guillermo Mola pulou da cama, sobressaltado. Como se houvesse sentido os disparos em sua própria carne.

Amanhecia com um ar fresco que inflava como estandarte a cortina do quarto. Pouco a pouco se revelavam os campos de azinheiras e nogueiras que se estendiam até onde a vista alcançava.

Sentado à escrivaninha, Guillermo Mola acariciava com os dedos a beirada de um copo de grapa, sem desviar os olhos da janela. Tocou seu flanco, rememorando os detalhes do atentado que havia sofrido ao sair da missa. Por mais que se esforçasse, nem se lembrava direito do fogo que a pistola cuspiu, depois do impacto da bala pressionando-o e de uma sensação irreal de calor e uma dor aguda. Mal viu a cara do agressor, era como uma mancha que não conseguia focalizar. Só via uma sombra que se aproximava da escadaria da igreja, que disparava nele e que saía fugindo, perdendo-se pelas vielas.

Pelo menos, pensou com ironia, Publio tinha feito as coisas direito: em cima da mesa tinha uma carta de próprio punho do Generalíssimo em pessoa se interessando pela sua saúde. Isso significava que a carreira de Guillermo Mola acabava de receber um belo empurrão graças à trama urdida por seu chefe de segurança, apesar de tudo ter parecido real demais. E como prova, as três costelas quebradas pelo impacto do tiro que havia levado.

Respirou fundo. Uma gota escorria ziguezagueante na parte superior do copo de aguardente, como se quisesse perfurar o vidro sem encontrar o caminho. Tomou um longo gole, até seus lábios rachados tocarem a frieza da pedra de gelo. Aquele costume de tomar uma boa grapa em jejum lhe pesava no estômago, mas aligeirava seu sangue. Deixou o copo no mesmo círculo úmido da mesa.

De relance, viu a cama desfeita. Seus olhos sombrios escrutaram o rebaixo vazio da cama. Aquele rebaixo que Isabel deveria ter ocupado. Afastou os lençóis frios. Até pouco tempo atrás, aqueles lençóis estavam impregnados da pele da sua mulher.

Estendeu-se ao lado dessa ausência. Encostado na cabeceira de couro gasto, observou as rachaduras do reboco do teto e permitiu que seus pensamentos voassem longe daquele quarto e daquele corpo, que ele já não sentia como uma roupa leve, e sim como uma pesada armadura.

Bateram na porta. Na soleira, a criada, visivelmente incomodada, pigarreou para se fazer notar.

— Desculpe, dom Guillermo. O sr. Publio chegou. — Guillermo virou a cabeça como os gatos, em direção àquela voz trêmula, mas não respondeu. — Digo o que a ele? — insistiu a criada, torcendo os dedos.

Guillermo esticou o colarinho da camisa branca, com uma impaciência desprovida de inquietação. Com displicência, tomou mais um gole de grapa. Seus olhos tinham ficado vazios. Olhava para a criada do mesmo modo que uma estátua de mármore olha para um horizonte fictício.

— Mande-o subir.

Poucos minutos depois apareceu um homem jovem, com aspecto de pianista. Vestia uma casaca preta que realçava seu rosto de pele pálida, seus dedos eram magros e compridos, o cabelo escuro e encaracolado caía com insolência na sua testa ampla. Apesar de sua aparência melódica e um tanto triste, Publio não era músico nem sentia predileção especial pelos artistas.

— Bom dia, Guillermo. — Normalmente, Publio teria exibido diante do seu chefe certa arrogância disfarçada de sorriso cínico. Podia se permitir isso graças à amizade que os unia. Mas, dada a gravidade do caso de que vinha tratar, preferia se mostrar comedido e sério.

— Está feito? — Guillermo perguntou.

Publio fez uma inflexão de voz e fitou significativamente seu chefe.

— Está feito.

Guillermo fechou os olhos por um momento. Quando os abriu, seu olhar era frio e terrível.

— Como foi?

Publio hesitou um instante.

— Rápido. Em todo caso, é melhor você não saber dos detalhes.

Guillermo se virou para Publio com a fisionomia descomposta.

— Isso sou eu que decido. Estamos falando da minha mulher.

Publio sentiu uma repulsa fria ao ver a cara do chefe e amigo. Não pela decrepitude, e sim pela loucura. A loucura lhe repugnava. Para ele, o caso era claro. O homem, quando se enfurece, perde os limites, igual a quando se apaixona. E Guillermo reunia os dois sentimentos.

— Devia ter pensado nisso antes de decidir que fosse interrogada e executada.

Guillermo olhou com frieza para Publio. Mas digeriu a resposta sem replicar.

— O importante é que não se saiba que fomos nós — limitou-se a dizer.

Publio sorriu. Compreendia a implicação que o plural empregado por seu chefe supunha. Não se importava. Desde o início concordara que o melhor era eliminar Isabel. Mas seus motivos não tinham nada a ver com o impulso emocional de Guillermo. Não, seus objetivos eram mais amplos que o do seu superior.

— Ainda não pegamos o resto do grupo que organizou o atentado contra você. O mais prudente seria não noticiar a morte de Isabel. Quando os pegarmos, será útil atribuir a eles o assassinato e, de acordo com os acontecimentos, decidir se nos interessa que se encontre o cadáver ou que fique esquecido em alguma vala comum. Poderia até ser uma boa cartada futura.

Guillermo examinou alguns botões de rosa, aproximando tanto seu rosto deles que as pétalas tocavam seus cílios. Eram as rosas de Isabel. Talvez Publio tivesse razão.

— Quem foi? Um dos seus?

Publio fez que sim.

— O mesmo que organizou o atentado? O que quase me mata com um tiro? — perguntou Guillermo incomodado, apontando para o curativo nas costelas.

Publio engoliu em seco.

— Tinha de parecer real, mas você não correu perigo em nenhum momento. Meu homem sabe exatamente onde atingir.

— E se ele tivesse mudado de opinião no último momento? E se ele se tivesse deixado cegar por aquela puta da Isabel?

Publio negou com a cabeça. Essa possibilidade nunca existiu, ele conhecia perfeitamente seus homens. De qualquer modo, preferiu não contar a Guillermo a relação entre Isabel e seu infiltrado. Só teria complicado ainda mais as coisas.

Guillermo Mola ficou alguns minutos em silêncio. Os acontecimentos das últimas semanas ocupavam toda a sua atenção. Além disso, havia recebido a ordem de se transferir para Barcelona. Era uma boa ideia. Isso lhe permitia sair de cena enquanto o caso de Isabel era resolvido.

— Precisamos de um culpado. E precisamos já.
Publio assentiu. Já havia pensado nisso.
— Tem uma pessoa com o perfil perfeito. Marcelo Alcalá, o tutor de Andrés.
Guillermo Mola se espantou.
— Esse professor inofensivo? Não é verossímil.
— Vai ser. Além do mais, não é tão inocente quanto parece. Ele ia mesmo ajudar Isabel a escapar com Andrés.
Guillermo Mola bufou.
— Quase teria sido melhor deixá-lo fazer. Teria me livrado do peso desse garoto inútil.
Publio sentiu uma repulsa que soube dissimular. Gostava do menino e o incomodava a maneira como seu pai o menosprezava. Mas aquilo não era da sua conta. De mais a mais, Guillermo reclamou sua atenção para outro assunto que desejava resolver de imediato.
— Você deve saber que está sendo recrutada uma força expedicionária para apoiar os alemães na frente soviética.
Publio assentiu. A maioria dos integrantes seria de falangistas, daí ela ter sido batizada de Divisão Azul. Muito inteligente o Generalíssimo, pensou: de uma só vez tirava da jogada os velhos incondicionais de José Antonio Primo de Rivera, que por sua vez deixariam o caminho livre para articular o Movimento e administrar a Vitória a seu gosto. A verdade era que não gostava nada daqueles militares chamados "africanos" que Franco comandava. Na realidade, desconfiava até do Generalíssimo. O próprio Publio o ouvira dizer que "ganhar a guerra sairá mais caro do que muitos acreditam, mas ganharemos mesmo assim", no início de julho de 1936. E ao mesmo tempo sua rede de agentes lhe informava que, enquanto Franco declarava isso, a mulher e a filha do *Generalito*, como o chamavam pejorativamente os camisas-velhas, estavam embarcando num navio alemão rumo a Le Havre,

na eventualidade de que o levante fracassasse. Como bom galego, acendia uma vela a Deus e outra ao Diabo.

No entanto, não deixou entrever a amargura do seu pensamento.

— Vou mandar Fernando para lá — disse Guillermo. Aproximou-se de uma pasta de papelão aberta. Folheou preocupado seu conteúdo e mostrou-o a Publio. Eram cartas escritas pelo filho mais velho de Guillermo. — Se isso chegar ao conhecimento de alguém, pode me causar problemas.

Publio leu com certa surpresa os comentários postos por Fernando no papel. Eram graves, de fato. Mas não o suficiente para mandar o primogênito dos Mola a uma morte certa. De repente, parecia que os filhos eram um incômodo para Guillermo. Como se quisesse apagar qualquer vestígio que o unisse a Isabel.

— Por comentários inofensivos? — interveio, sem muita veemência. — Não é como tirar alguns presos da cadeia nos fins de semana para fuzilá-los, ou distribuir uns bofetões numa oficina mecânica. Essa guerra é muito séria e Fernando não está preparado.

Guillermo Mola cerrou as mandíbulas.

— Comentários inofensivos? Esse mal-agradecido faz a minha caveira, a minha, pai dele. E põe a mãe nas alturas. Quero que os alemães abram seus olhos e o devolvam feito homem.

Publio sorriu com cinismo.

— Pode ser que o devolvam num caixão. Não gosto dos nazistas, são místicos demais com essa história de raça superior.

— Eles têm clareza. O que começam, acabam. Não são como nós, que deixamos tudo pela metade. Se fizéssemos uma limpeza como eles, as coisas seriam outras.

Publio se mostrou sarcástico:

— Os alemães são muito dados à limpeza, é verdade. Primeiro pegam os de esquerda, depois os do centro, os burgueses, os judeus, em seguida vai ser a vez dos homossexuais, dos ciganos, dos inúteis, dos católicos e, por fim, como um cachorro raivoso, vão devorar a si mesmos. Em se tratando de gente tão culta, os nazistas são um bocado obtusos. Embora muito meticulosos, devo dizer.

Guillermo Mola tolerava muito a contragosto os comentários frívolos de Publio, feitos com a mais absoluta amoralidade.

— Se um dos meus oficiais de centúria ouvisse você falando assim, arrancaria sua língua antes que tivesse tempo de dizer que é meu amigo.

Publio deu de ombros. Era um falangista de fé e compreendia a gravidade do assunto. Mas receava as pessoas hipócritas, principalmente em seu bando.

— Em todo caso, a medida me parece drástica demais. Fernando é um bom rapaz; se você lhe pedir explicações, tenho certeza de que se retratará, e você sempre poderá castigá-lo mandando-o passar uma temporada na colônia do Saara. O menino está pálido demais. O sol fará mais bem a ele do que a neve.

— Guarde seu sarcasmo para uma oportunidade melhor, Publio. E me traga o garoto aqui agora mesmo.

Fernando observava o movimento dos peixes vermelhos que descansavam no fundo do laguinho. Gostava de afundar a cabeça e conter a respiração. No começo, os peixes ficavam tímidos, fugiam num vertiginoso zigue-zague e se escondiam detrás das pedras colonizadas pelas algas. Mas com o tempo esses pequenos seres, cuja memória dura um segundo, sentiam curiosidade por aqueles olhos semicerrados e por aquele rosto que boiava como se fosse uma estranha e feia medusa. De início, se aproximavam com timidez, fazendo longos rodeios, mas depois se movimentavam com confiança diante de seus olhos, beijavam sua cara, sua boca. Fernando contemplava fascinado o fulgor das escamas sob os raios de luz. Eram como peixes de ouro.

— Oi, Fernando.

O filho mais velho dos Mola tirou a cabeça de dentro d'água e se virou desconfiado.

Publio sentou à beira do laguinho e pegou um pouco d'água com as mãos. Seu movimento, embora delicado, espantou os peixes, quebrando a confiança que tinham em Fernando.

— Seu pai está te esperando no escritório. Quer falar com você.

Fernando olhou com frieza para Publio. Aquele homem era realmente sinistro. Tinha ouvido na cozinha as criadas o chamarem com desdém de "polaco". Diziam coisas terríveis a seu respeito. No entanto, quando o encontrava, Publio sempre se esforçava para ser amável. Essa amabilidade, ao lhe ceder a passagem ou chamá-lo pelo nome, olhando-o diretamente nos olhos com respeito, incomodava Fernando.

— Um conselho, rapaz. Tome cuidado com o que disser.

— Obrigado — disse Fernando, desfazendo-se do olhar penetrante de Publio.

Subiu até a galeria arqueada do primeiro andar de sua casa; seu pai estava no escritório examinando alguns documentos.

Guillermo Mola proibia a entrada de todo mundo em seu santuário, a não ser que ordenasse o contrário. Naquele aposento haviam sido firmados acordos com o representante do Vaticano, monsenhor Gomà; ali o embaixador alemão Von Stoher tinha conversado com o ministro do Exterior, Beigbeder y Atienza, com a intenção de decidir se sequestravam o conde de Windsor, que naqueles dias estava em Lisboa. Nessa sala Guillermo Mola havia conversado sobre mulheres e prazeres com o belo conde Cianno, genro de Mussolini e ministro do Exterior italiano e, sentados à mesa, haviam brindado, com champanhe, ao lado da cantora Imperio Argentina e da sensual atriz alemã Jana.

Fernando tinha pedido mais de uma vez ao pai licença para estudar naquela biblioteca tão variada e rica, mas Guillermo zombava dele: os livros, dizia, não eram muito diferentes do papel de parede que decorava a biblioteca; no fundo, serviam para decorar, e não para ser lidos. Seu pai, obsceno na riqueza, como todos os novos ricos, achava aquele espaço ideal para sentar na sua confortável poltrona, tomar um brandy e ouvir a todo volume no rádio a prosa bajulatória do *Diario de Noticias Hablado*, que todo mundo já chamava coloquialmente de "O Noticiário", às duas e meia da tarde e às dez da noite.

Que ofensa ouvir naquele bonito templo, através da porta fechada, a frase fantasmagórica e impostada com que ele se encerrava: "Gloriosos caídos por Deus e pela Espanha, presentes!".

Recendia a café, encáustica e charutos Havana. Atrás da escrivaninha havia um quadro cubista de Juan Gris. Ali ficavam os livros mais apreciados da biblioteca: códices antiquíssimos, mapas históricos da época dos reis católicos, tratados de pintura sobre Velázquez, Ticiano, Van Dyck e Goya, e até um epistolário de Leonardo da Vinci.

Fernando acariciou com o olhar aquelas lombadas desgastadas, cheias de pó e de histórias apaixonantes que seu pai armazenava apenas por seu valor monetário. Era como se todo aquele saber amontoado toscamente se perdesse para a humanidade.

Esperou de pé, com as mãos cruzadas na frente do corpo. E assim permaneceu por tanto tempo que, apesar de acostumado a ficar parado estoicamente horas a fio em qualquer circunstância, seus dedos do pé adormeceram.

Finalmente seu pai ergueu a cabeça. Rodeou a poltrona de leitura e se deteve diante de um pequeno armário envidraçado, abriu-o e pegou um livrinho de poemas de Eugenio d'Ors. Tirou os óculos de armação preta que utilizava. Examinou Fernando em silêncio por alguns minutos.

— Você acha que sou uma má pessoa? — soltou de repente.

Fernando ficou surpreso com a pergunta. Seu pai era seu pai. Fernando conhecia suas obrigações como filho. Não precisava saber mais. Não o haviam educado para outra coisa, senão acatar sua vontade.

— Não entendi a pergunta, senhor.

— Não sei por quê. É simples.

Fernando estava confuso. Na escala de valores que regia toda a sua existência, seu pai era bom: honrava os mortos da Causa, havia construído igrejas e orfanatos, colaborava com a seção feminina da Falange fazendo vultosos donativos a Pilar Primo de Rivera para suas escolas de família, frequentava a casa de intelectuais como o barcelonense Eugeni d'Ors e homens esclarecidos como o chefe da Falange, Serrano Suñer, cunhado de Franco.

Mas também era verdade que bebia muito e que, quando o fazia, ficava violento. Uma vez ele o viu esfolar vivo um colono por ter se atrevido a lhe pedir um aumento de salário. Esse fato o repugnou pela brutalidade, mas não o levou a questionar as razões que seu pai teria para agir assim. Sempre havia aceitado que era como ele próprio, como todos os que conhecia: seres estranhos, imprevisíveis, confusos.

— Você me odeia, Fernando?

Fernando nunca tinha se perguntado se amava seu pai ou se seu pai o amava. O amor era uma coisa supérflua e desnecessária naquele mundo de obediência devida.

— Eu fiz uma pergunta — berrou seu pai, jogando o livro de poemas em cima da mesa. Entre as páginas apareceram várias folhas manuscritas. — Responda!

Fernando ficou vermelho ao reconhecer sua letra. Agora entendia.

— Não, senhor, não o odeio.

— Foi você que escreveu isto?

— Sim, senhor. É parte do meu diário... Mas não significa que pense o que está escrito aí. Foi um impulso.

— Leia — ordenou seu pai, atirando as folhas aos pés do rapaz.

— Não creio que seja necessário, se o senhor já leu.

A cara de Guillermo Mola se transfigurou. Estava à beira do paroxismo. Sem conseguir se conter, esbofeteou Fernando. O jovem suportou resignado o bofetão.

— Pegue esses papéis nojentos e leia o que escreveu; quero ouvir essas palavras da sua boca — disse Guillermo entre os dentes, com os olhos brilhando de ira.

Fernando obedeceu, tremendo:

— "Todas as noites ouço meu pai bater na minha mãe. Ela mal pode soltar um gemido de cão ao cair à primeira bofetada. Depois se encolhe toda, mordendo o chão para suportar as pancadas com o estoicismo que lhe ensinaram desde pequena. Mas sua força se acaba.

"Enquanto o ouço espancá-la, se cola na minha memória a imagem da minha mãe me abraçando quando eu era criança e penetra no meu nariz o cheiro das suas mãos, um cheiro de tangerina e lodo do rio. E me atormenta a covardia de não sair em sua defesa. Os socos e pontapés do meu pai são como portas batendo terrivelmente na cara desse amor. Cada golpe é uma que se fecha. Uma porta que a distancia dos vivos."

Fernando ergueu um olhar angustiado para seu pai.

— Continue — Guillermo ordenou.

— "Penso no corpo empequenecido e cheio de equimoses e arranhões da prostituta que vi uma manhã boiando numa banheira de sangue. Ela nem lutava contra os dedos do meu pai, que violentavam sua vagina e seu reto. Simplesmente, era como um pedaço de pau com os olhos fixos no teto e os cabelos soltos flutuando na banheira esmaltada. Desejei matá-lo. Por que permito isso? Por que nem sequer um átomo do meu corpo se revolta contra tanta baixeza?

"No silêncio, todas as ações do meu pai acabam sendo como os socos que se dá num saco de areia. Não parecem reais, seu som é amortecido e o contato é seco, sem vida. Não faço nada porque sou um covarde. Este uniforme, minha disciplina militar são apenas uma aparência. Eu queria ser diferente, mas sou o que sou. E o que mais me horroriza é que Andrés vai acabar sendo como ele, um sádico, ou como eu, um ser vil e impassível. Se pelo menos fosse capaz de salvá-lo do seu destino, se pudesse lhe dar a possibilidade de se afastar desta família podre, tudo teria um pouco de sentido pelo menos."

Fernando cravou o olhar no tapete, envergonhado.

— E então, o que tem a dizer? — cobrou seu pai.

— Eu... Acho que o senhor é injusto com minha mãe, acho que não a trata como merece.

Guillermo ficou rubro de cólera.

— E o que você sabe da sua mãe? Diga, que merda você sabe de como ela é? Vou te dizer uma coisa, e é melhor não esquecer: sua mãe não gosta nem de você nem do seu irmão, não gosta de mim, não gosta de nada do que esta casa representa. Por isso não está mais aqui, por isso não vai voltar nunca mais, está me ouvindo? Nunca mais! Ela tem o que merece, aquela puta traidora.

Lentamente, Fernando ergueu seus olhos verdes e enfrentou os de seu pai. Não era como ele, nem se parecia com ele. Podia ser filho de um tratador de porcos e ninguém notaria a diferença. Fernando era como sua mãe, era filho da sua mãe.

— Acho que minha mãe nos abandonou porque odeia o senhor — disse secamente.

Guillermo observou com toda a atenção aquele seu filho que em nada se parecia com ele, ao contrário de Andrés. Era tão parecido com a mãe que lhe dava ganas de arrancar aqueles olhos tão diferentes dos seus e tão parecidos com os de Isabel.

— Sua mãe é uma puta que deve estar transando com algum porco num celeiro. Por isso abandonou vocês.

— Não é verdade. Deve haver uma razão para que tenha desaparecido sem mais nem menos.

— A única razão é que é uma vagabunda, disposta a qualquer coisa para conseguir o que quer. É rancorosa e pérfida.

— Não lhe permito que fale assim da minha mãe, senhor — disse Fernando, e no mesmo instante se surpreendeu, quase tanto quanto seu pai, com suas próprias palavras.

Guillermo se enfureceu e quis lhe dar outro tapa, mas desta vez Fernando agarrou seu pulso, num reflexo de que logo se arrependeu. Nunca antes havia desobedecido seu pai nem tinha se oposto à sua vontade. No entanto, fervia dentro de si uma raiva estranha; não era surdo nem cego, sabia o que os criados diziam sobre as razões pelas quais sua mãe tivera de fugir. E durante anos, anos demais, ele próprio tinha sido testemunha do desprezo e das surras a que ela tinha se submetido.

— Não se atreva a pôr as mãos em mim novamente. Não sou uma criança. Tenho dezenove anos.

Guillermo ficou tão perplexo que por alguns segundos olhou para o filho como se fosse um desconhecido que o atemorizava. Mas recobrou o controle e se soltou com um gesto brusco.

— Pedi a Serrano que arranje uma colocação para você na divisão que vai ser criada. Seus conhecimentos de alemão serão úteis. Quem sabe quando estiver na Rússia tirem todas essas maluquices da sua cabeça.

Fernando se encolheu por dentro, como se tivessem chutado seu coração com uma bota de aço. Seu pai ia mandá-lo para a Rússia para que o endurecessem ou o matassem, como faziam os antigos espartanos com seus filhos. Mas não ligava; na verdade, quase preferia que fosse assim. Nunca encontraria seu lugar naquela casa.

Guillermo mandou-o sair com um gesto.

Fernando não se mexeu. Já que seu destino acabava de ser escrito, não tinha nada a perder.

— O que vai acontecer com Andrés? Pensa em interná-lo num sanatório? Mamãe era contra.

— Não é da sua conta. Saia daqui.

— Claro que é. Ele é meu irmão mais novo.

Guillermo fitou seu filho, perplexo.

— E eu sou seu pai...

— Não. Não é mais. Acaba de me mandar para a guerra.

— Fora! Fora daqui! Saia desta casa hoje mesmo! Agora mesmo! — berrou Guillermo.

Fernando se dispôs a sair para sempre daquela casa e daquela vida, mas antes se virou para o pai e encarou-o com ódio:

— Juro por Deus que farei você pagar mil vezes o mal que fez a todos nós.

9

Presídio-modelo (Barcelona), dezembro de 1980

— Feliz aniversário, Alcalá.

César franziu o cenho. Faltavam alguns meses para seu aniversário. Mas captou a ironia do guarda. Completava o terceiro ano de pena.

— Obrigado, dom Ernesto, o senhor é sempre tão atencioso. — Uma das leis paradoxais do mundo paradoxal que era a prisão rezava que os presos tratavam os carcereiros por "dom" enquanto eles tratavam os presos por "você". Era um dos sistemas que assinalavam cuidadosamente as diferenças entre uns e outros..

Apesar dessa educada distância, César sentia certo afeto por aquele guarda cinquentão de aspecto descuidado. Portava-se bem com ele e, quando precisava de alguma coisa da despensa ou da biblioteca, o homem arranjava ou lhe facilitava o acesso. Entre ambos havia uma relação cordial, impecável, apesar da distância profunda que os separava. A razão era que o guarda tinha uma filha que devia rondar, na época, a idade que teria sua filha Marta.

O guarda conhecia a história de César e se compadecia dele. O guarda costumava lhe mostrar, todo orgulhoso, a foto da filha que levava na carteira. Era comissária de bordo da Iberia. Muito bonita, o que parecia preocupar o pai.

— Voa tanto para o México, não gosto nada disso. Um dia desses um piloto a desgraça — se queixava.

Essas cumplicidades, tão comuns na vida cotidiana, lá dentro eram perigosas. Podiam denotar um favorecimento que nem o resto dos presos nem os guardas aceitariam de bom grado. E César já tinha muitos problemas com o resto dos detentos para arranjar mais um. De modo que quando abriam as celas procurava manter uma atitude distante para com dom Ernesto, como fazia com os outros, deixando-se levar pela gíria preconceituosa, que ele já dominava perfeitamente e que classificava os guardas como "porcos", "cachorros" e "filhos da puta", conforme seu modo de tratar os presos.

Mas naquele momento os dois estavam a sós e podiam se tratar como seres humanos.

— O que acha do que estão armando lá fora? — o guarda perguntou a César, assomando à janela que dava para o pátio.

Lá embaixo o vaivém era constante, mas não era uma movimentação costumeira de presos formando grupos, de pares andando de um lado para o outro, de solitários olhando para os muros altos. Naquela manhã tudo girava em torno do enorme pinheiro natalino que a Instituição Penitenciária havia trazido num caminhão-grua.

— Acho paradoxal — César se limitou a dizer, encostando o rosto nos frios barrotes da janela, enquanto observava o corre-corre dos presos trepando nas escadas, pondo guirlandas brilhantes, bolas de papel pintadas, sinos de plástico e bonecos de Natal.

— O que é paradoxal? — perguntou Ernesto, que não estava muito seguro quanto ao significado da palavra.

— Que apesar de tudo aqui também chegue o Natal.

A barulheira era considerável. Os presos gritavam uns com os outros, davam-se instruções contraditórias, discutiam, mas parecia cair sobre eles um efeito balsâmico, um pedacinho de alegria que aquele pinheiro soltava cada vez que sacudiam seus galhos e ele deixava cair mansamente suas folhas.

— É sempre melhor que nada — disse Ernesto, consciente de que era somente uma trégua de curta duração. Quando um preso de aspecto famélico trepou até o alto da árvore e prendeu, mais torta do que direita, a estrela da Anunciação, os presos do pátio irromperam em aplausos e gritos, como se todos tivessem acabado de receber o indulto de Natal.

César se afastou da janela. Inconscientemente tocou na perna direita. Doía mais que de costume. Vai ver que era pelo frio e a umidade da sua nova cela.

— Como vai a perna? — perguntou o guarda com certa preocupação.

César Alcalá levantou um pouco a calça, deixando à vista a feia cicatriz que os pontos de sutura haviam deixado de recordação.

— O médico disse que eu talvez nunca volte a andar direito. Mas tive sorte, podia ter perdido o pé.

O guarda sacudiu a cabeça. Depois de três anos, César continuava vivo, apesar das surras e facadas que havia levado. Não só isso, mas tinha ido se endurecendo como as iguanas ao sol, esses répteis que não se alteram com quase nada.

César Alcalá era diferente. Ao andar ou fazer algum trabalho de força, seus músculos se tencionavam vigorosamente e ele se movia com agilidade, o que o fazia parecer jovem. Mas em outras ocasiões, principalmente quando deixava seus olhos vagar, sentado num caixote de frutas vazio ou num palco improvisado, parecia muito maior, uma espécie de sábio antigo que as pessoas fitavam como se fosse um messias. Chamava a atenção por aquela maneira de andar com as pernas separadas, dando largas passadas. Irradiava algo poderoso, uma força que atraía e assustava em partes iguais. Às vezes se punha de pé, em cima de uma pilha de tábuas, e observava a altura dos muros do pátio, como se avaliasse a possibilidade de alçar voo por cima deles. Os outros presos olhavam para ele e continham a respiração: todo mundo sonhava em escapar, conseguir pular aqueles muros, mas só aquele tira solitário parecia capaz de fazê-lo, caso realmente se propusesse a isso.

Até os guardas procuravam se manter longe dele. Embora César Alcalá mal se relacionasse com os outros e seu comportamento fosse discreto e ausente, todos tinham formado a ideia de que era um rebelde, um agitador. Um agitador é quem mexe, incomoda o pensamento e desperta consciências adormecidas. E César, sem fazer nem dizer nada, sublevava os demais com seu olhar determinado.

No entanto, a última agressão que Alcalá havia sofrido de parte de certos presos tinha sido tão brutal que ninguém entendia como ele continuava inteiro. Dentro da prisão existia outra ainda mais lúgubre, com leis não escritas que marcavam o dia a dia e que eram ditadas pelos chefes das galerias, presos perigosos que se rodeavam de uma caterva de cães raivosos para impor sua vontade caprichosa. Haviam jurado César de morte. Por isso tinham acertado uma marretada em seu joelho e acertado seu tornozelo direito até virar purê.

— Os funcionários de guarda deviam estar lá — disse Ernesto, como se a responsabilidade do ocorrido fosse dele. — Tem sempre um nos chuveiros. E não entendo como os presos que te atacaram conseguiram levar a marreta do almoxarifado até lá.

César Alcalá relativizou o caso.

— Alguém deve tê-los subornado para sumirem de lá.

— Não fale assim, Alcalá. São meus colegas — disse Ernesto, mostrando um corporativismo de que, no entanto, não se sentia muito orgulhoso. Sabia que eram cometidos excessos e que por causa de uma ou duas maçãs podres todos eram tachados da mesma maneira. Mesmo assim, e embora gostasse de Alcalá, não podia permitir que falasse com ironia de seus colegas.

— Tem razão, dom Ernesto, desculpe — respondeu César, sem ânimo para discutir o óbvio. Contemplou a árvore de Natal do pátio com tristeza. Virou-se para o guarda e, embora já soubesse a resposta, repetiu mais uma vez a mesma pergunta que vinha fazendo havia meses. — Quando vão me deixar sair do isolamento?

O homem desviou o olhar para a parede, como se algo chamasse sua atenção. Na realidade, só queria esquivar aqueles olhos inquisitivos.

— Logo, Alcalá... Logo.

César Alcalá não se deixou iludir. Ali dentro, logo queria dizer nunca.

Atrás de um portão enferrujado se estendia o maltratado jardim da penitenciária. Uma brigada de presos de confiança, os menos conflituosos, cavava uma valeta. Acabavam de quebrar a camada de gelo com pedras e picaretas. Estavam contentes. O trabalho mantinha o corpo quente e por algumas horas do dia podiam escapar das baratas e dos ratos das celas. Às vezes o nevoeiro se levantava e eles olhavam para o muro coroado de arame farpado. As mulheres e as famílias se aproximavam quanto podiam para dar um alô ou atiravam bolas de tênis, fazendo-as voar por cima do arame. Muitas não alcançavam o objetivo, mas algumas caíam no jardim e o afortunado escondia rapidamente o maço de cigarro, o dinheiro ou a droga que vinha dentro delas.

César invejava aquele trabalho. Pelo menos aqueles homens trocavam olhares, sorrisos, gestos cúmplices com outros seres humanos. Trabalhar lado a lado com alguém, sentir o braço de outro, ajudava a não enlouquecer. Via-os da sua cela e sentia inveja deles, considerava-os privilegiados, apesar de trabalharem até as mãos sangrarem e as unhas congeladas dos pés caírem. Mas não era pior do que passar o dia sentado diante de uma parede de concreto, quase sem falar com ninguém, sem poder calar a voz interior que pouco a pouco o destruía.

— Se eu não sair logo desta cela, se não tiver uma ocupação, enlouqueço.

Ernesto abriu um largo sorriso.

— Você ainda não pode sair para as áreas comuns, mas consegui que tivesse um colega de cela. Pelo menos poderá conversar com alguém que não seja a sua sombra refletida na parede.

César Alcalá recebeu a notícia como uma lufada de ar fresco.

— Um colega?

O sorriso do guarda se desfez um pouco.

— Sim. Justo Romero.

A expressão de César Alcalá se petrificou.

— Justo Romero?

Justo Romero não era um preso qualquer. Sob sua aparência oca e miúda, como se a roupa do corpo se sustentasse suspensa no ar, escondia-se uma determinação feroz e uma crueldade que não tinha nada a ver com o resto dos "chefes" da prisão. Precisamente por ser frio, justo e inflexível, inspirava muito mais terror que os outros. Ele ditava as regras, claras e diáfanas. Se eram respeitadas, Romero podia ser amável, bom papo e equilibrado. Se as quebravam, erguia a mão como os imperadores romanos e, diante da vista de todos, virava o polegar para baixo, marcando a sorte inexorável de quem o tivesse traído. Infalivelmente, o condenado aparecia morto poucos dias depois.

Por outro lado, seu "negócio" era atípico. Romero detestava os drogados, mas odiava acima de tudo os traficantes; diziam que um de seus filhos havia morrido de overdose de heroína. Por essa razão, tolerava-os fora da sua galeria, mas do portão para dentro não podia entrar uma seringa que fosse.

Ele pretendia conseguir o impossível.

— Não trafico com a dor. Sou um vendedor de sonhos, e num lugar como este os sonhos são muito necessários, não acha?

Foi assim que ele se apresentou a César Alcalá no dia em que o transferiram para sua nova cela.

— Pedi que me pusessem com você, mas não se engane: não sou veado, nem penso em te proteger. Prejudicaria meu negócio. Você está marcado e mais cedo ou mais tarde vai sair daqui com as canelas esticadas.

César observou aquele homem de pequena estatura e cara quase de criança, inofensivo como aquelas minúsculas bactérias que podem gangrenar qualquer ferida.

— Então o que veio fazer aqui?

Romero pulou do beliche — ele ocupava o de cima — e se aproximou do inspetor.

— Conheço a sua história e estou curioso. Também perdi um filho de catorze anos.

César Alcalá jogou os lençóis e a fronha no catre que ficara livre.

— Não perdi minha filha — limitou-se a dizer, deitando-se de cara para a parede.

Romero não insistiu. Era um homem paciente, só sendo assim para suportar os doze anos de pena que cumpria por algo que ninguém sabia.

Com o passar das semanas, César Alcalá compreendeu a

que se referia seu novo colega quando se denominava vendedor de sonhos. A cela era como uma espécie de janela para o mundo exterior pelo qual pululavam todo dia presos em busca das coisas mais insólitas: um remédio específico, um livro especial, uma puta com quem ter relações, um atestado médico para ter direito à enfermaria, diplomas da Universidade de Educação à Distância, um escapulário da Virgem de Montserrat... Qualquer coisa que lhe pedissem. Romero conhecia todo mundo, dos presos da despensa ao diretor da prisão, passando por assistentes sociais, pessoal externo, guardas, outros funcionários, e até com o capelão tinha uma relação especial. Todo mundo lhe pedia favores e todo mundo os recebia pontualmente.

— E você, Alcalá? Não pensa em me pedir nada?

César Alcalá se mostrava reticente. Intuía que cair nas garras de Romero era pior do que qualquer outra prisão.

Duas vezes por dia, deixavam César sair para um pequeno pátio de não mais de seis metros quadrados a céu aberto. Eram períodos curtos de vinte minutos, nos quais podia ver a luz do sol quando os outros presos estavam nas galerias. Naquela manhã fazia frio e uma névoa densa escondia os limites do muro, como se ele não existisse. Como se César fosse completamente livre.

Do outro lado do muro, ouviu surpreendentemente as notas de um violino atravessando o dolorido silêncio. Seu coração se apertou. Aquilo era inesperado. Um violino rasgando a névoa de uma prisão. Talvez fosse um preso tocando, talvez alguém na rua. Talvez fosse apenas a sua imaginação. Tanto fazia. Aproximou-se arrastando o pé direito, definitivamente atrofiado, até o limite de segurança.

O guarda que o vigiava mandou-o voltar à zona segura, uma absurda linha pintada no chão. As leis eram absurdas, mas tinham de ser cumpridas. Ele não obedeceu. Preferia morrer a sair dali. A única coisa que queria era sentar um minuto no chão e ouvir aquela música. Um minuto de humanidade.

O homem quis tirá-lo dali à força, mas ele se defendeu. Sem se dar conta, soltou um murro que o acertou na boca. Não podiam lhe tirar aquele minúsculo prazer. Não era nada para o guarda, mas para ele era tudo, naquele momento. Entraram mais guardas alertados pelo colega.

— Só quero ouvir a música.

Eles não entenderam.

Deram-lhe uma tremenda surra e o arrastaram para a cela inconsciente. Disseram que queria escapar. Escapar para onde? Só havia quatro muros de cinco metros de altura encimados por um arame farpado que prendia até a brisa.

Transferiram-no para a cela de isolamento. Na manhã seguinte não o tiraram, nem na outra, nem na seguinte. Por mais de uma semana não viu a luz do dia e teve de se colar firmemente na parede de tijolo para não congelar nem dormir, o que esperavam os ratos vorazes com os quais disputava o espaço e a comida.

Finalmente vieram buscá-lo quando já acreditava ter perdido a razão.

— Parece que essas férias não te fizeram muito bem — disse Romero ao recebê-lo. Sua voz soou zombeteira. Mas no fundo dos seus olhos havia um sentimento de tristeza e compaixão.

César Alcalá se arrastou até sua cama. Deitou-se e fechou os olhos. Só queria dormir.

Pouco a pouco chegou a se formalizar entre os dois presos um tipo de relação que, sem ser de amizade, podia ser considerada cordial. Começaram a trocar recordações, como se pretendessem não esquecer que ainda restava algo do que ambos foram antes de passar por aqueles portões.

Um dia, sem pedir nada em troca, Romero lhe arranjou um pequeno gravador e uma fita cassete.

— Me disseram que você gosta muito de música clássica — disse Romero ironicamente, lembrando o episódio do pátio e do violino.

— Manuel de Falla?

Romero encolheu os ombros.

— Aqui não é a ópera de Viena. Foi o que pude arranjar.

De noite, quando as luzes se apagavam, César Alcalá utilizava uma lanterna para ler debaixo do cobertor. Romero sabia que o inspetor não lia nem livros nem revistas. Eram pequenos bilhetes manuscritos, centenas deles, que Alcalá escondia numa caixa de sapatos debaixo do beliche. Depois de ler aquelas breves frases, César Alcalá contemplava por um longo momento as fotos zelosamente reconstruídas da sua filha e do seu pai, presas na cabeceira. Às vezes Romero o ouvia chorar.

— De quem são os bilhetes que você recebe?

— Não sei do que está falando.

— Tudo bem...

O tempo passava de uma maneira estranha, como se não existisse. Tudo era continuidade, o mesmo instante repetido várias vezes. As mesmas rotinas, os mesmos gestos, o mesmo fastio. Sem se dar conta ou sem poder evitar, a esperança de Alcalá ia se diluindo, como a de todos os homens que viviam dentro daqueles muros. Pouco a pouco ia esquecendo o passado, sua vida anterior, os cheiros da realidade. Só aqueles bilhetes que lhe chegavam de quando em quando pareciam reanimá-lo, como uma gota d'água caindo numa terra sedenta. Mas esse efeito revivificante durava pouco, e o inspetor tornava a mergulhar na letargia habitual.

Até que uma manhã essa rotina se quebrou, quando ao voltar à sua cela encontrou sentado em sua cama um sujeito vestindo um elegante terno preto, como o de um gerente de banco. César Alcalá espiou no corredor. Não havia nem sinal de Romero. Depois examinou cuidadosamente sua visita. Deduziu que era inútil perguntar como havia feito para o deixarem entrar na galeria e em sua cela.

— O senhor está sentado na minha cama. O que deseja?

O homem desprezou com sua mão de dedos compridos o que via.

— Não é nada confortável este hotel e, a julgar por seu aspecto, vem de outro pior ainda. Não se cansa de ficar aqui, lutando por um espaço miserável com malandros pé de chinelo?

César Alcalá avaliou quanto tempo um sujeito como aquele aguentaria os tais "malandros pé de chinelo". Claro que não os três anos que estava ali.

— O senhor vem da parte de Publio? Se for, diga a esse filho da puta que eu não disse nada, nem pretendo fazê-lo enquanto ele cumprir com a palavra.

— Está se referindo a isto? — o homem tirou do bolso interno do paletó um bilhete num envelope sem carimbo e atirou-o aos pés da cama.

César Alcalá se apressou a abrir o envelope e ler o bilhete, concentrado, com olhos brilhantes.

De repente, foi assaltado por uma tremenda inquietude.

— Como sei que são dela?

O homem sorriu.

— Não sabe, nem tem como saber. Mas é a única coisa que você tem, não é? E continuará aferrado a essa crença enquanto continuar aqui.

— Não disse nada a ninguém — retrucou o inspetor com obstinação, guardando de modo avarento aquele bilhete debaixo da camisa.

— Ótimo. O equilíbrio é a chave da harmonia. Se todos cumprirmos com a nossa parte, ninguém vai sofrer.

César Alcalá encarou o homem com ódio. Não lhes bastava terem tirado sua filha, sua mulher, não se contentavam com encarcerá-lo por toda a vida, por tentar matá-lo várias vezes na prisão. Suportava tudo aquilo havia três anos, três longos anos sem abrir a boca, e mesmo assim lhe atiravam iscas para testá-lo.

— Diga ao seu chefe que não adianta ele continuar tentando me matar aqui dentro.

O homem fingiu não saber de que o inspetor falava.

— Precisamos lhe pedir uma coisa. Daqui a uns dias, provavelmente uma pessoa virá visitá-lo. Vai querer saber de algumas coisas. Não se negue a colaborar com ela, conquiste sua confiança. Mas nem lhe passe pela cabeça mencionar Publio e nosso negócio. Vou entrar periodicamente em contato com o senhor, que me relatará em detalhes o que essa pessoa lhe disser.

— Quem é essa pessoa?

O homem se pôs de pé. Quando se dirigia à porta, deteve-se e deu meia-volta, abrindo os braços.

— Logo vai saber... Pelo que sei foi aqui que enforcaram seu pai, nesta mesma prisão. Não é paradoxal e cruel o destino? Se o senhor quisesse, inspetor, poderia reparar todas as afrontas do passado e do presente de um só golpe.

— Não sei a que se refere.

O homem esboçou um sorriso canino.

— Acho que sabe, sim.

Quando ficou a sós, César Alcalá sentou na cama apoiando os cotovelos nos joelhos e pondo a cabeça entre as mãos crispadas. Junto da cabeceira, ao lado da sua filha, seu pai o observava com seriedade, com aqueles olhos que se apagaram sem chegar a ver tudo o que o mundo reservava para ele. Perguntou-se que tipo de homem teria chegado a ser, se houvesse vivido mais tempo. O que teria pensado ao saber que seu filho tinha virado policial? Como teria se dado com a neta, Marta? E com a nora, Andrea? Teria tido orgulho dele? Todas essas perguntas ficariam sem resposta. Seu pai estava morto. E, embora tenha achado que nunca seria capaz de superar essa desgraça da sua infância, a verdade é que o mundo havia continuado a girar por todos aqueles anos.

Quando um homem morre, justa ou injustamente, não acontece nada de especial. A vida segue. A paisagem não se altera nem um pouco, não passa a haver mais espaço no mundo, no máximo um pouco mais de dor dos que vivem de perto essa morte. Mas até mesmo essa dor logo é esquecida pela peremptória necessidade de continuar vivendo, de trabalhar, de retomar a rotina. Os que estão junto do cadáver de quem acaba de ser enforcado no pátio da prisão não têm muito tempo para se despedir, diante do olhar atento dos soldados que vigiam o patíbulo. Só o filho, um menino de dez anos, roça os pés descalços do pai pendurado numa corda, olha para o chão enquanto o carrasco corta o nó e o corpo cai como um fardo.

Ouvem-se os risos dos soldados, as piadas dolorosas. Os parentes devem rezar um pai-nosso mesmo que nenhum creia naquele Deus vestido de armadura e jugo com flechas que aqueles animais vestidos de camisa azul e botas de couro invocam. Mas rezam bem alto, para que o capelão do presídio os ouça. Têm medo, e vergonha do seu medo. Medo de que também os acusem, medo de que um vizinho os delate sob um pretexto qualquer, e querem continuar vivendo, ainda que viver seja o mais difícil. Eles vão se mudar, migrar para Barcelona ou Madri, esconder-se em meio à massa silenciosa, cinzenta, desconcertada e temerosa que se move pelas ruas das cidades nestes tempos nefastos.

Chegará o dia em que até mesmo os mais chegados amaldiçoarão o homem pendurado na forca. Por que teve de se apaixonar pela mulher de um chefe da Falange? Em que pensava? Uma fascista, a mulher de um fascista, a mãe de um fascista! A verdade não interessará a ninguém.

Que verdade?, dirão os que vivem escondidos detrás das siglas e das bandeiras, os mesmos que nunca viram uma prisão porque fugiram com os bolsos cheios para a França, quando tudo estava perdido. Levarão consigo seus heróis, suas lendas, suas mistificações. Acusarão a torto e a direito. Se dirão democratas e depositarão flores para seus mortos.

Mas ninguém vai se lembrar do jovem professor rural que se apaixonou por uma mulher grande demais para seus sonhos. Seu nome se apagará para sempre, perdido numa ocorrência policial. Uma entre tantas.

Enquanto César Alcalá pensava sobre isso tudo, entrou na cela seu colega Romero.

— O que você tem?

César Alcalá enxugou as lágrimas com o antebraço.

— Nada, Romero. Nada.

— Mas ultimamente parece que você está se desfazendo como um torrão de açúcar, *amigo*.

Era a primeira vez que utilizava aquela palavra. Amigo.

— Bom — disse Romero, pulando para a cama de cima do beliche. — Ernesto me disse que vão te deixar sair de novo ao pátio, mas trate de controlar seu entusiasmo pela música clássica, se não quiser voltar para meditar na solitária. Diz que é seu presente de Natal.

César Alcalá deitou-se em seu beliche. Naquele estranho

mundo em que vivia, um guarda honesto podia lhe lembrar do Natal e um preso perigoso podia ser, sim, seu melhor amigo.

Pegou o bilhete que havia guardado na camisa e o leu mais uma vez, antes de escondê-lo com os outros, debaixo da cama:

Estou bem. Espero que não me esqueça; penso em você e na mamãe todos os dias. Continuo confiante em que você logo me tirará daqui. Te amo. Sua filha Marta, 20 de dezembro de 1980.

10

Barcelona, 22 de dezembro de 1980

María pediu um café e acendeu o enésimo cigarro da manhã. Dentro da lanchonete, uns jovens mergulhavam churros no chocolate. Acima das suas cabeças estavam penduradas na parede grandes fotos em branco e preto da cidade no início do século: a Gran Vía com o subsolo esburacado pelas obras do metrô, homens de aspecto melancólico, sérios até quando sorriam sob seu farto bigode e chapéu branco de passeio, ônibus elétricos, bondes e carroças.

Pensou na coleção de fotografias antigas de seu pai, mas, longe de reconfortá-la, a imagem de Gabriel lhe provocava um mal-estar difuso. Dois dias antes, a enfermeira que cuidava dele havia telefonado: ia embora. Não houve jeito de convencê-la a reconsiderar.

— Não é uma questão de dinheiro, srta. Bengoechea — dissera ao telefone. — Sou uma profissional, e seu pai simplesmente decidiu jogar a toalha. Não se deixa cuidar, e não posso permanecer impassível observando como ele se deteriora a cada dia que passa. É como se tivesse decidido se suicidar. Meu conselho é que o interne numa clínica.

Enquanto se lembrava dessa conversa, María tomou um gole de café. Notou que seus lábios tremiam na borda da xícara. Concentrou-se para que o tremor não alcançasse os dedos.

— Que diabos está acontecendo comigo? — resmungou, cerrando o punho. Outra vez aqueles malditos tremores e o corpo virado pelo avesso. Foi ao banheiro quando sentiu que estava a ponto de vomitar.

Durante minutos intermináveis enfiou a cara numa latrina suja. Não expeliu nada de sólido. Só o café e um fiozinho amargo de saliva. Sentou no chão imundo de cerâmica, dobrou as pernas e pôs a cabeça entre os joelhos, envolvendo-as com os braços. Apagou a luz por um instante. Isso a relaxava. Mais tarde lavou o rosto decomposto e se observou no espelho manchado de salpicos e de escritos chulos. Suspirou profundamente. As têmporas palpitavam com força e teve de desabotoar a jaqueta e se apoiar na pia para não perder o equilíbrio.

Pouco a pouco foi se sentindo melhor. A onda já havia passado por cima dela e só deixava um rumor distante que ia se afastando do cérebro.

— É só uma crise de ansiedade — disse a si mesma.

Fingiu um sorriso e, vestida com ele, saiu do toalete e voltou à mesa para esperar.

A porta da lanchonete se abriu. Entraram vários clientes. A cara deles brilhava de frio. O coronel Recasens entrou depois deles e tirou o capote. Sua cara era séria, parecia de mau humor. Deixou-se cair na cadeira, que rangeu perigosamente, e soltou na mesa a pasta de couro e os dois jornais que trazia: *El Alcázar* e *ABC*.

— Fico contente por vê-la tão rápido, María — disse a modo

de cumprimento, sem se dar conta da palidez da advogada, virando-se em seguida para o garçom a fim de pedir um café com leite regado com uma boa dose de conhaque. — Estudou a documentação que lhe passamos, imagino.

María assentiu, sem afastar o olhar da xícara de café.

— Essa menina, Marta, é verdade que a sequestraram?

Recasens apoiou os cotovelos na mesa e baixou o tom de voz.

— Temo que sim. É a pura verdade. Era filha do inspetor Alcalá. Tinha doze anos. Poucas semanas depois do sequestro, a esposa do inspetor se matou, desesperada...

— Fala da menina no passado, como se estivesse...

— Morta? Não temos provas. O corpo nunca foi encontrado. Mas em todos esses anos não achamos um só indício que nos diga o contrário. O único vínculo que nos une a essa menina é Ramoneda, seu ex-cliente. E desde que assassinou a mulher e o amante dela, desapareceu sem deixar rastro.

— O senhor acredita que foi Ramoneda que sequestrou a menina?

Recasens guardou silêncio. Cruzou as mãos sobre a mesa e olhou fixamente para María.

— Não. Ramoneda era só um intermediário, um pé de chinelo que trabalhava para outro. — O coronel abriu a primeira página do *El Alcázar* e apontou com o indicador a foto do deputado Publio.

María observou consternada a foto. Publio tinha cara de boa gente. Mostrava uma calma extrema, seu sorriso era bondoso e sua aparência, impecável.

— Parece incapaz de fazer uma maldade — murmurou.

Recasens assentiu. Publio era o avô perfeito, o marido que toda mulher gostaria de ter, o político em que todos podiam confiar. Na carteira levava uma foto da esposa, das duas filhas e dos netos, que exibia orgulhoso em qualquer ocasião. E, no entanto, boa parte das notas fiscais que cobrava do Partido eram de lugares como o Regàs, a Casita Blanca ou casas de programa da rua Valencia, além dos jantares nos restaurantes mais caros da cidade, onde sempre pedia mesa para dois. Seus acompanhantes, um diferente a cada ocasião, eram masculinos, bonitos, jovens, musculosos, distintos, homossexuais e de gostos muito, muito caros.

Todos faziam vista grossa. Publio tinha contatos no mais alto nível do governo, com os militares, a Igreja e os bancos. Com essas credenciais era difícil lhe negarem alguma coisa.

— É conhecido por sua tendência a transformar em conspiração qualquer roda de café, mas também é inseguro e vago em demasia para poder ser diretamente acusado de golpista, embora seja uma constante voz inspiradora de intrigas no Exército. Publio é um homem inteligente. Nunca suja as mãos.

— Mas, se sabe que está por trás do sequestro da filha do inspetor, por que não o prende?

— Não é tão simples assim. Não existem provas que o incriminem diretamente. E sem provas nenhum juiz se atreverá a enquadrá-lo. Publio é um dos homens mais poderosos deste país. Está bem protegido. — Recasens fez uma pausa significativa. Respirou fundo e deixou as palavras saírem devagarinho, conscientes do seu peso. — Mas existe uma pessoa que tem informação suficiente para fazê-lo cair: César Alcalá. O inspetor estava há anos investigando-o. E cremos que guarda em algum lugar as provas que incriminariam o deputado.

María começava a entender.

— Então é com ele que deveriam falar, e não comigo.

— César Alcalá não falará conosco. Se a senhora leu o relatório, saberá por quê. Não posso criticá-lo por não confiar em ninguém. Ele investigava um dos homens mais obscuros desta jovem democracia e, quando acreditou que ia pegá-lo, sequestraram sua filha. Ninguém o ajudou a procurá-la, ninguém mexeu um só dedo, apesar de ele ter cansado de repetir que Publio estava por trás do sequestro. Pelo contrário: César Alcalá está na prisão, sua filha sumiu do mapa, e o único homem que poderia nos dar alguma pista sobre seu paradeiro, Ramoneda, é foragido da Justiça.

María havia lido o relatório. Mas não entendia como o inspetor continuava empenhado em seu mutismo, apesar de sua filha ter desaparecido.

— Por que ele não denuncia o que sabe sobre Publio? Pelo menos se vingaria dele.

— Marta. É uma garantia de silêncio. Convenceram o inspetor de que a menina está em poder deles e de que a matarão se ele falar.

— Mas o senhor disse que não há evidências de que ela continue viva. É verdade? Está viva?

— O que importa é que o inspetor acredita que sim.

— Mas é verdade ou não é?

Recasens refletiu um instante.

— Não sabemos.

María tomou um gole de café e acendeu um cigarro. Precisava pensar e ganhar tempo para esclarecer as ideias.

— E o que exatamente o senhor espera de mim, coronel?

— Estou convencido de que César Alcalá vai querer falar com a senhora, María.

Ela se mostrou cética. Se havia alguém que César Alcalá tinha razões de odiar, esse alguém era María.

— Fui eu que fiz com que o pusessem atrás das grades, e pelo que sei ele não está nada bem por lá.

Recasens fumava, com os olhos semicerrados. De vez em quando deixava cair a cinza na xícara, que boiava um instante no resto do café, depois se transformava numa massa pegajosa. Ficou um momento sem dizer nada. Limitava-se a olhar para a rua, apoiando os cotovelos na mesa. Finalmente soltou uma violenta baforada pelo nariz e pela boca. Esmagou o cigarro no pires e olhou para María com uma concentração que alarmou a advogada.

Tirou um pequeno envelope da pasta de couro e passou-o a María por cima da mesa.

— A senhora e o inspetor Alcalá têm mais coisas em comum do que imagina, María.

Ela abriu o envelope. Dentro havia uma foto sépia. Era o retrato de perfil de uma mulher bonita. Tinha o rosto parcialmente oculto, coberto pela aba larga de um chapéu que lhe caía sobre o olho direito. Fumava como uma atriz de cinema, com a ponta do cigarro elegantemente perto dos lábios ligeiramente entreabertos. Tinha um olhar estranho, como a porta de uma jaula entreaberta, uma armadilha sedutora.

— Quem é?

— Chama-se Isabel Mola. Lembra-se de que perguntei se tinha ouvido esse nome alguma vez? A senhora disse que não. Talvez o rosto dela refresque sua memória.

María franziu o cenho. Nunca tinha visto aquela mulher, e seu nome não lhe dizia nada.

— O que ela tem a ver comigo ou com César Alcalá?

Recasens olhava para o seu café, que se escondia na borra negra da xícara e nas bolhas de creme. Notava uma maré de palavras subindo por suas entranhas. Tentava contê-las. Ergueu a cabeça devagar e sorriu enigmaticamente.

— Por que a senhora mesma não pergunta ao inspetor? — Levantou-se lentamente da cadeira e vestiu o sobretudo. — A conta é minha — disse, deixando uma nota de cem na mesa.

— Ele não vai querer me ver.

Recasens encolheu os ombros.

— Tente, pelo menos. Pergunte por Isabel. Será esse o ponto de partida. Dê esperanças a ele, garanta que estamos fazendo o possível para encontrar sua filha.

María sentiu-se enjoada novamente, mas seu estômago estava vazio. Dobrou-se um pouco sobre o ventre e seu olhar encontrou a nota de cem amarrotada em cima da mesa. Através da janela, seu reflexo se borrava e se confundia com o tom cinzento dos outros transeuntes que iam para um e outro lado da rua estreita, enrolados em seus cachecóis e cobertos com grandes guarda-chuvas negros pelos quais a água escorria.

— Vai tentar, María? Vai ver o inspetor na prisão?

— Sim... Vou... — ela murmurou.

As palavras lhe escaparam sem força, quase sem vontade. De repente, sentiu necessidade de sair depressa dali.

Dois dias depois, María foi ao presídio-modelo.

No andar dos escritórios o ambiente era até acolhedor, não parecia uma prisão, mas um escritório administrativo qualquer. De cada lado dos corredores se enfileiravam papelórios, volumes enciclopédicos de atas e registros de todo tipo. Quando se pegava um papel nas estantes repletas, levantavam-se centenas de partículas de pó que por um instante ficavam flutuando no ar, atravessadas pela luz de um abajur de mesa.

Um funcionário lhe trouxe os papéis que ela tinha de preencher para visitar César Alcalá. Ele a fez sentar entre duas caixas de arquivos mortos. Retirou-se arrastando os pés, o tom mortiço dos papéis em que tocava gravados na pele. María olhou para ele e pensou que, no fim das contas, somos o que fazemos.

Com a autorização pronta, dirigiu-se a um grande portão de ferro que dava no recinto carcerário. Na guarita de acesso ao módulo, foi recebida arrogantemente por um guarda que baixou a crista quando María exibiu sua credencial de advogada.

— Quem deseja visitar? — perguntou ele, um tanto perturbado.

María disse o nome de César Alcalá. O rosto do guarda se transformou numa superfície granítica. Mediu-a de alto a baixo como se não a tivesse visto antes e "mandou" esperar.

Duas guardas foram buscá-la. Obrigaram-na a passar por um controle exaustivo. Revistaram a bolsa, teve de esvaziar os bolsos, tirar o cinto e o sutiã.

— O sutiã? — perguntou María sem entender.

— É o regulamento. Para entrar, tem de entregar o sutiã.

Aquilo pareceu abusivo e intolerável a María, mas nenhuma das duas guardas se deixou intimidar por suas ameaças.

— É para a sua própria segurança — disse uma delas, guardando seus pertences numa sacola de plástico.

— Ah, então tudo bem, obrigada — replicou com uma ironia que nenhuma das duas pareceu perceber.

Fizeram-na entrar numa sala de espera mobiliada com bancos de madeira compridos. Num canto, duas mulheres jovens conversavam animadamente. Eram ciganas, quase meninas. Toda pintadas e vestindo roupas bem justas e sapatos de salto alto. Do outro lado da sala dava para sentir o perfume barato que usavam. As duas olharam para María.

— Você também vem aliviar seu carinha? — disse uma delas, fazendo a mímica de chupar um pênis. As duas ciganas riram de um modo que deixou María irritadíssima. Então se esqueceram dela e voltaram à sua conversa. Alguns minutos depois chamaram uma delas no alto-falante.

Quando ficaram a sós, a outra cigana olhou para María com um misto de pena e simpatia.

— É sua primeira visita íntima? — Uma vez por mês permitiam que os presos que se "comportavam bem", a cigana salien-

tou com sarcasmo, tivessem relações com suas namoradas ou esposas por uma hora.
— É minha primeira visita, mas não é bem para isso que venho.
A cigana caçoou:
— Aqui você não precisa ter vergonha. Todas nós vimos para a mesma coisa. Fique sossegada. Não é ruim. A cama é limpa e tem chuveiro com água quente. O problema é se você tem vontade, porque precisa "marcar o ponto", entendeu? Os coitados passam muita necessidade e você não pode dizer que não quer. Pra mim vai ser ruim, porque estou menstruada, mas vou fazer o que puder. — Riu com uma brutalidade cheia de tristeza. Por baixo de toda aquela aparência de piranha barata e da maquiagem grotesca, assomava a timidez de uma pobre garota que se entregava a seu companheiro sem intimidade, sem preâmbulos e sem romantismo. Tinha de suportar com fingida desfaçatez os comentários indecentes e os olhares porcos dos outros presos ao atravessar a grade.

Chamaram a cigana pelo alto-falante. Ela se levantou e suspirou como quem vai à guerra, mas se recompôs imediatamente. Piscou o olho para María e saiu rebolando.

María ficou sozinha um bom tempo. Nem tinha pensado direito no que ia dizer a César Alcalá, se ele aceitasse recebê-la. Dez minutos depois ouviu o chiado do alto-falante e uma voz feminina:
— Bengoechea Guzmán, María: locutório número seis.

Entrou num quarto de paredes nuas com uma cama cujos lençóis estavam dobrados à cabeceira. Havia uma cadeira diante de uma janela que dava para lugar nenhum. Um quadro vulgar de uma fruteira era a única nota de cor no aposento. No teto zumbia uma lâmpada fluorescente de luz incômoda. À direita havia um box de cimento, com uns pequenos sabonetes em cima de uma toalha de banho. A porta externa era metálica e tinha um postigo para a vigilância. No alto, havia um grande relógio redondo que marcava cada segundo que passava.

María se perguntou como era possível que alguém pudesse se excitar naquele cenário. Recendia a desinfetante industrial. Nunca havia estado num lugar assim. Era tudo frio e asséptico. Silencioso. Horrível, apesar da limpeza aparente. Triste. Sem emoções nem sentimentos.

Estava nervosa, suas mãos suavam. Tinham tomado seus cigarros na entrada. Também os comprimidos para dor de cabeça. Notava um ligeiro zumbido no ouvido direito, como o esvoaçar de uma mosca pega em alguma parte do seu cérebro. Começou a se sentir mal. Queria sair. Sufocava.

Naquele momento ouviu o rangido da fechadura da porta e esta se abriu, dando passagem a um homem cujos nervos ficaram tensos como a corda de um arco ao reconhecê-la.

César Alcalá arqueou as sobrancelhas. Examinou-a com atenção por alguns segundos. Seus olhos se revolveram e sua expressão se atenuou incompreensivelmente. Quer dizer que era esta a visita que devia esperar. O sacana do Publio não parava de surpreendê-lo.

María notou as mãos algemadas do inspetor.

— Não pode tirar as algemas? — perguntou ao guarda que vigiava César Alcalá.

O guarda disse que não. Obrigou César Alcalá a sentar numa cadeira e depois se retirou para a penumbra, como se quisesse se distanciar da situação, mas lembrando que, mesmo invisível, continuava vigilante.

— Tem um cigarro? — disse César Alcalá cravando seus olhos em María.

Ela sentou diante dele. Entre os dois havia uma mesa de superfície polida na qual se refletia com intensidade a luz do teto.

— Não. Pegaram na entrada.

César assentiu, como se toda a vida tivesse estado ali. Diante da mulher que conseguiu botá-lo na prisão.

— No isolamento não nos permitem fumar — disse. — Temem que cortemos as veias com a guimba endurecida ou que ponhamos fogo nos colchões para assar vivos. Deixam a gente morrer pouco a pouco neste porão, mas têm medo de que nos suicidemos. É pela papelada, sabe? Eles têm horror a burocracia.

María compôs uma máscara de indignação.

O inspetor examinou-a longamente.

— Está mudada, advogada — disse, com um esgar de ironia, como se isso o decepcionasse.

— O senhor também não está com bom aspecto, inspetor — atreveu-se a responder. Era verdade. No crânio raspado de Alcalá sobressaíam calombos de feridas mal cicatrizadas e galos arroxeados. Tinha a pele tatuada pela luminosidade pálida e frouxa da prisão.

Ele sorriu, concordando.

— Quando entrei aqui, de início tentei me cuidar. Foi enquanto acreditei que meu recurso teria sucesso e que eu conseguiria sair, pelo menos com um indulto. Mas depois os dias começaram a se acumular, um em cima do outro, e acabei me desleixando, como todos. Num lugar como este não tem sentido alimentar esperanças. A única coisa que a gente consegue é piorar as coisas — ficou em silêncio, observando a superfície da mesa como se contemplasse o fundo de um lago. Depois se endireitou, erguendo os braços e mostrando as algemas. — É irônico. Mas em parte devo lhe agradecer por me trancafiar aqui. Pelo menos agora posso me compadecer de mim mesmo.

María sentiu-se constrangida. A calma absoluta do inspetor ao falar com ela, sua falta de emoções, era o que a constrangia.

— Suponho que me odeie.

— Supõe bem. Mas não se engane. Aqui o ódio é algo que você remói devagar, que se torna racional e que, por ser estéril, se enquista como um tumor no cérebro, do qual é impossível a gente se livrar... É difícil entender.

María olhou para o relógio da parede. O tempo que tinham lhe dado corria rápido.

— O nome de Isabel Mola lhe diz algo?

Percebeu no inspetor um lampejo de surpresa e depois seu olhar ficar sombrio. Foi apenas um instante. Alcalá logo recompôs a fisionomia, como se corresse uma pesada cortina sobre sua alma.

— A senhora tem muita coragem para vir aqui depois de tudo o que aconteceu — disse o inspetor com aparente indiferença. No entanto havia nele alguma coisa que parecia se remexer contra a sua vontade.

O guarda saiu da penumbra. Suspirou e deu uma olhada para o relógio. O tempo terminava.

— Não respondeu minha pergunta — insistiu María.

O inspetor se levantou:

— De fato, não respondi. Antes precisaria saber por que me pergunta.

María franziu as sobrancelhas.

— Um homem veio me procurar. Disse que você e eu temos um vínculo em comum com essa mulher.

Os olhos de César Alcalá se iluminaram de incredulidade. Examinou a advogada minuciosamente, procurando adivinhar algo sobre ela.

— Isso é um absurdo.

— Talvez não seja tanto — ela replicou. Tirou do bolso a

foto de Isabel Mola que Recasens tinha lhe dado e a mostrou. — É ela, não é? Foi esta a mulher que seu pai assassinou em 1941. Conheço a história. Me informei. O que talvez o senhor não saiba é que meu pai, Gabriel Bengoechea, era forjador naquele tempo e trabalhou para os Mola. Fabricou uma bela catana para o filho mais moço dela, Andrés. Talvez seu pai tenha lhe falado uma vez. *A tristeza do samurai*.

César Alcalá negou lentamente com a cabeça, como se não conseguisse acreditar no que aquela mulher dizia, como se aquela revelação estivesse além do seu entendimento. Ergueu lentamente os olhos vítreos.

— E é isso que nos faz herdeiros de um passado comum?

— Não sei — foi a resposta sincera de María.

O inspetor olhou para um lado, como se procurasse algo na sua memória. Depois endireitou os ombros, como se quisesse se levantar sobre sua decadência.

— Por que não? Pode ser divertido — disse ele, como se falasse consigo mesmo. O guarda já o obrigava a caminhar para a porta. — Venha me ver, se quiser. Conversaremos sobre Isabel, sobre nossos pais, e sobre espadas e tristezas.

A partir daquele momento, visitar César Alcalá se transformou numa rotina para María. Todas as manhãs comparecia ao presídio, de ânimo abatido, sem saber o que encontraria. Ele não era um homem fácil. Não confiava nela. No começo, os dois se limitavam a sentar um em frente ao outro em silêncio, deixando os vinte minutos da visita se esgotarem entre olhares receosos. Pouco a pouco, María foi compreendendo o que o cárcere podia fazer com um homem: anular todos os seus anseios, transformar o silêncio na maneira mais certeira de se comunicar e conhecer alguém. A advogada aprendeu a não pressionar o inspetor com perguntas pueris; ficava apenas sentada diante dele, esperando, sem saber exatamente o quê.

Foi César Alcalá quem começou a falar. De início coisas sem importância, descrevia as rotinas carcerárias, comentava alguma notícia de jornal, perguntava coisas do mundo exterior. Até que uma tarde, quando o sol ia se escondendo atrás dos muros e os sons inquietantes da prisão se agigantavam, o inspetor se perguntou qual era o motivo real de María visitá-lo dia após dia.

María podia lhe dar qualquer resposta. Dizer que era porque Lorenzo e o coronel Recasens tinham pedido; garantir ao inspetor que sua única intenção era ajudá-lo. Mas nada disso explicava totalmente as razões que a levavam a acudir todas as manhãs ali. E a pergunta que estava há tempos queimando sua garganta saiu aos borbotões:

— Como pôde fazer o que fez com Ramoneda?

O inspetor desviou o olhar. Não gostava de falar daquilo. Mas María descobria naqueles silêncios coisas inquietantes, coisas que o inspetor não queria revelar e que intuía tinham algo a ver, direta ou indiretamente, com ela.

Quando sua filha Marta desapareceu, César Alcalá ficou louco. Todas as manhãs ia à praça em que fora vista pela última vez. Era a única coisa que podia fazer: procurar nas lixeiras, escrutar cada lajota do calçamento, cada janela dos edifícios contíguos, o rosto dos transeuntes, buscar qualquer indício, qualquer sinal que indicasse o caminho para encontrá-la.

Após uma semana sem notícias, sem saber o que havia acontecido com sua filha ou onde estava, sem que ninguém parecesse levar a sério seu desaparecimento, viu aparecer entre as lufadas de vento um mendigo que passou junto dele arrastando cabisbaixo uma carroça de trastes catados no lixo, que deixava uma trilha de rodas na neve. Andava como um animal de carga, empurrando o queixo para a frente, impulsionando-se com todo o corpo sem soltar a guimba amarelada que lhe pendia dos lábios. Mal desviou um instante seus olhos avermelhados pelo vinho e o frio para fitar o inspetor e sorrir zombeteiro. Ou talvez tenha sido apenas uma careta de cansaço que logo desapareceu.

À primeira vista, era como os outros mendigos que pululavam pelo centro. De idade indecifrável. Tinha a cara cheia de crostas. Uma barba espessa e suja endurecia sua fisionomia. Agasalhava-se com vários suéteres e com um capote grande demais, que se arrastava pelo chão. Na calça de tergal se desenhava uma mancha de urina seca na altura da virilha. Os dedos, grossos e peludos, terminavam em unhas negras, mordidas e cheias de pelinhas.

— Mas de repente, achei a cara daquele mendigo e seu olhar familiares: Ramoneda, um caguete que de vez em quando passava informações à brigada, em troca de alguns favores. "O que você está fazendo aqui?", perguntei. Ramoneda encolheu os ombros. Tirou da boca a guimba babada e abriu os braços, tirou respeitosamente o gorro de lã sujo que cobria sua careca e apertou-o contra o peito. Só queria me dar as condolências, falou. Semicerrou os olhos, que ficaram molhados, tirou uma coisa amarrotada do bolso e me mostrou. Era a fita de cabelo que Marta usava no dia em que desapareceu. "Alguém me pediu para dizer ao senhor que seu silêncio é o preço a pagar pela vida de sua filha."

O inspetor não o deixou dizer mais nada. Foi com uma força furiosa e incontrolável que se desatou a ira daquele pai, que ansiava por encontrar alguém em quem despejar tanta dor, tanta incerteza e tanta frustração. Sem se dar conta do que fazia, cego de ódio, sacou a pistola e meteu-a na boca de Ramoneda, quebrando-lhe um dente.

— Onde está minha filha?

Ramoneda truncou suas palavras num grito agudo e breve. Ensanguentado, cambaleou e caiu aos pés do inspetor, que começou a chutá-lo como se ele fosse um fardo, gritando repetidamente a mesma pergunta. A praça, pouco movimentada, servia de amplificador para os gritos e os chutes, e não demoraram a aparecer moradores nas janelas dos edifícios vizinhos.

— Me diga o que você sabe ou te arrebento — avisou o inspetor, sem se incomodar com as pessoas que pouco a pouco iam se aproximando.

Ramoneda cuspiu uns restos de pele dos lábios partidos. Os olhos descontrolados do inspetor faziam sua ameaça ser bastante crível.

— Sou apenas um mensageiro, inspetor. Não sei de nada.

— Quem te deu essa fita de cabelo?

Ramoneda hesitou. César Alcalá bateu brutalmente sua cabeça contra as lajotas da praça.

— Uns caras aí. Acho que trabalham para dom Publio — soluçou Ramoneda.

De repente, o olhar de César Alcalá ficou gélido. Ergueu a cabeça e viu o alvoroço que estava se formando. Não demorariam a aparecer policiais e, quando fosse mencionado o nome de Publio, aquele canalha escorregaria das suas mãos como um peixe. Pensou rápido.

Sacou as algemas e prendeu Ramoneda, obrigando-o a ficar de pé.

— Sou da polícia — gritou às pessoas que se amontoavam em torno deles. Esgrimiu sua credencial como se fosse um crucifixo que espantava vampiros. A multidão abriu passagem com olhares carregados de ódio, enquanto o inspetor arrastava Ramoneda para o carro, parado a cinquenta metros dali. Subitamente, o mendigo se virou e se dirigiu ao aglomerado de gente:

— Ele vai me matar! Me ajudem!

As pessoas começaram a se enraivecer e alguém gritou:

— Pare com isso, seu torturador, fascista filho da puta! Isso não é jeito de tratar ninguém. Franco já morreu, seu nojento...

Os gritos se sucediam e as pessoas iam tomando coragem. Alguém acertou uma pedra no ombro do inspetor, que não soltou Ramoneda. Caíram garrafas e latas à sua volta. O inspetor obrigou Ramoneda a entrar no carro, batendo nas suas costelas. Conseguiu sentar ao volante, mas a multidão cercou o carro e começou a sacudi-lo. E o teriam linchado ali mesmo se o inspetor não tivesse sacado a pistola pela janela e apontado para a turba, que se afastou o bastante para ele sair dali, fazendo os pneus cantar.

O que aconteceu depois, César Alcalá teria preferido não recordar. Repugnava-se consigo mesmo cada vez que olhava para suas mãos, cada vez que ouvia em sua mente os gritos de dor de Ramoneda naquele porão em que o manteve encerrado numa semana de loucura. Fez coisas terríveis com ele, coisas que não acreditava que um ser humano fosse capaz de fazer. Mas César Alcalá não era humano nesses momentos, era como um cão raivoso que mordia e dilacerava sem ter consciência da dor que causava, só da dor que ele sentia.

Não adiantou nada. Ramoneda tinha se entregado ou, talvez, simplesmente não soubesse mesmo mais do que falou: que homens relacionados com Publio haviam levado sua filha.

Aquela noite, ele voltou para casa com os nós dos dedos estourados e em carne viva de tanto bater, com a alma transformada num buraco negro pelo qual vazava aos borbotões o homem que ele havia sido até então. Sabia que não demorariam a vir prendê-lo. Não tinha importância. Havia perdido a filha, acreditava ter matado um homem a pancadas. Não era mais César Alcalá, era um estranho.

Encontrou a esposa Andrea no quarto de Marta. Sentada na cama, brincando com as bonecas da filha alinhadas na estante da parede, cantarolando cantigas de ninar, como se aquelas bonecas de pano pudessem devolvê-la a ela.

César Alcalá contou o que tinha feito.

Andrea ficou contemplando longamente a carne dilacerada das mãos do marido, sem um pingo de compaixão; parecia não entender o que ele estava dizendo.

— Você me ouviu, Andrea? Matei esse homem.

Ela assentiu com o olhar ausente, os cabelos desgrenhados e a expressão de uma daquelas bonecas sem vida.

— E agora, o que vai acontecer? — conseguiu perguntar, como se de repente recobrasse o bom senso.

César Alcalá deixou-se cair contra a parede até sentar no chão. Enfiou a cabeça entre as pernas.

— Amanhã vou me entregar, se é que não vêm me buscar antes. Vão me mandar para a prisão.

De manhã, César Alcalá encontrou sua esposa morta.

Tinha disparado um tiro no rosto e jazia na cama da filha. Ao se lembrar disso, o inspetor Alcalá não conseguia tirar da cabeça aquela mancha grumosa no papel de parede cor-de-rosa do quarto de Marta.

César Alcalá guardou silêncio, como se as palavras fossem sugadas pelas imagens que ele projetava na memória.

— Por que escolheu aquele quarto, e não o banheiro, a cozinha, nosso quarto? — perguntou-se em voz baixa, recordando o quarto da menina, a colcha com babados rendados salpicada de sangue, o estupor ensanguentado do rosto das bonecas amontoadas na estante.

María não soube o que responder. Pensava em sua mãe, enforcada numa viga. Nos silêncios do seu pai. Em sua falsa ignorância do que realmente aconteceu.

11

Fazenda dos Mola (Mérida), janeiro de 1942

Andrés espiava pela janela, com os olhos semicerrados, o jardineiro alinhando os vasos de flores e, no fim do olhar, uma leve nuvem. Os filhos dos peões se atacavam arrancando torrões de terra do chão. Num canto, os empregados carregavam os móveis da mudança em dois caminhões parados na frente da casa. Tudo tinha uma incrível sincronia, entrava uma coisa, saía outra, sem atrito, criando uma atmosfera flutuante, irreal.

Sua mãe não gostava daquelas tardes cinzentas, e ele também não. Sentia sua falta. Gostava de penetrar furtivamente no quarto dela.

Quando entrava naquele quarto, o mundo real se deformava, perdia consistência, e as coisas que do lado de fora eram importantes para ele deixavam de ter sentido ali dentro. Em todos os cantos se escondiam antigos silêncios. Tocar e profanar seus objetos era quase um pecado. Com essa sensação, observava os vestidos pendurados nos cabides. Eram como fantasmas que andavam em busca de uma glória que se foi para sempre. Várias chapeleiras de cores desbotadas pelo pó se amontoavam num equilíbrio difícil, deixando aparecer plumas, fitas e rendas. Sapatos de salto baixo esperavam sem brilho o fim de seus passos, acreditando que seu descanso era apenas isso, um descanso, e não um enterro. Perucas, colares, joias de cabaré, que tornavam mais mentirosa sua bijuteria, sem luzes em que brilhar, nem bailes em que as exibir.

Publio entrou no quarto sem bater. Para o amigo de seu pai não existiam portas naquela casa. Era como da família.

— Você não devia estar aqui. Seu pai não gosta. Já preparou sua bagagem?

Andrés se virou novamente para a janela.

— Não entendo por que temos que ir embora. Esta é a nossa casa.

Publio se aproximou e acariciou a cabeça do menino.

— E continuará sendo. Você poderá vir passar as férias aqui. Mas seu pai tem que se mudar. É muito importante para a carreira dele. Além do mais, vai gostar de Barcelona, você vai ver. Tem mar, e ouvi dizer que seu pai comprou uma casa muito bonita, com telhado azul. É como um autêntico castelo.

Andrés não se deixava convencer.

— Mas, se vamos embora, minha mãe não vai saber onde estamos quando voltar. Não vai poder nos encontrar. Nem Fernando.

— Faremos como o Pequeno Polegar: deixaremos migalhas pelo caminho para que possa nos encontrar. O que acha?

Andrés ficou pensativo:

— Como são as pessoas em Barcelona?

Publio sorriu.

— Como aqui. Talvez até melhores. Ouvi dizer que as moças são lindas, apesar de um pouco magras.

Uma vez, Andrés ouviu o professor Marcelo dizer que a mãe dele era uma mulher atraente, mas que era magra demais, a seu gosto. Andrés não tinha uma opinião a esse respeito. Para ele sua mãe era, simplesmente, a mulher mais bonita do mundo... Se pelo menos Fernando estivesse lá, tudo seria mais fácil.

Ergueu os olhos ao ouvir os ruídos que vinham do jardim. Ouvia-se o som cobreado de um sino e, pelo caminho de cascalho que beirava a casa, surgiu um rapaz de bicicleta, trauteando uma canção. Era o carteiro do povoado. Andrés esticou bem o pescoço. Talvez trouxesse uma carta da mãe ou do irmão Fernando. Mas se desiludiu ao ver que o carteiro passava ao largo, com seu pedalar monótono e feliz.

— Por que não vai fazer um lanche? Depois vá ver seu tutor e comporte-se bem. É sua última aula com ele, e você já é um homenzinho.

Na cozinha estavam preparando um lanche especial para seu aniversário de onze anos. Andrés gostava dos aromas que vinham de lá, um misto de umidade, chocolate e churros, mas não se sentia contente. Comeu sem vontade. Depois passou pelos diversos cômodos da casa, já quase vazia, arrastando os pés com seus livros debaixo do braço. Já não havia muita gente na casa como antes, nem se davam festas com orquestra, senhores fumando grandes charutos e senhoras arriscando a sorte com jogos tão pouco inocentes quanto o *mus* e o *cinquillo*.

Chegou à sala de aula. Assim que abriu a porta ouviu a voz do professor Marcelo, solicitando sua atenção.

— Olhe bem para isto, Andrés. — Sobressaía em sua mesa uma esfera armilar, instrumento astronômico composto de aros representando a posição dos círculos da esfera terrestre. O professor pôs para girar o globo, cujo centro representava a Terra. Contornou a mesa e se aproximou da parede, em que estava pendurada uma reprodução do mapa-múndi dos Médici, no qual a última representação dos limites conhecidos era o *Oceanus Occidentalis*.

— É autêntico. Tem um valor incalculável — disse o professor, dissimulando sua preocupação. Abarcou com um gesto do braço aquele grande traço negro que era o mar, percorreu a costa da Ásia através do mar da China e deteve o indicador no arquipélago do Japão. — Lembra o antigo nome da capital do Japão? Estudamos faz pouco.

Andrés assentiu lentamente. Depois foi ao quadro-negro e escreveu o nome da capital: "Edo".

Marcelo refletiu um segundo.

— Muito bem. Agora vá para sua cadeira. Faremos um exercício de ditado.

Andrés foi até sua carteira e molhou a pena no tinteiro, mas não começou a escrever.

— É verdade o que dizem? Que estou louco? — perguntou de repente virando-se para a mesa detrás da qual Marcelo recitava um ditado que ele se negava a acompanhar.

Marcelo ficou um instante calado com o olhar fixo no livro aberto. Depois tirou os óculos, deixou-os entre as páginas e se levantou com lentidão. Era estranho o contraste entre a suavidade de seus movimentos e a desordem da sua expressão dominada por algum pensamento obsessivo e secreto.

— Quem te disse isso?

— O capataz, e também o filho do jardineiro.

O olhar de Marcelo endureceu. Mas logo voltou sua expressão doce e compreensiva.

— E o que eles sabem da loucura? — disse, acariciando a cabeça de Andrés. — Não se incomode quando eles dizem essas coisas, não ligue para eles. — Sua voz parecia ausente, e sua atenção estava concentrada agora em algo que não estava ali, visível, mas em algum lugar distante e desconhecido. Seu rosto tinha matizes trágicos, alimentado por um desespero seco. Andrés escrutava sua expressão.

— Alguma coisa de errado?

— Não, nada — disse Marcelo. Depois refletiu um pouco. — Você é especial, Andrés. Não é como os outros meninos ou adultos que você conhece, mas isso não é errado. O que você vai fazer com seus dons, saberemos com o tempo.

— O que é um manicômio? É para lá que disseram que eu vou, e que vão me amarrar com correias e farão comigo coisas horríveis.

— Não pronuncie essa palavra. Não é verdade, eu não deixaria, seu pai também não. Ele te ama.

— O senhor vai para Barcelona? A gente tem lá uma casa que parece um castelo, com telhas azuis e tudo.

Marcelo voltou à sua mesa.

— Acho que não. Mas para você com certeza será melhor.

— Mas não quero ir para lugar nenhum, gosto de estar aqui — protestou Andrés, que por nada do mundo queria estar longe de casa quando sua mãe e seu irmão mais velho resolvessem voltar para buscá-lo, pois estava convencido de que seria assim. Sua mãe lhe traria um presente extraordinário daquele lugar em que estava — "no estrangeiro" —, e também queria ver seu irmão, quando ele entrasse pela porta principal, com seu bonito uniforme de tenente, carregado de medalhas. Com toda a certeza traria para ele um daqueles chapéus de pele que os soldados russos usam.

— Eu entendo. Mas quem toma as decisões é seu pai.

De modo que tinha de falar com o pai.

Quando seu progenitor estava no escritório, Andrés mal fazia barulho ao caminhar, nem pulava no piso de mármore de pedras brancas e negras, como se fosse um tabuleiro de xadrez. Era proibido alterar o silêncio que dominava toda a casa.

Às vezes podia entrever os ombros sólidos de Publio montando guarda como um cão atento. Publio sorria para ele e, levando o dedo aos lábios, indicava que não devia fazer barulho. Gostava daquele homem, apesar de se dar conta de que todo mundo tinha medo dele. Talvez fosse por isso mesmo que gostava dele. Porque não tinha medo de Publio, mas os outros sim.

Quando Andrés se apresentou no escritório sem bater, disposto a se impor — porque agora era o homem da casa —, e cobrou uma explicação, seu pai encarou-o com estranheza, como se ele não fosse seu filho, e sim um desconhecido que o importunava.

O nariz de Guillermo ficava mais fino com os óculos redondos, e na ponta de seus dedos apareciam manchas amareladas de nicotina. Recendia a água-de-colônia, tinha até posto brilhantina no cabelo, cortado as unhas, a passadeira tinha se esforçado para que o vinco da calça caísse justo nas pernas, e tanto o paletó como a camisa de colarinho engomado estavam perfeitamente lisos. Os sapatos estavam engraxados. Parecia um boneco de cera.

— Quem te disse para entrar sem bater?

Andrés se sentiu um pouco intimidado, mas fez a pergunta com a segurança de que foi capaz.

— Por que tenho de ir para esse lugar horrível, tão longe?

— Porque eu disse que vai. E agora saia daqui até aprender bons modos e deixar de se comportar como uma criança mimada — foi a resposta sucinta.

Nos olhos de Andrés havia lágrimas. Mas eram lágrimas frias, que à luz do abajur brilhavam como o fio de uma navalha. Seu corpo inteiro tremia como uma folha raquítica açoitada pelo vento.

— Ainda está aqui? — disse seu pai, franzindo o cenho. Andrés saiu correndo da casa, em direção aos parreirais que circundavam a sede. Aquelas paragens eram ideais para seus costumeiros e súbitos sumiços. O lugar para o qual escapava era proibido, a fronteira perigosa em que os dois mundos irreconciliáveis da quinta se encontravam. Além de onde moravam, quase se escondendo, os trabalhadores das terras do seu pai. Era uma zona seca, nos limites da propriedade, uma terra doente que ao tossir cuspia poeira avermelhada, perto do açude em que os sapos competiam num ensurdecedor concurso de vozes. Não soprava nem uma leve brisa, e o cheiro do excremento dos porcos se mantinha na atmosfera como se fosse sólido.

Trinta minutos passados, apareceu Publio.

— Estava te procurando. É melhor voltar para casa. Seu pai não gosta que você ande por aqui.

— Não gosto de ficar lá.

"Lá" era o mundo do outro lado da vala que ele acabara de saltar, um lugar feio onde o obrigavam a estudar, a vestir calça curta e a se esganiçar cantando num idioma antipático e maciço, como é o alemão, até suas cordas vocais supurarem.

Publio sorriu.

— Eu entendo. De verdade. É difícil o mundo dos adultos... E quando você vem aqui, o que faz?

Andrés guardou um silêncio grave. Catou um galho seco e pôs-se a tirar sua casca, pensativo.

— Caço gatos — disse, apontando para um gato preto que fugia em grandes saltos em direção a algumas moitas.

Publio olhou fixamente para o menino, como se mergulhasse nas pupilas dele, e sorriu daquele modo desconcertante e misterioso que nunca deixava saber se seu sorriso era triste ou alegre. Os olhos de Andrés eram bonitos, como os de sua mãe. Grandes, profundos e absortos, mas suas pupilas eram andarilhas errantes que iam de um lado para o outro sem que ele pudesse detê-las. Estava a ponto de desatar a chorar. Aquele menino não tinha culpa de nada. Era diferente. E essa diferença era difícil de definir.

— Tenho uma coisa para você — Publio trazia no ombro um objeto enrolado num pano. Desenrolou-o e colocou-o no colo do garoto. — Promessa é dívida: uma catana autêntica. Gabriel a forjou especialmente para você.

Os ângulos do rosto de Andrés se acentuaram desmedidamente e suas pupilas brilharam. Uma catana autêntica! Seus dedos tocaram com pudor, quase com medo, a bainha de madeira, laqueada de preto. Tinha um passador para pendurá-la na cintura com um lindo cordão bordado de ouro.

Inesperadamente, Andrés passou seus braços curtos em torno do pescoço de Publio e o abraçou.

Publio sentiu o contato úmido das lágrimas do garoto em sua face e experimentou uma sensação estranha e confusa. Pouco acostumado ao carinho, ficou embaraçado, sem saber exatamente o que devia fazer. Manteve-se imóvel até Andrés parar de chorar.

Então pegou o garoto no colo e se afastou devagar em direção à casa dos Mola. Um dia, quando Andrés fosse grande, teria de lhe explicar por que as coisas haviam acontecido daquele jeito, e como funcionavam as complexas regras dos adultos. Trataria de fazer que ele entendesse a absurda realidade em que os sentimentos não valem nada diante de razões de outra índole. Que o poder, a vingança e o ódio são mais fortes do que qualquer outra coisa, e que os homens são capazes de matar quem amam e de beijar quem odeiam, se for necessário para realizar suas ambições. Sim, quando Andrés fosse adulto, deveria lhe dizer tudo isso.

À medida que os dias passavam, o humor de Marcelo se tornava mais taciturno.

— Em que está pensando?

Marcelo desviou o olhar do prato de sopa e observou sua irmã, sentada à sua frente na mesa. Guardaram silêncio, pensando cada um coisas diferentes.

— Os Mola vão se mudar para Barcelona.

— Quer dizer que você vai ficar sem trabalho?

— Não é esse o problema. É o Andrés que me preocupa. Não sei o que será dele sob a influência de um homem como Publio. Você não sabe a última: ele deu uma espada japonesa autêntica para o garoto. E Andrés anda com ela o dia todo. É uma arma tão afiada que seria capaz de cortar uma nuvem, e a deixam nas mãos de um menino como ele.

A irmã de Marcelo esfregou as mãos violentamente.

— Você devia se preocupar mais com seu filho e deixar esses ricos se arranjarem com suas coisas.

Marcelo examinou com atenção a irmã. Era alguns anos mais velha e provavelmente não se casaria de novo. Quando ficou viúva, decidiu vir do seu povoado para cuidar do pequeno César. Ninguém tinha lhe pedido esse sacrifício, mas sua irmã o assumiu como um dever, quando na realidade utilizava a ele e a seu sobrinho para esconder de si mesma seu fracasso como mulher. Por mais que se propusesse, nunca conseguiria compreender que sentimentos produziam aquela repentina amargura no coração de Marcelo.

— Andrés se sente sozinho nessa casa. Sem o irmão, sem a mãe, sente-se perdido.

Sua irmã soltou uma risada sarcástica.

— Pelo que ouvi, essa Isabel tem cabelinho nas ventas. Não me espantaria nada saber que ela anda por aí dormindo com alguém.

O rosto de Marcelo se petrificou, gravando em suas faces e em suas pálpebras semicerradas um horror e uma desilusão que destruíram tudo. Tudo parecia ter se esfumado, tragado por uma massa movediça invisível, mas que estava ali, naquela cozinha.

— Você fala assim porque nunca sentiu nada entre as pernas, nem nesse seu coração amargurado que bombeia bile em vez de sangue.

— Como se atreve? Ela não passa de uma desconhecida, e eu sou sua irmã — disse, levantando-se furiosa. Saiu da cozinha, mas parou e voltou sobre seus passos. — Acha que sou boba, irmão? Sei o que você sente por essa mulher, o que sentiu desde o primeiro dia em que a viu. E vou lhe dizer uma coisa, para o seu bem: afaste-se dessa gente ou vai arruinar todos nós.

Marcelo cerrou os punhos.

— Agora é tarde demais — murmurou, mas sua irmã não pôde ouvir, porque havia saído batendo violentamente a porta.

Marcelo ficou mais de uma hora sentado diante do prato de sopa fria, enquanto sua sombra ia se espichando nas paredes e a noite investia janelas adentro. Sentado, tendo a vela da mesa como único ponto de luz, permanecia ausente, imerso em pensamentos obscuros que deixavam tensas suas feições. De repente ouviu o ranger da porta.

No umbral, apareceu seu filho César. Seus olhos enormes se abriam muito, arqueando as pestanas como arcos.

— Pai, tem um homem na porta querendo falar com o senhor.

Por trás da figura sóbria de César apareceu a sinistra indolência de Publio, esboçando um sorriso ameaçador. Marcelo ficou rígido ao ver o lacaio de Guillermo Mola.

— Olá, professor. A noite está estupenda, achei que poderíamos dar uma volta no meu automóvel.

Marcelo engoliu em seco. Corriam sobre Publio muitos rumores. Todo mundo temia os rompantes daquele homem de aparência quase ascética. Ele havia instaurado um regime de terror baseado em sua fé inquebrantável na violência como mecanismo depurador.

— Está tarde demais, dom Publio...

Publio pôs uma mão ameaçadora no ombro de César, o filho do professor.

— Não tem nada a temer, professor. Só quero que conversemos amigavelmente sobre Isabel Mola.

Marcelo se encolheu na cadeira. Ninguém podia saber de que crime seria acusado naqueles tempos, ninguém podia se sentir a salvo. Muita gente era presa à noite, de surpresa; deixavam na mesa o prato de sopa quente sem provar, as mulheres pulavam da cama desconcertadas e corriam para abraçar o bebê que chorava, enquanto os homens de Publio destroçavam a casa, reviravam gavetas, armários, rasgavam colchões, roubavam cobertas, joias, dinheiro, ou faziam piadas lascivas sobre a roupa íntima que encontravam na cômoda.

— Vamos dar uma volta, professor.

Marcelo sabia como terminavam aquelas voltas. Com ar de derrota, pegou seu casaco.

— Vá para cima, César. E diga à sua tia que eu talvez não venha comer de manhã. — Marcelo se inclinou para o filho e lhe deu um abraço frio, lançando olhares fugazes pela porta, como se temesse alguma coisa. Quando se separaram, seus olhos tinham um olhar melancólico, matizado de uma doce ironia.

— Quando o senhor quiser — disse, olhando para Publio.

César observou as mãos nervosas de seu pai e seu corpo apequenado, quando os dois se dirigiam para o carro parado na rua.

Publio se virou ao chegar à porta e dirigiu ao menino um olhar compassivo.

— Não chore por seu pai, garoto. Os heróis não existem. Muito menos os da infância.

12

Barcelona, véspera do Natal de 1980

Para um velho como ele, os anos não se escondiam mais — ao contrário, mostravam-se com desfaçatez nas rugas, nas manchas da pele e nos quadris distendidos. No entanto, o deputado Publio assumia com firmeza sua velhice. Sem ostentação, os ternos de corte francês e os lenços de seda, os chapéus de aba larga e as botinas com botões da sua juventude tinham sido sepultados sob o traje do luto mais fechado que usava em todas as ocasiões em que aparecia em público, dando-lhe um ar ascético.

Agora, seus olhos brilhavam como se os tivesse pintado com níquel, a luz deles era pálida, e os cabelos desgrenhados atenuavam mais ainda seu rosto macilento de fantasma. Um ricto de mártir tinha ficado preso à sua boca, muito diferente da arrogância do antigo Publio, elitista e voluntarioso.

Ver um homem assim andando pelos subúrbios era uma coisa digna de se recordar.

O carro oficial parou numa esquina. Publio abaixou o vidro

e observou com certo asco a massa cinzenta de edifícios e antenas que se estendia pouco além da avenida.

— Tem certeza de que vai descer aqui, senhor? Se quiser posso acompanhá-lo. Este subúrbio é perigoso.

Publio levantou lentamente o vidro escuro da sua janela. Não tinha por que, mas desejava se encarregar pessoalmente do assunto que o levara até ali.

— Este subúrbio não é pior do que o lugar em que fui criado — disse ao chofer, abotoando o sobretudo e saindo do veículo.

O arrabalde era o intestino grosso pelo qual se expulsam os excrementos da urbe. No entanto, mesmo dentro desses micromundos existiam lugares piores; lugares que se descobriam à medida que iam atravessando círculos concêntricos até chegar ao âmago da miséria. Lugares a que não chegava nem a literatura nem o romantismo da pobreza, em que ninguém podia entrar sem sair contaminado pelo miasma da mais absoluta degradação.

Naquela tarde, enquanto procurava inutilmente as placas com o nome das "ruas", pois nem sequer ruas eram, Publio adentrou sem hesitar numa dessas fronteiras invisíveis.

O deputado cruzou com gente medíocre em seu andar, em sua postura de cachorro batido e assustadiço, gente que deixava pedaços de seus olhos em cada esquina. Dois homens discutiam aos gritos em plena rua. Uma mulher sentada numa cadeira de palha esfiapada dava um peito estriado e escuro a um bebê ávido. Nas esquinas, mirravam prostitutas depauperadas por culpa da heroína e da hepatite. Era patética a dignidade delas, com calcinhas de babados, com sua maquiagem de gesso; palhaças mudas de engenho cáustico que ofereciam seu espetáculo de cabeça erguida, ignorando a vulgaridade que as envolvia, orgulhosas com suas grandes perucas e seus sapatos de salto, ataviadas com vestidos e meias que deixavam ver pernas e braços não depilados.

Algumas delas tentaram chamar a atenção do velho, que as

ignorou. A miséria fazia parte da dramaturgia daquele lugar, e os homens como Publio desfrutavam do espetáculo carente de sutileza, penetrando nesse submundo com o instinto da adequação: jogar com a vulgaridade desde que não se caia nela.

Nesse aparente manicômio subterrâneo, nessa cidade de mariposas com asas em chamas, tudo era permitido, qualquer vício era satisfeito, por mais vil e amoral que fosse, para quem tinha dinheiro. E ele tinha mais que o suficiente.

— Chusma! — grunhiu Publio, cuspindo no chão.

Estivera ali duas semanas antes, quando da inauguração de uma escola. E não havia hesitado em apertar mãos e distribuir beijos entre aquele amálgama de miséria. Mas agora, longe das câmaras e dos jornalistas, podia mostrar sem dissimulação a repugnância que aquele lugar lhe causava. Em certo sentido, Publio era como os escultores do ferro, que tratam a feiura da matéria até transformá-la em arte e que, quando veem sua obra completa, sorriem e se vão, sem se importar com o que venha a acontecer depois.

Ele era igual: inaugurava uma pracinha de cimento, punha a primeira pedra de uma escola e declarava que investiria milhões, que nunca apareceriam. O próprio Publio desaparecia. Mas naquela tarde ia para algo bem diferente. Algo para o que não queria testemunhas.

Enveredou-se por uma ruela escura de casebres baixos. No fundo se destacavam as chaminés de tijolo de uma fábrica abandonada. Observou o entorno hostil do complexo em ruínas, as edificações esteadas com ferros, as poças imundas da rua enlameada, os fios de luz arqueados entre uma fachada e outra.

Depois de hesitar um instante, dirigiu-se para uma casa com as janelas de madeira pintadas de verde e uma porta tapada com tijolo e cimento. No andar de cima, cordas curvando-se sob o peso da roupa estendida e molhada ameaçavam rebentar. Uma mulher de braços flácidos cantarolava numa sacada com vários pregadores na boca.

Publio pelejou com as tábuas de uma porta. De dentro vinha um forte bafo de urina e excremento. A luz de fora mal vencia a escuridão. Adivinhava-se uma escada de mão que subia até um falso teto. Entrou com passo vacilante.

Apalpou os limites incertos da escada e olhou para cima. Via-se um pedaço de céu pelos buracos do teto. Subiu devagar, assegurando-se de cada passo antes de pousar o pé, até um sótão baixo demais para que pudesse ficar ereto.

Com a cabeça curvada, explorou o lugar. A cada passo, espessas teias de aranha se emaranhavam em seus cabelos.

O mobiliário era insignificante: uma mesa de madeira, duas cadeiras, um colchão de palha no chão e um guarda-comida baixo e reto. A essa liturgia de cela monástica, somava-se um armário de madeira e uma escrivaninha que a umidade havia esburacado.

Apoiado na escrivaninha, de costas, um homem escrevia, concentrado e fumando com o cenho franzido. Tão absorto estava que parecia uma iguana dissecada.

— Está ficando descuidado, Ramoneda. Nem me ouviu chegar — disse Publio.

Ramoneda se virou com o rosto parcialmente iluminado pela escassa luz que entrava pelos buracos do teto. Dissimulou sua surpresa e largou suavemente a pistola que tinha pegado na mesa.

— O que o traz à minha casa, deputado?

Publio olhou em volta com cara de nojo.

— Vim lhe oferecer um trabalho.

Ramoneda reprimiu um sorriso de satisfação. Nos últimos anos, não tivera nenhum. Vagabundava de um lugar para o outro, vendendo seu sangue ou atuando como michê para sobreviver. Uma ou outra vez, fez alguma coisa para uns mafiosos pés de chinelo, mas trabalhar para dom Publio era diferente. Era sinônimo de bom pagamento.

— Faz muito tempo que o senhor não recorre aos meus serviços.

Publio escrutou com severidade aquele mendigo. Pelo que se lembrava, estava mais magro que da última vez que o vira, pouco antes de assassinar sua mulher e o enfermeiro que ia para a cama com ela. Sabia que, depois daquilo, Ramoneda tinha se dedicado a estrangular prostitutas e matar gente pela qual ninguém perguntava. Sua vida errante lhe permitia ir deixando cadáveres anônimos que ninguém relacionava a ele.

— Suponho que não esteja cheio da grana — disse, aproximando-se e pondo em cima da mesa um envelope com um bom maço de notas de mil.

Ramoneda verificou o conteúdo. Depois passou a língua pelo lábio rachado.

— O que é que manda?

— Conhece alguém no presídio-modelo?

Ramoneda não precisou pensar muito.

— Ninguém a quem eu confiaria minha mãe. Mas conheço gente ali, sim.

Publio não teve meias palavras.

— Quero que arranje alguém que se encarregue de César Alcalá. Dinheiro não é problema... Mas quero que faça já.

Ramoneda pareceu se decepcionar. Esperava algo mais excitante. Afinal de contas, ele e o inspetor eram velhos "amigos"...

— Não acha melhor lhe mandar um recado contundente? Como aquele que o senhor mandou faz uns anos. Quem sabe ele aprende? Às vezes eu me pergunto que fim levou a filha dele. Ela ainda está com aquele seu monstro amestrado?

Publio cerrou os dentes, bastante amarelados pelos charutos que fumava entre uma e outra sessão do Congresso.

— Não é nada bom ter tanta memória, Ramoneda. E também é muito pouco inteligente de sua parte querer morder a mão que te dá de comer.

Ramoneda coçou a virilha, fitando Publio com o rabo do olho.

— O senhor não me assusta, deputado.

Publio passou a ponta do indicador numa superfície coberta de poeira.

— Então quem sabe te assuste amanhã mesmo alguém arrancar seus olhos e lhe cortar a língua — disse ele calmamente, como quem fala de uma coisa sem importância.

Ramoneda guardou o dinheiro.

— Estava brincando, deputado. O senhor sabe que pode contar comigo para o que precisar... Enquanto vierem envelopes como este.

Publio sorriu. Um dia, não muito distante, teria de se desfazer de vermes como esse Ramoneda. Mas por ora ele lhe era útil.

— Tem outra coisa. María Bengoechea. Você deve se lembrar dela.

Ramoneda recostou na cadeira. A coisa estava ficando interessante.

— Sou todo ouvidos, deputado.

Aquele Natal foi o melhor em muito tempo para Ramoneda. Depois de comprar roupa nova e jantar num bom restaurante, contratou a companhia de uma prostituta de um bairro nobre. Ela era limpinha, cheirosa, usava lingerie rendada e sorria com todos os dentes perfeitamente alinhados.

Pagou um bom quarto, com banheira redonda e cama grande. Demorou para ter um orgasmo e, mesmo quando teve, não foi grande coisa. Mas se sentia satisfeito.

Respirou fundo ao terminar. Separou-se do corpo da moça e deitou de costas na cama, extenuado depois de um novo esforço que resultou em vão, enquanto a luz iluminava seu rosto através da cortina fechada. O coração batia desenfreadamente debaixo das costelas, e o peito mal controlava sua expansão. Gotas de suor percorriam pelos lados o emaranhado bosque de pelos pubianos que a prostituta afagava com falso carinho.

— Tenho de ir embora — disse Ramoneda, mal-humorado.

A jovem se mexeu entre os lençóis. As camas dos hoteizinhos de encontros recendiam de uma maneira particular depois do amor. Um cheiro emprestado, desagradavelmente asséptico. Ramoneda observou com desagrado a moça se estirando como um gato, impregnando-se daquele odor. Às vezes, muito de vez em quando, desejava uma cama de verdade e uma mulher que dormisse com ele sem ter de pagar por esse luxo.

Sentou nu numa cadeira, fumando com lentidão um cigarro cujo filtro arrancou e atirou no chão.

Que misterioso parecia o mundo. Muito mais vasto do que havia podido imaginar. Tinha gastado suas poucas energias para alcançar a ladeira seguinte, o próximo horizonte, convencido de que do alto avistaria seu destino. No entanto, por mais que apressasse os passos, por mais que desgastasse seu corpo até ferir os pés, sempre aparecia um novo obstáculo a superar. Sua vida continuava escorrendo entre os dedos, desperdiçando-se em bicos que jamais poderiam tirá-lo da pobreza. Estava farto de fugir e de se esconder em lugares onde nem os ratos queriam viver. Mal conseguia sobreviver, evitando o contato com as pessoas. O passar do tempo, a errância e a sujeira o haviam transformado num cachorro de rua, um desses animais vagabundos, imundos e magros que atravessam de vez em quando um povoado com o rabo ereto, o lombo eriçado e os dentes à vista.

Às vezes tentava se lembrar de César Alcalá e daquelas semanas trancado no porão de uma casa. Esforçava-se para reviver os espancamentos do policial, a dor dos choques nos testículos, os chutes na cabeça, as imersões num tambor de água gelada. Lembrava-se muito bem do rosto decomposto do tira à sua frente, suando, cuspindo saliva enquanto o espancava, e como, com o passar dos dias, o estado de espírito de Alcalá flutuava em direção a uma fraqueza cada vez mais evidente, que terminou se transformando numa súplica.

Ramoneda se orgulhava de ter conseguido dobrar a vontade do inspetor com seu silêncio. O dia em que o viu chorar e suplicar que lhe dissesse onde havia escondido sua filha, sentiu-se o ser mais poderoso da Terra e soube que o inspetor era um covarde, um pai desesperado e vulgar. A dor se transformou numa vitória contínua.

A partir daquele momento, Ramoneda descobriu dentro de si um ser até então desconhecido. Um ser que os outros não sabiam apreciar, como sua esposa e aquele enfermeiro, que se deitavam juntos na sua cama achando que ele não os ouvia gemer e gozar. O homem que era antes não teria suportado aquela humilhação, mas o novo Ramoneda soube esperar sua vez, encheu-se de razões, dia após dia; sempre que aquele maldito enfermeiro ejaculava rindo na sua cara, gritando-lhe "Isso, da parte da sua mulher", Ramoneda não se alterava, deixava que o sêmen percorresse seu rosto aparentemente adormecido; esperava sua vez, e quando ela chegou, descobriu com prazer que havia nascido para isto: matar sem contemplação, sem remorso.

Matar Pura e o enfermeiro não foi um ato de vingança. Exceder-se com eles antes de lhes tirar a vida não foi um ato de raiva acumulada. Foi a confirmação de que sua mão não tremia, de que os gritos de agonia que eles soltavam não o abalavam, de que as súplicas deles não o amoleciam. Descobriu extasiado que matar não era um problema para ele. O que lhe importava era o próprio ato de olhar nos olhos da vítima antes de fechá-los para sempre. Tinha conhecido outros que se gabavam de ser autênticos profissionais, mas ele ria daqueles pistoleiros que matavam à distância, com um tiro, sem um ponto de encontro entre o olhar do carrasco e o da vítima. Ele não era assim; gostava de dar aos outros a oportunidade de erguer a vista e entrever a cara do Diabo antes de eliminá-los.

Levantou-se e foi até a cadeira onde havia pendurado a roupa. Debaixo do blazer assomava a coronha da sua pistola. Vestiu-se calmamente, juntou suas coisas numa pequena sacola de viagem e ajustou a arma nas costas, na altura dos rins. Antes de sair correu pelo quarto um olhar de fastio que se cravou nos glúteos cheios de celulite da prostituta.

Sentia-se leve. Esse estado de espírito, quase místico, era o que lhe permitia se deleitar com o que fazia. Debaixo da nova camisa de seda que havia comprado sentia palpitar com força seu coração. Já não era um simples informante, nem um aprendiz. Agora era um autêntico profissional, e era pago pelo que valia. Podia se dar ao luxo de entrar numa alfaiataria e mandar fazer um terno sob medida, comer num bom restaurante, pagar uma puta cara para a noite inteira. De que mais precisava? Os sapatos de pelica lhe apertavam os dedos dos pés, pouco acostumados a se verem assim encerrados, e as luvas combinando eram incômodas... No entanto, ao parar um instante diante de uma vitrine, reconheceu que aquela era a aparência de um vencedor.

Deixou escapar um suspiro maligno antes de seguir seu caminho. A proximidade do encontro com María lhe proporcionava uma estranha inquietação. Quase um instante de felicidade.

Parou diante de um indigente que mendigava na calçada. Tinha a cara mordida pelos ratos e as mãos envoltas em farrapos.

— Algumas horas atrás eu era como você. Portanto não se desespere, sua sorte pode mudar.

Inclinou-se sobre a latinha do indigente. Tirou as poucas moedas que continha, guardou-as no bolso e se foi, desejando-lhe um feliz Natal.

A igreja estava repleta de gente. Como nas catedrais medievais, as lápides dos homens ilustres da comarca atapetavam o piso de mármore cor de café. Num retábulo atrás do altar, os querubins seguravam uma Bíblia aberta com as escrituras em fio de ouro.

O sacerdote, com seu traje perfeitamente passado, acariciava com as costas da mão a toalha de linho que cobria o altar. Altos candelabros custodiavam o cálice de ouro. Dezenas de rosas frescas decoravam o presépio ainda vazio. Seu cheiro adocicado se misturava com o das velas e o da umidade do tecido velho, que a casula do oficiante destilava.

Alguns bancos atrás, María espiava seu pai com rabo de olho. Gabriel segurava o chapéu com as mãos inquietas, incomodado com a gravata e o blazer.

O órgão da capela iniciou uma melodia fúnebre. Houve um ruidoso fru-fru de roupas quando todos se viraram para uma das portas laterais à sacristia, pela qual apareceram um militar idoso e uma mulher, que levava nos braços uma imagem do menino Jesus.

— Olhe ali, já estão trazendo o menino Jesus. É a coisa mais bonita do Natal.

Para María, era surpreendente que seu pai ainda pensasse assim, com aquela inocência romântica e inquebrantável, na noite de Natal. Sentiu-se tentada a lhe perguntar por que estavam ali, na Missa do Galo, o que tinham eles a ver com aquela gente que lotava a igreja. Mas conteve sua curiosidade. Seu pai parecia realmente emocionado, e sua expressão era de recolhimento.

Houve um murmúrio de admiração. A mulher que levava o menino Jesus exibia um luto perfeito. Trajando um sóbrio vestido negro, seus passos ressoaram no mármore como um réquiem. Sem nenhum tipo de maquiagem nem acessórios, a brancura descarnada da sua pele a transformava numa mortalha andante. Avançou com seriedade em direção ao altar. Era como uma madona serena e crepuscular.

Atrás dela, avançava pelo corredor central o velho militar ridiculamente altaneiro, com seu uniforme de gala, a mandíbula crispada e a cabeça erguida. Olhava para ambos os lados do corredor com seus olhos amarelados e ferozes, como um cachorro precavido prestes a pular e morder. Apesar da indumentária aparatosa, não podia dissimular sua decrepitude. Quase dava dó. Arrastava a bainha da espada pelo chão. A batida metálica nas placas de mármore onde dormiam seus gloriosos e pútridos antepassados era como a chamada suplicante do militar para que os seus fossem resgatá-lo.

Na hora da comunhão, os presentes foram se levantando para fazer fila diante do sacerdote, que erguia nas mãos a hóstia consagrada. Ele próprio a molhava no vinho do cálice e a punha na língua dos comungantes.

María não se mexeu. Em casa, nunca foram religiosos, pelo menos não do modo habitual. Havia certa religiosidade, isso sim. Na biblioteca de seu pai havia uma biografia de são Francisco de Assis, que por certo tempo cativou sua atenção quando era criança, sobretudo pelas gravuras de bichos e aquelas bonitas palavras que começavam por "irmão lobo". Nada mais que isso, porém. Deus não era uma existência real na vida deles, tampouco era toda aquela simbologia cristã da transmutação do pão e do vinho no corpo e no sangue de Cristo.

No entanto, para surpresa de María, seu pai se apoiou na bengala e se levantou penosamente.

— Quero comungar.

Estavam chegando ao presépio. Junto dele, o sacerdote oferecia uma pequena hóstia, quase transparente.

— O corpo e o sangue de Cristo.

— Amém.

Com ajuda de María, Gabriel beijou a ponta do pé de gesso do menino Jesus. O manequim era feio, ceroso e gordo. Tinham-no penteado e vestido com um elegante camisolão branco bordado de azul. Em suas mãos cruzadas, alguém tinha posto uma rosa sem espinhos.

Ao voltar para seu lugar, María se deteve junto de uma das colunas do fundo. Encostado com certa desfaçatez na pia de água benta, um homem sorriu para ela com um laivo de ironia que a assustou. Reconheceu nele o mendigo com o qual, semanas atrás, havia cruzado na rua e que tinha seguido a ela e Greta pelas ruas do Raval, ainda que agora vestisse uma roupa cara. Na época, achou que era paranoia sua. Mas naquele momento tinha certeza de que era ele e de que olhava diretamente para ela.

Ao sair da igreja, os presentes respiraram aliviados por se verem livres daquela atmosfera asfixiante, um clima de tristeza exacerbada pelo longo e monótono sermão do oficiante. Pouco a pouco os fiéis foram se dispersando, formando pequenos conciliábulos, conversas que pretendiam relaxar a tensão emocional vivida momentos antes, quando, ao fim da cerimônia, o velho militar — María soube que era um tenente da Guarda Civil que passara para a reserva — havia subido ao púlpito para recordar os mortos da Corporação naquele ano de ferozes atentados, com palavras simples e cheias de integridade.

Algumas pessoas se aproximaram para perguntar pela saúde de Gabriel com um sorriso autocensurado, adulador e idiota. María assistia em silêncio às frases feitas, impostas pela tradição, imersa naquela farsa, e ao mesmo tempo fora dela.

Tornou então a ver o homem. Apartado, ele a observava com cinismo. Depois se afastou dissimuladamente em direção a uma das galerias do claustro vizinho, fingindo estudar a formosa coleção de esculturas clássicas que margeavam a alameda.

María deixou seu pai com os vizinhos e seguiu o desconhecido.

O homem reduziu o passo, até parar por completo ao perceber que María o estava seguindo. Livre dos olhares indiscretos, mostrou seu rosto verdadeiro. Sua boca ficou rígida, como que artrítica, e o fundo das pupilas tornou-se turvo, como o de um charco recém-pisoteado.

María se aproximou com cautela.

— Eu conheço você?

O homem se virou para ela e escrutou-a intensamente. Semicerrou os olhos, observando o pátio em que os que tinham assistido à missa conversavam. Abriu uma caixa de cigarros e levou um à boca.

— A senhora tem memória curta, advogada. Sou Ramoneda.

María recuou inconscientemente, com a boca entreaberta. Mal se lembrava. Só o havia visto uma ou duas vezes no hospital. Na época, tinha o rosto desfigurado e estava em coma. Mas ao observar o homem detidamente não era difícil descobrir as cicatrizes deixadas pelas feridas, ocultas sob uma espessa barba arruivada.

— Não se assuste. Não vou lhe fazer nada — disse ele, e apagou com a bota o cigarro que fumava.

María passou nervosamente a mão pelos cabelos. Ramoneda se deu conta de que ela olhava na direção do pátio empedrado

da igreja. Gabriel estava sentado junto de uns canteiros, com as mãos no bolso e uma expressão de perdido.
— Puxa, quanto tempo, Ramoneda.
Ramoneda encarou-a com desprezo, de cima a baixo.
— Não parece contente em me ver. Não a recrimino por isso. Imagino que já deve saber o que fiz com minha mulher e o cara que a comia.
María sentiu que aquelas palavras a machucavam, cuspidas com asco, quase com ira. Dirigiu-se para a entrada da igreja sem olhar para trás. Seu corpo tremia com um mau presságio. Fez um cumprimento vago e se afastou apressadamente.
Já estava chegando junto de seu pai quando Ramoneda a alcançou por trás, segurando-a pelo ombro. Ao sentir o peso daquela mão, María pensou que seu coração ia explodir.
— Só queria conversar um pouco com a senhora, María.
Ela não se virou de imediato. Fingiu não ouvir seu nome. Mas ele o repetiu com mais força, como se a flechasse pelas costas. Finalmente, virou-se exasperada.
— O que quer de mim?
Ramoneda se concentrou num ponto distante de ambos. Parecia pensar em algo com extrema gravidade.
— Me disseram que a senhora se separou de seu marido. E que agora vive "em pecado" com uma moça muito bonita... Greta, creio que se chama, não é? É romântico observá-la na praia em frente à casa que vocês têm em Sant Feliu. É ótima para a pescaria. Mas nesta época do ano a praia é um lugar solitário. Se acontecesse um acidente com vocês, só se descobriria quando fosse tarde demais. — Ramoneda desviou os olhos. Agora fitava Gabriel. — No caso do seu pai, é a mesma coisa. Neste vilarejo e sem enfermeira para cuidar dele. Poderiam assaltá-lo e lhe fazer alguma coisa. É, seria uma pena. Por sorte, a senhora é uma mulher inteligente e sabe como proteger os seus.

María não acreditava no que ouvia.

— O que é que é isso? Está me ameaçando?

Ramoneda sorriu maliciosamente. Na realidade, eram seus olhos que sorriam. Sua boca apenas se crispou um pouco.

— Só estou avisando. Sei que andam me procurando por causa do desaparecimento de Marta Alcalá, a filha do inspetor. Direi o mesmo que disse na época a Alcalá: não sei de nada. Me pagaram para dar uma informação. Eu dei. Recebi. Ponto final. Diga a seu ex-marido e àquele velho, o Recasens, que parem de me atiçar como se eu fosse um cão. A senhora sabe o que acontece quando se encurrala um: ele se vira e morde quem estiver a seu alcance. Se quiser um conselho, esqueça o inspetor e tudo o que tem a ver com ele. Eu não gostaria que acontecesse alguma coisa com a senhora ou seus entes queridos... Feliz Natal, advogada — abotoou o sobretudo e dirigiu-se com passos lentos e firmes para a saída.

13

Barcelona, 27 de dezembro de 1980

María entrou no restaurante. As garçonetes estavam pondo as toalhas. Era cedo e ainda não havia clientes. Ouvia-se uma música ambiente ao piano.

Um garçom se aproximou. Era um tipo solícito, bronzeado e muito bonito. Um maduro sedutor, seguro da força de atração da sua barba grisalha e de seus cabelos bem cortados e sem tintura. Faltava-lhe naturalidade, e sua água-de-colônia pareceu um tanto nauseabunda a María.

— Vai almoçar sozinha?

O olhar do garçom acariciou sem dissimulação os seios de María.

— Não, quero uma mesa para dois — respondeu ela, abotoando o último botão do decote.

O garçom corou. Pigarreou e acompanhou-a até uma mesa de fundo. Entregou-lhe o cardápio. Era uma carta cara, em papel de textura grossa e rugosa. Lorenzo queria impressioná-la.

Pediu uma garrafa de vinho branco enquanto esperava. Quando o garçom se afastou, abriu a bolsa e tomou dois comprimidos de naproxeno. Suas dores de cabeça, cada vez mais virulentas e repentinas, não lhe davam trégua. Disse a si mesma, sem muita convicção, que tinha de ir ao médico.

— Depois das festas — disse em voz alta, como para se convencer. Acendeu um cigarro e serviu-se outra taça de vinho, enquanto repassava os acontecimentos dos últimos dias.

Estava com medo. Ainda não havia contado seu encontro com Ramoneda a ninguém, salvo Lorenzo. Não queria preocupar Greta. As coisas estavam se complicando entre as duas, e ela é que não ia criar mais problemas em seu relacionamento. Mas a verdade é que mal conseguia dormir. Fumava sem parar, nervosa e incapaz de se concentrar em nada que não fosse a imagem de Ramoneda, seu sorriso frio, seu olhar assassino. Como é que ele a tinha encontrado? Isso não importava, o caso era que tinha. Agora ele sabia onde morava e ela sentia continuamente seus olhos espiando seus movimentos, os de Greta, os de seu pai. Essa pressão ia acabar fazendo sua cabeça explodir.

Pouco depois, Lorenzo apareceu, vestindo um terno escuro que realçava sua imagem.

Ficou um instante na soleira da porta, observando María com a mão na maçaneta, como se não decidisse se entrava ou saía. De repente sorriu, um sorriso amplo, sedutor, desses capazes de sustentar as amizades úteis. Antes que María pudesse se levantar, venceu a distância que os separava.

— Você está muito bonita — disse com uma voz bem timbrada. Seus olhos buscavam o olhar de María com franqueza.

Ela pensou que em certo sentido Lorenzo continuava atraente, elegante, mas distante, apesar da sua aparente proximidade. Ajeitou com um gesto infantil o pequeno coque que trazia no alto da cabeça, com uma graça que saía de algum ponto que ela não controlava, como se quisesse demonstrar algo. Que ainda era jovem? Que era mais atraente agora que aos vinte e cinco?

— Você me disse que não sabia nada de Ramoneda. Como é possível que tenha aparecido diante de mim, onde meu pai mora? Esse homem me ameaçou de morte — falou com uma ponta de irritação para consigo mesma, por ter se deixado arrastar àquela aventura.

Lorenzo desviou o olhar para um imaginário grão de poeira que afastou com a mão. Estava ganhando tempo.

Sua atitude relutante pôs María de sobreaviso.

— Não acha surpreendente?

— Na verdade, não. Sabemos que Ramoneda está te seguindo há várias semanas.

María ficou rubra de raiva. Teve de apertar os lábios para não gritar um insulto.

— O que você está me dizendo?

— Calma, María. Me deixe explicar. Estamos vigiando esse cara. Mas ainda não nos interessa prendê-lo. Ramoneda é o único que pode nos levar à filha de César Alcalá e, de quebra, a Publio. Seguimos seus passos e esperamos que cometa um erro que permita incriminar o deputado. Quando isso acontecer, pegaremos os dois.

María se sentiu como uma isca viva. Era uma ovelha amarrada numa árvore para atrair os lobos.

Lorenzo procurou tranquilizá-la.

— Temos um plano, no qual você é a peça-chave. Deixe eu te explicar calmamente enquanto almoçamos.

María se pôs de pé. Não tinha mais nada a escutar.

— Vocês me usaram. Puseram em perigo Greta, meu pai e a mim. Me esqueça, Lorenzo. Estou falando sério: não quero saber de nada a esse respeito.

Já estava pondo o casaco quando Lorenzo reteve sua mão.

— Você não está entendendo, María. Não pode entrar e depois sair dessa história sem mais nem menos. Quer goste ou não, já está metida nela. Se resolver cair fora, não poderemos te proteger de Ramoneda. Agora que ele já te encontrou, não vai te deixar em paz. Você não o conhece. É um psicopata.

— Me esqueça, Lorenzo. Toda vez que você entra na minha vida é para me ferrar.

Saiu à rua sem ouvir os chamados de Lorenzo e pegou um táxi.

Quando chegava em casa começava a escurecer e os violentos choques do crepúsculo desenhavam cristas róseas na fachada.

Deu uma tragada rápida e nervosa no cigarro, abriu a janela dois dedos e jogou-o fora. O taxista lançou-lhe um olhar de censura pelo retrovisor. Ela deu de ombros. No rádio falava o presidente da Generalitat de Catalunya, Pujol. Era um discurso identitário e apaixonado. María fechou os olhos porque não podia fechar os ouvidos. Não queria encher a cabeça com vozes absurdas falando de pátrias e bandeiras. Tudo o que queria era tomar um bom banho.

Encontrou Greta remendando uma rede estendida na praia. Estava com a saia levantada e as coxas cheias de areia. Parecia dispor de todo o tempo do mundo. A seu lado, num balde desbotado, dois peixes acinzentados abriam e fechavam a boca, agonizantes.

María sentou na areia ao lado de Greta. Deslizou seu rosto até o cabelo dela e lhe deu um beijo quente no pescoço.

Greta fitou-a com estranheza. Ultimamente, María não costumava se mostrar tão carinhosa quanto antes.

— Aconteceu alguma coisa? Você se levantou cedo, hoje — disse.

— Não conseguia dormir... Evitei os pesadelos mais uma noite — disse María com um sorriso cansado.

— Não sabia que você tinha pesadelos.

— Quem não tem?

Greta ficou esperando que ela dissesse mais alguma coisa, porém María fez um gesto ambíguo, como se tivesse falado demais da conta.

— Você não foi ver um cliente em Barcelona? — perguntou Greta.

— Uma entrevista sem interesse — María mentiu. As mentiras pequenas e inúteis já faziam parte de uma rotina a que ambas tinham se acostumado.

Foi sentar na popa do barco puxado para a areia, encolhida em seu capote, olhando para as mãos, como se acabasse de descobrir nelas algo maligno e monstruoso.

— Sabe o que dizem os marinheiros? Que tudo o que jogamos no mar, ele nos devolve mais cedo ou mais tarde.

Greta ouviu devagar, como se não conseguisse entender o que ela dizia. Dobrou lentamente uma vara de pesca e guardou-a no balde. Depois ergueu a cabeça e penetrou María com seus olhos insuperáveis.

— E o que isso tem a ver?

María examinou detidamente sua companheira. Ela estava ali, ao alcance das suas palavras, à beira dos seus dedos, mas às vezes se sentia tão vazia quanto uma noite sem estrelas. Havia chegado à conclusão de que seus anos de casamento com Lorenzo a tinham deixado seca, incapacitando-a de se entregar de novo a alguém. Sim, claro que amava Greta, mas o fazia de um modo hipócrita, com cautela, sem se dar por inteiro.

— Nada — disse, mudando de assunto. — A ida a Barcelona me deixou de mau humor, acho que foi só isso que aconteceu.

Greta guardou silêncio. Um silêncio insidioso que ela quebrou abruptamente. Estava séria, pensativa, visivelmente incomodada.

— Deve ser isso mesmo... Ou pode ser que seu estado de ânimo azedou porque você tem se encontrado com Lorenzo pelas minhas costas. Acha que eu não mereço saber?

María fitou-a com uma ponta de surpresa. Depois desviou o olhar para a praia deserta.

— Em todo caso você acabou sabendo. Que importância tem?

Greta procurou por intermináveis instantes alguma falha na expressão marmórea de María. Mas ela não se alterou. Sua fisionomia era fria e hermética.

— Por isso você está tão distante? Mal dorme, levanta cedo. Você sempre esconde algo nesses seus silêncios. Não sei o que está acontecendo María, não sei do que está fugindo... Mas um dia vai ter de parar de correr para lugar nenhum. Pode me dizer, não vou morrer.

— Dizer o quê?

— Que sente falta daquele cretino...

— Não invente besteiras, está bem? É uma coisa à toa, nada mais. Não queria que você se incomodasse, por isso não disse nada.

— É esse o problema, María. Tenho a sensação de que ultimamente tudo é uma coisa à toa entre nós duas.

María começava a se impacientar. Suspirou fortemente.

— Não está acontecendo nada comigo, só preciso de um pouco de tempo para clarear as ideias. E o que menos gostaria que acontecesse agora é que você fizesse uma ridícula ceninha

de ciúme... Você não sabe o que está acontecendo, não tem a menor ideia.
Greta não dizia nada, mas seu coração batia raivosamente, movido por uma emoção violenta. Seu olhar penetrante mordia a pele de María.

— Então esclareça pra mim.

María sentiu-se machucada pelo pensamento da sua parceira. Pôs-se de cócoras e pegou um monte de areia fina, que deixou cair entre os dedos. Que absurdo parecia naquele momento o ataque de ciúme dela. Mas devia ter imaginado que Greta pensaria algo assim. Ela teria pensado...
Afinal de contas, estava mentindo para ela. Talvez não da maneira que Greta suspeitava, mas uma mentira só gerava outra mentira mais grave para ocultar a primeira. Talvez o melhor fosse permitir que alimentasse essa ficção, afastar-se dela por certo tempo a fim de pô-la a salvo.

— Talvez eu esteja reconsiderando algumas coisas — respondeu, evasiva.

Greta observou María demoradamente. Ela a conhecia o bastante para saber que não estava lhe dizendo tudo o que pensava.

— Que coisas?

María abriu as mãos e bateu com fatalismo nas coxas.

— Talvez eu esteja questionando tudo. Pode ser que eu esteja me perguntando como pode você me acusar de querer voltar com o homem que me maltratou anos a fio. Que tipo de confiança temos uma na outra? Ou pode ser que você tenha razão: ultimamente discutimos demais, nos irritamos por nada... Talvez seja melhor dar um tempo. Ficarmos sozinhas um pouco — baixou a cabeça e engoliu em seco antes de concluir: — Eu gostaria de ficar um tempo sozinha.

De manhã, na prisão, César Alcalá compreendeu que María não tivera uma boa noite. A advogada estava com o rosto decomposto pela falta de sono e os olhos inchados de chorar. O inspetor esticou as mãos para que o guarda tirasse suas algemas e sentou-se do outro lado da mesa, em frente dela. Esperou que María desviasse os olhos de um quadro nada interessante que havia na parede.

— Uma noite ruim?

María soltou uma ironia:

— Uma vida ruim, na realidade.

César Alcalá não deu sinal de gostar da gracinha. Permaneceu diante dela com a cabeça erguida e as mãos em cima da mesa. De vez em quando manuseava os pulsos, que traziam a marca das algemas.

— Por que não me conta o que aconteceu?

María contou tudo. As palavras saíram aos borbotões da sua boca, como se estivessem apenas esperando a oportunidade de sair. Quando terminou, respirava de maneira entrecortada e chorava. César Alcalá ouvira tudo com uma expressão hierática. Deixou María se acalmar.

— Novamente Ramoneda. É como uma ave de mau agouro. Quando ele aparece, algo de ruim se avizinha — disse com a garganta seca. — Me diga uma coisa, María. Você acha que é por acaso que Ramoneda aparece agora na sua vida, precisamente quando vem me visitar? Não. Não há nada de casual nisso. E esse caguete não teria a coragem de se mostrar, sabendo que metade da polícia o procura, se não tivesse o respaldo de alguém poderoso.

María terminou a frase:

— Alguém como Publio. Eles têm medo de que você fale comigo, de que me conte o que sabe.

César assentiu.

— Você está certa. Mas não vou contar, pelo menos enquanto estiverem com a minha filha.

Fazia dias que a advogada desejava abordar uma questão delicada. Aquele lhe pareceu o melhor momento:

— E se Marta não estiver em poder dele? E se...?

César cortou-a no ato.

— Perdi meu pai, mas não vou perder minha filha. Ela está viva. Eu sei. Fale com seus chefes. Diga a eles que ninguém tem mais vontade que eu de acabar para sempre com esse filho da mãe do Publio. Mas, se quiserem minha colaboração, primeiro têm de me trazer minha filha, sã e salva.

— Estão tentando, César. É Ramoneda que pode nos levar à sua filha. Eles estão me utilizando como isca para fazê-lo sair da toca. Todos nós estamos apostando alto...

— Nesse caso, é melhor não errarmos — encerrou com frieza o inspetor César Alcalá.

Algumas horas depois, María voltou para casa.

Greta já não estava. Soube que ela a deixara antes de entrar no quarto e ver o bilhete em cima da cômoda. Greta tinha uma letra difícil, de médico:

Vou passar uns dias fora. Depois digo onde.

María deixou-se cair na cama.

Lá estava o armário de Greta aberto com alguns cabides sem roupa e espaços vazios na sapateira. Também faltavam sua sacola de viagem e seus acessórios.

Por que não ligava? Por que não era capaz de reagir? Ela era como uma bolsa rasgada nas costuras, e toda a sua força escapava por esses rasgões, sem que ela pudesse fazer o que quer que fosse para impedir. Ficou simplesmente caída na cama, tapando os olhos com o antebraço e ouvindo o rumor das ondas pela janela. Não teria feito nada o resto dos seus dias. Ficaria ali parada, fossilizada, esperando com os olhos fechados e a mente em branco. Tocaram então o interfone da entrada, e María pulou da cama. Àquela hora só podia ser Greta. Talvez tivesse reconsiderado sua decisão. Já tinham discutido outras vezes e no fim sempre se reconciliavam. Foi correndo abrir a porta. Diria a ela toda a verdade sobre Lorenzo e César Alcalá, falaria de Ramoneda. A verdade. Naquele caso, a verdade era como uma luz quebrada que projetava longas sombras sobre sentimentos tão díspares como a culpa, a curiosidade e o senso do dever. Mas juntas encontrariam uma solução. Sim, era o que devia ter feito desde o primeiro momento, dizer a verdade e assumir juntas as consequências.

Para sua surpresa, a entrada estava vazia. Então seu pé descalço pisou numa coisa. No chão, fumegava uma guimba. Ao longe avistou a figura inconfundível de Ramoneda, afastando-se na direção dos penedos da praia.

Ramoneda tinha se postado numa esquina da qual podia avistar aquela bonita casa junto da praia. Era uma bela propriedade, embora fosse sossegada demais para ele.

— A típica bolha onde se escondem os ricos — disse consigo mesmo, enquanto contemplava através do portão as mimosas do jardim e um pequeno chafariz antiquado.

Nunca tivera uma casa. Quando era pequeno, seu único lar foram os abrigos, os internatos e os reformatórios. E nesses lugares não existiam mimosas nem chafarizes com mulheres de mármore jorrando água por bicas em forma de jarro. Só grades, umidade, comida requentada e dormitórios coletivos.

Ouviu o motor de um carro se aproximar. Era María, que

chegava de táxi. Ramoneda cerrou os punhos. Sentia em tensão todo o seu corpo, como que transpassado por uma corrente elétrica.

— Ainda não — disse a si mesmo.

Esperou que entrasse em casa. Uma a uma, as luzes dos cômodos por que ela passava iam se acendendo, deixando ver a passagem fugaz da sua sombra. Ramoneda ouviu-a chamar por Greta. Depois a viu entrar no quarto, revirar as coisas da namorada e deixar-se cair na cama. Estava bonita com aquela expressão de aflito abatimento. Era tão fácil chegar até ela... Bastava se aproximar da porta principal e tocar a campainha. Fez isso por puro prazer. Desejava fazer que sentisse sua presença.

Ouviu seus passos apressados. Regozijou-se com a cara de medo e frustração que faria ao abrir a porta e dar com ele em vez de Greta, que era quem ela esperava. Custou-lhe vencer sua vontade de ficar diante da porta. Não queria contrariar Publio e perder um bom trabalho. Só devia assustá-la.

— Em breve. Muito em breve nos veremos — jogou no chão o cigarro que fumava e se afastou em direção à praia.

14

Sierra de Collserola (Barcelona), início de janeiro de 1981

Imersa na escuridão, Marta ouvia a chuva cair fortemente. A casa estava cheia de goteiras e chiava como uma velhinha assustada. Ela se acocorou num canto. Pelos buracos entre os tijolos que tapavam a janela podia enxergar lá fora. Era o único modo que tinha de saber se era dia ou noite. De vez em quando se aproximava e grudava o olho para ver uma pequena porção do jardim. Mal dava para distinguir o caramanchão. Um carro preto estava parado em frente aos grandes sicômoros da entrada. Esse mesmo carro aparecia de quando em quando dirigido pelo velho que trazia as provisões. No início, tentava chamar a atenção dele dando gritos, mas o homem estava longe demais para ouvi-la ou, o que era mais desalentador, simplesmente a ignorava.

Recolheu com as mãos os elos da pesada corrente que a prendia pelo pescoço à parede e voltou para o colchão. O roçar da argola causava machucados que pinicavam e que ela não podia coçar. A corrente só lhe possibilitava mover-se em círculos, como um cachorro amarrado; podia assim chegar a qualquer parte do cômodo, salvo à porta, trancada por fora.

Nem cogitava escapar. Já fazia muito tempo que havia desistido dessa ideia e seu esforço se concentrava em não enlouquecer após tantos anos de cativeiro e escuridão.

Não tinham deixado muita coisa para ela: uma cumbuca para comer, uma caneca para a água e um penico para as necessidades, que o carcereiro vinha buscar uma vez por dia. Era o único momento em que a porta se abria, deixando entrar uma réstia de luz que iluminava o cômodo e que lhe permitira ter uma ideia de quão miserável era seu cativeiro. O guarda se negava obstinadamente a responder às suas perguntas; mas pelo menos aceitou, depois de vários meses de súplica, lhe entregar uma pequena vela, fósforos, um pouco de papel e um lápis.

Escrever era a única coisa que a mantinha lúcida, mas precisava economizar ao máximo a vela, que ia se consumindo inexoravelmente. Encostada na parede úmida, ela a acendia por alguns minutos e se apressava a preencher o escasso papel de que dispunha. Valendo-se do fraco e trêmulo círculo de luz da chama, soprava os dedos para desentorpecê-los. Escrevia qualquer pensamento que lhe viesse à cabeça. Pensava em como era sua vida antes daquela reclusão, lembrava-se da mãe e repetia ferrenhamente que seu pai continuava a procurá-la. Sabia que ele nunca se daria por vencido. Agarrava-se a essa derradeira esperança para sobreviver. Depois apagava a vela e ficava um tempão no escuro olhando para o papel, antes de guardá-lo no casaco enrolado que fazia as vezes de travesseiro.

À medida que os dias passavam naquela escuridão sem que nada acontecesse, a vontade de Marta ia quebrantando. Ficava horas num canto, com o olhar fixo nos buracos da janela tapada, a mente vazia. Pensava que talvez fizessem com ela o que faziam com as bruxas em certas aldeias de Flandres na Idade Média: emparedavam-nas nas fachadas das catedrais, deixando uma pequena abertura horizontal por onde jogavam comida para elas, e as deixavam lá até morrer, muitas vezes após anos e anos presas. Será que era isso que seu carcereiro havia planejado para ela? Uma noite, porém, sua rotina funérea foi quebrada.

A porta se abriu e duas sombras apareceram no umbral. Um dos homens sussurrou algo no ouvido do outro, que assentiu e disse a Marta que se pusesse de pé. Nunca os tinha visto antes, nem ouvido suas vozes. Deviam ser gente nova.

Obedeceu arrastando-se para um lado. Um dos homens revistou sua roupa, virou o colchão e finalmente deu com os papéis escondidos em seu casaco. Ela tentou tomá-los, mas o homem a afastou com um gesto violento, fitando-a com ar triunfal. Os dois desapareceram, levando também consigo o toco de vela e os fósforos. Por sorte, Marta havia escondido o lápis na calcinha, e os homens não se atreveram a revistá-la a fundo.

Meia hora depois voltaram. Tiraram a corrente sem a menor delicadeza e aos empurrões a fizeram sair do cômodo, sem dizer uma só palavra. No trajeto veloz, Marta mal pôde perceber alguns quadros cheios de teias de aranha, cortinas desfiadas e móveis cobertos de pó amontados nos cantos. Fizeram-na entrar numa peça que servia de secador de charcutarias. Era um lugar frio, cheio de ganchos e correntes presos nas vigas do teto. Recendia a tripa de porco.

Sentado numa cadeira, um homem de corpo moreno encarava-a com olhos quase sem pálpebras. Mexia-se, gesticulava, mas era um morto. Só os cadáveres tinham aquele tom esverdeado na pele seca que aparecia sob sua roupa de algodão. Segurava na mão um papel. Fumava um charuto que desprendia um cheiro enjoativo. Revirou o estômago de Marta ver a desfaçatez com que aquele fantasma a examinou. Conhecia de sobra aquela expressão demente e destrutiva. E sabia o que ia acontecer.

— Por favor, sente-se — pediu o homem quando ficaram a sós. Como Marta não obedecia, empurrou em sua direção uma cadeira. — Por favor — insistiu com inflexível educação.

Marta finalmente aceitou. Sentou-se diante dele no canto da cadeira, de lado, apertando as mãos contra o colo.

O homem tinha um papel entre os dedos sem unhas.

— O que significa isto? Você já não tem problemas o bastante? — Era o papel amarrotado em que ela havia escrito naqueles dias.

Marta mordeu o lábio para que as lágrimas não escapassem. Tinha vontade de chorar, mas não ia fazê-lo diante daquele monstro. Desviou o olhar. A luz entrava aos borbotões e teve de semicerrar os olhos para se acostumar a ela.

— Se quiser papel e lápis, é só me pedir — disse o homem. Abriu uma gaveta e pôs diante dela uma folha em branco e uma caneta. — Aqui tem bastante luz, então trate de começar a escrever.

Marta olhou para a folha em branco como se fosse um abismo.

— Que devo escrever? — perguntou com a humildade que anos de maus tratos a tinham obrigado a adotar.

— Primeiro, anote todos os seus pecados, e os da sua família.

O lábio inferior de Marta começou a temer. Quantas vezes já havia passado por aquilo?

— Por que faz isso comigo? — gemeu fracamente.

— Escreva — insistiu o homem, batendo com o indicador desfigurado na folha em branco.

Marta olhou para o papel. Ergueu lentamente a vista e sustentou o olhar do homem. Viu como sua expressão se endurecia e como a maldade assomava em seus olhos. Estivera centenas de vezes diante dele, mas não conseguia se acostumar com aquela horrível desfiguração da sua cara. Tudo nele era uma chaga esverdeada. Seu corpo queimado mal tinha consistência; sua pele, sua carne, seus ossos se mantinham unidos por nervos de ar que podiam se desfazer com um suspiro.

— Você se delicia com isso, não é?

O homem inclinou a cabeça para a frente. O odor nauseabundo que saía da sua boca sem lábios esbofeteou o rosto da moça.

— Não há consolo para o que sua família fez comigo, Marta Alcalá. Nem mesmo a vingança me consola, mas posso redimir você com a mesma dor que os seus me causaram. Sei que tipo de mulher é. Você se acha melhor do que eu. Me considera um bárbaro. — Pegou a caneta e ofereceu-a a ela. — Compreendo que eu te cause repulsa, compreendo mesmo. Você é desse tipo de mulher que eleva o ego de qualquer homem: bonita, culta, voluptuosa... Sabe que domina os homens, pensa que suas pernas e seus peitos podem tudo. Mas comigo seus encantos não vão adiantar. A única coisa que vejo é um cordeiro, um cordeiro que deve expiar os pecados dos outros. E, acredite, farei o necessário para te espremer até tirar tudo o que você tem dentro. Deixarei você vazia, Marta, como estou. E, sim, me deliciarei fazendo isso. De modo que não me provoque, porque ninguém virá te resgatar. Escreva o nome dos assassinos da sua família, escreva os pecados deles. — Sua voz era glacial, tranquila e ameaçadora. Como seu olhar de pedra.

Marta pegou a caneta. Seus dedos tremiam. Ergueu um instante a ponta afiada no ar.

— Comece a escrever! — berrou de repente o homem, dando um tapa com a palma da mão no tampo da mesa.

Marta se encolheu. Pegou a caneta e com um traço titubeante escreveu:

Eu, Marta Alcalá, neta de Marcelo Alcalá, declaro que meu avô foi o vil assassino de Isabel Mola...

Sua mão se deteve.

— Continue. — O homem agarrou-a pelo pescoço. Quase a sufocava.

... e que meu pai, César Alcalá, assim como eu mesma, também somos culpados desse crime, pois temos tão ignominioso sobrenome...

O homem pareceu se dar por satisfeito. Afrouxou a pressão sobre o pescoço e aproximando do ouvido de Marta sua boca babosa cuspiu palavras pontudas como agulhas.

— Todo mundo te dá por desaparecida, ninguém sabe que você está aqui, e isso significa que é minha. Posso fazer o que quiser: espancar, torturar, ordenar a meus homens que a estuprem... Quem sabe você não gera outro maldito depravado para acrescentar à sua família?

De repente, Marta sentiu um forte golpe na nuca e caiu de bruços no chão.

A partir desse momento abriram-se as portas do inferno. Sucederam-se os golpes, os gritos e os insultos. Aquele monstro a obrigava a permanecer de cócoras. Quando suas pernas adormeciam e os dedos dos pés sangravam e ela caía no chão, ele a puxava pelos cabelos e a obrigava a começar de novo. Depois a sacudia, jogando-a de uma mão à outra. Tocava nos peitos dela por cima da roupa, enfiava a mão entre as suas pernas e lhe dizia toda sorte de obscenidades. O homem falava, ameaçava, mudava o rosto e se tornava amável e complacente, depois voltava a ser agressivo. Mas Marta não ouvia a maior parte do que dizia. Via sua boca sem lábios se mexer, mas as palavras se esfumavam quando tocavam o ar. Sua mente vagava em outra parte. Quando se cansou daquela dança tenebrosa, o homem a desnudou. Marta não resistiu. Não era mais que uma boneca de trapo. Deixou-o fazer.

O homem a observava calmamente. Reconheceu que era bonita, apesar das equimoses que enchiam boa parte do corpo e da sujeira de excrementos secos na parte interna da coxa. Aproximou-se devagar. Puxando os cabelos para trás, obrigou Marta a olhá-lo nos olhos.

— Ainda não entendeu sua situação? Vou arrancar seus olhos com uma colher, queimar esses lindos bicos escuros dos seus peitos, foder você por cada um dos seus lindos buracos, até cansar... E, mesmo assim, não vou deixar você morrer. Não, até eu decidir.

Marta não respondeu. Tapava como podia o púbis e o peito. Seus olhos tinham um olhar de abandono, sem luz, sem esperança.

Não era esse olhar que o homem queria provocar. Esperava um tremor bovino nas suas pupilas, a assunção de todos os terrores que ela pudesse imaginar. Um pânico tal que a jogasse no vazio, que a levasse a dizer o que ele queria ouvir. Era metódico e frio, a violência era um meio para alcançar um fim; apenas quando já obtido o resultado desejado virava um prazer.

No entanto, Marta estava desmontando seus esquemas. Não lutava, não conservava esperanças, não se mostrava suplicante tampouco ativa. Era como um saco vazio que absorvia os golpes transformando-os em ar. O homem sabia que mais cedo ou mais tarde teria de matá-la. Conservá-la com vida havia se tornado perigoso demais. Mas começava a temer que nem mesmo assim obteria satisfação. E o que ele não aceitaria nunca era uma derrota dessa magnitude. Ninguém escapava dele quando ele assim se propunha. Ninguém. Nem vivo, nem morto.

Abriu a porta e fez um gesto aos homens que esperavam do lado de fora. Marta respirou aliviada. Talvez já tivesse acabado, por ora.

Mas estava equivocada. Levaram-na a um banheiro nojento. Boiava no chão do sanitário uma massa de esgoto pestilenta. Os azulejos do chuveiro despencavam, uma torneira enferrujada gotejava. Na banheira descascada boiavam na água empoçada baratas e moscas.

— Quer tomar banho? Você está fedendo como um cachorro morto — disse um dos homens. O outro soltou uma gargalhada. Marta retrocedeu, mas eles a obrigaram a entrar, aos empurrões.

— Dizem que morrer afogado é uma morte terrível e demorada, os pulmões lutam para respirar até estourarem, literalmente — disse um deles, enquanto urinava sem pudor na latrina entupida.

Sem falar nada, o homem que segurava Marta pelo pescoço enfiou a cabeça dela na latrina. Uma, duas, três vezes. E toda vez, quando Marta sentia que ia morrer, tiravam-na como se houvessem calculado quanto tempo podia aguentar, com uma precisão de segundos. Pareciam se divertir vendo como se emporcalhava de excrementos, como cuspia bile para poder respirar, tossindo e vomitando ao mesmo tempo.

— Chega, o chefe não quer que ela morra — disse um deles, quando se cansaram daquilo.

— O cabelo. É pra raspar — disse o outro, pegando uma máquina elétrica.

Marta observou aterrorizada como aquele indivíduo se aproximava com a máquina ligada. E então começou a chorar desconsoladamente e a suplicar.

— Por favor... Meu cabelo não... Por favor.
Os dois homens se olharam desconcertados. Ela tinha suportado todas as humilhações sem vir abaixo, sem uma súplica... e, de repente, ficava arrasada porque iam cortar seu cabelo! O desconcerto cedeu lugar a uma gargalhada carregada de deboche.

— Queremos ver se você fica bonita com a cabeça raspada — disse o que estava com a máquina, pondo sem contemplação mãos à obra.

Quando era menina, um dos maiores prazeres de Marta era se esconder no quarto da mãe, que tinha um armário enorme com uma rica variedade de vestidos, sapatos e joias arrumados com refinado esmero. Era esse o adjetivo que melhor definia a mãe: refinada. Marta adorava sentar ao pé da cama e vê-la pentear a longa cabeleira negra demoradamente diante do espelho da penteadeira. Era uma cabeleira formosa, de madeixas brilhantes, que caíam com elegância até o meio das costas. Marta também tinha cabelos compridos e sedosos. Era o legado da mãe. Desde pequena cuidava deles com banhos de espuma especial, desbastava-os com uma comprida escova de cerdas de extremidade arredondada, depois cortava as pontas. Sua mãe sentia-se orgulhosa dos cabelos dela, e Marta também dos seus. Às vezes as duas tomavam banho juntas e riam ao ensaboar a cabeça, depois escovavam uma a outra, cantarolando. Eram como dois gatos que se lambem e se cuidam, tornando cada vez mais forte seu vínculo de amor. Nos cabelos de Marta estavam enterradas as carícias de sua mãe, o cheiro dos óleos daquele quarto, as noites de cumplicidade entre as duas. Entre suas madeixas, Marta guardava o melhor da infância.

Disso também a despojaram. Enquanto ouvia o ruído da máquina elétrica devastando suas melenas, chorava em silêncio. Via as mechas caírem a seus pés nus, como uma chuva do passado.

De novo no escuro da clausura, apalpou o crânio raspado e

se sentiu mais nua que nunca. Deitou-se no chão encolhida como um feto, tiritando de frio. Mordeu as mãos para que os guardas não ouvissem seu pranto, e assim ficou horas e horas, pensando nos seus, em cada ínfimo detalhe da sua vida anterior.

Lembrou-se do pai, dos conselhos que sempre lhe dava quando estavam os três sentados para comer. "Marta, não ponha os cotovelos na mesa, não faça barulho tomando a sopa, não se levante enquanto sua mãe não disser." Ela e a mãe se olhavam através da jarra d'água e sorriam com cumplicidade. Seu pai era rigoroso demais, mas não ficava sabendo de nada do que acontecia em casa.

Pensava em sua casa, na última vez que o viu: seu pai estava fazendo a barba no banheiro. Sobre sua cabeça pendia ameaçador um velho boiler. Tinha de tomar banho rápido, antes que o surdo gorgolejar dos canos anunciasse que a água quente estava acabando. Vestia-se com apuro. Naquela última tarde pôs o terno cinzento e uma camisa combinando, a que levava quando tinha de ir a algum julgamento. Em seguida pôs a gravata dando um nó grosso demais para a moda, mas de que ele gostava. Penteou o cabelo, negro, curto e ainda úmido, para o lado, deixando cair sobre sua testa larga uma onda do topete. Pôs umas gotas de água-de-colônia atrás das orelhas e no pulso. Respirou fundo, passou a palma da mão na superfície rachada do espelho, para limpá-la do vapor, e se mirou.

— Acha que seu pai está apresentável? — perguntou a ela através do reflexo fragmentado do espelho.

— Está sim, papai. Você está lindo — disse Marta, e beijou-o no rosto, levando com aquele último beijo um pouco de água-de-colônia nos lábios.

Essa chama do passado que agora mal a aquecia era a única coisa que lhe restava de sua vida anterior. Tentou dormir embalada por aquelas recordações. Sabia que seu pai nunca deixaria de procurá-la, que revolveria céu e terra até encontrá-la.

Sabia que, mesmo que todo mundo a esquecesse, ele não a esqueceria. Nunca. E se aferrava a essa ideia desesperadamente.

15

Mérida, janeiro de 1942

O soldado nunca tinha visto uma barbearia como aquela. Era pequena e elegante, com estantes de vidro nas paredes, atulhada de loções, cosméticos e cremes. As cadeiras giratórias eram vermelhas e tinham um encosto de cabeça para a lavagem dos cabelos.

O barbeiro era um profissional de boa escola. Baixinho, de bigode fino e com pouco cabelo, havia aprendido o ofício em Paris e dizia, não sem presunção, que na Europa cortar cabelo era uma arte, cheia de preâmbulos. Trabalhava com um avental branco em cujo bolso superior assomava um pente e o cabo de algumas tesouras. Aplicava-se à sua tarefa com seriedade e consciência, alheio às dores do pulso ou aos cabelos que lhe saltavam na cara como cerdas pontiagudas.

— Está de licença para visitar a namorada?

O jovem soldado sorriu com certa tristeza. Não tinha namorada para visitar nem família com que passar aquela licença. E não conhecia ninguém em Mérida. Tinha sido transferido para lá alguns dias antes sem motivo aparente. Ao menos tinham lhe dado o fim de semana para passear pela cidade. E aquilo era mais divertido do que vigiar uma pedreira abandonada.

— Gosta de como está ficando? — perguntou o barbeiro. O som do corte era áspero e ameaçador, como se uma junta de bois ceifasse um campo seco perto demais dos talos verdes. O gesto preciso, ao recolher a espuma no fio da navalha, era uma arte hipnótica que o barbeiro praticava como poucos.

O soldado era dos que gostavam de ficar absorto em sua própria imagem diante do espelho. Observou seu perfil de uma maneira ausente, como se por um segundo não se reconhecesse. Fez uma careta estranha, depois acariciou o queixo, satisfeito.

Ao sair à rua, o soldado sorriu. O corte do cabelo e o barbeado relaxavam seu rosto, e o suave ir e vir do ar que fluía entre os edifícios era agradável. Estava contente, mas não como um menino ou como alguém que comemora alguma coisa. Sua alegria era pausada, e ele a demonstrava sem afetação, limitando-se a cantarolar enquanto caminhava. Quando criança, diziam que tinha uma boa voz e que imitava mais do que bem grandes cantoras como Lucrecia Bori ou Conchita Badía. Trauteava uma cançoneta vulgar, "La Muslera", talvez sofrendo por um amor perdido:

> O dia que te casares,
> duas coisas se darão a um só tempo:
> primeiro a tua boda,
> depois o meu enterro.

Pouco a pouco fora se evaporando o temor dos primeiros dias ao ver que ninguém lhe fazia perguntas sobre a mulher morta na pedreira. Era como se aquilo não tivesse acontecido. No entanto, essa calma aparente o inquietava. Não conseguia tirar da cabeça o oficial do Serviço de Inteligência Militar; durante a noite, acordava assustado, temendo encontrá-lo diante do catre. Mas a verdade era que aquele sinistro personagem tinha se evaporado.

Numa esquina, um músico ambulante vestindo uma jaqueta de soldado italiano tocava guitarra e cantava uma canção no seu idioma. Era uma melodia evocadora, de ritmo tranquilo. Parou um momento para ouvi-lo. Depois continuou seu passeio em direção à beira do rio. Nos meandros lodosos descansavam alguns vagabundos, gente que fugia da fome, camponeses em sua maioria, que abandonavam a lavoura e se dirigiam às cidades. Formavam uma torrente tão impetuosa quanto estéril; cansados e empoeirados, rasgando os sacos de lixo em busca de comida podre.

Perto da rodoviária topou com uma grande multidão parada. No ponto de ônibus atopetado de gente, volumes e bagagens, algumas crianças se separavam de seus pais, que as chamavam aos gritos, que se confundiam com o choro e com outros gritos, até formar uma cacofonia nauseante. De repente, o soldado se viu arrastado por aquela maré. Ergueu a cabeça acima da gente para espiar o início daquela massa que avançava devagar, canalizada por um corredor de correntes que terminava na frente de uma mesa, onde dois guardas civis verificavam discriminatoriamente documentos e bagagens. Ao chegar sua vez, mostrou a carteira militar. Os guardas eram inconfundíveis com seus tricórnios com protetor de nuca, viseira e capas impermeáveis. Ocupavam as duas margens do controle, envoltos em suas capas, com uma espécie de corcunda deslocada para baixo que outra coisa não era senão a sacola do fardamento.

Observaram o soldado com certa reticência. Um deles tinha um bigode lustroso que ocupava todo o seu lábio superior e sob o cavanhaque brilhava seu barbicacho. Ao falar, exalava um vapor denso. Examinou cuidadosamente a carteira, cotejando a foto do documento com a cara do jovem.

— Tudo em ordem? — perguntou o soldado.

— Não. Não está em ordem — disse o guarda civil, chamando com um gesto seu companheiro. — É ele — indicou. — Passe-lhe as algemas.

Antes que o soldado entendesse o que estava acontecendo, os guardas o jogaram no chão e o algemaram, arrastando-o em seguida para dentro da rodoviária. Puseram-no numa saleta e tiraram-lhe as algemas.

— Dispa-se — um deles ordenou.

O soldado tentou explicar que estava de licença e que estava alocado no quartel de artilharia de Mérida. Mas aquele agente com cara de boçal negou com a cabeça e ditou uma sentença sumária.

— Não há erro nenhum. Você é Pedro Recasens, com ordem de captura por haver desertado do seu quartel. Vão cortar as suas bolas, rapazinho.

O soldado não acreditava no que ouvia. Aquilo era um erro monumental. Era só telefonar para o comando e verificar que era verdade o que ele afirmava.

— Estou dizendo que acabam de me transferir e que estou de licença este fim de semana.

Os protestos cessaram quando um dos guardas lhe deu um tapa na boca com o dorso da mão. Gotas de sangue saltaram-lhe dos lábios.

— Mandei você se despir. — Trataram-no aos gritos e empurrões, sacudiram-no como um músculo sem osso, e ele se deixou maltratar, cabisbaixo e trêmulo. Tornaram a revistá-lo com uma minúcia exasperante. Reviraram dentro das cuecas, das calças, dos sapatos.

Repetidas vezes lhe perguntaram as mesmas coisas, sem ouvi-

-lo nem ligar para as respostas que dava. Era uma dança macabramente ensaiada. Nu diante de desconhecidos, iluminado por um facho de luz doentia. Não havia nada mais penoso. Tapava com pudor a genitália e desviava o olhar, envergonhado. Por alguns minutos os guardas o observaram, deliberaram entre si; repetiam as perguntas: como se chamava, de onde vinha, por que tinha desertado... Recasens negava até o absurdo, até a náusea.

Afinal, como se de repente tivessem se cansado da brincadeira, pararam de fazer perguntas. Jogaram-lhe a roupa e mandaram-no se vestir. Recasens pensou que por fim o deixariam ir embora, mas se enganava. Mandaram-no sentar numa cadeira e o deixaram a sós sem lhe dar nenhuma explicação.

Poucos minutos depois a porta tornou a se abrir e entrou um homem à paisana. O recém-chegado acendeu um cigarro Ideales sem filtro, que tirou de um maço amarrotado, e olhou com um sorriso franco para Recasens.

— Eu me chamo Publio e vim te ajudar.

— Não fiz nada. Dizem que desertei, mas não é verdade. Tive licença do comandante.

Publio deu uma tragada no cigarro, semicerrando os olhos.

— Eu sei. Seu comandante nos deve alguns favores, e pedi a ele que te desse uma licença de dois dias. — Tirou do bolso um documento, que mostrou a Recasens. — Esta licença.

— Então está tudo esclarecido — disse Recasens com uma leve esperança.

— Esta licença não vale nada, Pedro. É falsa. Para efeitos legais, faz dois dias que você escapou do seu quartel. Fiz averiguações sobre você. Sei que lutou contra a gente no Ebro. Com seus antecedentes, imagine o que vai acontecer.

Pedro Recasens empalideceu. Compreendeu que aquele homem tinha lhe armado uma cilada, mas não entendia o motivo.

Publio se encostou na parede com as mãos nos bolsos. Ob-

servava Recasens com dó. No fundo, sentia-se mal por aquele pobre desgraçado.
— Você é religioso?
Pedro Recasens não entendia a pergunta. Disse que sim, porque supôs que era o que devia dizer.
— Isso é bom. Para onde vou te mandar, vai precisar de uma fé poderosa. Apesar de os russos não gostarem muito dos católicos.
— Os russos? — perguntou incrédulo o soldado.
O homem fez que sim.
— Vou te mandar para a frente soviética esta semana mesmo. A não ser que você faça algo para mim.
O soldado jurou que estava disposto a fazer o que quer que fosse para que o deixassem em paz.
— Que bom que você vai colaborar. Me acompanhe.
— Aonde?
— Já vai ver.

Para lá do aqueduto de Milagros se estendia a planície, com os campos de cereais, os vinhedos e os olivais. Varas de porcos e rebanhos de ovelha dificultavam a passagem pelos caminhos que ascendiam em suave ladeira, uma curva atrás da outra, até o alto da montanha. Lá de cima tinha-se uma bela vista da cidade. Uma rede de cisternas e esgotos, de banhos e termas percorria toda a antiga Colônia Augusta Emérita, desde os pântanos de Proserpina. Ao norte se distinguia a basílica de Santa Eulália. Margeando a cidade, o Guadiana se estendia como uma faixa brilhante cruzada por várias pontes.
Enquanto dirigia, Publio olhava fixamente para os olivais que se estendiam na outra margem. Seu rosto se diluía no leito tranquilo do rio. O soldado olhava de soslaio para ele, mas quase nem se atrevia a respirar. Continuaram subindo a montanha até

desembocarem numa estradinha reta de cascalho, escoltada de ambos os lados por altos ciprestes que balançavam mansamente. Logo apareceu a magnífica quinta dos Mola.

A casa era um fervedouro de operários que trabalhavam silenciosa e eficientemente, como uma brigada de formigas cabisbaixas embalando móveis, quadros, livros e carregando tudo em caminhões com lonas já postas. A maioria deles era de prisioneiros condenados a trabalhos forçados. Muitos não haviam cometido nenhum delito, além do de estar do lado republicano quando estourou a guerra. Todas as manhãs, ao amanhecer, traziam-nos da prisão de Badajoz e os levavam de volta ao pôr do sol. Todos vestiam macacões de um azul desbotado, alpercatas cheias de furos e um número costurado na manga. Muitos apresentavam feridas mal cicatrizadas no rosto, equimoses nas pernas e nos braços, e uma cor amarelada que denunciava sofrerem de diarreia crônica. Trabalhavam vigiados por um gordo funcionário do serviço carcerário, que não parava de gritar com eles e insultá-los.

Publio parou junto do portão e mandou Recasens descer. Entraram na fazenda e se dirigiram a um grande limoeiro que ficava um tanto afastado.

Sentado no chão havia um homem que já não era jovem, mas que ainda não era velho. Estava algemado e tinha apanhado na cara. Era vigiado a certa distância por jovens soldados que fumavam sentados à sombra de uns sicômoros, com os fuzis apoiados na cerca de taipa.

— Reconhece este homem? — Publio perguntou a Recasens.

— Nunca o vi na minha vida — respondeu o soldado sem hesitar.

— Olhe bem — insistiu Publio. E tendenciosamente lhe perguntou se não era aquele o homem que ele havia visto com uma mulher na noite que estava de guarda na pedreira.

O soldado não precisava olhar melhor. Não, não era aquele homem. Tinha certeza. Mas a julgar pelo olhar de Publio, compreendeu que seu futuro dependia do que dissesse. Engoliu em seco.

— Não tenho certeza — gaguejou. — Estava escuro.

Publio agarrou-o pelo ombro e sussurrou ameaçadoramente que não era verdade: naquela manhã abrira um sol lindo e sem sombra de dúvida Recasens viu aquele homem chegar à pedreira com uma mulher. Depois ouviu dois disparos e viu aquele homem sair fugindo de carro a toda velocidade.

— Vou te fazer, pela última vez, a mesma pergunta. É este o homem que matou Isabel Mola?

Recasens cravou os olhos no solo poeirento.

— Sim, senhor.

— Vai confirmar isso no tribunal.

— Vou sim, senhor — disse o soldado com um fiapo de voz, apenas audível.

Então aquele homem que ele nunca tinha visto na vida ergueu o rosto, machucado pelas pancadas, e examinou-o com o olhar de um cachorro que não entende por que o espancam.

Pedro Recasens nunca mais esqueceria aquele olhar, que o acusava sem palavras. Mas não era culpado de nada, disse para si mesmo. Era tão vítima quanto aquele ser indefeso. Não passava de um soldado que queria voltar para casa. O prisioneiro sustentou seu olhar, rubro de raiva. Recasens sentiu certo alívio: era sempre melhor a raiva do que a vergonha.

— Está bem. Pode ir — ordenou Publio, visivelmente satisfeito.

Quatro dias depois, Publio conduziu Marcelo ao tribunal.

Marcelo examinou detidamente o homem que se apresentou como juiz de instrução. Fisicamente parecia desses tipos pequenos, que só se caracterizava por um relativo êxito em seu trabalho, um triste espírito de domingo à tarde, que ele imaginava ter um hobby pouco arriscado, como colecionar selos. Seu aspecto físico era desagradável: quilos demais sustentados em pernas pouco musculosas e curtas. Uma papada cada vez mais parecida com bócio, uma cabeça de aparência pouco privilegiada, sem cabelos, com as orelhas excessivamente separadas do crânio e um nariz pequeno demais para tanta bochecha.

— Sente-se nesta cadeira — ordenou Publio, que se retirou para o fundo da sala.

O juiz deu uma ou duas voltas, mexendo com ar distraído em alguns papéis. Tinha uma mancha vermelha debaixo do queixo.

— O senhor não entende a situação, meu jovem. A autópsia revela que martirizou cruelmente dona Isabel. Negando-se a confessar, não me facilita as coisas.

Marcelo fechou os olhos. Quantas vezes iam perguntar a mesma coisa?

— Já disse o que tinha a dizer quando me detiveram. Não matei dona Isabel. Tinha por ela muito apreço, era uma boa pessoa e nos dávamos bem. Não sou louco nem assassino. Me mantêm preso, sem poder falar com ninguém por uma coisa que não fiz. Se me deixassem falar com dom Guillermo, ele compreenderia que os senhores estão errados.

— Uma testemunha chamada Pedro Recasens declarou que viu o senhor se afastar do lugar onde apareceu o corpo da sra. Mola.

Marcelo desviou o olhar para Publio. Imaginou que a testemunha era o pobre soldado que ele havia amedrontado na casa dos Mola.

— Então essa testemunha viu um fantasma. Não estive lá, nem naquele dia nem em nenhum outro.

O juiz estreitou os olhos e fitou Marcelo brevemente, mas com intenso ódio.

— Por que a matou?

— Não a matei.

— Está mentindo — bufou o juiz, enxugando os lábios com o lenço. De esguelha, olhou para Publio, que assistia ao interrogatório encostado na parede de braços cruzados, sem dizer nada. — Há maneiras menos amáveis de obter uma confissão — sentenciou o juiz, virando-se para o professor.

Marcelo entendeu que a ameaça tomava forma na presença hierática do esbirro de dom Guillermo.

— Isso já me demonstraram, conheço os métodos deles e o que os senhores entendem por justiça. Justiça de carniceiros.

Publio se aproximou de Marcelo por trás, sem pressa. Sem pronunciar palavra, deu-lhe um violento soco na nuca. As vértebras do pescoço do professor estalaram como papel amarrotado, e ele foi ao chão.

O juiz empregou um tom mais conciliador.

— Olhe, o senhor matou dona Isabel. Desconheço os motivos e não concebo que alguém se decida a fazer algo tão atroz, mas nenhum de nós estava na sua cabeça para saber o que aconteceu para se tornar um tresloucado. Talvez, se me explicasse, encontraríamos uma causa capaz de atenuar os fatos, quem sabe talvez possamos pedir a comutação da pena capital pela prisão perpétua. Mas, para que seja assim, o senhor tem de confessar sua culpa.

Marcelo tentou se levantar. Tudo girava. Publio ajudou-o, agarrando-o pelo braço e sentando-o de novo na cadeira. Seu olhar, tão risonho e sereno, metia medo.

— Eu já disse que não fiz nada — balbuciou Marcelo, esfregando a nuca.

O rosto seboso do juiz enrubesceu, colérico. Engoliu a saliva e deu um soco na mesa.

— Idiota — cuspiu. — Se o que quer é confessar à força, assim será. Azar o seu. — Olhou para Publio com determinação e saiu da sala batendo a porta.

Quando Publio e Marcelo ficaram a sós, o ar se tornou mais denso e a sala, menor. Publio tirou o paletó e colocou-o com cuidado no encosto de uma cadeira vazia. Arregaçou as mangas da camisa e prendeu-as no antebraço para não manchá-las.

— Está doendo? — perguntou a Marcelo, apontando para a nuca.

Ele não respondeu.

— Não queria bater com tanta força, mas não se pode faltar ao respeito para com os juízes. Eles gostam de saber que mandam e os outros obedecem.

Marcelo olhava para o chão, consciente do que ia acontecer, perguntando-se se seria capaz de aguentar sem ceder. No entanto, os minutos passaram sem que nada acontecesse. Publio se limitava a olhar para ele, parecia até que com simpatia. A certa altura, aproximou-se e acendeu um cigarro.

— Quem conhece de fato esses ricaços aristocráticos? — disse, encolhendo os ombros. Pensou um instante naquilo, enchendo Marcelo de incertezas. — Entende o que estou dizendo?

Não. Marcelo não entendia.

— Vou te confessar uma coisa. Nunca gostei de Isabel — disse Publio. Dessa vez sua atitude era diferente. Parecia mais relaxado. Mas Marcelo não confiava nele. Supôs que agora o convidaria a tomar um café ou fumar, a fim de amolecê-lo. Mas não fez nada disso. Publio apoiou os antebraços no encosto da cadeira e franziu as sobrancelhas.

— As mulheres, principalmente as bonitas e acostumadas a mandar, são muito petulantes. Sentem uma necessidade imperiosa de dominar. Isabel era uma delas. Muitas vezes senti esse tipo de vínculo, muito parecido com o da prostituição. Você quer uma coisa que elas têm: um olhar, que pronunciem seu nome, que deem uma chave de acesso ao que você procura. Mas uma recompensa obtida sem esforço não entusiasma o instinto caçador delas. Em troca dessa promessa, querem alguma coisa de você: seu corpo, sua admiração, sua submissão. Aprendi a jogar com esses anseios infantis, a dar e tirar sem entregar realmente nada. Foi Isabel que me ensinou isso. Mas você entrou no jogo dela, se deixou seduzir e depois, ao ver que tudo era uma vil diversão, enlouqueceu. Matou Isabel num rompante. Foi o que aconteceu, e é essa a confissão que você vai assinar.

— Eu não a matei. O senhor sabe disso.

— É verdade, eu sei — disse Publio com sinceridade. — Mas isso é o de menos. Um detalhe sem importância.

— Um detalhe sem importância?

— Daqui a quatro dias Guillermo Mola vai ser transferido para Barcelona. É uma ascensão importantíssima na sua carreira, comenta-se até que vai ser nomeado ministro. Um ministro não pode se permitir certos escândalos, nem deixar um fio solto. Eu sou o homem que amarra os fios, entende? E não sairemos desta sala enquanto isso não estiver resolvido.

— Uma declaração assinada sem garantias não tem nenhum valor em juízo.

Publio sorriu. Realmente, a fé de Marcelo o comovia.

— Você não está entendendo. Já está condenado, com julgamento ou sem. Alguém elegeu você como bode expiatório, e isso não tem volta. Com um pouco de sorte, pode ser que se livre do garrote ou da forca, e que tudo seja mais rápido diante de um pelotão de fuzilamento. Pode até acreditar no juiz e achar que serão magnânimos com sua vida. É uma grande sacanagem, eu sei. Mas assim são as coisas.

Marcelo sentiu ânsia de vômito. Olhou com incredulidade para Publio, como se não pudesse conceber semelhante injustiça.

— A verdade não conta?

Publio apagou o cigarro com o sapato.

— A verdade é a que eu te disse. Não sou cínico, sou sincero. E já que sou, vou te dizer que estou convencido de que estava realmente apaixonado por Isabel. Todos estávamos, de uma maneira ou de outra. Sei que fazia parte do grupo que preparou o atentado contra o marido dela e que pretendia ajudá-la a fugir para Lisboa com Andrés. E, se ela tivesse pedido que você apertasse o gatilho contra Guillermo, você teria feito isso pessoalmente, não é verdade? No fim das contas, você é culpado.

Marcelo olhou com ódio para Publio. Tinha a sensação de que era como um rato pego numa caixa, um animal assustado que muitos olhos observavam com interesse científico. Nunca teria imaginado um final como aquele para sua vida triste e apagada. Agora iam matá-lo por algo que ele não tinha feito, e a única coisa que podia fazer era se resignar a essa sorte, ou lutar. Era um gesto inútil e absurdo, ele sabia. Defender até as últimas consequências sua inocência só ia lhe acarretar mais dor, mais sofrimento. Publio acabara de dizer: já estava condenado. Mas, naquele último gesto de resistência, Marcelo encontrava o pouco de dignidade que sempre quis ter. De maneira que não confessou.

Nos dias seguintes, os interrogatórios se sucederam sem interrupção. Publio recorreu a um funcionário vindo expressamente de Madri.

O carrasco era um tipo de aspecto discreto, com aparência de pai de família e missa aos domingos. Chegava cedo, com uma maleta rígida de couro. Cumprimentava todo mundo com um sorriso tímido. Chamava-se Valiente e fumava cigarros franceses bem finos, que deixavam seu cheiro pairando no ar horas a fio na sala de interrogatórios. Trabalhava calmamente, sem se alterar. Era um trabalho submetido a um método rigoroso, de manual pormenorizado para obter o resultado pretendido com a máxima rapidez.

— Este é um trabalho chato. Desde os tempos da Inquisição, a tortura se aperfeiçoou tanto que não sobra o menor espaço para a imaginação ou a improvisação — costumava se lamentar.

Começava abrindo a maleta na frente de Marcelo, estendendo em cima da mesa uma enfiada de ferros e ferramentas de formas estranhas e sinistras. Colocava tudo em ordem, do menor ao maior, enquanto enumerava de maneira didática para que serviam e como se utilizava, as consequências que provocavam e o grau de dor que podiam chegar a infligir. Quando terminava sua exposição, arregaçava as mangas e, com o ânimo dos homens bons, virava-se para a ofuscada vítima, convenientemente amarrada numa cadeira, e perguntava:

— Alguma pergunta? Não? Bom, comecemos com a aula prática, se me permite.

Valiente era um bom profissional. Não sentia nenhum tipo de estímulo doentio diante do sangue ou do sofrimento. Não era um sádico. Podia provocar um tormento horrível em suas vítimas, sem prestar atenção em seus gritos, em seus prantos, em suas súplicas, mas nunca se excedia. Jamais havia feito um preso morrer durante um interrogatório. A experiência havia adestrado sua mão, e ele conhecia desde o primeiro momento os pontos fracos da anatomia, mas sobretudo do espírito, que massacrava. Não se deixava enganar pelos alaridos nem pelos desmaios. Sabia com a maior exatidão que grau de sofrimento podia suportar cada ser humano e nunca se detinha enquanto esse copo não se enchesse até a borda, sem nunca deixá-lo transbordar, mas sem ser tacanho em sua aplicação.

No entanto, ao cabo de uma semana, Valiente foi ter com Publio. Sua fisionomia estava transtornada e havia desaparecido aquele ar harmonioso e tranquilo que lhe fazia parecer tão indefeso. Publio temeu que Marcelo tivesse morrido sem assinar a declaração. Mas não se tratava disso.

— Esse filho da puta não cede. É a primeira vez que isso acontece — disse o carrasco, carregando suas palavras de um ódio que tinha se tornado pessoal, pois aquele poeta de aspecto frágil punha em xeque sua fama e suas capacidades. Pela primeira vez em sua extensa carreira, Valiente havia chegado ao ponto de perder as estribeiras, atravessando perigosamente o limite permitido. Marcelo jazia semimorto na cela, mas não havia entregado os pontos. Com uma resignação perplexa, Valiente encarou Publio e lhe disse o que pensava:

— Vai ver que diz a verdade e que é inocente.

Publio não se alterou diante dessa possibilidade.

— Você não é pago para descobrir a verdade, mas para arrancar uma confissão.

O carrasco se resignou. Limpou com álcool seus instrumentos, tirando as manchas de sangue e os restos de vísceras e cabelos; pegou a maleta e se despediu com uma cara contrariada.

— É melhor então que o mate. Ele não vai confessar.

Marcelo não sentia o corpo, nem o entorno, nem o local em que estava. Tinha consciência de querer abrir a boca, mas alguma coisa dentro dele roubava as palavras e o obrigava a se deixar levar pela verdadeira ânsia da sua tristeza, por sua dor e pela raiz profunda daquele desespero que lhe turvava a vista. Dormir. Era a única coisa que desejava fazer. Dormir e não acordar. Seu fantasma, a sombra de si mesmo, saía do seu corpo e rondava a cabeceira da cama, com um sorriso paciente. Essa visão dele mesmo velando seu próprio cadáver tinha se convertido numa espécie de vírus, uma infecção do sangue, da ilusão de viver. De quando em quando tinha tanta febre que sentia o cérebro ferver e o sangue que circulava por suas veias borbulhar como se fosse lava. Mas em outros momentos era como uma pedra de gelo, como um fóssil petrificado numa geleira.

Quando vieram buscá-lo, sentiu que braços fortes o levantavam. Alguém o cobriu com uma manta. Vozes nervosas, apressadas. Arrastaram-no para fora. Não conseguia ficar de pé. O carrasco o havia quebrado por toda parte. Imaginou que iam matá-lo.

O frio do exterior era limpo, diferente da umidade doentia da cela. Uma luminosidade estranha entrava na escuridão de seus olhos fechados. Tentou abri-los, queria fartar a vista antes de fechar os olhos para sempre. Borrões de céu, um edifício. As barras de um dos portões do gradil e, do outro lado, na rua, a liberdade.

Quando o subiram ao patíbulo, ouviu a voz de Publio, enquanto vendavam seus olhos.

— Tenho de reconhecer que você é um sujeito corajoso. Mas agora é tarde. Vai ser enforcado.

Marcelo sentiu a corda se apertando ao redor da garganta. Depois nada. Uma espera interminável. Um movimento da alavanca. Um alçapão se abrindo e a sensação de que o estômago subia à boca ao cair.

Mas, em vez de ficar pendurado, seus pés caíram numa pilha de sacos de areia. Risos, zombarias. De novo a cela.

Publio deixou-o esparramar-se por inteiro no chão imundo, observando-o como se observa um cachorro de que amputaram uma pata.

— Temos de acabar com isso, Marcelo. Não há mais tempo. Amanhã vão te enforcar, e dessa vez não será uma simulação. Compreendo o que você fez, o que quis demonstrar a si mesmo e, acredite, eu o admiro. Mas não adianta nada continuar resistindo. Agora você precisa pensar no seu filho. César é um bom menino, as freiras dizem que é um garoto muito esperto, com um grande futuro pela frente. Mas na companhia de vândalos e assassinos, a única coisa que o espera é ir de abrigo em abrigo, até terminar numa prisão, transformado num mero delinquente. Você pode evitar isso. Se assinar, tem a minha palavra de que me encarregarei dele, lhe darei um futuro melhor do que o que espera. Se não assinar, vou abandoná-lo à própria sorte.

Marcelo fitou Publio com os olhos avermelhados.

— Vai lhe dizer a verdade? Vai lhe dizer que seu pai não foi um assassino?

Publio acendeu um cigarro e o colocou nos lábios tumefatos de Marcelo.

— Não, meu amigo. Isso eu não posso fazer, sinto muito.

Marcelo fumou o cigarro com dedos trêmulos. Tossia e cuspia sangue.

— Então chame o carrasco. Não vou assinar.

Marcelo Alcalá não foi executado na manhã seguinte. Teve de esperar sem saber quando e como aconteceria, com os sentidos atrofiados e os nervos esfrangalhados cada vez que ouvia a grade se abrir. Publio ordenou que o transladassem para Barcelona com outros presos, num trem militar. Lá, foi novamente interrogado e torturado até a saciedade. Mas não cedeu.

E numa manhã, a irmã e o filho do preso Marcelo Alcalá tiveram de presenciar a dança cruel do professor pendurado numa corda. Tiveram de ouvir as piadas dos guardas e a humilhação do corpo de seu ente querido.

César Alcalá nunca esqueceria aquela cena, nem o homem chamado Publio, que, apoiado na balaustrada do patíbulo, assistia ao espetáculo fumando um cigarro, como alguém que vai passar uma tarde nas touradas.

16

Antiga fazenda dos Mola (Mérida), janeiro de 1981

O amanhecer emergiu carregado de neblina, como se trouxesse em sua cor cinzenta a lembrança de lugares esquecidos. Nas casas isoladas dos trabalhadores rurais, cachorros sujos latiam sem motivo, os caminhos estavam cheios de árvores sem folhas e o pio dos pássaros que voavam em círculos era inquietante. Publio observava da balaustrada da sacada a velha figueira junto da qual dera, quarenta anos antes, *A tristeza do samurai* a Andrés. Muitas coisas tinham mudado desde então, mas a figueira continuava em seu lugar, retorcida, frágil, doente. Mas sobrevivia. Como ele mesmo, ela se negava a abandonar aquela terra.

Uma trilha empedrada atravessava um gramado bem cuidado. No final, abria-se uma rotunda com uma fonte de pedra e, mais além, revelava-se a imponente presença de um edifício de arquitetura colonial com dúzias de janelas cobertas por uma trepadeira e duas escadas de mármore que subiam de cada lado da fachada até um alpendre, no qual cochilava um grande dogue de pelo brilhante e escuro. O enorme cão mal levantou as orelhas quando o deputado Publio saiu para dar seu passeio matutino. Costumava ir sentar no terraço do bar. Instalava-se na parte de trás, na penumbra, e dali observava o mundo do ponto de vista da sua pequenez de homem discreto e desanimado. Escondia-se do mundo detrás do seu chapéu de aba caída sobre o olho direito e de um sorriso irônico e cruel. Levava sempre no bolso do sobretudo um papel amarrotado com algum pensamento que nunca se atrevia a se fazer verbo; deixava-o ali, preso no papel; escrevia-os continuamente, onde quer que a inspiração o acometesse.

— Deve ser por culpa desta merda de tempo que não melhora que me vêm as recordações — dizia-se em voz baixa, semicerrando os olhos.

Chovia. Através da cortina d'água que varria o horizonte adivinhavam-se as luzes da estrada e os diminutos pés de verbasco que margeavam o monte. As casinhas baixavam até quase o limite do barranco. Publio havia descido aquelas ladeiras mais de sessenta anos antes, prometendo-se nunca mais voltar. E toda uma vida depois, só tinha se aproximado uns poucos quilômetros.

Para seus ex-vizinhos, aqueles que, quando menino, o chamavam pejorativamente de "filho do cabreiro", Publio, ou dom Publio, como o chamavam agora, respeitosamente, havia triunfado onde a maioria fracassa. Era deputado, presidente de várias comissões parlamentares, e seus negócios faziam inveja a qualquer um. Por isso, seus conterrâneos mal conseguiam entender como, podendo escolher qualquer outro lugar para descansar, decidira comprar a velha mansão dos Mola.

Aparentemente, ele agradecia à sua sorte, mas às vezes sentia o peso daquele trabalho exaustivo, desmoralizante e inútil, e tinha vontade de abandoná-lo. Perguntava o que teria sido dele se tivesse montado um negócio ambulante de frango assado ou se dedicado a qualquer outra coisa. Claro, esses pensamentos eram efêmeros. Mas ultimamente voltavam o tempo todo.

Passou a mão pela cabeça, pela qual escorriam grossas gotas, ficando suspensas em suas sobrancelhas e na ponta do nariz. Nem ele mesmo compreendia por que se sentia assim. Mas sabia que esse estado de ânimo vinha há tempo germinando e tinha se acentuado desde que aquela advogada, María Bengoechea, voltara a entrar na vida do inspetor Alcalá, precisamente agora, no momento em que Publio pensava dar a última grande tacada da sua vida.

Lá pelo meio da manhã parou de chover. Não demorou a aparecer um bando de crianças que enchia o céu de papagaios de cores e formas distintas, os quais empinavam comprovando sua perícia com os cordões entre as paredes e os telhados das casas. Publio ficou um longo instante observando aquela dança no ar imóvel, com uma expressão de triste perplexidade. Seu pai nunca lhe havia feito uma pipa, e ele passava as tardes sentado numa pedra vendo as piruetas daqueles pedaços de papel e pano presos com varetas de caniço.

De repente as crianças detiveram sua correria e ficaram paradas, observando aquele velho que as fitava como se tivessem feito alguma coisa errada. Publio torceu o nariz e amaldiçoou aquela saudade que estava sorvendo seu cérebro.

— Você está ficando velho, e já vive mais para trás do que para frente — disse consigo mesmo entre sussurros, como se o inconsciente escapasse por sua boca, para depois mergulhar uma estranha letargia.

Naquele dia não brilhou no encontro do Cassino, embora, na acepção genuína da palavra, Publio nunca tenha sido um bom orador. Sabia falar e defender suas posições a partir de premissas claras, mas lhe faltava convicção. Sua voz não era das que se infiltravam nos que o ouviam e despertavam suas paixões. Era técnico demais, excessivamente estoico.

— O que o senhor acha dessa pantomima que Suárez montou? Será coisa provisória ou acredita que o rei forçará as coisas em favor de Calvo Sotelo? — alguém lhe perguntou a certa altura da conversa.

Publio se deixou levar até seu interlocutor, como se estivesse sendo puxado pelo cabresto.

— Acho os políticos engraçados — disse. — Sempre esperam que alguma coisa aconteça, que o acaso ou um milagre mude tudo. Mas eu sou ateu, "graças a Deus". Não espero que outro mude o que quero mudar.

Os presentes ouviram o chiste com uma condenação silenciosa e um olhar do gênero "Roma não paga traidores".

— É o que, segundo corre, andam dizendo alguns militares que todos conhecemos. E o governo, enquanto isso, olha para o outro lado — disse alguém.

Publio fitou os presentes com desprezo. Sabia que era aceito por seu dinheiro e por sua influência. Mas não era um deles, não fazia parte do círculo de sangue. Não passavam de uns arrivistas, ele tinha nas mãos aqueles covardes de palavra consistente como gelatina. Uns mais, outros menos lhe deviam favores; uns o adulavam, outros o criticavam. Mas todos o temiam. E ele sorria com cinismo, convencido de que nada havia mudado desde 1936. Todo o empenho e todo o sangue derramado naquela contenda não haviam servido para nada. Fazia apenas cinco anos da morte de Franco e voltavam a florescer os vícios, como se fossem ervas daninhas. A Espanha era de novo uma terra seca com vocação de deserto, habitada por pobres bestas niilistas. Só os animais domesticados décadas a fio eram capazes de se deixar levar de maneira tão dócil ao matadouro, capazes de crer, e até desejosos de engolir qualquer coisa que lhes fosse dita pelos ungidos do poder. Qualquer coisa, contanto que se dê alguma fé à lânguida existência deles, mas incapazes de pegar o touro à unha. Mas isso tudo ia mudar.

— Agora é diferente. Há outras coisas em jogo. Não leram o editorial de hoje do *El Alcázar*?: ETA, GRAPO, FRAP... Somam mais de cento e vinte mortos ao longo do ano, sendo o último o catedrático de direito Juan de Dios Doral.

— Eu li — interveio alguém. — Invocando o espírito patriótico, exige-se a demissão do vice-presidente do governo, Fernando Abril Martorell, e, parafraseando Tarradellas, uma críptica "virada de timão".

Publio fingiu sentir certo incômodo.

— Nós, políticos, ponderamos o respeito à lei, e nossa obrigação é nos opor a qualquer transgressão da ordem jurídica, venha de onde vier.

Um dos interlocutores soltou uma sonora e ferina gargalhada.

— Acredita mesmo nisso? Ou sente a necessidade de ir para a frente dos microfones e das câmaras de televisão para nos salvar, deputado? É o que dizem nas rodas de todo o país.

Publio apertou a mandíbula. De repente seus olhos se turvaram com uma raiva surda. Conseguiu se conter, mas não esqueceria a cara nem as palavras daquele impertinente.

— Sou contra a violência terrorista e os desmandos de alguns que, em nome do Estado, pretendem apenas dividir esta nação. Se eu me limitasse, como os outros, a calar e concordar, permitiria que tudo viesse abaixo, que a violência dos terroristas nos destruísse.

O homem que havia falado não se deixou intimidar. Ao contrário, o calor do vinho e os gestos de aquiescência de alguns dos presentes o fez levantar a voz. Publio o conhecia bem. Era um general auditor chamado García Escudero.

— Violência existe em todos os lados: os Guerreiros de Cristo Rei, o Batalhão Basco Espanhol. Não são terroristas esses cabeças-raspadas que passeiam todas as noites com tacos de beisebol pelo parque do Retiro? Eu me lembro daquela jovem estudante, Yolanda García Martín, que os ultraconservadores Hellín e Abad mataram a pauladas, só porque ela era membro do Partido Socialista dos Trabalhadores. Aposto que o senhor aprova a prisão dos ultraconservadores do *Fuerza Nueva* que foram pegos com cinco mil canetas-pistola... Em compensação, certamente nosso deputado seria capaz de encontrar a justificativa necessária para desculpar os policiais que mataram o militante do ETA Gurupegui, na DGS, ou os homens que torturaram até a morte o anarquista Augustín Rueda na penitenciária de Carabanchel. E suponho não ser necessário falarmos dos cinco advogados trabalhistas que os ultraconservadores assassinaram em Atocha...

Publio sorriu de maneira sarcástica. Tomou duas taças seguidas de vinho tinto. Quando ia pedir a terceira, se deu conta de que alguém o observava atentamente do outro extremo da sala.

— O que esse cara está fazendo aqui? — murmurou entre os dentes.

O homem que olhava para ele se aproximou. Ia com a coluna ereta e dava passos largos. Tinha as mãos um tanto crispadas. Devia ter poucos anos menos que Publio, e era atraente. Pelo menos assim deve ter parecido a umas senhoras que olharam furtivamente para ele ao passar.

— Boa tarde, deputado — disse a modo de cumprimento, abrindo pouco a boca, como se as palavras quisessem correr para fora, mas ele as retivesse com a língua.

Publio desviou lentamente o olhar. Permaneceu calado um minuto. Até que ergueu a vista e observou o homem com solenidade.

— Envelheceu muito desde que nos vimos da última vez, Recasens.
— Passou muito tempo, efetivamente — titubeou Pedro Recasens.

Publio deixou ouvir um grunhido suave, como se a calma do outro o impacientasse.

— Pelo que soube, você trabalha agora para o Serviço de Inteligência.

Recasens guardou silêncio um momento, buscando as palavras adequadas.

— Nesse caso, deve saber a que vim, deputado.

Publio conhecia bem seu lugar no mundo e o ocupava sem se melindrar. Era riquíssimo, e isso, podendo não querer dizer nada, dizia tudo: a seu lado tinha-se a vaga e permanente impressão de que alguma coisa ia acontecer. Bastou um ligeiro movimento das suas bastas sobrancelhas, grisalhas e revoltas, para que um garçom acorresse solícito com um copo de uísque envolto num guardanapo de papel; com um gesto displicente de seu dedo adornado por um anel, os homens que o rodeavam se afastaram para deixar os dois a sós.

— Veio aqui para estragar meu fim de semana? Já somos velhos conhecidos, Recasens. Você faz o seu trabalho e eu o meu, coisa que de vez em quando provocou algum atrito legal, mas você não tem nada contra mim; se tivesse, já teria pedido ao Supremo uma ordem para me prender.

Recasens observou-o um instante sem dizer nada. Aquele era, talvez, o homem que mais odiara em sua longa vida. Estava ali ao alcance da sua mão, era fácil agarrar sua traqueia e estropiá-la antes que um dos presentes pudesse intervir. E, no entanto, não podia tocar nele. Ninguém podia.

— Vim vê-lo para deixar claro que nós da Inteligência não

somos idiotas. Sei o que anda fazendo, Publio. Sei o que está preparando. Publio ouvia tomando goles curtos de uísque e estalando a língua satisfeito. Seu rosto pálido parecia um laborioso trabalho de marfim. Com a testa ampla e o cabelo escasso, tinha um ar de rei despótico e despreocupado; com sua roupa impecável, de um preto rigoroso, enlanguescia numa bela e aparentemente ociosa aposentadoria. Mas aquela teórica mansidão era apenas aparente. Ele não era nenhum gagá ocioso.

— Está se referindo aos rumores de um golpe de Estado? Todo mundo sabe o que penso, não me escondo. Mas não tenho nada a ver com isso, e, mesmo que tivesse, você não poderia provar, o que dá na mesma, não é? Em compensação, está molestando um parlamentar, e isso poderia custar seu reluzente posto de coronel — disse, fazendo um gesto despreocupado com a mão.

— Não é mais como antes, Publio. Franco está morto, e eu não sou mais um recruta assustado que você pode mandar à Rússia para ser morto — disse Recasens com ironia. — As circunstâncias são bem diferentes agora.

— As circunstâncias não são nada — atalhou Publio com certa hostilidade, aproximando-se de uma grande vidraça que dava para o jardim do Cassino. — Abomino os que se declaram escravos das circunstâncias, como se elas fossem imutáveis.

Sabia do que falava. Nem sempre fora rico. Quando menino, vivia num bairro sem rua asfaltada, sem iluminação pública nem água encanada. O transporte era feito por uns carros pequenos e carroças desmilinguidas em que a garotada se pendurava para ir de um lugar para o outro. Em sua infância reinavam os piolhos, os percevejos e a tuberculose. Mas costumava dizer que era feliz naquela época; amparado na ignorância que a meninice proporciona, soube sobrepor-se às circunstâncias. Olhou com ódio para Recasens.

— Se quiser me livrar de você, não preciso te mandar para a Rússia. Qualquer beco basta.

Pedro Recasens apertou os punhos dentro dos bolsos do paletó. Lamentava não ter trazido um gravador.

— Então vigiarei minhas costas, deputado. Mas se nem os russos nem os nazistas puderam comigo, duvido que possam seus capangas ordinários. E também não creio que se atreva a fazer o que quer que seja com a advogada... — Publio fingiu não entender. Recasens sorriu enfastiado. Aqueles jogos absurdos o cansavam. — Sabemos que você mandou uma mensagem a María Bengoechea; do mesmo estilo que vem mandando faz anos a César Alcalá, para que mantenha a boca calada na prisão. Será por que tem medo de que essa advogada possa quebrar o pacto de silêncio que você tem com o inspetor?

— Não sei do que está falando — disse Publio, levando o copo aos lábios.

Pedro Recasens deteve-o, agarrando seu pulso. Umas gotas de álcool salpicaram o paletó do deputado.

— Você sabe perfeitamente do que estou falando, seu filho da puta — sussurrou Recasens entre os dentes. — Falo da filha do inspetor. Sei que está com você. Essa é a sua garantia. Mas não vai durar para sempre: viva ou morta, eu a encontrarei. E então não haverá mais nada que impeça o inspetor de revelar o que você vem fazendo desde que ordenou o assassinato de Isabel Mola, culpando o pai dele por essa morte. Não adianta me ameaçar, Publio; cada dia que passa, mais fraco você é; o poder se distancia e você ficará sozinho. Estarei aqui, à sua espera.

Publio esteve a ponto de perder a compostura e de gritar para aquele maldito arrivista que, a seus olhos, continuava sendo o mesmo recruta que testemunhou contra Marcelo, mas se conteve, consciente de que dezenas de olhos estavam postos nele. Livrou-se da mão de Recasens e limpou com o polegar as gotas derramadas no paletó.

— Estas gotas do meu uísque que você derramou têm mais valor que todos os litros de sangue que correm por suas veias de cadáver, coronel.

Recasens olhou além da figura de Publio e contemplou o jardim. Que ingênuas e distantes de si pareciam as sombras granuladas que atravessavam a vidraça. Escutava as crianças brincando, os latidos alegres de um pastor-alemão. Ouvia-se o ruído surdo do jardineiro aparando a grama do jardim. Parecia a estampa viva da felicidade. Não podia passar pela cabeça de ninguém que fora daquele bairro, sepultado sob o fedor, houvesse um mundo diferente.

A única nota dissonante naquela representação, o único resquício que permitia desmantelar aquela mentira eram os homens que permaneciam junto da janela. Duas enormes massas de músculos com o cenho franzido, roupa justa e os vultos de suas armas evidentes debaixo da roupa. Os guarda-costas de dom Publio.

Naquela noite, na antiga quinta dos Mola, apesar do frio, a criada abriu um pouco a janela para que o ambiente pesado do salão desanuviasse. Do jardim chegava o cheiro da grama recém-cortada. Publio, que presidia a reunião, não pôde evitar o nostálgico desejo de estar novamente rodeado de oliveiras, absorto no cultivo das suas hortaliças e das suas flores. Em breve, quando tudo se consumasse, poderia se retirar pra sempre. Mas agora urgia ater-se aos fatos, concentrar-se nos preparativos para que tudo saísse conforme o combinado.

Juan García Carrés explicava aos presentes que seu secretário já havia acordado a compra dos ônibus que levariam Tejero e seus homens ao Congresso. Falangista da velha guarda, era o único civil presente à reunião. Delatava sua condição o traje negro com gravata-borboleta, como se estivesse num jantar de negócios. Incomodava a Publio sua compleição gorducha e seu bigode de ator mexicano, e que não parasse de suar e de enxugar a testa com um lenço amarrotado.

Os outros compartilhavam gravemente as responsabilidades: o tenente-coronel Tejero seria o encarregado de entrar no Congresso. Apesar de ter sido preso em 1978 pela tentativa de sequestrar Suárez e seus ministros com ajuda do capitão Ynestrillas, na chamada Operação Galáxia, parecia o mais convicto.

No entanto, o papel principal recairia sobre um homem de aspecto bondoso, muito concentrado, que ouvia com ar circunspecto na ponta da mesa.

Alfonso Armada Comyn havia sido, além de tutor do rei quando esse era príncipe, secretário da sua Casa. Dele dependia que os demais chefes militares acreditassem que o monarca respaldava a intentona golpista.

À parte, o capitão-geral de Valência, Jaime Milans del Bosch, discutia a intervenção dos blindados com os chefes da divisão Brunete: Luis Torres Rojas, José Ignacio San Martín e Ricardo Pardo Zancada.

Lorenzo estava um tanto afastado de todos eles, conversando entre cochichos com um superior seu, à paisana, que todos chamavam amistosamente de José Luis. Era um homem de aspecto inteligente, com nariz pontiagudo e fortes entradas que ampliavam sua testa. Em suas mãos ficavam os fios que moviam os serviços secretos, embora ninguém soubesse exatamente em que sentido se moviam.

Acertou-se que o dia para dar o golpe seria 23 de fevereiro às dezoito horas, por ocasião da votação da investidura do novo presidente, Leopoldo Calvo Sotelo. Os presentes fizeram-se votos de sucesso, sem derramamento de sangue. O autodenominado grupo dos Almendros brindou com gravidade pelo êxito da empreitada.

No fim do jantar, um garçom se aproximou de Publio e lhe entregou um bilhete dobrado. O deputado pôs os óculos para lê-lo. Cerrou a mandíbula e saiu discretamente. No pórtico da casa Ramoneda o esperava.

— O que está fazendo aqui? — Publio espinafrou-o de mau humor.

Ramoneda fumava com um ar arrogante. Soltou uma baforada para o alto, encostado numa coluna.

— Disse que queria me ver, então estou aqui.

Publio sentiu sua nuca se avermelhar. Resmungou algo incompreensível, desviando a atenção para dentro da casa, de onde vinha uma animada conversa.

— Por acaso mandei aparecer na minha casa quando está cheia de convidados?

Tinha muitos inimigos, inimigos demais àquela altura, para se permitir um escorregão. Além do mais, naquela manhã Publio havia mantido uma áspera conversa com Aramburu, diretor-geral da Guarda Civil, advertindo-o contra qualquer ilegalidade. À medida que se aproximava a data, mais difícil era manter seus planos em segredo. Sabino, o chefe atual da Casa Real, também desconfiava de algo, assim como o chefe do Estado-Maior, Gabeiras. Dadas as circunstâncias de precariedade com as que o plano ia ser levado em frente, qualquer erro podia acabar com o golpe antes de ele se iniciar. E isso ele não estava disposto a permitir, por nada no mundo. Precisava pensar, tomar decisões com rapidez. Já não era possível dar para trás.

— Quero que você se encarregue de uma coisa urgentíssima. — Tirou um papel do bolso, escreveu algo apressadamente e entregou a Ramoneda.

O homem sorriu com insolência. Era um desafio dos mais exigentes, mas deixava-o lisonjeado a segurança com que Publio lhe confiava a tarefa.

— Vai sair um pouco caro. Cobro adicional de trabalho noturno e gratificação por esforço extra.

Publio olhou furioso para Ramoneda.

— Você ainda nem cumpriu sua parte no outro encargo que te dei: César Alcalá continua vivo.

— Não por muito tempo.

— Escute aqui, seu maldito psicopata. Faça o que eu te digo e te entupirei de grana. Falhe e cobrirei você com sua própria merda. E agora, caia fora.

Ao voltar à sala, ninguém se deu conta do estado de ânimo de Publio, salvo Lorenzo. Dissimuladamente, afastou uma cortina e viu Ramoneda se afastando, inconfundível com seu terno de cafetão barato e um sorriso de hiena na boca.

— O que esse sujeito veio fazer aqui? — perguntou a Publio, aproximando-se dele com discrição.

O deputado fulminou-o com o olhar.

— O que você devia ter feito, que é para o que te pago.

Lorenzo engoliu em seco. Tinha um mau presságio.

— Estou cumprindo minha parte. Fui ver César Alcalá na prisão, entreguei a nota da filha e avisei-o de que devia me manter informado do que falasse com María. E sei que ele não disse nada de importante sobre o que sabe de nós.

Publio negou com a cabeça. Detestava Lorenzo tanto quanto a maioria de todos aqueles seus mercenários. Realmente, não sabia mais em quem podia confiar. Agora lhe parecia absurdo aquele plano de misturar a advogada com César Alcalá. Pensava que dessa maneira ela podia descobrir onde Alcalá escondia as provas que havia reunido contra ele ao longo daqueles anos. Confiava em que o rancor de Alcalá e a falta de tarimba de María fizessem o resto. Mas por ora não servia para nada.

Agora tinha um problema muito mais sério.

— Esta manhã seu chefe veio me ver. Sabe que estamos com Marta.

— Ele apenas supõe. Não tem provas — disse Lorenzo, sem muita segurança. Recasens não lhe contava tudo.

Publio semicerrou os olhos. Era arriscado o que se propunha, pensou observando o chefe da Inteligência, que conversava num canto com Armada. Era arriscado, mas tinha de ser feito, disse consigo, amaldiçoando não ter dado cabo de Recasens quarenta anos atrás, quando era um simples recruta assustado. Agora seria muito mais difícil.

Mas confiava em Ramoneda.

17

Porto de Barcelona, 16 de janeiro de 1981, seis dias depois

Um menino vagava entre os cascos oxidados e enferrujados dos navios mercantes abandonados num píer afastado do porto; pulava como um mico de circo de uma grua a outra, entre as águas pestilentas, tentando pescar carpas, enormes peixes que estavam para o mar assim como os ratos para os lixões. Ninguém se preocupava com ele, e isso era algo natural. Bastava-lhe a companhia do cachorro, um vira-lata pulguento com olhar arredio que o acompanhava em todas as suas correrias.

De repente o cachorro levantou as orelhas. Saiu correndo. O menino seguiu-o, chamando-o aos gritos, mas o animal não parou enquanto não chegou a um corredor escuro formado por contêineres empilhados. Rosnou eriçando os pelos.

— Que bicho te mordeu? — perguntou o menino, procurando penetrar a escuridão daquela passagem. De repente, semicerrou as pálpebras, inclinando o pescoço para a frente. Sua boca se abriu assombrada. Deu meia-volta e fugiu assustado.

* * *

Só dava para ver os pés descalços, aparecendo debaixo da manta que cobria o cadáver. Eram pés feios, peludos e de dedos torcidos, com grandes calosidades no calcanhar. Faltavam-lhe as unhas, em cujo lugar haviam ficado grumos de sangue seco. O cheiro era nauseabundo.

— Os cadáveres sempre fedem igual. Fedor de cachorro morto — disse o inspetor Marchán, cuspindo no chão. Acendeu um cigarro, protegendo-se do aguaceiro com um guarda-chuva preto. Marcas de saliva seca se colavam nas comissuras de seus lábios. Assinalou com a ponta do cigarro os dedos deformados do cadáver. — Descubra-o.

O assistente do inspetor afastou a coberta com um movimento enérgico, e ela descreveu um arco no ar, como a capa de um toureiro.

O morto estava deitado de boca para cima numa poça d'água, seminu, mutilado monstruosamente. Pela forma dos ossos, seus ombros estavam desconjuntados e os joelhos, quebrados. No lugar em que deviam estar os testículos só havia uma grande mancha escura.

— Pode ser que o tenham atirado lá de cima — disse o assistente do inspetor, apontando para a parede metálica que se erguia vários metros acima da sua cabeça e pela qual escorria uma camada de água suja.

Marchán não disse nada. Inclinou-se um pouco e iluminou com a lanterna o corpo e o rosto ensanguentado. Diminutos insetos se arrastavam pela cavidade da boca, como se chegassem à beira de um poço no qual não se atreviam a descer. A expressão do cadáver era terrível, como se tivesse antecipado em um segundo a pasmosa certeza da sua morte. Era evidente que aquele pobre desgraçado havia lutado por sua vida. O legista deveria garantir isso, mas pareceu ao inspetor que nem todo o sangue nem a carne presa nas unhas do morto eram dele. Talvez aquela resistência feroz tenha alimentado a sanha do assassino, ou assassinos.

— Quem fez isso com você? Por quê? — disse sem emoção.
Revirou o corpo sem a menor complacência. Virado como um saco, o cadáver era a constatação, nada metafísica, de que a morte era unicamente a ausência de vida. Para Marchán, todos os mortos tinham a mesma expressão. O nariz curvava como o de um filhote de águia, e os olhos afundavam para dentro, como se procurassem refúgio na própria escuridão que se avizinhava. Não via nada religioso nem místico num corpo sem vida. Pó, miasmas, fezes e uma pestilência horrível. Tanto fazia se os mortos eram ricos ou pobres, soldados estripados por uma baioneta ou civis arrebentados por uma bomba. Homens, crianças, velhos, mulheres... Todos se transformavam em algo triste e empoeirado. Era o que ele havia aprendido naqueles anos de trabalho sujo. Sabia por experiência própria que aquele caso, como tantos outros mortos anônimos, provavelmente nunca seria resolvido, apesar das estatísticas. Eram feitas para tapear os trouxas. E ele não era um deles, disse para si mesmo com um sorriso cínico.

Marchán era cínico. Pelo menos, era isso que diziam os que acreditavam conhecê-lo, na realidade muito poucos. Imperturbável, extremamente distante, com um permanente sorriso torto no rosto.

No entanto, naquela noite, aproximando-se do queixo afundado do morto, murmurou algumas palavras que soavam estranhas em sua boca.

— A consciência é um galho quebradiço demais.

Seu assistente fitou-o de com o canto dos olhos, enquanto ele anotava alguns dados em seu caderninho.

— Por que diz isso?

Marchán contemplava a cachoeira de gotas caindo no vazio. Muitas se estatelavam contra o cadáver.

— Por nada — falou. Pegou a carteira com os documentos do morto e se afastou do círculo de luz da lanterna. — O caso ficou complicado — grunhiu ao descobrir uma carteira profissional do ministério da Defesa. Franziu o cenho e desviou o olhar para o morto. Afinal de contas, talvez a fúria de quem fez aquilo não correspondesse a um impulso de raiva. Mais parecia um trabalho de tortura meticulosa.

— Pedro Recasens, coronel do Exército, do Serviço de Inteligência... Isso quer dizer que você era espião, não é? Quem fez isso devia estar muito interessado em arrancar alguma informação de você. Aposto que deu. Talvez tenha resistido no começo, mas acabou cedendo, não é verdade? Ninguém poderá te culpar, se cedeu. Basta ver esta carnificina.

— Tem mais uma coisa aqui, inspetor. — Seu assistente tinha encontrado um papel dobrado na camisa do morto. — "Assunto Publio: María Bengoechea às doze." — O agente guardou um segundo silêncio, como se lembrasse algo. Ergueu o olhar para o chefe. — Não é...?

Marchán assentiu, entre surpreso e incomodado. Sim, era a advogada que anos atrás tinha conseguido mandar para a cadeia seu colega e amigo, César Alcalá. Achou uma graça amarga nessa reviravolta absurda e casual do destino.

Por que o nome dela estava em poder de um espião morto do Serviço de Inteligência? O que seria "assunto Publio"? Um encontro provavelmente para falar sobre ele. Não sabia, mas ia averiguar. Por uma vez, as estatísticas não mentiriam. Pretendia chegar ao final daquele caso, custasse o que custasse.

Uma hora depois não conseguia se concentrar. Sentado à mesa da sua sala com a luz apagada, Marchán observava a chuva através da janela. Seu tamborilar monótono nos vidros e as silhuetas difusas dos carros estacionados na rua o hipnotizavam. Era o maldito tempo, pensou, tão instável que provocava nele uma sensação inexplicável de angústia. Fechou os olhos, apertando as têmporas. Seu cérebro ia explodir. Mas não era a chuva nem a pegajosa umidade que havia alterado seu humor. Ele sabia. E não obstante já havia tomado a decisão definitiva havia semanas. E tinha certeza que não ia mudá-la. Não àquela altura, quando nada do que estava feito tinha remédio.

— Então, por que não paro de pensar na mesma coisa?

Esfregou a cabeça, exasperado. Tinha decidido se aposentar, enojado e farto de como funcionavam as coisas, desmoralizado por tudo o que havia visto naqueles anos: injustiças como a sofrida por seu colega Alcalá — um bode expiatório, tinha certeza — e coações de seus superiores para que enterrasse definitivamente o caso do desaparecimento de Marta.

E bem agora aparecia aquele morto, e de novo o nome da advogada María Bengoechea. E, acima de todos eles, claro, o inevitável deputado Publio.

Mas tinha prometido à esposa. Largaria tudo. Definitivamente. Não queria se meter em encrencas. Não queria pôr em risco sua aposentadoria. Quando era moço vivia cada dia sem saber que impulso o animaria no dia seguinte. Mas as coisas tinham mudado sem ele querer, sem quase se dar conta. Já não era uma criança cujas irresponsabilidades podiam ser perdoadas, tinha deixado bem para trás essa idade, que lhe permitia perder-se em seus sonhos. Esperava-se dele que desse duro, como estava dando, que consumasse seu tempo de vida sem ânsias, com tranquilidade, vislumbrando uma velhice não muito distante. Sustentar essa ficção tinha lhe custado seus melhores anos. E agora, quando já enxergava o fim, propunha-se a destroçar tudo isso, como se fosse um capricho seu.

Pegou a chave do cofre escondido atrás de uma estante de

arquivos mortos. Entre os papéis que guardava secretamente escolheu um envelope do fundo. Esvaziou-o em cima da mesa. Estava ali tudo o que havia podido reunir sobre o desaparecimento de Marta durante aqueles anos. Reviu minuciosamente cada dado, cada nome, cada lugar. Era estranha essa sensação de saber algo que os outros desconheciam e não fazer nada.

— Merda — grunhiu. Guardou na maleta a documentação e vestiu o guarda-pó.

O prédio estava em silêncio. Os agentes do turno da noite tomavam café diante de uma máquina nova. Os escritórios descansavam vazios. Ouvia-se ao fundo uma rádio emissora com a linguagem cifrada dos patrulheiros. Ninguém ainda tinha ficado sabendo da morte de Recasens. Isso dava algum tempo de vantagem a Marchán, antes que viessem de Madri tomar dele o caso.

Dirigiu-se à saída.

A rua era um muro escuro e sujo, sem céu, sem estrelas, como se a cidade fosse uma monstruosa massa surda e muda. Não havia carros nem transeuntes. Só o asfalto molhado onde brilhava a luz de um poste e árvores nas calçadas, sem folhas nos galhos. Marchán desceu ao metrô. O ambiente era mais quente, carregado de ar subterrâneo. Havia poucos passageiros nas plataformas. As pessoas formavam à sua volta uma roda de olhares ausentes, cansados e cabisbaixos. Estava na genética desses seres apagados olhar para o outro lado, seguir em frente sem fazer barulho.

Ele próprio se encaminhava cabisbaixo para sua casa, aferrado à barra do vagão, distraindo o olhar no mapa de estações da linha verde, que conhecia de cor. Perguntou-se angustiado se valia a pena pôr em jogo tudo o que havia conseguido durante aqueles anos.

— E o que é que você vai perder, imbecil? — disse a si mesmo.

Todo um mundo: seu apartamentinho num bairro residencial com jardim comunitário e quadra, as revistas de bricolagem que assinava, a mulher com quem vivia e que já não amava; a mesma mulher que dali a uns minutos o ajudaria a tirar o sobretudo e lhe serviria um copo de uísque perguntando como tinha sido seu dia. E ele diria "foi bom, amor, muito bom", e iria direto para a cama de modo a não ter de dar maiores explicações. Talvez fizesse amor sem pressa, como as medusas que roçam uma pedra, e teria de fechar os olhos e pensar numa modelo de folhinha para se excitar minimamente.

Balançou a cabeça com um sorriso irônico.

— Cretino — murmurou. — Sou um pobre cretino.

As luzes fugazes do vagão corriam pelo túnel do metrô. Nada parecia valer a pena. Nada.

A cafeteria Victoria fazia empanadas deliciosas para o café da manhã. Já estava bastante cheia, apesar de ser cedo. A clientela era todo um catálogo de noctâmbulos de ressaca, prostitutas com maquiagem escorrida e vontade de ir dormir tomando um último trago com seus cafetões, funcionários das prisões do turno da manhã e trabalhadores das fábricas próximas. Todos se multiplicavam nos espelhos gigantes das paredes, com molduras douradas, que confundiam as perspectivas reais do local.

Numa poltrona de forro verde estava sentada uma velhota chamada Lola, que lia mãos. Ela quase não tinha clientes; naqueles tempos não parecia interessar a ninguém seu futuro, e nem se notava que ela estava ali, salvo quando o fedor de uma flatulência sua inundava a lanchonete.

— Quer que veja seu futuro?

María não tinha futuro, mas mesmo assim deixou-a olhar sua mão. A velha examinou os sulcos da palma.

— Seu destino... Seu destino é trágico... — disse torcendo a boca como se o que via fosse algo surpreendente e doloroso, até para ela, coruja velha, acostumada a ver tudo o que é coisa.

María se afastou incomodada, enquanto a velha repetia, como o grasnido de um papagaio velho e sujo:

— Seu destino é maldito. Você é o elo de uma corrente de dor que aprisiona alguém.

— Ei, velha, não encha os fregueses, senão vou ter que te botar no olho da rua — gritou um garçom por cima da barulheira da lanchonete. A velha Lola recuou a contragosto, como uma sombra, sem afastar o olhar da advogada.

María foi se sentar em frente da janela, numa das mesinhas redondas com café da manhã para um: um bule de porcelana, uma xícara grande, uma empanada no prato com relevos florais e, ao lado, o jornal da manhã dobrado.

Alguém ligou o rádio. Na SER anunciavam os próximos concertos do pianista americano Billy Joel em Madri e Barcelona. Depois, a voz de Juan Pardo pôs melodia num anúncio de chiclete "Cheiw Junior, a cinco pesetas cada", e em seguida começou o noticiário: numa curiosa estatística dizia que no ano anterior tinham morrido de doença mental novecentas e cinquenta e cinco pessoas; vinte e oito por cento das mulheres tinham ingressado no mercado de trabalho, segundo o ministério do Trabalho; a revista *Mecânica Popular* anunciava a chegada de um veículo inovador da Volkswagen chamado Golf...

Aquele turbilhão de acontecimentos a deixava aturdida. Não significavam mais que barulho. E, no entanto, era a pulsação cotidiana da vida. Tomou café sem pressa, virando de vez em quando a cabeça para a janela, tapada em sua metade superior por uma cortina rendada que filtrava a luz externa. Através dela observava as silhuetas diante do portão cinzento da penitenciária. Ainda era cedo demais para as visitas, mas já havia gente fazendo fila.

A fumaça embaçava os vidros. A copa das árvores tiritou com uma violenta rajada de vento. Começava a chover. O tilintar dos pingos no vidro se transformou numa melodia surda e intensa que apagou por completo a rua debaixo da chuva. Uma carroça puxada por um cavalo percherão parou em frente à lanchonete. María ficou surpresa de ver algo assim em plena rua Entenza. O animal, de estatura gigantesca e musculatura robusta, suportava com estoicismo o aguaceiro. Sua longa crina ruiva caía ensopada no lombo alto que tremia nervosamente. Tinha as patas cobertas de pelos, e por elas escorria a água criando rios diminutos que morriam numa poça sob sua barriga inchada.

Ultimamente não seguia bem a periodicidade do tempo, as coisas se misturavam em sua mente, começava a esquecer algumas coisas simples, como um número de telefone ou um endereço; mas ao mesmo tempo adquiriam relevância detalhes e momentos que acreditava esquecidos para sempre. Aquele cavalo, por exemplo. Em alguma parte da sua infância também houve um cavalo. Não se lembrava do animal, apenas do nome: Tânatos. A palavra veio sozinha a seus lábios, uma dessas palavras bonitas que vale a pena saborear na boca. Tinha olhos enormes de besta. Impenetráveis. Como o animal que via agora. Era extraordinária a mansidão com que suportava a quietude e o açoite da chuva. Na lanchonete tudo era barulho, conversa, vozes e risos. Ninguém reparava na tormenta nem no percherão. Ninguém, salvo aquela velha doida que a contemplava com insistência, tampouco reparava nela.

Fechou os olhos. Às vezes tinha a sensação de viver num lugar invisível para o resto dos mortais; uma terra inóspita, escura e fria. Só aquele animal parecia se dar conta disso. Apareceu na rua o carroceiro, atravessou-a em duas pernadas e pulou no estribo da carroça. Deu uma lambada com as rédeas no dorso do percherão e mil gotículas d'água saíram disparadas em todas as direções. O animal se pôs em marcha devagar, sem ira e sem decisão própria, e se afastou rua acima, arrastando detrás de si o rabo da tempestade. María sentiu uma angústia indefinível, que de alguma maneira a conectava com o destino daquela besta de carga.

De repente, uma voz irrompeu a seu lado.

— Srta. Bengoechea?

De pé junto da sua mesa havia um homem. A tempestade o havia pegado em cheio, e ele parecia um espantalho gotejante. Os cabelos colados na testa tornavam mais bojuda sua cabeça, e a camisa grudada no corpo assinalava uma barriga proeminente. A luz de fora iluminava parcialmente sua testa perolada de gotas de chuva. Suas têmporas eram grisalhas e a sombra do seu nariz se projetava nos lábios ressecados, emoldurados por um cavanhaque bem aparado.

Sem pedir licença, sentou-se.

— Nós nos conhecemos? Porque não creio tê-lo convidado a sentar — disse María, com um tom bastante seco.

Ele sorriu e recebeu a patada sem se incomodar.

— Não vou tomar muito do seu tempo, e lhe interessa ouvir o que tenho a dizer. — Havia algo veladamente ameaçador em suas palavras, em seu modo de apoiar as mãos cruzadas em cima da toalha e na maneira de fitar a advogada.

— Quem é o senhor? — María olhou interrogativamente para aquele homem de idade avançada, mas indecifrável. Ele se limitou a se encostar na cadeira e abrir as mãos com resignação.

— Tinha vontade de conhecê-la pessoalmente. A senhora é uma mulher obstinada, não é mesmo?

— Não sei do que está falando.

O olhar dele se concentrou nas mãos de María, depois deslizou até o colo e se deteve em seus olhos com determinação.

— Cinco anos atrás, pôs César na cadeia. Era um desafio difícil, mas a senhora conseguiu. Ganhou sua cota de fama. Des-

de então sinto curiosidade em saber que tipo de pessoa é: uma picareta ou uma idealista? E, agora, finalmente a conheço.
María não podia acreditar no que estava ouvindo. Olhou em volta como se procurasse alguém que corroborasse estar ela efetivamente ouvindo o que acreditava ouvir. Mas todo mundo cuidava da própria vida, sem prestar atenção neles.
— Quem é o senhor e o que deseja de mim? — tornou a perguntar, assombrada.
Alguém se aproximou de um velho jukebox e introduziu uma moeda. O aparelho emitiu uns chiados metálicos, como se tossisse, e depois tocou uma música de Los Secretos, "Ojos de perdida". O homem sorriu com nostalgia, talvez melancolia. Era difícil saber. Por uns segundos, ficou com os olhos fixos no aparelho, como se pudesse ver os músicos entre as faixas do disco, depois voltou a María.
— Meu nome é Antonio Marchán. Sou inspetor do Corpo Superior de Polícia. — Indicou pela janela o portão do presídio. — E esse homem que a senhora vai ver, César Alcalá, foi meu colega e amigo por mais de dez anos… Por isso tinha vontade de conhecê-la pessoalmente, advogada.
María assimilou o golpe com aparente indiferença. Mas não demorou para demonstrar o nervosismo que se apoderou dela. Fingiu procurar o isqueiro na bolsa.
— Veio só para me dizer isso? — falou, depois de pigarrear como se tivesse dificuldade para engolir a saliva.
Marchán foi direto. Quase brutal. Não era uma ação preconcebida para incomodar a advogada, apesar de não simpatizar com ela. Era sua maneira de fazer as coisas. Economizar esforços. Pôs em cima da mesa uma foto do cadáver de Pedro Recasens. A única em que seu rosto destroçado era mais ou menos identificável.
— Apareceu morto ontem no cais da Zona Franca. Tritura-

ram-no antes de matá-lo. Vou lhe fazer duas perguntas, e espero da senhora duas respostas, igualmente concisas. Primeiro, por que Recasens tinha seu nome anotado num papel que dizia "assunto Publio"?

María sentiu que começava a ficar enjoada. Não eram seus enjoos costumeiros nem a dor na nuca que já sentia quase diariamente. Era aquela foto, a maneira abrupta como Marchán acabava de lhe dar a notícia. Inclinou-se para trás e respirou profundamente. O homem não parava de olhar para ela. Não dava trégua, pretendia encurralá-la com a surpresa para não lhe dar tempo de preparar uma escapatória. Era bom, aquele inspetor. Brusco, mas bom no seu trabalho. Sem tempo para improvisar uma resposta, María disse meia verdade. O que as circunstâncias lhe permitiam dizer. Sim, conhecia Pedro Recasens. Seu ex--marido Lorenzo os havia apresentado. Sabia que era um agente do Serviço de Inteligência, Lorenzo também. Ambos tinham pedido que fosse ver César na prisão. Não podia dizer para quê. Se Marchán desejasse saber os detalhes, teria de falar com Lorenzo. Ela não podia se comprometer mais.

— E o que me diz do "assunto Publio"? O que é?

María cerrou as mandíbulas. Por um momento cogitou falar abertamente com aquele policial. Talvez fosse sua oportunidade de desafogar o medo e a tensão que acumulava desde o dia em que soube que Ramoneda andava por perto. Mas Lorenzo tinha sido claro: nada de polícia. Se Marchán interviesse naquele caso, podia dar adeus à oportunidade de pegar aquele psicopata que havia ameaçado a ela e à sua família. Se Ramoneda já havia escapado uma vez da polícia, nada impedia que pudesse escapar uma segunda vez. Por mais que lhe custasse, só podia confiar em que Lorenzo cumpriria sua palavra de pegá-lo. Além do mais, César também não queria que a polícia interviesse. Se ficasse sabendo, talvez não continuasse falando com ela. E então tudo estaria perdido.

— Não sei nada desse assunto.

Marchán escrutou-a intensamente. Sabia reconhecer quando alguém mentia. E aquela mulher estava mentindo. A questão era: por que motivo?

— Disse que tinha duas perguntas. Já as fez, e estou com pressa, inspetor.

— Vou dizer o que acho, advogada. Acho que está mentindo. E isso a deixa numa situação difícil. Quando há um homicídio mente o culpado ou quem tenta encobri-lo.

María não se deixou intimidar com aquele velho estratagema. Pôr alguém entre a cruz e a espada era o que ela vinha fazendo a vida toda nos tribunais de Justiça. Sabia escapulir como um gato daquelas garras.

— Nesse caso, me acuse formalmente ou me detenha. Mas tenho a sensação de que não quer ou não pode fazer nem uma coisa nem outra. Sinceramente, não creio que me veja como uma suspeita. Quer uma informação, e eu não posso dá-la. Já lhe disse que a pessoa adequada é meu ex-marido, Lorenzo.

Marchán esfregou o queixo. Quase achava graça naquilo.

— Se eu avisar seu marido, antes de sairmos desta lanchonete ele aparecerá aqui com dois dos seus homens e me tirará do caso — levantou-se, pegando a foto do cadáver. — Me diga pelo menos uma coisa: Recasens pensava em ajudar César a encontrar a filha? — María assentiu. Marchán guardou um momento de silêncio, como se procurasse o modo de dizer o que ia dizer. — E ele lhe pareceu sincero? Pensava mesmo em fazê-lo, pelo menos tentar?

María disse que sim. Recasens parecia sincero. Então, ela própria formulou uma pergunta difícil de responder.

— Acredita que o mataram porque havia descoberto alguma coisa sobre o sequestro de Marta?

— É uma possibilidade — respondeu o inspetor, abotoando o sobretudo. Ia se despedir quando perguntou timidamente: — Como está Alcalá?

María se deu conta de que o policial enrubescia, talvez carcomido pela vergonha. A advogada se lembrava de cada uma das testemunhas que depuseram a favor de Alcalá em juízo. Nenhuma pôde ajudar, mas pelo menos alguns de seus colegas mostraram a cara. E entre eles não estava Marchán. Talvez o inspetor sentisse amargura por não ter podido ou não ter querido dar a cara a tapa por César.

— Está bem, dadas as circunstâncias.

— Fico contente em saber — disse Marchán com uma breve inclinação.

— Disse que César "foi" seu colega e amigo durante dez anos. Quer dizer que não é mais?

Marchán sorriu com amargura. Ia dizer algo, mas acabou reprimindo o impulso.

— Tome seu café da manhã, eu pago. E não vá muito longe. Talvez tenha de chamá-la. Por ora, para mim a senhora é tão suspeita quanto qualquer um pela morte de Pedro Recasens.

María se deu conta de que desta vez o inspetor falava a sério.

— E que motivo eu teria para fazer uma coisa dessas?

Marchán encarou-a como se não compreendesse a pergunta.

— Não é preciso ter motivo, mas em seu caso parece claro: culpa.

María não acreditava no que ouvia.

— Culpa?

Marchán se perguntou um pouco confuso se a advogada estava fazendo teatro ou se realmente não sabia do que ele estava falando.

— Se há uma pessoa que tenha motivos mais que suficientes para odiar Pedro Recasens, é César Alcalá. E a senhora se sente em dívida com ele, é evidente. Faria qualquer coisa para se redimir a seus olhos. — Depois se afastou, deixando María entregue à sua perplexidade.

Pela vidraça da lanchonete a velha Lola observava da rua a advogada. As lâminas d'água escorrendo pela janela esfumavam seu rosto. Era como se um fantasma a observasse.

18

Barcelona, duas horas depois

Era apenas uma intuição. Afinal de contas, talvez estivesse perdendo tempo, disse María a si própria, desalentada diante dos milhares de processos acumulados nos corredores do arquivo do Colégio de Advogados.

O ar carregado de poeira entrou de surpresa em seus pulmões. Sorriu com uma ponta de nostalgia. Aquele cheiro lhe trazia recordações de seus anos de estudante, as horas e horas perdidas entre aqueles autos. Uma escada encaixada num trilho percorria de ponta a ponta a estante de vários metros de comprimento por outros tantos de largura. Ordenadas por datas havia centenas, milhares de pastas marrons presas com grossos laços de pano. Algum dia tudo aquilo seria consumido pelas chamas ou trituradoras. No andar de baixo tinha visto os novos computadores. Dezenas de funcionários se dedicavam a passar para um suporte eletrônico toda aquela informação. Mas levariam anos para fazê-lo. E talvez nunca conseguissem por completo. Os tempos mudavam, pensou. Mas o que não mudava era a aparente calma daquele lugar oitocentista.

As grandes janelas do edifício deixavam entrar grandes jorros de luz que iluminavam aquele silêncio monástico. Era curioso ver o afã com que os homens tinham pretendido ordenar, encerrar e sistematizar as paixões humanas, os ciúmes, a ira, a morte violenta, a delação. Era isso a Justiça, pensou María, enquanto repassava com os dedos aquelas estantes: a pretensão absurda de que a natureza humana possa ser dominada pelo poder da lei. Reduzir tudo a um auto de umas poucas páginas, ordenar o fato, julgá-lo, arquivá-lo e esquecê-lo. Simples assim. E, no entanto, bastava o silêncio daquele lugar para ouvir o murmúrio das palavras escritas, dos seus protagonistas, os gritos das vítimas, os ódios nunca esquecidos das partes, a dor que jamais cessaria. Toda aquela ordem não era mais que simples aparência.

María desdenhou aquele tipo de pensamento que terminaria se transformando numa divagação sem nexo. Concentrou-se em sua busca. Retrocedeu a escada do arquivo até o ano de 1942. A julgar pela quantidade de processos, foi um ano de trabalho intenso. Isso sem contar os que nunca chegaram a seu lugar ali, que se perderam ou simplesmente nunca foram instruídos. Perguntou-se ociosamente quantos condenados daquela época ela poderia ter defendido com o sistema atual. Quantas provas teriam sido obtidas de maneira fraudulenta? Quantos falsos testemunhos? Quantos erros de instrução? Quantos inocentes julgados, condenados, assassinados? Melhor não pensar nisso.

— Aqui está: causa 2341/1942. Causa instruída do assassinato de Isabel Mola.

Não sabia o que vinha procurar nem esperava encontrar nada em particular. Tinha se familiarizado com o caso naquelas semanas. Isabel, esposa de Guillermo Mola, foi assassinada pelo tutor dos filhos dela, Marcelo Alcalá. César não falava muito daquilo: ninguém falava daquilo, e Alcalá tampouco soubera dizer por que Recasens insinuou na época que ela e o inspetor tinham em comum o caso dessa mulher morta em 1942. María tinha perguntado a seu pai, mas Gabriel não se lembrava de nada, à parte de que por um tempo, quando viviam em Mérida antes de ela nascer, fez uns trabalhos artesanais para Guillermo Mola e seus filhos, que eram muito ligados a armas.

Mas, depois de falar com Marchán, María teve a sensação de que tudo aquilo não passava de um quebra-cabeça com peças à vista, mas que não se encaixavam. Talvez ali, naquele processo, encontrasse uma pista, algo que lhe permitisse ordenar suas ideias.

Desceu a pasta da estante e levou-a até uma das pequenas mesas de metal que havia em cada extremidade. Estava a sós. Fora alguns estudantes que preparavam sua tese, buscavam uma jurisprudência ou simplesmente tinham curiosidade, ninguém costumava subir ao arquivo. De modo que ninguém a incomodaria.

Abriu a pasta com temor quase religioso. Era como abrir uma porta pela qual podiam escapar, montados nos grãos de poeira, todos os fantasmas que haviam protagonizado aquela história.

A primeira coisa que encontrou foi uma ficha policial com as bordas amareladas por causa da umidade. A ficha de Marcelo Alcalá. Surpreendeu-a ver uma anotação na qual se dizia que o professor era o dirigente máximo de um grupo de comunistas que havia cometido um atentado contra Guillermo Mola, antes de assassinar sua esposa. Ele não parecia esse tipo de homem. A fotografia da nota policial mostrava um ser pequenino, ridículo num blazer de ombreiras largas demais que faziam seus ombros caírem para frente, sem consistência. Segurava entre os dedos a cartela com seu número de detento, e não era difícil imaginar o tremor desses dedos, o medo em seus olhos. Apertava a boca numa expressão de abandono, de desesperança. Devia ter sido pouco antes de o enforcarem. Talvez a sentença já houvesse sido ditada e o réu só esperasse que se consumassem aqueles trâmites burocráticos sem ter consciência deles, como um fardo ou uma mercadoria que uns e outros movimentavam de cá para lá a fim de dar à execução um caráter legal, harmonioso. Tudo devia ser feito obedecendo a um macabro protocolo, de que aquele pobre desgraçado era um simples espectador.

Deixou a ficha de lado e abriu a declaração. Era escrita à máquina, com cópia a carbono. Era sintética, apenas umas poucas frases curtas:

> Eu, Marcelo Alcalá, natural de Guadalajara, trinta e dois anos de idade, professor, declaro pela presente que sou o autor material da morte de Isabel Mola. Declaro que a matei disparando em sua cabeça numa pedreira abandonada que o Exército usa para a prática de tiro, próxima da estrada de Badajoz.
>
> Declaro também ter sido o instigador e autor da tentativa de assassinato de Guillermo Mola no dia 12 de outubro de 1941, em frente à igreja de Santa Clara. Declaro que fui ajudado nessa tarefa por Mateo Sijuán, Albano Rodríguez, Granada Aurelia, Josefa Torres, Buendía Pastor e Amancio Ojera.
>
> A quem possa interessar.
>
> 28 de janeiro de 1942

Embaixo, uma assinatura de traço estranho, forçado. Talvez o tenham obrigado a assinar; pode ser até que a assinatura não fosse verdadeira. Talvez nunca tenha chegado a fazer essa declaração. Demasiado sintética, demasiado fria. Não havia detalhes, não havia motivação. Não havia culpa nem ódio... E aquela lista de nomes delatados. Vai ver que nem conhecia essas pessoas.

Pura burocracia. María verificou as datas. Entre a confissão e a execução de Marcelo transcorreram apenas dois dias.

— Nenhum procedimento normal permitiria semelhante pressa — disse em voz baixa, negando com a cabeça.

Descobriu então a pontinha de uma fotografia num pequeno compartimento. Puxou-a para fora tomando cuidado para não rasgar. Era uma foto dobrada no meio; o papel estava amarelado e grudava como se houvesse passado tanto tempo guardado ali que não queria se mostrar. María abriu-a sob a luz do abajur.

Era um retrato de guerra, de uma guerra antiga, em branco e preto. Via-se um carro de combate ligeiro alemão estacionado em frente a uma aldeia coberta de neve; junto do carro, posava com a cara queimada pela neve e cadavérica por causa da penúria um oficial tanquista, dois operadores e artilheiros.

Um deles era o próprio Recasens. Mais moço — María custou a reconhecê-lo sob uma espessa crosta de sujeira —, mas sem dúvida era ele. Todos ostentavam o uniforme alemão, molambento e sujo com o escudo da Espanha costurado na manga. Além disso, Recasens segurava entre os dedos um estandarte com o jugo e as flechas da Falange. María virou a fotografia: "Frente de Leningrado, Natal de 1943".

Não tinha sentido que aquela fotografia, quase dois anos posterior ao processo, estivesse ali. Sem dúvida alguém a tinha deixado na pasta... Alguém que sabia que um dia ou outro ela a encontraria ali.

— Isso é um absurdo — recriminou-se a si mesma. Ninguém podia prever que naquela manhã teria a intuição de ir ao arquivo em busca do processo de Isabel Mola. Nem ela mesma.

Portanto devia existir outra razão: Marchán dissera que Pedro Recasens acumulava mais motivos do que ninguém para ser odiado por César Alcalá. Ela havia ligado essa frase ao fato de que tanto Recasens como Lorenzo e o próprio Publio manipulavam

César num sentido ou em outro, utilizando para isso o desaparecimento da filha do inspetor. Além do mais, era absurdo: César não conhecia pessoalmente Recasens. A única coisa que sabia era o que ela tinha lhe contado.

Uma coisa chamou a atenção de María. Uma folha escrita à mão, no fundo da pasta. A declaração de uma testemunha de acusação. Uma testemunha que declarava, sem nenhuma sombra de dúvida, ter visto Marcelo Alcalá assassinar Isabel Mola.

A testemunha era Pedro Recasens.

César Alcalá acordava sobressaltado e se aproximava da grade para reconhecer o lugar onde estava. Sabia que aquela jaula era real, mas parecia uma alucinação sua.

Pelo menos, Romero tinha lhe trazido livros. Havia livro em toda parte, no chão, nas prateleiras, em cima da mesa e em cima da cama desarrumada. Alguns estavam abertos dobrados em dois. Na prisão tinha adquirido o mau hábito de gostar deles e ao mesmo tempo maltratá-los: escrevia neles, sublinhava o que lhe interessava e muitos estavam desfolhados. Mas era evidente que eles, os livros, também gostavam dele, que tinham se acostumado a suas leituras compulsivas, a seu modo impossível de arrumá-los. Estavam ali, espalhados, como órfãos esperando a volta de seu dono. Suas leituras eram sua prótese sentimental.

Também tinha cigarros. Nos primeiros dias olhava para o maço com saudade, mas não se atrevia a tocar nele, quem sabe não era piada. Mas depois viu que podia fumá-los a seu bel-prazer e que, quando acabavam, María lhe trazia solicitamente outro maço. Romero, sem dúvida, era um mago capaz de conseguir tudo a que se propunha.

Aquilo quase não parecia um presídio, mas, às vezes, inesperadamente, lhe aparecia a imagem da sua filha, despojada da vaidade que tivera em vida, os cabelos revoltos, emaranhados, a franja cobrindo seus olhos verdes. E então voltava a ter pensamentos de homem livre, pensamentos que iam além daquelas paredes, das rotinas carcerárias, como fazer a cama, conversar com María, trabalhar no jardim ou passear com Romero. Então a necessidade de escapar da prisão, de procurá-la, o angustiava. Era inevitável pensar no que faria quando a encontrasse; para onde iriam, o que contariam um para o outro, onde começariam de novo uma vida longe de todo aquele horror passado.

Mas o barulho de uma grade fechada de repente, a voz imperativa de um guarda ou o olhar ameaçador de outro preso o devolviam a seu miserável buraco.

Naquela manhã Romero escrevia deitado no seu beliche. César Alcalá nunca perguntava a quem escrevia todo dia aquelas longas cartas. Não lhe dizia respeito. E a curiosidade era um instinto que, dentro daquelas paredes, adormecia até desaparecer. Foi o próprio Romero que estendeu as folhas no colchão, com ar satisfeito.

— Pronto, terminei.

César Alcalá olhou-o de esguelha. Seu colega de cela parecia realmente feliz. Tanto que tirou de detrás de um ladrilho uma garrafinha de genebra e lhe ofereceu um trago furtivo.

— O que vamos comemorar?

Romero abriu os braços, como se fosse óbvio:

— Está terminado: meu primeiro relato. O tema não é muito original, eu sei: fala da prisão. — Romero ficou pensativo. Depois começou a empilhar as folhas escritas numa caligrafia apertada. — Na realidade, não é uma prisão física, não é um edifício com grades e guardas... É outro tipo de prisão.

Pela primeira vez desde que se conheciam, César Alcalá viu Romero inseguro, quase envergonhado. Seu colega de cela lhe entregou o monte de folhas.

— Queria que você lesse.
— Por que eu?
— Porque, de certo modo, você é o protagonista.
César Alcalá olhou surpreso para Romero.
Romero olhou para o chão, esfregando uma guimba com o sapato. Depois sentou no tamborete de frente para o pátio gradeado. Alguns presos jogavam basquete na quadra sem ligar para a chuva.
— Você não pode me enganar com sua amargura, Alcalá. Estou aqui há muitos anos, tive todo tipo de colegas, bons e ruins. Vi de tudo: rebeliões, assassinatos, amizades, amores... E sei o que está acontecendo com você. Venho te observando. Mais cedo ou mais tarde vai sair daqui. Essa advogada que te visita todo dia vai conseguir te tirar. E então, quando você estiver lá fora, estas quatro paredes não servirão mais para te esconder.
— Que história é essa, Romero?
Ele virou-se para Alcalá.
— Leia o romance. Se não gostar, queime... Se gostar, queime também. Mas isso não vai mudar as coisas. Sei quem você é e sei o que há dentro de você, esperando para despertar.
Naquele momento, um guarda apareceu junto à porta da cela. César Alcalá tinha visita.
— Mande lembranças minhas à sua advogada — disse Romero, deitando-se no beliche para fumar.
Quando César Alcalá entrou no locutório, o rosto de María estava imperturbável, sem vida. Permanecia encostada na parede com as mãos cruzadas sobre a bolsa. Parecia uma estátua de gesso.
O guarda tirou as algemas do inspetor e saiu fechando a porta. Através do postigo de vidro gradeado, permanecia atento.
— Tudo bem? — perguntou Alcalá, massageando os pulsos.
María tinha lhe falado das suas dores de cabeça e dos enjoos que de vez em quando a obrigavam a sentar em qualquer lugar,

apertando a cabeça com as mãos, até o enjoo desaparecer, deixando cada vez com maior insistência um resto de enxaqueca que já era quase contínuo. Havia prometido ir ao médico, mas César Alcalá não confiava em que tivesse ido. Podia se dizer que, sem ser amigos, pelo menos havia entre ambos uma corrente de intuições que fazia eles se compreenderem sem necessidade de se conhecerem.

— Dores de cabeça outra vez?

María examinou em silêncio o inspetor por mais de um minuto. Lentamente abriu a bolsa e tirou um papel antigo e amarelado.

— Sabe o que é isto? Eu me arrisquei tirando-o sem licença do arquivo do Colégio de Advogados.

César Alcalá pegou a folha e examinou-a detidamente. Depois mergulhou num silêncio meditativo.

— Você mentiu para mim, César? — perguntou María. Com um tom de voz que, em si, já era uma afirmação.

César Alcalá passou a mão pela testa. Deu as costas a María e cravou os olhos na parede, perguntando-se se já não era hora de ser sincero com ela.

— Mentir, dizer meias verdades, calar... Que diferença faz?

María ficou furiosa. A última coisa que queria naquele momento é que a fizessem de boba.

— Não empregue esse tom cínico comigo. Não sou um dos seus colegas de cela nem um dos guardas que te vigiam.

César Alcalá encarou-a com frieza.

— Não há um pingo de ironia nas minhas palavras. Falei totalmente a sério... Quer saber se eu conhecia Recasens? Sim, conhecia. Por acaso isso significa que menti para você? Significa muito mais que isso, mas há respostas que não posso te dar.

Aquilo pareceu demais a María, que deu rédeas soltas à sua indignação.

— Você sabia da existência de Pedro Recasens muito antes que ele aparecesse na minha vida. Foi o homem que delatou seu pai. Foi a declaração dele que o levou à forca. Esta declaração. E todo este tempo você me deixou falar e falar do velho coronel, como se não soubesse quem ele era.

César Alcalá observou-a sem dizer nada. A prisão lhe havia ensinado a levar as coisas com calma. Antes de desperdiçar palavras preferia ouvir atentamente, examinar o olhar ferino daquela mulher, seus dedos crispados amarrotando a declaração do velho Recasens. María ainda era a mesma advogada arrogante, vaidosa e endeusada que o havia posto na cadeia. Procurava disciplinar essa arrogância, mas sem perceber se se comportava como se estivessem de novo na sala do tribunal e ele fosse mais uma vez o acusado.

— Você tem certeza de que me conhece, não é, María? — disse com calma. — Nada escapa ao seu controle. Você confia tudo à sua inteligência e à sua intuição. — Após uma pausa, acrescentou: — Mas você não devia cometer o mesmo erro duas vezes: você se enganou julgando as pessoas há quase cinco anos. Isso devia ter te ensinado que não pode pretender conhecer a alma dos seres humanos. Pode ser que nos autos que descansam na sua mesa tudo seja preto no branco. Mas aqui, entre as pessoas, esse ponto de vista maniqueísta não vale: somos pintados em gradações de cinza. Como eu. Como você.

María não soube o que dizer. Raras vezes a surpreendiam com uma reação inesperada, mas César acabava de fazê-lo. As palavras que queria pronunciar se apagaram da sua mente.

César Alcalá sentiu-se satisfeito ao notar o desconcerto da advogada. Já com um tom de voz mais decidido, mas sem perder a calma, continuou falando.

— Para você sou um preso, ainda que se esforce para arrancar esse estigma da sua cabeça. Mas não consegue, noto no seu olhar. Eu quis matar um homem e estive a ponto de fazê-lo. Sou culpado e, portanto, minha pena poderia ser tida como justa. Por isso minha atitude te incomoda. Você acha que eu devia me mostrar agradecido pela sua companhia, pela sua amizade. Pensa que não mostro admiração nem respeito suficientes por você, apesar de gastar seu tempo e suas energias me ajudando a encontrar uma pista da minha filha e uma brecha legal para me tirar daqui... E tem razão. Não sou grato a você, não lhe devo nada, não me sinto em dívida com você e, claro, não me considero seu amigo. Sei por que está aqui: por causa de Publio. Não de mim. Recasens e seu ex-marido te convenceram a fazer uma coisa boa, uma ação nobre e justa: "Convença aquele teimoso a te dizer onde ele guarda as provas contra Publio. Prometa que encontraremos sua filha, que o tiraremos da prisão, qualquer coisa. Mas convença-o". Foi o que te disseram, não foi? Mas você não está nem aí para o fato de essas provas que escondo serem a única garantia, falsa se você quiser, uma miragem talvez, mas a única que tenho de que minha filha continuará com vida. Enquanto eu não falar, ela respirará. Isso não te preocupa, não é mesmo? Assim que eu te dissesse onde estão esses documentos, você desapareceria porque sua justa missão já estaria cumprida. Então atravessaria estes portões gradeados e sombrios para nunca mais voltar. Sairia à rua com o passo apressado para respirar o ar puro e daria graças a Deus por sua liberdade. Não te condeno por isso. Não tenho o direito de fazê-lo. Talvez você tenha razão. Sou um presidiário. Culpado, portanto. Mas o que me diz de você? Também carrega uma culpa que não pagou, uma culpa que não te pertence, é verdade, mas pela qual você é responsável, apesar de tudo. E do mesmo modo que eu pago pela minha, você vai ter de pagar igualmente pela sua. Quer respostas a perguntas que nem sequer sabe onde te levariam. Eu conhecia Pedro Recasens, é verdade. Veio me ver há uns três meses. Me contou sobre a denúncia contra meu pai... Quarenta anos depois! Passei a vida inteira acreditando que meu pai era um farsante, um assassino. Virei policial simplesmente para ser sua antítese... E de repente aparece esse fantasma do passado e me diz que tudo foi uma farsa tramada por Publio para encobrir o crime de um de seus homens. Não acha curioso? Aparece esse agente da Inteligência para me dizer que, se quiser, posso vingar a morte de meu pai quarenta anos depois... E em seguida aparece você, com sua culpa, seus remorsos, suas promessas... Você diz que Recasens garantia que você e eu estamos unidos pelo destino de Isabel Mola... Pode ser que sim, mas pode ser que tudo isso não seja mais que um teatro, uma farsa... Agora, o que é verdade e o que é mentira, María? Em quem confiar? Em você? Nesse velho que já está morto? Não. A única coisa em que posso confiar é no meu silêncio. Você diz que quer me ajudar. Se assim é, se quer mesmo, tire-me daqui e me arranje uma pistola. Eu me encarrego de Publio. E garanto que dessa vez descobrirei onde está minha filha. Vai fazer isso?

María fora se encolhendo sobre si mesma, incapaz de conter aquela torrente fria, quase glacial, de palavras, ditas sem ódio mas também sem piedade.

— Vai fazer? Vai me ajudar a escapar daqui? — insistiu César aproximando bastante o rosto do da advogada, quase a ponto de se tocarem.

— Não posso fazer isso — balbuciou María, engolindo em seco. — Vai de encontro à lei... Com certeza encontraremos uma maneira legal... Um indulto... Alguma coisa...

César Alcalá lhe pediu, erguendo a mão, que não prosseguisse por esse caminho. Muitos advogados tinham prometido coisas parecidas e ele não tinha mais paciência para continuar ouvindo as mesmas cantilenas.

— Então, se não vai me ajudar, não volte aqui para limpar

sua consciência. Em mim você não encontrará mais compreensão nem respostas para as suas perguntas. Não sou um santo compassivo. — Alcalá se levantou e estendeu as mãos para a porta, detrás da qual o guarda esperava para algemá-lo. Mas se virou para encarar a advogada. — Antes de nos separarmos, deixe eu te dizer uma coisa: você confia em que Lorenzo te manterá a salvo de Ramoneda, não é? Pois se engana. Faz semanas que passo relatórios das nossas conversas a um homem do deputado que vem me ver periodicamente. Conto a ele de que falamos, você e eu, e ele me entrega um bilhete escrito por minha filha. É a razão que ela tem de viver. Esse homem, de que nunca te falei, é Lorenzo, seu ex-marido. O mesmo que te meteu nesta história, o mesmo que te prometeu salvar de Ramoneda e depois te utilizou como isca para fazer esse maníaco sair da toca. O mesmo que te abandonará à sua própria sorte quando Publio resolver te eliminar, como fez com Recasens. Ele o entregou, ou deixou que o assassinassem, o que dá na mesma. Você queria respostas, pois aqui tem uma. Está vendo como a verdade pode ser amarga, uma pequena porção de verdade, María? E quão enganada você está em suas escolhas?

Naquela tarde, María Bengoechea ligou para Greta. Precisava falar com alguém conhecido, aferrar-se a uma pessoa amável, ouvir uma voz amistosa. Mas a única coisa que ouviu foi o som do toque a que ninguém respondeu. Deixou o fone em cima da cama e saiu ao terraço para fumar um cigarro.

Sentia-se aturdida. Apenas algumas semanas antes era uma pessoa totalmente diferente, com horizontes bastante claros. Tinha seus problemas como todo mundo; seu trabalho trazia uma dose de satisfação mais ou menos suportável, e ela funcionava com esses pequenos sonhos cotidianos que nos permitem seguir vivendo sem dilapidar muita energia. Mas de repente ali estava, debruçada na grade de uma sacada, pelejando com o vento para conseguir acender um cigarro, de vista para o mar, um dia com o céu coberto de nuvens cor de carvão, sentindo que as coisas escapavam do seu controle, que sua vida, tal como a conhecera, estava a ponto de vir abaixo. Chorando sem saber se era por raiva, por autocompaixão ou por desesperança. Estava só naquela voragem de traição e mentira.

E a solidão a aterrorizava. Terminou o cigarro e saiu da sacada em busca do telefone, incapaz de se atrever a crer na ideia daninha que pouco a pouco ia crescendo na sua cabeça.

19

Perto de Leningrado, dezembro de 1943

O fotógrafo militar agrupou a família de camponeses na entrada da cabana. Eles obedeciam à sua voz de comando sem protestar, silenciosamente, acostumados a ser movidos de um lado para o outro conforme as vicissitudes daquela frente instável, os alemães de um lado, os soviéticos do outro. Quando colocou o tripé de madeira com a câmara, o fotógrafo virou-se para o oficial que esperava junto de seus camaradas no blindado estacionado num lado da valeta gelada:

— Agora, tenente, coloque-se junto da moça. — O fotógrafo do Exército alemão falava espanhol com um sotaque que o tenente achou engraçado. Um espanhol fanhoso, quase incompreensível. — Pode sorrir, por favor? Se não se incomodar, dê o braço para a moça.

O tenente cerrou as mandíbulas. Sorrir, aquele estorvo burocrático que vinham arrastando desde os arredores de Leningrado, aquele sujeito pedia a ele e a seus tripulantes que sorrissem.

O termômetro marcava quarenta abaixo de zero, nunca havia feito tanto frio daquele lado do lago, e o combustível congelava no tanque do blindado, a torre estava grimpada, como seus membros, mas eles tinham de sorrir a poucos quilômetros do front, enquanto uma cortina de fumaça cobria a margem oposta do lago, depois dos intensos bombardeios da artilharia soviética para amaciar as defesas alemãs. Um fogo de setenta toneladas de metal por minuto, que em quatro dias de bombardeio ininterrupto havia lançado trinta e cinco mil projéteis.

O propagandista colocou atrás deles, em cima do telhado de palha cheio de pingentes de gelo transparentes, um cartaz conclamando à guerra popular contra as tropas bolcheviques. Os perfis de Hitler e Franco, superpostos a uma bandeira da Divisão Azul, permaneciam marcialmente impassíveis ao sofrimento e ao sacrifício.

— O Generalíssimo está boa-pinta. E o Führer está moreninho nesse retrato. Parece que andou veraneando em Mataró — disse, com um cinismo carregado de fastio, Pedro Recasens, um dos tripulantes do blindado, que a duras penas havia conseguido riscar um fósforo para acender um cigarro.

O tenente concordou com um sorriso compreensivo. Sentia um apreço especial por aquele cabo, recrutado à força para lutar numa guerra tão absurda quanto todas as guerras. Tinham se conhecido no acampamento da Polônia, enquanto faziam o adestramento sob a supervisão dos oficiais nazistas. Nenhum deles falava do seu passado. O passado não existia. Só aquela guerra. Mas, apesar disso, os dois haviam contraído uma amizade que ia além da simples camaradagem entre soldados e que passava por cima dos níveis hierárquicos do Exército.

— Esse Hitler me lembra um judeu de Toledo que conheço — disse Recasens entre risos.

O fotógrafo do Exército fingiu não ouvir o comentário irreverente. Se soubesse do comportamento indisciplinado daqueles espanhóis indignos de vestir o uniforme da Wehrmacht, o próprio Hitler teria mandado fuzilá-los, em vez de mandá-los para o front de Leningrado. Mas, apesar da indisciplina, eram soldados experientes, haviam lutado três anos na guerra espanhola e seriam muito úteis quando começassem as últimas ofensivas dos soviéticos.

— Tenente, pode pedir a seus homens que adotem uma postura adequada? Um pouco de marcialidade e de entusiasmo bastaria.

O tenente observou em silêncio o rosto assustado da família de camponeses que eles haviam tirado da sua miserável guarida para encenar aquele encontro. Não restavam homens na aldeia, os mujiques, os guerrilheiros haviam sido feito prisioneiros e fuzilados sem contemplação ali mesmo; os cadáveres, quase sepultados pela nevasca, apareciam onde haviam sido abatidos, como fardos jogados na brancura. Um forte vento rasgava o silêncio daquele lugar fantasmagórico que os combates, a repressão e o tifo haviam deixado deserto.

— Vamos acabar logo de uma vez com esta farsa de merda — exclamou o tenente, cuspindo no chão. — Vocês aí, ponham o blindado aqui e sorriam como se fossem nos mandar amanhã mesmo de volta à Espanha. Eu disse os três! Pedro, desça agora mesmo e se junte aos outros.

Seus homens obedeceram sem entusiasmo. O fotógrafo obrigou uma jovem russa a dar o braço ao tenente espanhol. Uma depois da outra, gravou as impressões necessárias nas placas que guardava imediatamente em forros de pano. O oficial evitava olhar para a jovem camponesa que segurava seu braço direito, mas sentia seu olhar como um jorro fervente na sua barba de quatro dias gelada.

— *Spanier?* — perguntou a camponesa. Perguntava se era espanhol, e não perguntava em russo, mas em alemão.

Dez minutos depois, o fotógrafo considerou que já tinha o bastante. Pegou a câmara e pôs numa caminhonete o cartaz de Franco e o de Hitler. Os camponeses foram correndo se refugiar em suas choupanas. Mas a mulher não se movia. Continuava observando o tenente com insistência.

— Espanhol, *kamaradenn*... — balbuciou, ao mesmo tempo que atraía o tenente para os fundos da cabana, esgrimindo um sorriso desdentado e prematuramente envelhecido. Fez cair para trás o pano de juta que lhe servia de casaco, deixando à vista um pescoço comprido, pálido, e o alto de um peito quase imperceptível que tirou fora com a mão direita, mostrando o bico rachado, pontudo e escuro, enquanto com a esquerda fazia o gesto de levar comida à boca.

— Tenho uma lata de batatas — disse Recasens, procurando nervoso no embornal que trazia pendurado a tiracolo, sem apartar o olhar cobiçoso do peito da mulher. Os outros tripulantes do blindado se aproximaram, cercando-a como lobos siberianos, lobos cinzentos sob uma intensa nevasca.

O tenente se pôs de lado, encostando-se na parede cheia de fezes congeladas, enquanto seus homens se sucediam com as calças baixadas até os joelhos para penetrar a mulher estendida no chão sujo e gelado, deixando cada um junto dela alguma comida. Não se ouvia nada, salvo o leve arquejar dos homens gozando com urgência e o som amortecido das explosões à distância, que iluminavam o céu de cores azuladas e violetas. Os flocos de neve caíam intermitentemente sobre os corpos deitados no chão, sobre as respirações entrecortadas, sobre a comida que a mulher arrebanhava com o antebraço sem olhar para os homens que, um depois do outro, a possuíam.

Quando o último deles ficou inerte em cima da mulher

depois de um estertor humilhante, o tenente Mola deu a ordem de partida. Enquanto seus homens subiam em silêncio no blindado, ele se aproximou da mulher, que permanecia caída no chão, com as pernas abertas e o vestido levantado acima dos joelhos. Era um vestido de cores vivas, uma mancha de primavera naquele inverno infernal.

Ela olhava para ele com um olhar sem fundo, sem reclamações, sem perdão. Estendeu os braços em sua direção e abriu um pouco mais as pernas, fechou os olhos. Suas pálpebras logo ficaram cobertas de neve, bem como parte do rosto rosado, como os peitos vazios, os odres velhos. Parecia um cadáver, um cadáver petrificado pelo inverno com um gesto de sobrevivência desesperado.

Fernando Mola baixou as calças, debruçou-se sobre ela e a penetrou.

— Olhe para mim — ele pediu à mulher. Ela não entendia o idioma, mas o tom suplicante daquela voz, sim. Miraram-se sem nada nos olhos. Dois mortos que tentavam inutilmente se dar vida enquanto nevava sobre a Rússia.

Em fins de dezembro, chegou a ordem de marchar rumo às posições de vanguarda. A trincheira de Fernando e seus homens era deprimente. Os colchões de palha, com forro de pano grosso, estendidos num estrado de madeira, serviam de assoalho impermeável. Dormiam em sacos de pele, com um capote forrado, capuz de esquimó, luvas, esquis e raquetes de caminhar na neve. Alimentavam-se estripando os peixes que pescavam abrindo um buraco nas águas congeladas com uma faca afiada. Passavam ali a maior parte do tempo, alimentando uma estufa com lenha de bétula. Durante a longa noite observavam o inimigo que em alguns pontos estava a quinhentos metros. Com um sussurro ao telefone de campanha comunicavam ao comando sua posição e enviavam um cachorro com uma carga explosiva amarrada na barriga. Esses cachorros eram adestrados a comer debaixo dos tanques. Quando os soltavam, os animais famintos disparavam pelo campo na direção dos carros soviéticos. Os russos disparavam neles de sua posição, e muitos cachorros explodiam antes de chegar ao objetivo, mas alguns conseguiam se meter debaixo da lagarta dos tanques, fazendo-os explodir.

Do esconderijo, Fernando e Recasens faziam apostas, como se estivessem vendo uma corrida de galgos, para ver qual dos cachorros atingia o alvo e qual não. A crueldade era parte inconsciente do dia a dia, e ver morrer um cachorro estourando a barriga era sempre mais divertido do que ouvir os alaridos intermináveis de um ferido agonizando em campo aberto a noite inteira.

De tempo em tempo, quando os bombardeios pareciam diminuir por efeito de seu próprio ímpeto destrutor, Fernando saía do buraco cavado no gelo e se aproximava da margem gelada. Dava então para fumar tranquilamente um cigarro, do alto de um montículo de terra negra endurecida pelas geadas, observando a paisagem sem correr muito risco. A melancolia se pintava de cores azuis e rosadas naquelas latitudes de grandes zonas pantanosas e muito bosque. Os paraquedistas russos, com seu macacão acolchoado e armados com o PPSh-41, ficavam pendurados nos abetos, abatidos pelos espanhóis da Divisão Azul. Ao longe, numa das barrancas, se avistava a bateria de um encouraçado preso no gelo, com a bandeira vermelha tremulante. Era uma guerra fantasmal, com três horas de luz, em que se perdia a noção de noite e dia.

Fernando estava cansado. E não era por falta de sono, pela fome nem pelo frio que o carcomiam por dentro. Aquela paisagem desolada, fumegante, era como seu interior. Publio e seu pai tinham escolhido aquela paisagem para ele morrer, porque em sua vastidão, em sua brutal extensão, a guerra o devoraria sem deixar rastros. No entanto, aquela terra gelada, que servia de sudário para milhares de mortos, parecia não aceitar seu suicídio. Seguia vivo, enquanto outros, ansiosos por voltar, tinham caído mal chegaram ao front. A guerra o havia mudado. Não era mais o homem apaixonado pela literatura nem o idealista febril, convencido e visionário. Às vezes, até mesmo a imagem da sua mãe se esfumava e ele tinha de recorrer à carta que havia recebido na Alemanha quando estava no Exército havia quase dois anos. Era de Andrés. Uma carta breve, com letra infantil, na qual seu irmão explicava que a mãe deles tinha sido encontrada assassinada numa velha pedreira. O assassino da mãe era ninguém menos que o tutor Marcelo Alcalá. Ele tinha sido executado na prisão de Badajoz.

Seu pai não se dignou a lhe escrever sobre isso, nem se deu ao trabalho de responder aos seus telegramas. Tampouco permitiu que lhe dessem licença para ir ao enterro. A única coisa de sua mãe que lhe restava era aquela fotografia que Andrés tinha mandado com a carta. Um retrato em que sua mãe parecia uma atriz de cinema, fumando, de chapéu. Guardava-a no bolso interno da jaqueta, como se fosse um talismã. As letras apertadas e de traço irregular do irmão e a fotografia da mãe eram as únicas coisas que o mantinham ligado ao passado. A única razão pela qual não enlouquecia como seu irmão mais moço.

A última carta de Andrés era desalentadora. Fora escrita de uma casa de saúde mental em Barcelona, para onde a família Mola tinha se mudado. O pai deles ia bem, era um dos ministros mais próximos de Franco. Mas, pelo que Andrés dizia, isso não lhe dava tempo de cuidar dele. Por isso, tinha sido internado para se curar de uma das suas frequentes crises de "ansiedade". Era assim que chamavam eufemisticamente sua doença. Era duro para Fernando ler aquela carta cheia de dor. Sentia que seu irmão estava desamparado, que longe dele e da mãe ia se perder irremediavelmente no poço da loucura, sem que Fernando pudesse fazer nada para evitar.

Enquanto eu me consumo neste quarto de paredes acolchoadas, você está na batalha, lutando contra as hordas, combatendo sem trégua, como fazem os heróis. Pergunto por você a Publio quando me visita, mas ele não me diz nada. Papai nem vem me ver, deve achar que minha doença é contagiosa. Ninguém me fala de você. É como se já estivesse morto, mas sei que está vivo e voltará. Te amo, Fernando.
Seu irmão que se consome em sonhos.

Fernando dobrou a tão manuseada carta e a guardou. Andrés não podia entender, nem mesmo desconfiar, de que aquela barbárie nada tinha de heroica, e sim um excesso de miséria, frio e cheiro de carne queimada. Não é heroico ver um soldado com as pernas amputadas, apesar de levar ao pescoço a Cruz de Ferro, nem é heroico estuprar crianças e empalar seus pais. Não é heroico chorar durante um bombardeio com a cara enterrada na lama.

Lá longe, Fernando alimentava a ilusão de que aquilo tudo era um pesadelo e que, quando acabasse, voltaria para a Espanha, onde seu irmão estaria à sua espera. Então ele o tiraria daquele manicômio e iriam para um lugar distante e seguro onde recomeçariam tudo. Uma vida nova, longe do pai, longe de Publio. Longe de tudo. Mas as sombras do crepúsculo invadiam os bosques e os pântanos gelados e os caminhos em torno da sua posição. O frio aumentava, e o tenente se punha de pé, esfregando as mãos, exalando a fumaça azulada do cigarro que se consumia em seus lábios arroxeados. E se lembrava de quão real era o inferno.

Deu uma derradeira olhada na linha distante do horizonte,

onde entre as sombras se moviam silhuetas de soldados espanhóis, que talvez no dia seguinte morressem na ofensiva que se preparava. Ou talvez ele mesmo, depois de tanto buscar esse fim, encontraria o derradeiro céu para o qual olhar enquanto morria. Não teorizava sobre sua morte ou a dos outros. Nem sobre a dor que podia infligir ou sofrer. Nada parecia real, seu corpo simplesmente se deixava levar, ausente de si mesmo, como mais um agasalho para se proteger do frio. Tudo sucedia de um modo fantasmagórico, flutuante, cheio de ausência.

Ouviu a neve chiar atrás dele, sob o peso de alguém que se aproximava. Era Recasens.

— Trouxeram uma coisa para você. Está no abrigo — disse, em um tom seco, voltando imediatamente por onde tinha vindo. Recasens era avaro de palavras. Seus gestos eram bruscos, como suas mãos largas e venosas, como seu andar de lenhador siberiano, a cada passo enterrando-se na neve até os joelhos. Os flocos gelados caíam no seu capote e na máuser que trazia cruzada no ombro, com a baioneta calada. Fernando voltou atrás dele para o buraco cavado na neve. Entraram no abrigo, ofegantes. Outros soldados estavam enrolados num poncho, encolhidos em torno da lareira improvisada. A fumaça da lenha molhada irritava os olhos e empesteava o pequeno cubículo, iluminado pelas chamas ascendentes ou descendentes, que refletiam as silhuetas dos homens nas paredes de pau a pique.

— Está ali — disse Recasens, designando um envelope postal com um pau que usava para atiçar o fogo.

Todos olhavam com expectativa para o envelope. Nenhum deles havia recebido correio ou pacotes no front ao longo daqueles meses, e todos sabiam como era difícil passar pelas linhas de aprovisionamento.

— Não vai abrir? — perguntou Recasens, como se o seu

nome também estivesse escrito naquele envelope, com lápis preto e em espanhol, ao lado do nome de Fernando Mola.

O tenente pegou o envelope e examinou-o com estranheza. Não eram diretrizes do comando militar. Esse tipo de documento vinha sempre cifrado e era entregue em mãos, não por um correio comum. Além do mais, era evidente que a carta tinha sido aberta, censurada e novamente fechada.

— Vem da Espanha — disse, com voz pensativa. Espanha parecia o nome da Atlântida: um lugar inexistente. Seu olhar tornou-se aflito. Procurou a impossível intimidade num canto, protegendo-se com o antebraço. Os outros, decepcionados, lhe concederam um momento de discrição desviando seus olhares para o lume, único efeito que podia aplacar a curiosidade sobre o que o envelope continha.

Fernando mordeu a mão, entorpecida pelo frio. Tentava dissimular ante os demais, mas não podia conter a emoção. Leu devagar.

— Más notícias? — perguntou Recasens ao ver o vazio infinito que se abria nos olhos do tenente, arrasado, incapaz de reagir.

Fernando fez que sim com a cabeça. Aproximou-se do fogo e, devagarinho, entregou o papel às chamas.

— Meu pai me deserdou e meu irmão foi declarado incapaz. Está internado no sanatório de Pedralbes. Eu não tenho nada, nem uma mísera peseta, nem uma família para a qual regressar — disse laconicamente, enquanto o fogo tornava azul a carta, antes de transformá-la em cinzas. Era a primeira vez que Fernando falava com alguém de uma coisa relacionada a seu passado.

De repente, houve um estrondo. As paredes do abrigo tremeram, e uma fina camada de neve e ramos de abeto caiu sobre eles.

— Começou o ataque — disse em tom fúnebre Recasens.

— Vamos lá, então — gritou Fernando, pegando seu fuzil e abrindo o alçapão do abrigo. Um ar glacial inundou imediatamente o habitáculo, apagando a débil chama da lareira.

A noite resplandecia como numa tempestade, cheia de fulgores vermelhos e azuis que se sucediam continuamente, seguidos de fortes explosões e uma chuva de lama e metralha. Sob o fogo, os homens avançavam se arrastando pela neve, protegendo-se atrás de outros corpos ensanguentados e carbonizados. Uns soldados arrastaram uma padiola com um ferido que balançava os braços sem mãos, gritando como um louco. Outros corriam para a retaguarda, fugindo apavorados, tropeçando na neve e perdendo o armamento. Fernando e seus homens, agachados na cratera de um obus, com os rostos tensos, sujos de sangue e barro, viam de um modo inconsciente, cotidiano, insensibilizados pelo frio e pelo medo, o horror desfilar diante de seus olhos.

Por volta do alvorecer tudo se paralisou. Em meio à névoa, os últimos soldados da Divisão Azul avançavam pelo bosque desbastado e fumegante. Uma incômoda inquietude tinha se apoderado da paisagem, com a calmaria que precede a tormenta, quebrada unicamente pelo crepitar de algumas choças ardendo e pelos gemidos baixinhos dos feridos agonizantes. Fernando e seus homens avançaram, abrindo passagem entre rostos desolados pela luta e pelo esgotamento. Após vinte minutos de penoso avanço avistaram as cúpulas fumegantes de uma capela ortodoxa, entre duas colinas em forma de corcunda.

Um oficial alemão veio ao encontro deles. Era da ss. Agasalhava-se com um grosso capote com gola de pele e um gorro com orelheiras soltas. No cinturão assomava o cabo da pistola na qual apoiava a mão enluvada. Parou diante de Fernando com um olhar desafiador.

— Prendemos um oficial russo de origem espanhola. Queremos que o interrogue.

* * *

Atrás de um alambrado, uma fila cerrada de homens esperava debaixo da nevasca. Estavam desarmados, muitos deles descalços e sem agasalho. Tinham recebido ordem de formação para controle, e seu bafo de vapor entrecortado se misturava com os redemoinhos de flocos de neve que voavam sobre suas cabeças baixas. Fernando sentiu um estranho mal-estar.

O oficial da ss ergueu o braço.

— É este o prisioneiro, tenente. Achamos que é um oficial espanhol a serviço da NKVD, a Inteligência Militar soviética. Tentamos fazê-lo falar, mas é duro na queda. Diz que só falará com um oficial da Divisão Azul.

Um soldado bateu no quadril do prisioneiro com a coronha do fuzil, obrigando-o a sair da fila e avançar.

— Como você se chama? — perguntou Fernando.

O prisioneiro tocava o quadril dolorido. Tinha as mãos cobertas com tiras de cobertor. As pontas dos dedos estavam congeladas e as unhas, enegrecidas.

— Só falarei com seus superiores — respondeu com arrogância.

Fernando arqueou as sobrancelhas. Aquele cara tinha muito peito.

— Você é um oficial da Inteligência Militar? — perguntou Fernando, acendendo um cigarro e colocando-o na boca do prisioneiro.

O preso sorriu, torcendo a boca.

— Mande vir um superior seu, tenente. Está perdendo tempo comigo. Não direi nada.

Aquela confiança em si do prisioneiro desconcertou o tenente. Suas extremidades tremiam de frio e logo começaram a aparecer manchas roxas. Era o gélido vento de Leningrado mordendo sua carne. Cerrou os dentes que tiritavam, mas seu olhar não se alterou quando Fernando se aproximou com uma baioneta cuja ponta afiada apertou sob a pálpebra direita.

— Você é um prisioneiro russo. Trabalha para a Inteligência Militar. Posso arrancar suas tripas e depois enfiá-las de volta na sua barriga, e recomeçar quantas vezes quiser. Ninguém vai me impedir. De modo que é melhor me dizer quem é.

Naquele momento, o cabo Recasens se aproximava cabisbaixo. Ao erguer a vista, parou na hora. Não contraiu um só músculo do rosto, embora, ao ver o prisioneiro, tenha sentido uma pontada tão intensa que temeu desmaiar, como se lhe houvessem cravado uma baioneta entre as costelas. O sentimento de consternação inicial foi sucedido por uma súbita ira interior. Observou de longe o prisioneiro. Vira-o uma só vez na vida. Estava mudado, como certamente ele também estava. Aquela maldita guerra e aquele frio que não acabava nunca transformavam tudo. Mas era ele, sem dúvida nenhuma.

Foi naquele momento que germinou um propósito frio e cruel, um instinto de vingança que o acompanharia o resto de seus dias. Lançou-se sobre o prisioneiro e lhe acertou um soco que o atirou de bruços no chão gelado. O preso serpenteou pela neve, deixando detrás de si grossas gotas de sangue que caíam do lábio aberto. O resto dos prisioneiros observava a cena com medo e impotência, sob a mira dos soldados.

Surpreso com o ato de Recasens, o tenente demorou a reagir. Quando o fez, afastou-o com violência.

— Posso saber o que passou pela sua cabeça? Não dei a ninguém ordem para bater neste homem.

— Está bem, tenente, mas precisamos conversar. Eu o conheço.

Tossindo, o prisioneiro se pôs de joelhos e, apoiando-se na

coxa, se levantou, trôpego. Seus olhos eram como brasas, e o lábio arroxeado tremia de frio e de raiva.

Fernando olhou para Recasens como se este tivesse bebido. Afastaram-se uns passos.

— Que história é essa?

Recasens não desgrudava os olhos do prisioneiro.

— Esse homem matou uma mulher na minha frente. Faz dois anos, numa pedreira abandonada de Badajoz. Ele se identificou como oficial do Serviço de Inteligência "nacional". Não é um vermelho, é um farsante assassino. Me obrigaram a depor contra um pobre coitado que acusaram do assassinato. Disseram que se eu não fizesse isso me mandariam para cá. Menti para me salvar e meu testemunho condenou um inocente. E me mandaram mesmo assim para esta merda de guerra. — Recasens ergueu a mão e apontou o indicador para o prisioneiro. — E tudo por culpa daquele filho da puta. Foi ele o assassino.

As rajadas da nevasca jogaram essas palavras na cara do tenente. Lembrou-se da desgraça do irmão, da morte da mãe, do seu destino. Então sentiu por dentro uma dor de animal desgarrado.

— Esse homem que você acusou… como se chamava?

Recasens sacudiu a cabeça. Lembrava-se perfeitamente do nome. Todas as noites via a mesma imagem. A imagem de um homem enforcado por culpa sua.

— Alcalá… Ele se chamava Marcelo Alcalá.

O oficial da ss aproximou-se impaciente.

— O que está acontecendo, tenente?

Fernando olhou para o prisioneiro com um olhar ferino.

— Preciso interrogar o preso com calma.

Fez um gesto a Recasens. O cabo agarrou o prisioneiro pelos cabelos e o arrastou até uma construção em ruínas onde interrogavam outros prisioneiros escolhidos. De dentro chegavam gritos dilacerantes de sofrimento. Os soldados alemães se divertiam despindo e cravando vários prisioneiros no chão gelado com picaretas e baionetas. Era um espetáculo goiesco, uma luxuriosa orgia de sangue e de dor. Os olhos de Fernando se arregalaram desmesuradamente. Seu olhar parecia desnorteado, como se tivesse perdido a memória de quem era e de quem havia sido.

— Tire a roupa dele — ordenou a Recasens. O cabo obedeceu com brutalidade, rasgando sem contemplação os farrapos do prisioneiro.

Fernando sacou sua pistola Luger, puxou o ferrolho e engatilhou-a, encostando a boca do cano na têmpora do prisioneiro.

— Você conheceu uma mulher chamada Isabel Mola? Responda!

O prisioneiro pestanejou, desconcertado ao ouvir aquele nome. Abriu muito os olhos e seu rosto ficou pálido.

— Você... é Fernando Mola?

Fernando apertou com mais força a pistola, fora de si.

— É verdade o que Recasens diz? Você matou minha mãe?

Nesse momento se ouviu uma gritaria do outro lado da porta. De repente ela se abriu e apareceu o general Esteban Infantes em pessoa, chefe da Divisão Azul, secundado por seu estado-maior.

— O que está acontecendo aqui? — bramou, olhando alternadamente para Fernando e para o prisioneiro. Fernando bateu continência e ficou em posição de sentido. Apesar de todo o seu corpo tremer de ira.

— Interrogo um prisioneiro russo, meu general.

O prisioneiro respirou aliviado.

— Encantado em revê-lo, general. Vejo que minha mensagem chegou a tempo. Os soviéticos estão lançando a derradeira ofensiva. Virão com seus T-34 e com a aviação. Acho que o senhor devia ordenar uma retirada em massa.

O general concordou. Era evidente que conhecia aquele homem. Olhou bruscamente para Fernando.

— O senhor é um imbecil, tenente. Estava a ponto de matar um dos nossos homens infiltrados nas linhas russas. — Ordenou que dessem ao prisioneiro um capote e que o tirassem dali.

Fernando não podia acreditar no que estava acontecendo.

— Esse homem, meu general, é suspeito de ter cometido um crime na Espanha... Matou minha mãe.

O prisioneiro não se alterou.

— Meu general, eu deixaria um pequeno grupo de contenção para ganhar algum tempo enquanto nos retiramos. É provável que os homens que o formarão não sobrevivam, mas a pátria saberá lembrá-los como heróis. Na minha opinião, o tenente Mola é o indicado para sustentar essa posição o maior tempo possível, e aquele cabo ali, Recasens, deveria permanecer fielmente ao lado do seu superior até o fim — disse. Olhou com tristeza para Fernando. Aproximou-se dele e, olhando-o nos olhos, tomou com um gesto seco sua Luger. — Vou ficar com a sua pistola como suvenir. — Depois se dirigiu para a porta.

— O senhor não pode fazer isso! — Fernando gritou para o general. — Esse homem é um assassino.

O prisioneiro se deteve. Virou-se lentamente, contemplando o horror dos outros prisioneiros, agonizantes, empalados e crucificados no chão.

— É verdade, sou um assassino. Mas olhe à sua volta, Fernando. Diga qual de nós não é.

Duas horas mais tarde, a nevasca recrudescia. Uma dúzia de homens, se tanto, havia cavado apressadamente no gelo buracos para se proteger, enquanto a terra tremia sob o peso das colunas de tanques russos que apareciam no horizonte.

Fernando fechou os olhos. A seu lado, Recasens rezava o pai-nosso. Fernando apontou seu fuzil.

— Abram fogo! — ordenou quando os tanques já vinham sobre eles. E enquanto um a um seus homens iam morrendo, esmagados pelas lagartas dos imparáveis carros blindados, ele não parava de disparar e chorar, certo da sua morte iminente.

20

Barcelona, 2 de fevereiro de 1981

Não tinha sido fácil, mas Gabriel acabou se dando por vencido. Mal conservava um pouco de mobilidade, e sua vida se deteriorava com tanta rapidez que era impossível continuar fazendo as coisas mais simples sem ajuda. A princípio tinha adotado uma atitude ofendida, como se negasse a si mesmo a evidência de que já era um velho, um peso insuportável para os outros, e para ele próprio também. Em outros tempos, que de tão distantes pareciam não ter existido, não teria se permitido a fraqueza de chegar a essa situação degradante. Teria se dado um tiro na cabeça, para ser enterrado com a esposa em San Lorenzo. Isso, ele se disse, teria uma graça estética, quase um fecho de ouro: descansar ao lado da esposa suicida, depois de se odiarem por tanto tempo em silêncio. Porque de uma coisa Gabriel tinha certeza: os mortos odeiam com maior intensidade que os vivos. E ele percebia, cada vez que visitava o túmulo, o ódio da esposa.

Gabriel terminou assumindo que tinha acabado por se transformar numa espécie de móvel que podia ser levado de um lugar para o outro e posto num canto sem nenhum pudor. Não podia afastar essa sensação de abandono, apesar de sua filha tentar visitá-lo com frequência.

Talvez fosse esse o motivo pelo qual ele tinha resolvido dar aquele passo que estava prestes a dar.

Acariciou com a mão o pacote que levava debaixo do braço, consciente de que, ao passar pela porta giratória que se abria diante dele, nada mais voltaria a ser igual. Mesmo assim, respirou com força e entrou no vestíbulo da residência com passos decididos.

Atrás do balcão alto, um jovem de óculos com armação de metal atendia o telefone. Gabriel esperou de pé, dando uma olhada nos folhetos que explicavam como conseguir uma viagem a Lanzarote com o Instituto de Idosos e Serviços Sociais. O sistema de som difundia música clássica. Viu velhos passeando com andador e enfermeiras de avental branco e touca. Tudo era limpo, senil e calmo. Um lugar asséptico em que as paixões já não tinham vez.

— Em que posso ajudá-lo? — perguntou o jovem quando desligou o telefone. Parecia meio afeminado, talvez por seu perfume excessivamente doce, além de sua voz e sua maneira de mexer as mãos.

— Queria ver Fernando Mola.

O jovem fez uma cara de surpresa.

— Desculpe, quem?

Gabriel repetiu o nome. O jovem ficou nervoso e olhou por cima do ombro, como se temesse que alguém tivesse ouvido.

— Sinto muito, mas aqui não tem nenhum cliente com este nome.

— Não sei como esse moleque se chama agora. Vai ver que mudou de nome. Mas, a julgar por sua cara, sabe de quem estou

291

falando. Meu nome é Gabriel Bengoechea. Diga a ele que vim vê-lo.

O jovem hesitou. Enxugou a palma da mão na perna da calça, como se suasse.

— Não é bem assim — gaguejou. — As visitas têm de ser autorizadas pelo supervisor. A pessoa a quem o senhor se refere não costuma receber visitas a esta hora. Deve estar fazendo hidroterapia.

Hidroterapia. Aquilo parecia um balneário para velhos ricos.

— Então, ele vai ter de deixá-la para outra hora.

O jovem saiu do balcão e se afastou pelo vestíbulo. Voltou após alguns minutos, com a cara branca como gesso.

— Houve alguma confusão, mas tudo já está solucionado. Me acompanhe, por favor.

Gabriel não perguntou de que confusão se tratava, mas era evidente que alguém tinha lhe dado uma boa bronca.

Atravessaram um corredor com amplas janelas que davam para fora. De ambos os lados, alguns idosos tomavam banho de sol, sentados em cadeiras de vime. Pareciam estátuas armazenadas nos porões de um museu. Mal erguiam a vista ao passarem junto deles. Atravessaram uma série de arcos caiados até uma zona na penumbra onde a temperatura era mais baixa. As tubulações corriam pelo teto, permitindo ouvir o fluxo da água. O jovem disse que estavam sob a zona das piscinas. Poucos metros depois se deteve. Tirou uma chave do bolso e abriu uma porta.

— Espere aqui.

Aquela não era a maneira habitual de proceder com as visitas. Gabriel assomou a cabeça no local. Era uma sala vasta e ensolarada. O teto abobadado era baixo, com dois arcos em cruz e uma grande pedra na cruzeta. Junto da parede, estavam empilhados dezenas de quadros de feitura vulgar. No fundo havia um grande tampo posto sobre dois cavaletes e potes com pincéis. Recendia a tinta e aguarrás. Parecia um ateliê de pintura.

— É esta a sala de visitas?

O jovem corou. Estava visivelmente incomodado.

— Só cumpro ordens. Espere aqui — repetiu.

Enquanto esperava, Gabriel se distraiu com os quadros amontados no chão. Ao levantar o primeiro, centenas de partículas de pó ficaram suspensas no ar, como se a pintura tivesse tossido. Era uma paisagem campestre, com um formalismo que teria feito qualquer entendido em arte rebentar de rir. Os outros eram de feitura semelhante, cenas de caça, campos, rios e bosques. Todos nevados, sob céu de chumbo. Bem pintados, mas sem nenhuma força. No entanto, havia algo comum a todos eles e diferente de qualquer outra pintura de feitura parecida: as paisagens eram povoadas de pessoas vagas, cujos contornos eram imprecisos, manchas cinza, pretas e brancas que perambulavam entre as cores mais vivas da pintura. Eram como penitentes ou fantasmas. Aqueles rostos sem cara incomodaram Gabriel, como incomodariam qualquer um que os observasse detidamente.

Passados alguns minutos, a porta se abriu. Apareceu um homem. Tanto por sua roupa como por sua atitude severa denotava que não era um simples aposentado que passava o tempo fazendo barcos de papel ou pintando quadros de pouca valia. Olhou para Gabriel como quando se pega alguém fuçando suas coisas. Depois desviou sua atenção para as pinturas no chão. Suas pupilas cintilaram como no reflexo de um copo d'água.

— É difícil pintar de memória — falou, articulando com dificuldade as palavras. — Ela vai se desfolhando como uma cebola. E no fim só restam sensações: de frio, medo, fome... — ergueu a cabeça e encarou Gabriel. — De ódio... É difícil pintar a lembrança de uma sensação.

Gabriel sustentou seu olhar sem dizer nada.

O homem se afastou um pouco e lhe deu as costas enquanto acendia um cigarro. Virou-se com o cigarro na mão e levou-o aos lábios trêmulos.

— Quer dizer que se lembra de quem sou. — Tossiu com força ao dar uma tragada no cigarro, deixando a cinza cair no pijama. Aguçou o olhar como uma agulha pontuda que pretendesse furar a pupila.

— Eu sei quem você é. Soube desde o momento em que apareceu na minha frente. Minha pergunta é: por que agora, depois de quarenta anos? O que quer de mim, Fernando? — disse Gabriel, sustentando aquele olhar abrasador e eletrizante.

Fernando Mola foi até a janela. Sob a luz que entrava no salão, sua imagem era pateticamente frágil, como um grão de poeira a ponto de se desfazer. Olhou pela janela. Dava para um pátio malcuidado, cheio de mato, e para uma parede de tijolos. Mais além assomavam a copa de pinheiros doentes. Ficou um instante contemplando aquela vista desoladora. Apagou o cigarro consumido no cinzeiro e cruzou os dedos sobre o peito.

— Já é um triunfo ouvir meu nome sair da sua boca.

Gabriel apertou os nós dos dedos até fazê-los estalar.

— Ao que parece, você se preocupa em mantê-lo em segredo. O recepcionista me negou que existisse um Fernando Mola nesta residência.

— Preciso tomar minhas precauções. Tem gente que não gostaria de descobrir que continuo vivo.

— Eu achei que você estava morto, como seu pai, como seu irmão. Foi o que Publio me disse. Que todos vocês estavam mortos.

— E talvez o velho canalha tenha razão: vai ver que todos os Mola estão mortos, e eu sou apenas um fantasma, uma coisa que a sua consciência não pode esquecer. O lógico seria ter morrido naqueles campos de Leningrado, esmagado pelos tanques como quase todos os meus homens, e não sobreviver com um tiro na cara — murmurou Fernando. Ao abrir a boca se adivinhava uma dentadura devastada. — Mas se eu, por azar, for real, significa que Publio mentiu. E que você não conseguiu que os bolcheviques me matassem, nem seus tanques, nem seus desertos de gelo, nem os campos de prisioneiros da Sibéria. Sim, pode ser que eu seja um fantasma bem consistente e duro de roer.

Foi um ataque demolidor. As palavras de Fernando se enfiavam debaixo das tripas de Gabriel e o golpeavam várias vezes com acerto demolidor e sistemático.

— O que quer de mim?

Fernando deixou seu olhar vagar pelos quadros que pintava havia anos. Aqueles quadros formalmente bonitos com algo destrutivo e horrível que os povoava. O que queria de Gabriel? O quê?, quarenta anos depois...

— Sabe que Pedro Recasens morreu? — Fernando sentiu um nó de cólera ao se dar conta de que aquele nome não significava nada para Gabriel. No entanto se conteve. Estava há muitos anos, anos demais, preparando aquele momento. E não ia deixar que as emoções o traíssem. — Pois devia se lembrar do seu nome. Recasens era coronel do Serviço de Inteligência.

— Não me dedico a essas coisas — foi a lacônica resposta de Gabriel.

Fernando assentiu. Gabriel agora era um aposentado que cultivava flores junto de um túmulo de um povoado dos Pirineus. O passado não parecia lhe importar; dava a sensação de tê-lo apagado da memória. No entanto, no olhar fugidio de Gabriel havia uma quebra, uma ruptura pela qual escapava o que ele tentava ocultar. Mentia.

— Pode ser que você não seja mais um espião a serviço de Publio. Os tempos mudam, não é? Até vocês, que um dia foram imprescindíveis, acabam condenados ao ostracismo. Deve ser duro para você fingir que nada do que aconteceu tem importância. Mas tenho certeza de que se lembra de Pedro Recasens. Era um bom homem, cuja vida você truncou. Um simples soldado vigiando uma pedreira. Se você tivesse chegado com Isabel dez minutos depois, ele já teria terminado sua guarda e nada do que aconteceu teria acontecido: a delação mentirosa de Marcelo Alcalá, a guerra no front soviético... É curioso como o destino de um homem se decide com poucos minutos de margem. Aquela guerra e os anos seguintes no campo de prisioneiros nos mudaram até nos transformar em outros seres que nunca acreditamos que pudéssemos ser. Recasens era um homem simples, correto, direto e franco. Mas você o fez virar outra pessoa.

Fernando respirou com força para reprimir o choro. Mas seus olhos cintilavam ao se lembrar das penúrias vividas naquele distante gulag da Sibéria, sem comida, sem roupa, sem esperança. Ele não teria sobrevivido se não fosse a fé de Recasens, sua força para se sobrepor à dor e ao sofrimento. Empurrado sempre para a frente por um ódio que não parava de crescer desmedidamente, onde só o ódio podia mantê-los com vida. Recasens aprendeu a navegar no esgoto daquele campo, construiu um personagem inventado, soube penetrar nas entranhas de um sistema que odiava de todo o seu ser. E um belo dia nos libertaram. Recasens prosperou, encheram-no de condecorações ao voltar a uma pátria que já não sentia como sua. Fez carreira militar, ele, que desprezava os uniformes. E se transformou em espião. O melhor de todos. E tudo isso com um só objetivo: encontrar os que haviam causado sua desgraça, encontrar o modo de destruir a vida deles como destruíram a sua.

— Não demorou a te encontrar. Mas você era protegido de Publio, amigo do ministro Mola. Intocável. Mas soube esperar durante anos. Esperar é a única coisa que resta quando você não está disposto a se render. O ódio precisa se encher de paciência para se transformar numa emoção útil. E, acredite, dez anos num campo russo te preparam bem nesse sentido.

    Gabriel respirou fundo. Respirava sem sentir o ar, tinha a sensação de ser tão invisível para os outros quanto os outros para ele. Sentou no chão, como uma marionete quebrada. Era a segunda vez que passava por aquilo. A primeira, trinta e cinco anos antes, foi quando sua esposa descobriu as cartas de Isabel guardadas no baú. Aquelas cartas foram a corda com que sua esposa se enforcou. Aquelas cartas das quais nunca quis se desfazer. Uma parte dele morreu com sua mulher, enforcada também naquela viga. A parte mais importante, porém, continuou respirando, superou essa ausência definitiva de esperança. E fez isso por sua filha María. Acreditou tolamente que bastaria o pedágio do remorso e dos pesadelos pelo resto da vida. Ingênuo. Estava tudo ali outra vez, acontecendo de novo. E a realidade do que havia feito volta e meia o perseguiria, sempre, sem lhe dar trégua, até o dia da sua morte.

    — Eu fiz todas essas coisas — murmurou assentindo. — Fiz tudo isso de que você me acusa. E fiz muito mais, coisas que você nem pode imaginar. E nada poderá ser alterado, nem apagado, nem vivido outra vez. Nada do que eu faça importa… Por isso não entendo o que você quer: vingança? Pelo amor de Deus, estou com câncer. Faz mais de três anos que deveria estar morto, e estou cansado de esperar. E se o que você pretende é me infligir dor ou vergonha, não se esforce. Nada do que fizer superará o que já senti antes. Estou tão seco por dentro quanto você, Fernando.

    Fernando esboçou um sorriso triste. O que era aquele homem? Um cínico? Um hipócrita? Um monstro? Ou simplesmente um velho decrépito, doente, cansado, consumido pelo remorso? O que sua mãe poderia ter visto nele?

— Quero ouvir da sua boca. Quero ouvir você dizer que primeiro seduziu, depois assassinou minha mãe.

Gabriel tremia por dentro e por fora. Sentia uma coisa que nunca havia sentido até então com tanta nitidez. A derrota. O cansaço. A velhice. A morte próxima. Ali estavam eles, cara a cara, como dois cachorros velhos e desdentados, carregados de rancores passados, dispostos a se matar mesmo que já não tivessem nem tempo nem força para mais nada. Consumar o ódio era tudo o que agora esperavam. O que podia dizer? Que realmente chegou a se apaixonar por Isabel? Que todos os dias da sua vida tinha pensado nela? Que ele também pagara por seus atos? Ou talvez pudesse dizer a Fernando que quarenta anos atrás era outro homem, tinha outras ideias, confiava naquele governo e no que fazia. Nada disso tinha mais sentido. Soava apenas como desculpa. E ele já estava farto de se justificar, de tentar se perdoar sem conseguir.

— Eu assassinei sua mãe. — Não queria que tivesse dó dele. Não precisava disso. Fernando se deu conta.

Gabriel estava velho demais para acalentar qualquer esperança. Bastava ver os derrames aflorando em sua pele, as rugas que quebravam sua expressão, os cabelos que iam caindo, já sem vigor. Tinha a cor roxa dos enterros. Mas ainda restava algo que podia ser maltratado, uma fissura que poderia cutucar para fazê--lo sofrer.

— Confessou isso à sua filha? Contou o tipo de homem que você é?

Gabriel estremeceu por dentro.

— Não sou mais esse homem.

Fernando respondeu com uma gargalhada seca.

— O que uma pessoa foi será para sempre. Homens como você não mudam. Pode ser que tenha reprimido sua verdadeira natureza e que faça todo mundo acreditar que é um velho aposentado que se dedica a desperdiçar a vida que lhe resta. Mas não acredito em você. Sei que continua o mesmo. Aposto que sua filha nem sequer desconfia que seu pai é um farsante, um monstro disfarçado de derrota.

Gabriel não disse nada. Limitava-se a ouvir. Quando Fernando guardou silêncio, os dois ficaram frente a frente, como dois cachorros velhos que grunhiam sem dentes um para o outro.

— Você tramou o atentado contra meu pai para encobrir a morte da minha mãe e transformar o ato num trampolim político para ele. Foi meu pai que encomendou a morte da minha mãe. E você foi o braço executor. Permitiu que um inocente, Marcelo, pagasse pela sua culpa com a vida dele. E, aliás, talvez sua filha nem saiba que a mãe se suicidou por ter descoberto tudo o que você havia feito... Gabriel Bengoechea... O forjador de armas de San Lorenzo... Você é pura escória. É o que sua filha pensaria?

Gabriel não tinha ilusões a respeito dos sentimentos da filha para com ele. Tinha bem presentes seus olhares quase sempre reprovadores.

— Ela não se surpreenderia muito. Para ela, seria até a confirmação do que sempre desconfiou: que não sou um bom pai, que nunca soube demonstrar que a amo... Seria sua razão definitiva para me detestar — disse com uma tristeza que não era nova. Na realidade, não importava. Logo o câncer o tiraria de cena e ele deixaria de incomodar María com sua presença. Mas pelo menos desejava levar seus segredos consigo. Queria deixar na filha um resquício de dúvida, uma possibilidade de que ela inventasse uma lembrança de que pudesse ter saudade. Talvez, se sua filha permanecesse na ignorância, o amaria um pouco mais depois que ele morresse do que o amara em vida.

Gabriel se deu conta de que teria de negociar esse silêncio com Fernando. Mas não podia imaginar o que ele ia querer em troca. Fosse o que fosse, não ia deixar que María soubesse nada de tudo aquilo.

Fernando não parecia ter pressa. Percorreu com o olhar aquela sala que utilizava como ateliê de pintura. Gostava de seu silêncio monacal, do cheiro de aguarrás, das pinturas. Era um bom lugar para se refugiar. Um bom lugar para esquecer. Porque, muito a contragosto, se dava conta de que até seu ódio a Gabriel, a Publio e a seu próprio pai era uma coisa que só conservava com muito esforço. Estava cansado. Se olhava para trás, não via mais que angústia e raiva. Nem um cantinho de paz nem um momento de calma. Sua vida tinha se consumido e ele não sabia com que fim. A única coisa que lhe restava, sua única razão para continuar a viver era aquele homem sentado à sua frente, consumido também, e seco por dentro, pelo mesmo ódio que ele havia alimentado. Era difícil para Fernando reconhecer isso, mas quase se via refletido em Gabriel. E isso o irritava.

Observou o pacote envolto num papel grosso de embalagem que Gabriel segurava entre as pernas na vertical, apoiando nele as mãos como se fosse um báculo.

— É o que imagino? — perguntou apontando para o embrulho.

Gabriel fez que sim. Levantou-se da cadeira e depositou com delicadeza o pacote numa mesa. Rasgou o embrulho e deu dois passos atrás. Os dois homens examinaram o pacote com idêntica admiração. Por alguns segundos, sem que tivessem consciência, uma coisa bonita os uniu.

Fernando avançou. Seus dedos roçaram a superfície comprida e lisa da bainha, de pele e madeira tingida de negro.

— É uma espada belíssima, mas nunca entendi por que você a batizou com um nome tão poético: *A tristeza do samurai*.

Gabriel encolheu os ombros. Na realidade, uma catana não era uma espada, e sim um sabre.

— É muito mais mortífera e manejável do que uma espada. A espada golpeia. O sabre corta — disse com uma entoação profissional, sem emoção. — Quanto ao nome, não fui eu que pus. Era o do modelo original em que me baseei para fazer a réplica. A verdadeira pertenceu a Toshi Yamato, um guerreiro samurai do século XVII. Foi um dos heróis mais sanguinolentos de seu tempo, venerado por seu vigor e sua crueldade na batalha. Mas Yamato era, na verdade, um homem que odiava a guerra. Até lhe dava náuseas empunhar sua catana e enfrentar seus inimigos. Horrorizava-o morrer. Conseguiu viver boa parte da sua existência constrangendo sua verdadeira natureza, mas, no fim, incapaz de continuar com aquela farsa, derrotado por si mesmo em sua luta para se transformar em quem não podia ser, resolveu se suicidar ritualmente. Esse ritual, o *seppuku*, é muito doloroso: consiste em fazer vários cortes no próprio ventre. O suicida pode agonizar horas a fio com o intestino para fora. Para sorte de Yamato, um de seus fiéis o encontrou agonizando, teve dó dele e decapitou-o com sua própria catana. Daí o nome A *tristeza do samurai*. Esta arma encarna os melhores valores do guerreiro: coragem, lealdade, orgulho, elegância, precisão e poder, mas, ao mesmo tempo, também o pior: morte, dor, sofrimento, loucura assassina. Yamato passou a vida lutando e nunca venceu essas versões irreconciliáveis de si mesmo.

Fernando ouviu aquela história com interesse. Não conhecia quase nada da cultura dos samurais. Isso sempre foi coisa de Andrés. Nunca pôde entender por que seu irmão sentia um fascínio tão profundo por um mundo que não tinha nada a ver com o dele e do qual jamais faria parte. Lembrava-se vagamente dos contos que sua mãe lia, a história de um guerreiro medieval no Extremo Oriente. Eram contos breves, ilustrados com desenhos de guerreiros japoneses com suas armaduras, seus arcos e suas catanas. Contos de honra, de luta, de vitória. Agora, à luz dos acontecimentos, tudo isso parecia distante e ridículo.

— É estranho que um homem como meu pai encomendasse a você uma réplica de um sabre com tanta história sobre os valores e as lutas internas de um homem.

— Creio que seu pai não sentia nenhum interesse pelos samurais ou por seus códigos de conduta. Provavelmente não conhecia a história da catana. Ele me pediu um presente para seu irmão Andrés. "Algo diferente", disse, "que seja caro e bonito. Original. Uma dessas armas japonesas." No entanto, seu irmão Andrés na mesma hora sentiu-se cativado por ela. Lembro sua admiração ao tocar a lâmina, sua segurança ao empunhá-la embora ainda não passasse de um menino. Nunca se separou dela até... até que morreu... Suponho que você se lembre do incêndio.

Fernando fechou um instante os olhos. Lembrava-se de chamas, gritos, gente pulando pelas janelas do andar de cima, outros berrando atrás das janelas gradeadas. O cheiro de carne queimada, os escombros caindo sobre a cabeça raspada dos internos do sanatório, que se pisoteavam à porta para escapar. Sim, lembrava-se perfeitamente do incêndio. Foi em 6 de novembro de 1955. O fogo começara às seis da tarde num dos quartos do segundo andar. Os bombeiros só conseguiram apagá-lo quatro horas depois. Haviam ficado entre as cinzas do edifício vinte internos mortos. Cadáveres fumegantes, atrofiados, petrificados numa pose de horror.

— Pensei que você gostaria de ficar com ela. Quando Publio disse que Andrés tinha morrido no incêndio do sanatório, pedi que a vendesse a mim. Foi a melhor lâmina que forjei na vida.

Fernando ficou pensativo. Agora que estava prestes a consumar todos os seus planos, não sentia nada. Absolutamente nada. E, no entanto, sentiu como sua boca se abria em um sorriso cínico, que se transformou numa gargalhada alheia à sua vontade.

— Pretende comprar meu silêncio perante sua filha com esta espada? Acha que a lembrança de meu irmão me abrandará? Você não me conhece, Gabriel. Não tem a menor ideia.

— Tudo isso é passado.

— E eu continuo naquele passado! — gritou de repente Fernando, perdendo o controle. — Para mim, não é tão simples como para você: fingir que me esqueço, criar uma filha ou me retirar para um vilarejo dos Pirineus e afiar facas. — Apalpou o bolso em busca de algo. Com um gesto ofuscado, tirou uma fotografia e quase a esfregou na cara de Gabriel. — Continuo aqui, preso a ela, sem poder fazer outra coisa a não ser lembrar e odiar, você, meu pai, Publio... Eu me odeio, sou como um cachorro louco que morde o próprio rabo e devora a si mesmo, por ter me deixado prender por ela. Você a reconhece? Olhe bem: quero que a mostre à sua filha para que compreenda que o nome de Isabel não é uma simples ficha judicial num dos seus processos. Quero que veja, que compreenda, que toque e sinta minha mãe. Só assim compreenderá a enormidade do crime que você cometeu. Só assim o círculo se fechará.

Gabriel apertou os olhos. Pegou a fotografia e, ao tocá-la, sentiu que todas as suas recordações se convertiam em carne. Lá estava Isabel, com seu rosto pequeno emoldurado por um chapéu que velava seu olhar, fumando com aquele gesto natural que transformava em elegância tudo o que fazia. Lembrou-se de maneira dolorosamente real as noites com ela, o cheiro de seus corpos suados, as palavras ditas, as promessas não cumpridas. As montanhas de mentiras. Como explicar a María que chegou realmente a amar aquela mulher? Como explicar a ela que fez o que fez então renunciando a esse sentimento por uma lealdade diferente, que em sua estupidez ele acreditava mais elevada? Como podia María entender aqueles anos perturbados nos quais ele manchou as mãos de sangue, convencido de que sua causa era justa? Não podia fazê-lo. Simplesmente porque nem ele mesmo acreditava mais nisso. Ninguém o perdoaria. Ninguém.

— Não permitirei que você envolva minha filha nisso. — Imperceptivelmente, seus olhos se desviaram um segundo para a catana. Faria o necessário. O necessário. Mais uma vez.

Fernando se deu conta de suas intenções, mas não se amedrontou.

— O que vai fazer? Me matar? Com esta catana? Seria engraçado, depois de tudo. Nossas vidas covardes e desperdiçadas teriam até um final dramático, quase histriônico. Mas você não vai fazer isso... Não somos um dos samurais do meu irmão. Não merecemos um final honroso. Somos cachorros e morreremos mordendo um ao outro. E o que sobreviver se retirará para um canto cheio de lixo e morrerá sozinho, às escuras, lambendo suas feridas. Sim, cachorros velhos. É o que somos.

Gabriel baixou os olhos. Afastou-se da mesa. Fernando tinha razão. Eles estavam acabados, acontecesse o que acontecesse. Mas sua filha María ainda era moça, ainda tinha esperança.

— Não pode fazê-la suportar minhas culpas. Ela é inocente, não sabe de nada.

Fernando negou com veemência.

— A ignorância não exime da culpa. Não acha curioso ter sido precisamente ela a pôr na cadeia César Alcalá? Você acha que é por puro acaso que ela vai ver o filho de Marcelo na prisão? Não existem casualidades, Gabriel. Fui eu, com ajuda de Recasens, que tramamos tudo. Eu fiz que a mulher de Ramoneda denunciasse o caso à sua filha, paguei a ela para que o fizesse. E fui eu que convenci sua filha, através de Recasens, para que fosse ver de novo o inspetor a fim de arrancar dele informações sobre Publio. Fui eu que a empurrou até o ponto a que você não quis levá-la. A enfrentar a verdade... Agora ela tem a oportunidade de redimir você.

— Que oportunidade?
Fernando fez uma pausa, engolindo a saliva. Tinha pesado muito as palavras que ia dizer e estava consciente do significado de cada uma delas. Eram as mais difíceis que ia pronunciar em toda a sua vida. Mas não havia remédio.

— Eu posso ajudá-la a encontrar Marta, a filha de César Alcalá. Mas imponho duas condições: a primeira é que César Alcalá entregue, a mim e somente a mim, as provas que tem contra o deputado Publio. Sei que o inspetor não se deixará convencer. Por isso, a segunda condição é que conte à sua filha tudo sobre a minha mãe. E que ela conte a César Alcalá. A decisão ficará nas mãos dele.

Fernando recuou devagar. De repente sentia-se muito cansado. Ele também tinha se transformado num monstro. Havia sacrificado quantos quis para conseguir destruir aquele homem e todos os que o rodeavam. Recasens estava morto, Andrés, Marta, Alcalá... Logo arderia no inferno pelo que havia feito. Mas o inferno já era um lugar conhecido.

— São essas as minhas condições.

Gabriel não conhecia todos os detalhes do trabalho da filha, mas conhecia o suficiente para saber que aquela proposta continha algo trágico.

— Você sabe onde está essa moça, Marta Alcalá?

Fernando evitou responder diretamente.

— O que sei é que Publio vai acabar mandando matá-la, como fez com Recasens. E se descobrirem onde o inspetor esconde as provas, matará sua filha também. Nós dois o conhecemos e sabemos que é bem capaz de fazê-lo.

21

Serra de Collserola (Barcelona), 3 de fevereiro de 1981

Do outro lado da casa ouvia-se um leve gemido, como o lamento de um cachorro moribundo. O homem se aproximou do jukebox e pôs um disco de música clássica para abafá-lo. Sentia-se mal, como um pai que deve castigar a filha; mas era necessário. Começou a girar em torno de si mesmo ao ritmo da música. Seu corpo se vergava nu, sincronizando os movimentos com a respiração. De repente, seu olhar encontrou o retrato que estava na parede e suspendeu a dança. A mulher parecia observá-lo com uma censura benevolente do quadro sépia, e seus lábios pareciam lhe falar. O homem fechou os olhos um segundo, lembrando seus ardentes sussurros. Ao abri-los de novo o único murmúrio que percebeu foi o gotejar da torneira na pia.

Assomou à janela e afastou um pouco a grossa coberta que impedia a entrada da lua. Fez isso com cuidado. A luz nacarada iluminava seu corpo despido como uma tocha. Contemplou com inquietude o caminho roçado que levava à casa.

— Quando virão? Estou preparado — perguntou-se.

Mas, como nos dias anteriores, o caminho estava deserto. Só podia esperar, esperar e desesperar-se. A secura das pupilas o obrigava a usar colírio e parecia que chorava sem parar. Mas era um efeito aparente. No incêndio, suas lágrimas também queimaram, além do seu coração.

Pôs o quimono e se abraçou. Sentia frio. Sua pele não tinha nenhum cheiro. Era como abraçar um morto. Tocou seu corpo na penumbra. Estava desperto, dolorosamente desperto. Apalpou sua cabeça raspada.

Ouviu Marta se arrastar no quarto ao lado. Não tinha ilusões em relação à possibilidade de que ela o acabasse amando. Isso era ser pouco realista. Além do mais, o amor era uma fraqueza insuportável para ele. A única coisa que esperava dela era obediência. Obediência cega, anulação completa, admiração majestática. Queria se transformar no seu Deus e conseguir sua devoção absoluta.

Quando a viu pela primeira vez, acreditou que seria a candidata perfeita. Sua cútis era tão delicada e mostrava uma serenidade tão parecida com a que ele lembrava ser a de Isabel, que mal pôde reprimir o desejo de sequestrá-la na hora. Mas teve de se conter. Um bom estrategista visualiza todos os cenários possíveis, busca o melhor momento, conta com a logística oportuna e elabora um plano para depois do ataque. Preparou-se conscientemente durante meses, arriscando mais do que o necessário.

Sabia que ela oporia resistência, não podia ser de outro modo. Mas também tinha certeza de que saberia subjugá-la. As etapas da relação com ela estavam determinadas: primeiro, o terror, depois a incompreensão, a derrota, o abandono, a resignação e, finalmente, a entrega. Mas não progredia. A crueldade, a violência e o terror não bastavam para convencê-la de que, fora dele, ela não tinha existência possível. Em todo aquele tempo não havia parado de lutar. A princípio com violência, depois imergindo num silêncio mortal, mais tarde procurando seduzi-lo até conquistar sua confiança. E ele havia tolamente sucumbido a seus encantos e se deixado enganar.

Antes a deixava passear pela casa, e até sair ao pequeno jardim dos fundos. Não havia perigo ali, o muro alto os protegia dos olhares indiscretos e era impossível que ela o escalasse. De início, essa liberdade pareceu influir em seu estado de espírito, que melhorou muito. Ela se comportava com ele como uma verdadeira cortesã, sem dar mostras de seus pensamentos, como ele tinha lhe ensinado. Estava voltada unicamente para os desejos dele, para lhe servir. Às vezes, inclusive, quando reclamava seu direito a deitar com ela, não opunha uma resistência animal, mordendo e chutando, tampouco se mostrava passiva, como numa recriminação muda. Conseguia amaciá-lo com um olhar de súplica ou de cumplicidade, conforme o momento, e ele desistia de bom grado de forçá-la. Mas foi tudo um engano. Ela tinha se revelado tão boa estrategista quanto ele. Levou mais de um ano para ganhar sua confiança. Então, certa noite, tentou escapar por uma das janelas não vedadas. Alcançou-a quando ia chegando ao portão de entrada.

Não voltaria a cometer o mesmo erro. Acabaram-se as contemplações. Acabou-se a liberdade. Ela viveria o resto de seus dias nua, amarrada com uma corrente no pescoço e comendo no chão. Se tinha uma coisa que ele não suportava, era a traição.

Marta ouviu a porta se abrir. Nem uma só fibra do seu corpo se alterou, embora seu coração lhe saísse pela boca. A seu lado, o homem se despiu calmamente, dobrou a roupa com cuidado e colocou-a no banco de madeira. Depois a arrastou por um elo da corrente até o colchão e se deitou junto dela, agasalhando-se com o calor do seu corpo. Pegou a mão de Marta e levou-a a seu peito, obrigando-a a tocar naqueles ferimentos.

Ela só se deu conta de que ele estava chorando quando sentiu as lágrimas caírem em sua mão. Conteve a respiração para não vomitar ao tato daquele corpo nu cheio de horríveis queimaduras que transformavam o tórax e as pernas numa enorme cicatriz escamada e negra.

— Por que está chorando? — disse, arrependendo-se imediatamente, surpresa com suas próprias palavras.

Ele soltou o corpo de Marta como se tivesse morrido de repente. A verdade pouco importava naquelas paredes tapadas.

— Porque logo você não será mais necessária. E Publio não deixará que eu fique com você. Terei de te matar.

Os olhos de Marta continuavam brilhando em silêncio como sempre, mas tanto que pareciam estar à beira das lágrimas. Não havia nada mais invasivo que aquele olhar.

— Por que você não me deixa escapar?

Ele se ergueu apoiando-se no ombro. Apesar do escuro, via a cara de espanto de Marta.

— Sua sorte está unida à minha, quer você queira, quer não.

Marta se armou de coragem.

— Na verdade, já estou morta. Você me matou.

O rosto dele se contraiu. Levantou-se e foi buscar um balde d'água e uma esponja.

— Não quero mais falar disso. Agora me lave para o jantar.

Marta se viu obrigada a realizar mais uma vez o repulsivo ritual de lavar o corpo daquele monstro com a esponja. Tinha de ser devagar, com leves movimentos circulares, como se desse brilho numa delicada taça de cristal. E, enquanto o fazia, descobria de novo cada canto daquela geografia atormentada que fora crescendo diante dos seus olhos ao longo dos anos. Quando terminou, o homem livrou-a da corrente.

— Prepare o jantar — disse a ela, saindo do quarto.
Marta chorou de agradecimento ao sentir o alívio da corrente caindo no chão. Levantou-se cambaleante sobre suas pernas famélicas e andou resignada até a suja luz do corredor.

A cozinha era tão miserável quanto o resto da casa. Num canto ficava o fogão a gás de botijão, com um armário de fórmica solto na parede e uma estante pintada de azul, onde se alinhavam os copos raiados, os pratos e os panos de prato. Na mesa, coberta com uma toalha plástica esburacada por brasas de cigarro, havia vários potes com etiquetas escritas à mão: café, açúcar, sal, macarrão.

Marta afastou os potes e acendeu uma vela, que apoiou num pote vazio de azeitonas. Colocou um prato e uma colher limpa junto dos guardanapos de papel. Serviu vinho de uma das garrafas que havia na prateleira. Depois se aproximou do fogão em que fumegava uma panela de água fervendo. Por um instante cogitou a possibilidade de atirá-la nele. Mas o homem a observava vigilante a uma distância prudente, brincando com a lâmina de uma faca. Não tinha a menor possibilidade de sucesso. Além do mais, sabia que não estavam a sós. Em alguma parte da casa estavam os guardas que a vigiavam. Pôs uma porção de macarrão, acrescentou um pouco de sal e provou se estava bom.

— Pronto — disse.

Ele se aproximou devagar, agarrou por trás o pescoço de Marta, sem violência mas com firmeza, e sussurrou em seu ouvido.

— Pronto o quê?

Marta engoliu em seco.

— Pronto... nobre senhor.

— Assim é melhor, não é? — disse ele, batendo nas coxas. Sua pele quase não doía naquela noite, e isso lhe proporcionava certa sensação de bem-estar.

Marta se retirou para um lado. Enquanto ele não terminasse, ela não podia comer, e o que jantaria seriam as sobras dele. Era como funcionavam as coisas.

— Em que está pensando?

Marta ouviu aquela voz tenebrosa. Sobreveio então o de sempre. A solidão e o horror. No escuro sentiu que aquela vida passada de que quase não se lembrava mais se desvanecia como se nunca tivesse existido.

— Em nada.

Ele apertou os olhos. A maquinaria dos desenganos também a tinha carcomido. Em seus olhos só havia tristeza e resignação. Imaginou que ele também logo acabaria assim. De vez em quando, ao se mover para frente a fim de sorver a sopa, subia-lhe ao nariz a fragrância do corpo de Marta. Era um aroma triste, como uma escassa gota de chuva flutuando na folha seca de uma árvore raquítica.

Publio dissera que em breve tudo acabaria. Será que ela ia querer acompanhá-lo quando tudo terminasse? No fundo do coração ele sabia que não, que teria de matá-la como fez com as que compartilharam sua espera antes dela. No entanto, ainda conservava uma remota esperança. Levantou-se e aproximou-se da janela. Não chovia mais e as gotas d'água escorriam pelas tábuas como insetos brilhantes pegos pela luz da lua.

— Já acabei. Pode jantar.

Marta despejou com parcimônia o macarrão no escorredor. Não estava com fome, mas se obrigou a tomar uma tigela. Sentou à mesa e serviu-se um pouco de vinho.

— Vá se vestir — ele ordenou quando ela terminou a sopa.

Marta estremeceu. Sabia o que aquilo significava. Mas não podia fazer nada para evitá-lo. Foi ao quarto e voltou alguns minutos depois.

Observou-a detidamente. A semelhança era assombrosa,

em especial quando ela punha aquela roupa. Estava esplêndida com seu disfarce de dama japonesa. O quimono era azul, com lindas e estranhas flores bordadas com fio preto. Parecia realmente uma formosa princesa oriental, com o rosto pálido, os olhos bem rasgados com rímel e o perfil dos lábios marcado com um lápis grosso.

— É ela? — perguntou Marta.

— A quem você se refere?

— À roupa que você guarda ali, no quarto trancado... É da mulher do retrato? Por isso você me obriga a fazer isso?

Ele olhou fixamente para Marta. Sua boca esboçou por um décimo de segundo uma expressão de desgosto. Fechou os olhos. O passado era um deserto sempre à espreita, que crescia a cada momento. Vento silvando entre as ruínas de uma cidade abandonada, cheia de cadáveres secando ao sol entre as pedras destroçadas, aquele ar quente, mortal, cheio de moscas poeirentas, era a única coisa que tinha na cabeça.

Da primeira vez que matou, nem tinha consciência do que buscava. Tinha apenas dezessete anos. Encontrou uma espelunca com as persianas abaixadas à metade. O luminoso estava apagado. O garçom o recebeu de cara amarrada. Serviu-o e deixou a garrafa no balcão. Depois continuou a empurrar a imundice de um lado para o outro atrás do balcão, com uma vassoura nojenta. Com as luzes acesas, o lugar mostrava sua cara verdadeira. Carpete cheio de manchas e queimaduras de cigarro. O chão de linóleo, pegajoso e esgarçado. Paredes sujas e com rachaduras. Para ele, tanto fazia. Não ia em busca do estético. Não ia em busca de nada. Nem de companhia. Ignorou a puta que se aproximou, uma mulher entrada em anos que se espreguiçou como um gato faminto ao vê-lo entrar. A velha Dalila afastou-se rumi-

quanto fazia isso, notava a presença da mulher do retrato no quarto ao lado, olhando para ele com uma censura muda.

— Você nunca me entendeu, mamãe — gemeu, tratando de afastar aquele olhar morto da nuca.

nando com sua boca sem dentes o fracasso das suas carnes gastas e caídas demais.

Sucedeu-a uma jovem frágil e febril, com as marcas indeléveis da heroína em sua boca amarelada e em seu rosto macilento. Sentou a seu lado sem dizer nada, consciente das poucas possibilidades, mas mesmo assim decidida a tentar. A moça mostrou-lhe com heroísmo desesperado uma boceta negra de lábios caídos e rachados, que ele rechaçou com um esgar de tristeza. A jovem insistiu. Pegou a mão dele e levou-a a suas virilhas frias; ele deixou seus dedos pousarem como uma mariposa exausta no emaranhado de pelos pubianos. A jovem sorriu, um sorriso de cachorro de rua contente com uma carícia. Ao final, aceitou ir com ela. Havia alguma coisa em seu rosto de olhos pequenos e pele apagada que o atraía.

— Como você se chama? — perguntou ela, aprisionando com delicadeza, mas com firmeza, seu pênis mole.

Não estava bêbado nem tinha bebido o bastante para fingi-lo. Simplesmente era incapaz de ter uma ereção.

— Pode me chamar de Nobre Senhor.

A jovem sorriu, abriu as pernas e se apertou contra a coxa dele, apontando para uma porta. Seus olhos agora eram selvagens e sorriam com malícia.

— Tudo bem, Nobre Senhor. Aquele é o meu quarto. — Subiram uma escada de mármore gasto que levava ao andar de cima. Entraram no quarto. O lugar era limpo. Um nu de Bellini decorava a parede. Um bonito nu de uma mulher que cobria ruborizada o púbis. Ele sorriu diante de tanta inocência fingida. Aproximou-se da janela aberta. Não queria estar ali, mas estava. A jovem havia tirado o sapato e estava deitada na cama, de boca pra cima, com a perna direita sobre a esquerda, protegendo a entreperna. O vestido escorregava por sua pele até a virilha, mostrando a renda de uma liga e a insinuante presença de um sexo

22

Barcelona, agosto de 1955

Ainda estava ali. Formado diante do barracão dos prisioneiros alemães e espanhóis da Divisão. Quantos restavam? Apenas algumas dúzias, dos milhares que chegaram ao campo de prisioneiros em 1945. No entanto, eles sobreviviam de maneira antinatural, incompreensível, continuavam formados sob a nevasca, todas as manhãs, uma depois da outra, cercados pelo deserto siberiano. Sequer havia grades, muros, alambrados. Apenas soldados. A estepe inteira era seu cárcere. Que horas eram? Talvez de manhã, não lembrava. O sol naquelas latitudes é como um reflexo da lua. Nunca se move. O frio, as respirações vaporosas, a batida dos pés descalços na neve. A fome. Disso sim lembrava. Para que os haviam feito se formar? Pedro era otimista. Vão nos soltar, dizia cada vez que os obrigavam a sair do barracão extraordinariamente. Mas Fernando não se fiava. Temia o pior. Tinha visto trabalhar nas vias férreas próximas os grupos de presos chechenos, georgianos e ucranianos. Os guardas os tratavam pior que

Tirou a capa. — O que é isso? — perguntou espantada a jovem. — Uma espada?

— Uma catana — ele declarou, antes de lhe cortar a cabeça com um golpe certeiro. Ainda se lembrava bem daquela sensação confusa de prazer e remorso: a cabeça sangrenta de uma prostituta em suas mãos; seu corpo sem vida, sangrando aos borbotões pela carótida, caída de lado no tapete. Em cima da cama, a catana com a lâmina manchada de sangue e restos de couro cabeludo. Foi fácil, disse para si próprio, muito mais fácil do que imaginava.

Nunca voltou a experimentar a mesma sensação, apesar de buscá-la algumas vezes em tantas mortes. Só Marta lhe transmitia algo semelhante. Mantê-la com vida, brincar cada dia com a possibilidade de assassiná-la, fazia-o se sentir bem. Poupar-lhe a vida era algo que o transportava a um estado de semideus. Algo que desejava prolongar indefinidamente. Fechou os olhos, estremecendo com um prazer suave, nada ostensivo, até que perdeu a noção do que era e não era. Sua mente parou de gritar, para mergulhá-lo num letárgico silêncio e experimentar as múltiplas sensações que conseguiam afastá-lo do vazio.

Obrigou Marta a ficar de costas e a penetrou por trás. En-

cachorros. Não comiam, trabalhavam envoltos em farrapos, com as mãos nuas. Dormiam enrolados em cobertores puídos e morriam às centenas. Era claro que o propósito dos guardas era dizimá-los. Fernando e os outros presos pelo menos tinham um teto furado, água que podiam ferver, batatas para roubar. Se os guardas decidissem suprir com eles as baixas da brigada de trabalhos forçados, não iam sobreviver.

Mas daquela vez Pedro Recasens tinha razão. O guarda olhou para eles com seu olhar cheio de vodca e de tundra. Apontou para eles com o dedo enluvado e, sem emoção, disse as palavras: "Vocês estão livres. Voltem para a Espanha. Agradeçam ao camarada Stálin sua generosidade para com vosso general Franco".

— Desculpe, senhor, já vamos fechar.

A voz do garçom tirou-o daquele túnel de flashes de memória. Surpreso, descobriu-se de novo sentado diante de um prato de sopa fria, em frente aos garçons de aspecto cansado com um esfregão junto dos pés. Pareciam incomodados. Fernando pediu desculpas, como se devesse pedir perdão por sua insolência e temesse ser castigado a porradas. Mas aqueles homens não eram soldados bêbados com porretes nas mãos, não o iam obrigar a se engalfinhar com outro preso, a se matar a mordidas enquanto eles apostavam. Eram garçons de verdade. Seu uniforme incluía gravata-borboleta e paletó limpo. Inconscientemente tocou a cicatriz que uma bala havia deixado em sua bochecha direita. Soltou uma gargalhada que assustou os garçons. Estava livre. Estava em casa.

Em casa. Era dizer demais. Saiu à rua e observou desconcertado a multidão que subia em direção à Rambla. Fazia um dia lindo. As árvores estavam verdes, as barracas de flores arrebentavam de colorido. As pessoas iam para cima e para baixo em roupa de verão. O calor. O calor o surpreendeu. Tocou a testa.

Estava suando. No céu brilhava um sol ardente. De repente, sentiu-se triste, perdido. Não sabia aonde ir, não sabia o que fazer, nem como se comportar. Era livre e não sabia o que fazer com a sua liberdade. Acendeu um dos últimos cigarros russos que sobravam. No bolso ainda tinha uns rublos, que já não serviam para nada. Tinha trinta e três anos. E devia começar uma nova vida. Jogou fora as moedas e se dirigiu para a Rambla. Se havia suportado todo o passado, saberia enfrentar o porvir. Não se virou para olhar as chaminés do navio que o trouxera de volta.

* * *

Levou meses até se sentir capaz de enfrentar o pai.

Finalmente comprou um terno de corte barato, mas decente, um terno de segunda mão, e pediu para ver o ministro Guillermo Mola. A resposta a seu pedido levou várias semanas para chegar à pensão em que Fernando e Recasens se hospedavam.

A carta, com timbre oficial, foi sucinta:

O sr. Ministro lamenta comunicar que sua agenda não lhe permite, nem lhe permitirá no futuro, conceder uma audiência a Vossa Senhoria. Pede-lhe também que não tente se comunicar com ele, ou será obrigado a denunciá-lo à polícia. A respeito da pessoa pela qual o senhor pergunta, o sr. Andrés Mola, o sr. Ministro o proíbe expressamente de tentar visitá-lo.

Atenciosamente,
Publio O. R., secretário pessoal

— Não deveria se espantar. Já esperávamos uma atitude assim — disse Recasens, desviando um momento o olhar dos folhetos que estava preenchendo. Havia decidido apresentar seus méritos de guerra para se candidatar à Escola da Defesa. — Afinal de contas, me tornei um autêntico profissional em matar e sobreviver, o lógico é que fique com eles — dissera com ironia ao tomar a decisão.

Fernando guardou a carta numa gaveta. Sabia que seu pai não queria vê-lo. Não tinha importância. A única coisa que desejava, contrariando os conselhos de Recasens, que não tinha se esquecido de Publio, era que soubesse que estava de volta. Quanto à proibição de ver o irmão, não pretendia obedecê-la. Pôs o sobretudo e o cachecol. Seis longos meses haviam passado desde a sua volta.

— Aonde você vai? — perguntou Recasens, apesar de na realidade já saber a resposta.

Fernando se plantou debaixo de uma árvore à beira da praça e acendeu um cigarro. Manteve um instante o fósforo entre os dedos, observando a chama oscilante. Demorava a se acostumar a fazer aquelas coisas tão simples. Acender um cigarro, encostar-se numa árvore...

Sacudiu os dedos e deixou o fósforo fumegante cair numa poça. Para lá da calçada passava uma densa corrente de carros novos e velhos; nas calçadas, grupos de pedestres se sacudiam da sonolência da manhã. O barulho de obras era irritante. A vida seguia com força, sem se deter diante daquele homem que, apesar de não ser velho, parecia sê-lo, ataviado com um discreto terno cinza que o tornava invisível. Às vezes um pedestre que passava por perto olhava para ele desconfiado. Fernando não se incomodava, tinha se acostumado. Recasens tinha lhe explicado por que certas pessoas pareciam ter medo de homens como eles. Temos esse olhar, dissera Pedro. Esse olhar. Sim, seus olhos estavam cheios de coisas que não gostariam de ter visto, mas das quais fora impossível desviá-los. Isso os tornava diferentes, como espectros que se moviam entre os vivos, fingindo ser um deles sem o ser realmente. Fernando não dava importância para as pessoas. Observava o ir e vir dos transeuntes com certo desprezo, com um cansaço e uma desconfiança infinita nos seres humanos. Eram como figuras de gesso que corriam de um lado para o outro com sua imbecilidade nas costas. Nem podiam imaginar o que homens como ele ou Recasens tinham passado. Não podiam saber; tampouco queriam ouvir. Por isso podiam se deter para falar de pais, filhos, netos, viagens, paisagens... Por isso podiam rir. Ele não ria nunca. No gulag era proibido rir. Lembrava-se de um preso mongol que infringiu a norma e riu, porque alguém contou uma piada às escondidas. Os guardas quebraram seus dentes com uma pá. Mas o mongol continuou rindo, um riso absurdo e desdentado, até que os guardas o mataram a pauladas e o deixaram estendido na neve manchada de sangue com seu riso petrificado.

Fernando consultou o relógio. Estava quase na hora. Foi se aproximando do edifício do outro lado da rua sentindo-se mal, com a sensação desmoralizadora que se tem ao abrir um armário escuro, atulhado e bagunçado, que não se sabe por onde começar a arrumar.

Através da grade se via o jardim que ia virando ocre com o sol. As fontes e os ciprestes rodeavam o edifício e lhe infundiam um que de calma. Alguns pacientes passeavam atentos aos tremores da água, outros contemplavam de um banco o céu imenso e límpido. Nada parecia mais plácido do que aquela manhã e aquele lugar. E, no entanto, todas aquelas almas estavam carcomidas por dentro.

Poucos minutos depois apareceu uma enfermeira que deixou num canto uma cadeira de rodas em que um paciente entorpecido pelas drogas cochilava.

Fernando engoliu seco. Era seu irmão Andrés. Recasens tinha feito direitinho seu trabalho. Lá estava seu irmão, tal como Pedro havia descoberto. E, no entanto, não tinha nada do garoto que Fernando deixou mais de treze anos atrás. Andrés agora era um jovem de cabelos compridos e lisos, e uma barba quase ruiva que crescia malcuidada já debaixo dos olhos. Seu corpo havia crescido sem guia, como uma árvore anárquica e caótica. Adivinhava-se uma pele branca sulcada por veias azuis sob a camisola que o cobria apenas até os joelhos. Recebia obliquamente a luz do sol com os olhos semicerrados. Fernando observou-o por um bom tempo. Talvez o irmão não quisesse mais despertar do abandono em que havia soçobrado, amparado em sua doença. Mas Fernando não podia permitir tal coisa.

Esperou que a enfermeira voltasse para dentro do edifício e pulou a grade. Alguns pacientes o viram cruzar com passo decidido o espaço que o separava do irmão, mas ninguém se interpôs em seu caminho.

— Oi, Andrés. Sou eu, Fernando.

Andrés mal olhou para ele. Por culpa das drogas seus olhos tinham se voltado para dentro, como se não pudesse mais ver nada do exterior, só seu interior escuro e destroçado. Um fio de saliva havia secado em sua barba. Fedia. Fernando cerrou as mandíbulas, incrédulo e cheio de ira. O que tinham feito com ele? Não dispunha de muito tempo antes que voltasse a enfermeira ou um cuidador. Se o descobriam ali, levariam seu irmão para outro lugar e nunca mais tornaria a vê-lo.

— Vou tirar você daqui, irmão... Entende o que estou dizendo?

Andrés virou a cabeça um pouco mais para os raios de sol, como se quisesse fugir das perguntas do irmão. Fernando analisou com rapidez a situação. Andrés estava amarrado à cadeira com correias de lona no tronco e nas pernas. Além do mais, estava drogado. Teria de carregá-lo, levá-lo até o portão, escalá-lo e pular para a rua. Tudo em plena luz do dia com a rua repleta de gente. Seria suicídio. Exasperado, agachou-se diante do irmão e começou a cortar as fivelas das correias com um canivete que tirou do bolso.

— Escute! Você tem de reagir. Vamos, levante. Você tem de me ajudar. — Cortou as correias da cintura e pegou Andrés pelos ombros. Ele se remexeu, gemendo algo incompreensível.

— Vamos, Andrés, levante.

Mas, em vez de se levantar, Andrés deixou-se cair pesadamente para o lado, virando a cadeira. Havia algo de lamentável no olhar desesperado daquele homem que tentava escapar, mas estava preso pelas correias que o atavam à cadeira de rodas; era como um cachorro que se arrasta com as patas amputadas, gritando e gemendo. Fernando compreendeu que nunca conseguiria tirá-lo dali facilmente.

Os gritos de Andrés chamaram a atenção de alguns pacientes que se aproximavam curiosos, sem compreender o que era aquilo que quebrava sua rotina cotidiana de loucos adormecidos. Alguém começou a gritar e, como uma corrente, o grito foi se estendendo, misturado com grunhidos, risos histéricos e pancadas. Estava perdido. Tinha de ir embora. Mas seus pés se negavam a andar. Levantou com esforço a cadeira de Andrés.

— Olhe para mim, Andrés.

Ele tinha machucado o rosto e apertava os dentes e fechava com força os olhos, rígido como uma barra de ferro.

— Vou voltar para te buscar, irmão. Não te deixarei outra vez.

Chegou à rua segundos antes de os cuidadores, alertados pelo tumulto no jardim, saírem do edifício.

Algumas horas depois, apesar dos sentimentos que oprimiam Fernando, o bosque de San Lorenzo lhe proporcionava certa calma. Ao chegar à pensão e vê-lo em tal estado de desespero pelo fracasso em tentar resgatar Andrés, Recasens resolveu procurar animá-lo com uma boa notícia.

— Encontrei o assassino da sua mãe. Mora num povoado dos Pirineus, a poucas horas de carro.

Agora, um pouco mais sossegado, Fernando agradecia a Recasens por tê-lo tirado, quase arrastado, da pensão. Aquele bosque era como os dos contos de fadas: centenas de árvores deixavam cair em uníssono suas folhas vermelhas, atapetando as trilhas de uma cor carmesim, e uma ponte de pedra atravessava como coisa passada o leito do rio transformado num leito de pedras cobertas de limo. Só que ali não morava nenhum príncipe, e sim um monstro.

Sentado numa pedra, Fernando brincava com um galho entre os dedos e perguntava "por quê?" ao silêncio. Mas o silêncio não lhe respondia, não demolia seu temor; apenas se ria de quão falsos e desgraçados podiam ser os humanos.

Havia tentado se abrir com Recasens, dizer tudo o que pensava. Mas ele tinha se negado a ouvir. Bastara-lhe pronunciar o nome de Gabriel.

— Que sentido tem isso tudo? Por que estamos aqui, espiando uma casa de dentro do bosque, como se fôssemos criminosos? Minha mãe já morreu faz tempo, meu pai é um ministro que se nega a me receber, Publio é seu secretário, e meu irmão é um louco irrecuperável que não me reconheceu.

— Sobra ele — disse Pedro, apontando por entre o mato alto o telhado da casa de Gabriel. — É um mercenário, um assassino, um traidor que destruiu nossa vida, a sua e a minha. Por quê? Tanto mal, tanta mentira, todos esses anos... Por quê? — perguntava-se observando a folharada apodrecida em que os vermes da terra se aninhavam. Porém, mais uma vez, as árvores olhavam silenciosas como gigantes hieráticos, belos e indiferentes deuses.

Fernando observou as ruínas da casa. Tinham investigado. Gabriel Bengoechea, o hábil e humilde forjador de San Lorenzo, havia sido quase toda a vida um agente a serviço de Publio. Mas o suicídio da sua mulher mudara tudo. Gabriel tinha uma filha pequena, María. Tinham-na visto correr perto das porteiras do pasto, procurando rãs no leito do rio. Era uma menina bonita, mas parecera a Fernando que tinha um ar triste, de pessoa adulta. Agora a forja estava abandonada, as folhas morriam nas paredes, o fole estava vazio e o forno era um resto de cinzas geladas. Gabriel não era mais que um tronco quebrado diante da janela, um ser com uma filha, atormentado que dava dó.

Mas não era dó que Recasens experimentava, tampouco nojo ou tristeza. Só vazio; um buraco negro enorme que dividia em dois passado e presente.

— Gabriel deixou que um inocente, Marcelo Alcalá, arcasse com a culpa do seu crime, sendo assim duplamente assassino. E seu chefe, Publio, me obrigou a depor contra esse homem inocente, transformando a mim também em culpado.

Sim. Fernando sabia. Mas, apesar do ódio que não havia deixado de germinar em todos aqueles anos e que, como um fogo que está a ponto de se consumir é revitalizado por uma nova acha, o estado deprimente em que tinha encontrado Andrés havia reavivado, e assim escondeu-se numa frase de falso idiota, torceu a boca de modo repulsivo e balbuciou uma sentença terrível:

— Ninguém é totalmente inocente.

Com amarga vergonha, Fernando se dava conta de como aquelas palavras eram certas. O destino era estranho, fazia círculos que uniam os acontecimentos sem sentido aparente, até que de repente tudo se explicava. Compreendia agora que estava no centro desse círculo e que de alguma maneira os filhos pagam pelos crimes cometidos por seus pais. Acaso o próprio Fernando não era culpado, com seu silêncio covarde, quando seu pai maltratava sua mãe? Não fez nada para evitar aquilo. Tampouco impediu que seu irmão Andrés perdesse definitivamente o juízo. Sabia o que ele fizera todos aqueles anos, tinha investigado seus crimes, as atrocidades que eram ocultadas unicamente para não prejudicar a imagem de seu pai, o ministro. E, na guerra, inclusive no gulag, quantas atrocidades gratuitas haviam cometido o próprio Fernando e Recasens?

Levantou-se e contemplou a esplanada que rodeava a casa de Gabriel. A filha do forjador subia com calma a ladeira que vinha do rio. Como uma redenção inútil e tardia, o destino ou Deus, ou o simples acaso, dera a Fernando a chave que abria o sótão onde se escondiam todos os seus segredos e, agora sabia, todos os seus horrores.

— Não se engane, Pedro. Nem você nem eu somos melhores do que Publio, meu pai ou Gabriel. A única diferença em relação a eles é que já não podemos nos aferrar a nada, salvo nosso ódio... A primeira coisa a fazer é resgatar Andrés, tirá-lo do sanatório.

Pedro Recasens se mostrava reticente:

— Não vai ser fácil, e deixaremos seu pai e Publio de sobreaviso.

Mas Fernando se mostrou inflexível.

— Temos de tirá-lo de lá seja como for. Depois cuidaremos de Publio, do meu pai e de Gabriel.

Contra a própria vontade, Recasens elaborou um plano nas duas semanas seguintes. Era arriscado, mas o único possível.

Fernando viu que alguém fumava nas sombras iluminado pela luz amarelada de um poste, e sua cara, coberta pela sombra, sorria como um bicho disposto a atacar. Fernando foi até ele sem pressa. Seus passos ecoavam na ruazinha deserta. O homem jogou fora o cigarro e se afastou devagar. Fernando seguiu-o. Os sinos de uma igreja próxima soaram a meia hora, deixando suas badaladas pairando naquela noite nua e azulada.

Detiveram-se diante de uma casinha abandonada. O homem empurrou a porta encostada e entrou às escuras. Fernando hesitou, olhando para um lado e para o outro. Reconfortou-o decerto sentir o contato da pistola que Recasens tinha arranjado para ele. De qualquer modo, era a única possibilidade que tinham de tirar Andrés do sanatório. Entrou no casebre atrás do desconhecido, que tinha ido para um dos cantos.

— E o meu dinheiro? — perguntou num tom seguro. Não era a primeira vez que fazia aquilo. Recasens estudara semanas a fio o pessoal do sanatório. E aquele cuidador era o candidato perfeito para se deixar subornar. Chamava-se Gregório, era um malaguenho duro, acostumado a tratar com os internos mais agressivos. Andrés estava a seus cuidados.

— Como sei que você vai cumprir com o combinado?

— Não sabe, mas imagino que antes de me ver deve ter se informado a respeito da minha reputação. Nunca falho com meus clientes.

Fernando sentiu seus punhos se apertarem. Claro que tinha se informado de que laia era aquele sujeito. Vendia as drogas que os internos tomavam, roubava seus pertences e, se fosse preciso, conseguia favores sexuais para clientes pervertidos cuja vida aparente era exemplar. Para Gregório, os internos do sanatório eram como um supermercado particular. Num indivíduo assim se podia confiar.

— O que vai fazer para tirá-lo de lá?

Gregório preferia não entrar em detalhes. Isso era com ele. A única coisa com que Fernando tinha de se preocupar era estar às três da manhã com o motor do carro ligado e os faróis apagados junto da entrada lateral do edifício. Esse era o trato. Fernando entregou-lhe o envelope com o dinheiro acertado. Gregório contou com dedos peritos e sorriu satisfeito. Guardou o envelope e se dirigiu para a porta. No último momento, pareceu se lembrar de uma coisa.

— Esta manhã ele teve uma visita. Me chamou a atenção, porque ninguém costuma ir vê-lo.

— Uma visita?

Gregório fez que sim.

— Deixou o nome no registro de entrada. Um tal de Publio. Esteve a sós com ele uma meia hora. Não sei o que disse, mas quando esse homem foi embora tivemos de sedar Andrés. Estava fora de si... Achei que o senhor gostaria de saber. — Gregório entreabriu a porta e escapuliu para as sombras da rua.

Fernando ficou mais alguns minutos pensando no que Publio podia ter dito a Andrés. Nada de bom podia sair daquele lacaio do seu pai, disso tinha certeza. Em todo caso, dali a algumas horas podia perguntar ao irmão em pessoa.

Deu umas voltas de carro, um velho Citroën creme, pelas ruas dos arredores. Estava nervoso e fumava sem parar. Vinte minutos antes da hora combinada com o cuidador, parou o carro num canto do qual podia ver a imponência do edifício do sanatório. Quase não havia luzes nos andares de baixo, onde deviam ficar os escritórios e as acomodações dos funcionários e das enfermeiras. O resto das luzes estava apagado. O ar arranhava os vidros das janelas com os galhos da árvore e o batente das portas mal fechadas batia.

De repente, numa das janelas do andar de cima do edifício, Fernando imaginou ter enxergado alguém. Foi um momento muito fugaz e pensou que talvez tivesse sido a sombra de um galho. Mas então começou a crescer uma luz na mesma janela. A princípio foi uma luz bruxuleante, como se alguém passeasse pelo quarto com um toco de vela. Depois começou a crescer até iluminar completamente o aposento. Pouco a pouco uma coluna de fumaça começou a se solidificar saindo para o exterior. As primeiras labaredas não demoraram a mostrar sua língua no parapeito da janela. Era um incêndio.

Fernando saiu do carro. O fogo ganhava turbulência com rapidez, saltando de um dormitório para o outro no andar de cima. Curiosamente, também via as silhuetas dos trabalhadores e das enfermeiras na parte inferior. Não tinham se dado conta do perigo que corria todo o edifício. Fernando teve um sobressalto. Seria aquele o plano que o cuidador tinha para libertar seu irmão? De repente, alguém caiu da janela, soltando um grito.

Uma hora antes, o cuidador Gregório sorria satisfeito, enquanto forçava uma velha senil a tomar sopa empurrando brutalmente a colher. Odiava aquele trabalho, mas ele lhe trazia bons ganhos. Como naquela noite. Dinheiro fácil, como o que recebia para fazer fotos de velhos pelados que ele obrigava a fornicar no banheiro e que depois vendia ao advogado da rua Urgell. Ou como o que tinham lhe dado para empenhar as joias de Herminia, a louca do terceiro andar. Conseguir que Andrés saísse dali não ia ser muito mais difícil e tinham lhe pagado mais do que bem. A única coisa que tinha de fazer era esperar que as luzes dos dormitórios de cima se apagassem. Depois provocaria um incêndio nos vestíbulos de acesso. Utilizaria gasolina para apressá-lo. Nada grave, justo o bastante para provocar uma evacuação dos internos. Depois, entre o tumulto e a confusão, não seria difícil levar Andrés para o carro do homem que o contratara. Não sabia que interesse aquele psicopata podia ter para ninguém, mas isso não era da sua conta. Já tinha sido pago e se alegraria muito de se livrar de uma fera como Andrés. Bem como a maioria dos internos e médicos. Ninguém podia se aproximar dele sem correr risco.

Ao terminar seu turno deu um jeito de ficar na sala dos plantonistas do andar de cima. Tinha preparado a lata de gasolina debaixo da mesa de trabalho. Juntou uns trapos na lavanderia e embebeu-os. O melhor era colocá-los debaixo da cama de Andrés. Uma vez declarado o incêndio, seria o primeiro a ser evacuado. Procurou no quadro a chave do quarto dele.

Naquela noite, Andrés teve um sonho estranho. Acordou com a sensação de ter sido real e pulou da cama angustiado. Demorou um pouco para se dar conta de que continuava trancafiado naquele lugar deprimente. Aproximou-se da janela. O vento fazia o vidro estalar. Via-se o jardim escuro. Para lá da grade havia um carro parado. Sacudiu a cabeça entorpecida pelos soníferos que lhe davam para dormir. Por um momento acreditara que estava longe dali, numa montanha nevada como as que sua mãe descrevia nas histórias de samurai. Só que no sonho essa montanha era real e sua mãe se ajoelhava à sua frente vestida como uma grande dama japonesa, com um quimono de seda verde e um penteado repleto de pedras preciosas e arranjos florais. Sua mãe o despia para banhá-lo, como quando criança. Só que no sonho ele não era uma criança, mas um homem. Sua mãe molhava uma esponja numa bacia e limpava seu corpo. Mas a água era sangue e seu corpo ficava todo manchado, como se estivesse mutilado ou ferido. Ele queria ir embora, mas ela o obrigava a ficar quieto com palavras firmes, mas carinhosas, tal como fazia quando, ainda criança, tentava escapar do banho vespertino.

Andrés voltou para a cama. Queria fechar os olhos de novo, mas não conseguia reaver a imagem da mãe. Então viu a maçaneta da porta girar. Apareceu alguém no limiar. Reconheceu o cuidador Gregório. Odiava aquele homem maldito. Viu-o largar uns panos no chão junto da porta, e outros debaixo da cama. Que cheiro era aquele? Fingiu que dormia. Não queria que o amarrassem com correias à cama ou que lhe injetassem outra droga. De repente percebeu uma labareda debaixo da cama e logo em seguida uma fumaça densa sufocou sua garganta... Fogo... Demorou alguns segundos para compreender o que o cuidador estava fazendo. Estava tocando fogo no quarto!

Levantou tossindo, tapando a boca. Correu para a porta entreaberta, mas o cuidador agarrou-o pelo pescoço, tapando sua boca.

— Ainda não — sussurrou-lhe ao ouvido. — Temos de esperar que se crie um caos.

Andrés procurou escapar, mas o cuidador era forte e o mantinha imobilizado. Era por causa de Publio, pensou com rapidez. Não quisera os papéis que ele havia trazido. Seu pai cedia a Publio sua parte do patrimônio familiar em troca de cuidar dele pelo resto da vida. Mas Andrés não quisera assinar, porque o que Publio pretendia não era cuidar dele, e sim deixá-lo o resto da vida trancado num lugar tão horrível quanto aquele. Assim, Publio tinha mandado o cuidador matá-lo. Ia morrer e simulariam que havia sido um acidente. Morrer queimado lhe parecia indigno. Virou-se com todas as forças, mas o cuidador não o soltava. O fogo crescia, havia pegado no colchão e nas cortinas. A fumaceira começava a ser asfixiante.

— Calma, seu imbecil, senão você vai estragar tudo — dizia o cuidador. Mas Andrés não ouvia, a única coisa que ouvia era o crepitar das chamas tornando-se cada vez mais virulentas. Aproveitou um segundo em que o cuidador afrouxou a pressão em seu pescoço para acertar-lhe uma cabeçada. Tonto, Gregório recuou para a janela. Seu nariz sangrava. Andrés tomou impulso e o empurrou. O cuidador caiu para trás, estatelando-se contra o vidro e despencando no vazio.

Andrés tremia. Seu corpo musculoso suava. Notava o calor à sua volta, mas não se mexia. Estava como que hipnotizado diante da janela de vidro quebrado. No corredor começaram a se ouvir gritos. O fogo se espalhava com uma voracidade descomunal. Recendia a pele queimada. Andrés olhou para seu braço direito. A camisola estava pegando fogo. Era sua pele que queimava. Jogou-se contra a parede para apagar o fogo da roupa e saiu ao vestíbulo. As luzes não tinham acendido. No meio da fumaça espessa e das chamas que lambiam o assoalho, as paredes e o teto, formando um túnel infernal, via correr desorientados, como ratos assustados, os internos do seu andar. Alguns pareciam estrelas cadentes. Corriam ardendo e se atiravam pelas janelas. Outros nem se mexiam. Ficavam parados, encostados na parede, fascinados com o avanço do fogo. Mas a maioria corria em tropelia para a escada. Andrés assim fez. Abriu passagem a socos, pontapés e mordidas. Mas era impossível avançar. A passagem da escada era estreita, mal permitia duas ou três pessoas descerem juntas. No meio da histeria, os internos tinham se precipitado em massa para lá, provocando um afunilamento. Alguns tinham caído e o resto os pisoteava sem contemplação, mas nem mesmo assim conseguiam passar. Até que a escada, que era de madeira com suportes de ferro, também foi alcançada pelo fogo. Andrés retrocedeu, tentando se proteger da fumaça. Era impossível respirar, não se via nada, seus olhos lacrimejavam. Tratou de chegar a uma janela para respirar um pouco, mas os outros faziam a mesma coisa. Iam morrer todos assados ou asfixiados. De repente, Andrés notou um calor muito intenso nas costas e na nuca. Estava queimando. Seu couro cabeludo ardeu como palha seca. Desesperado, sem um lugar onde pudesse se agarrar, atirou-se contra a parede de pessoas que se acotovelavam nas janelas. Ninguém procurou ajudá-lo. Afastaram-se dele. Andrés rodopiava como um louco, uivando e tentando apagar o fogo que se alastrava sem dó nem piedade. Caiu de joelhos no meio de um círculo de rostos horrorizados.

Os bombeiros demoraram mais de quatro horas para chegar ao último andar do sanatório. Disseram que não havia sobreviventes. Alguns cadáveres irreconhecíveis foram diretamente transladados para o necrotério em sacos. Outros, agonizantes, eram cobertos de gazes e levados para os hospitais San Juan de Dios e San Pablo, onde faleceram mal deram entrada. Mais de vinte pessoas morreram naquele pavoroso incêndio.

Durante toda a noite e até bem entrada a manhã, Fernando não se afastou do portão do sanatório, onde tinham se concentrado familiares angustiados, curiosos com instinto mórbido e repórteres sensacionalistas recendendo a mau-caratismo. A polícia não permitia a entrada de ninguém nem dava informações. Quando finalmente os bombeiros se retiraram, dois policiais armados permaneceram montando guarda junto do portão da entrada.

Fernando ainda ficou várias horas em frente ao edifício com a fachada enegrecida. Parte do teto tinha desabado, sepultando muita gente. Água vazava das canalizações estouradas, e as cinzas fumegantes dispersavam pelo bairro um fedor vomitivo de carne humana.

Quando dias depois foi publicada a lista dos mortos, soube que seu irmão Andrés tinha sido um dos primeiros.

23

Barcelona, 8 de fevereiro de 1981

Lorenzo afundou no banco de trás do carro oficial. Mal havia dormido. Deu ao motorista o endereço e ocultou as olheiras detrás de grossos óculos escuros. A Rádio Nacional transmitia um debate sobre política. Tudo parecia impregnado de política naquele mês de fevereiro. Ainda estava vivo na mente dos espanhóis o momento, as 19h40 de 29 de janeiro de 1981, quando a programação da TVE tinha sido interrompida para que Suárez pronunciasse sua famosa frase: "Apresento em caráter irrevogável minha renúncia ao cargo de presidente do governo". A partir desse momento os sobressaltos eram contínuos e os espanhóis viviam pendurados no noticiário da TV e das rádios. Haviam começado as sessões do Congresso em que seria eleito o sucessor dele: Leopoldo Calvo Sotelo. Embora a posse estivesse prevista para a tarde de 23 de fevereiro, a televisão e os jornais bombardeavam diariamente a população a fim de familiarizar o grande público com o rosto sisudo e austero do novo homem forte do governo.

— Vai acontecer alguma coisa muito séria, não vai demorar — vaticinou o motorista de Lorenzo, sem desviar os olhos da estrada.

Lorenzo concordou em silêncio. Sabia do que estava falando. Há anos se relacionava em segredo com os militares golpistas, desde a falida intentona da cafeteria Galaxia. Sabia que o problema não tinha sido extirpado, nem sequer cauterizada a ferida. Os militares humilhados pelo ETA, pela negligência de um governo em decomposição e de uma sociedade em plena mudança, eram campo abandonado para Publio e seus nostálgicos ultraconservadores, entre os quais estavam Tejero, Milans e o próprio almirante Armada. Essa gente não ia deixar passar o momento de instabilidade no governo para tentar se apropriar à força das rédeas da nação, como fizera havia mais de quarenta anos, de forma cruenta, o general Franco.

Mas tudo isso, apesar de importante, era o que menos preocupava Lorenzo naquele momento. Algo mais urgente reclamava sua atenção. Pediu para o motorista desligar o rádio. Precisava pensar, pesar suas opções e se antecipar aos acontecimentos. Além do mais, havia brigado com a mulher. Naqueles momentos de tensão, o que menos necessitava era de uma briga de família. Embora fisicamente muito diferente, sua mulher às vezes se parecia com María. Encarnava os mesmos impulsos viscerais, o mesmo olhar de superioridade apesar de tudo, o mesmo orgulho. Às vezes acreditava ver nos gestos de sua mulher algum trejeito, alguma expressão perplexa, algum sorriso como os que María colecionava. Talvez por isso ficasse irritado demais com ela e acabasse lhe sentando a mão.

Observou os nós de seus dedos. Sua mão doía e ele se sentia mal por ter batido na cara da esposa aquela manhã. Ele a tinha deixado caída no chão do banheiro com o lábio partido. Sabia que havia se excedido, mas o pior era que seu filho havia visto tudo. Recriminou-se por não ter tido o sangue-frio de fechar a porta, mas agora não tinha mais jeito. Anotou mentalmente que devia comprar guloseimas ao voltar para casa, e quem sabe mandar do escritório um buquê de flores para sua mulher com um bilhete de desculpas.

Mais tarde faria isso. Agora tinha de se concentrar na entrevista com o deputado. Não gostava que Publio tivesse ligado de maneira tão inesperada para sua casa. Aquilo não pressagiava nada de bom. Virou-se para a janela fechada do carro a fim de ver a linha difusa da costa que ia aumentando, com o perfil da montanha de Montjuïc e as torres de Sant Adrià despontando no fundo. Notou no bolso do paletó o recorte de jornal amarrotado que anunciava naquela manhã a morte de Recasens. Perguntou-se quem seria aquele inspetor de homicídios chamado Marchán. Era esperto; a notícia do assassinato havia demorado vários dias para sair, e ele agora anunciava à imprensa que a polícia judicial tinha se encarregado da investigação. O melhor era sua maneira pouco diplomática de insinuar a suspeita de que não se tratava de um simples homicídio: "Certos indícios nos levam a suspeitar que a morte do coronel Recasens pode estar relacionada a altas instâncias políticas e dos corpos de segurança do Estado. Por isso vamos pedir a ajuda do Supremo Tribunal". Isso dificultaria mais uns dias a transferência das investigações para o Serviço de Inteligência, e mesmo que pudesse driblar o obstáculo do Supremo, Lorenzo teria de se encarregar das diligências com discrição, para não chamar a atenção da imprensa.

Tudo isso dava ao inspetor uma margem de alguns dias para conduzir o caso, e essa era ao mesmo tempo sua maneira de se precaver de possíveis represálias. Sim, definitivamente, aquele inspetor era um bocado esperto. Tinha de investigá-lo a fundo e averiguar que interesse podia ter no caso Recasens. Talvez buscasse apenas um pouco de notoriedade e uma ascensão na carreira. Nesse caso, seria fácil chegar a um acordo. Mas, se o que procurava era outra coisa, seria mais difícil se livrar dele. Imaginou que era disso que Publio queria falar. Logo saberia. O carro estava entrando na rua onde o deputado residia quando vinha a Barcelona.

Publio recebeu-o num pequeno escritório repleto de livros encadernados em couro nas estantes de mogno. Recendia a tabaco bom, e junto de duas grandes poltronas de estilo barroco havia uma caixa de havana e uma máquina de cortar pontas de charuto.

— Suponho que tenha lido o jornal desta manhã — disse o deputado pegando um dos charutos e fazendo-o estalar entre os dedos, perto do ouvido. — O que sabemos desse Marchán?

Lorenzo examinou o perfil quebrantado de Publio. Apesar dos anos, continuava vivo, mas a pressão daqueles dias também deixava suas marcas nele.

— Pouca coisa. Trabalhou alguns anos com César Alcalá. Mas não depôs a seu favor no caso Ramoneda. Nunca o visitou na prisão. Alcalá não o considera seu amigo, mas um traidor. Ele próprio me confirmou isso quando fui vê-lo no presídio. — Lorenzo não disse a Publio que em sua última visita havia notado uma mudança de atitude preocupante no inspetor. Ele tinha se negado a dizer sobre o que havia falado com María nas últimas semanas e exigiu uma prova mais crível de que sua filha continuava viva. Não bastavam mais, dizia, os bilhetes manuscritos que Lorenzo lhe levava a cada quinze dias assinados por Marta. Lorenzo desconfiava que César Alcalá ia tentar algo por conta própria, e que ia fazê-lo em breve. Era um dado bastante importante para relatar a Publio, mas não o fez. Notava que o deputado estava a ponto de explodir.

Publio acendeu o havana dando longas tragadas enquanto girava o charuto sobre a chama do isqueiro. Manteve a fumaça na boca um segundo e deixou-a sair com evidente prazer. Não queria dar a Lorenzo a sensação de que estava preocupado. Mas estava. E muito. À medida que se aproximava a data de 23 de fevereiro, os preparativos se aceleravam, mas ao mesmo tempo imperava certa estranheza e desorganização entre os conjurados. A duras penas conseguia manter os implicados dentro do roteiro. Armada era dos mais recalcitrantes. Exigia a autorização por escrito de alguém da Casa Real, o que sob todos os aspectos era absurdo e interpretava como uma tentativa de pular fora do barco. Outros, como Tejero, comprometiam os planos com sua incontinência verbal. *Sotto voce* todo mundo intuía em que o tenente-coronel andava metido. Caso à parte era Cortina. O chefe dos Serviços Secretos não tinha gostado nem um pouco que um de seus homens tivesse aparecido mortalmente mutilado num beco do porto. Naquela mesma manhã tinha ligado para Publio protestando acerbamente contra a morte de Recasens. Para alívio do deputado, a irritação de Cortina era causada pelo fato de ter ficado sabendo pelo jornal, e não pelo fato em si.

Contudo, o que não deixava Publio dormir era o caso César Alcalá. Esse maldito policial estava havia anos atrás dele, e era o único que podia relacioná-lo à trama golpista, se fracassasse. Isso não teria importância se, depois do dia 23, o golpe tivesse sucesso. Poderia se desembaraçar sem problemas de todos os que o importunavam. Livrar-se deles como de moscas incômodas, como fazia nos bons tempos quando ele e Guillermo pintavam e bordavam como bem entendiam em toda a província de Badajoz. Mas a experiência lhe havia ensinado a ser precavido e devia tomar medidas, para o caso de tudo resultar em fracasso. Primeiro, precisava ter em mãos aquele dossiê que o policial guardava em algum lugar. Não sabia o que continha nem onde estava nem mesmo se de fato existia... Mas a simples suspeita era suficiente para ficar de sobreaviso. Havia contado com que o sequestro de Marta bastasse para calá-lo, até que alguém na prisão desse cabo do problema.

Talvez, pensou, tenha sido mole demais. Os anos o levavam a relaxar e ter confiança. Tivera a esperança de que Lorenzo convencesse María a sondar Alcalá. Mas não foi o que acontecera. Ramoneda também não havia cumprido com sua palavra, já que César continuava vivo... E restava o caso Marta, um capricho muito perigoso que havia mantido por tempo demais, com o risco de se transformar em seu próprio túmulo. Tudo isso tinha de ser liquidado. Tinha de sair de cena e destruir todas as pontes que uniam aquela gente a ele. E ia fazer isso de maneira rápida e diligente, antes que fosse tarde.

— O que me diz da sua ex-mulher? Você prometeu que conseguiria a informação que César Alcalá esconde, mas não foi assim. Mais ainda, acho que agora ela anda investigando a morte de Isabel Mola. Alguém do Colégio de Advogados me disse que ela andou fuçando o processo. O tempo terminou dando razão a Ramoneda. Temos de adotar com María medidas contundentes, como as que tomamos com Recasens.

Lorenzo sabia que Publio tinha razão. María era um problema e não ia se deter diante de ameaças. Confiara em que a presença de Ramoneda a intimidasse e a tornasse mais condescendente, obrigando-a a depender dele. Mas não foi o que aconteceu. Talvez devesse assumir sua morte como algo inevitável e necessário, como havia feito com Recasens, mas não conseguia aceitar essa hipótese. Por que se empenhava em protegê-la? Não era diferente das outras mulheres que conhecia, não era especial; era apenas uma ficção inventada por ele. E não adiantava se enganar com a possibilidade impossível de fazê-la se apaixonar por ele ou transformá-la numa marionete que ele manipulasse. Mesmo assim, tentou convencer Publio.

— Não estou muito certo de que matar Recasens tenha sido uma boa ideia. Pôs a polícia em alerta. Se agora María morrer, os problemas se multiplicarão. Ainda é uma advogada de renome, e Marchán, o inspetor que investiga a morte de Recasens, já a relacionou com o crime.

Publio teria esperado qualquer reação, surpresa, compreensão, certa inquietude, mas não aquele vomitivo e viscoso ato de compaixão disfarçado de oportunidade.

— O que me incomoda realmente, Lorenzo, é que você tente me manipular ou ache que sou besta... Tem de se desfazer dela. E fará isso pessoalmente. Metê-la na história foi ideia sua. Portanto, é você que deve resolver o problema.

Lorenzo engoliu em seco. Matar María... Nunca tinha matado ninguém. Não seria capaz de fazê-lo. Publio não se alterou. Fixou seus olhos brutos na ponta do havana, sacudiu a mão e deixou cair a cinza.

— Tem certeza de que não quer se encarregar? Não tem por que ir ao encontro dela. Me dê o endereço, que trato de tudo. Você poderá voltar para seu refúgio sem que ninguém te incomode. Mas garanto que Ramoneda levará um bom tempo. Ele tem fixação por essa mulher. E considerarei seu ato como uma traição. Se não pode fazer isso, para que me serve?

O medo faz seu trabalho com mais rapidez nos que hesitam. E Lorenzo nem sabia por que acabava de se condenar perante Publio. Soube-o naquele instante, sob o sorriso cansado dele deixando escapar a fumaça espessa do havana entre os dentes. Acabava de se condenar tolamente, sem sentido, por uma mulher que ele não amava e que não o amava.

Pensou naquele momento, de maneira fugaz, na figura da sua mulher caída na cama com a boca arrebentada e em seu filho menor chorando aos pés dela. Sentiu como fervia o punho com que a socara e notou uma vergonha de ser ridículo, covarde, imbecil. Era um joão-ninguém, um estudante de direito brilhante que acabara batendo em mulheres e limpando a merda do rabo dos poderosos. Estava liquidado. Mesmo que aquele golpe delirante triunfasse, mesmo que matasse María a tiros e arrancasse na marra a informação que César Alcalá tinha sobre Publio, o deputado não voltaria a confiar nele. Fizesse o que fizesse acabava de assinar sua sentença. E sabia disso.

— Bom. Que pensa fazer? — perguntou Publio, com o mesmo tom de voz que perguntaria como ia pescar no fim de semana. Lorenzo passou a língua pelo lábio ressecado. Sacudiu a cabeça com abnegação e adotou uma postura estudadamente servil.

— Tem razão. Eu causei o problema. E vou resolvê-lo. Vou me encarregar de María. — Esforçou-se por parecer convincente. Desejava fazer perdoar seu momento de hesitação. Publio pareceu se dar por satisfeito.

— Todos andamos nervosos estes dias, Lorenzo. Mas é muito importante permanecermos juntos, cerrando fileiras... Muito bem, você se encarrega. Quando tiver feito, me avise. — Lorenzo assentiu, despedindo-se apressadamente. Publio viu-o se afastar em direção ao carro. Naquele instante, Ramoneda, que ouvira a conversa do outro lado da parede, entrou no escritório.

— O senhor não acreditou que ele pensa mesmo em matar María, não é? Esse homem é fraco.

Publio ficou junto da janela que dava para a rua, enquanto o Ford Granada de Lorenzo se afastava. Sentia-se furioso por não controlar a situação que estava a ponto de se produzir. Mesmo assim, a única coisa que podia fazer era aguardar os acontecimentos.

— Siga-o discretamente, mas não faça nada antes de eu mandar... Quanto ao caso Alcalá... quando vai ser resolvido?

Ramoneda sorriu. Estava satisfeito consigo mesmo. Afinal, pensou, as coisas se fariam a seu modo. Aquele era o melhor trabalho do mundo. Pagavam-no para fazer o que mais gostava. Matar.

— Daqui a duas noites, na troca de turno dos guardas.

Publio assentiu. Já estava tudo decidido. Para o bem ou para o mal, ninguém poderia deter os acontecimentos das próximas horas. Restava o caso de Marta Alcalá... Encerrar aquele episódio não ia ser tão fácil. Seria doloroso para ele, uma grande perda... Mas não tinha outro remédio.

Apenas duas horas depois, Lorenzo deixava seu pensamento vagar, perguntando-se como era possível que de repente toda a sua vida tivesse se complicado tanto. A parede em que encostava a cabeça era de estilo veneziano. A pintura brilhante ressaltava sua figura, dando a ele um ar de busto hierático. A luz do porto entrava pelas grandes janelas através das cortinas puxadas e se refletia nas toalhas de um branco impoluto que cobriam as mesas. Cada uma era adornada com pequenos ramalhetes de flores naturais em vasos de cristal talhado. Em outras circunstâncias, teria sido um bom lugar para um encontro romântico. Lorenzo esboçou um sorriso triste a esse pensamento tão distante da realidade do momento. Virou a cabeça. No mesmo instante seu sorriso foi apagado por um gesto de oculta repugnância. Em frente dele, separados pela mesa pequena e incômoda em que mal cabiam duas xícaras de café e um cinzeiro fumegante, María fumava com uma lentidão exasperante contemplando o entardecer sobre os mastros dos veleiros atracados na marina.

Estava bonita. Vestia uma saia preta que deixava à vista suas pernas longas e bem torneadas. Inclinava ambos os joelhos para um lado, com o sapato de salto alto do pé direito levemente por cima do esquerdo, à maneira das senhoras da sociedade, uma postura recatada e artificial demais para ser cômoda. Sob o casaco combinando com a saia, sobressaía a gola da camisa de seda branca, com os primeiros botões desabotoados. Um tênue brilho de umidade realçava a pele do seu colo, que oscilava ao compasso da sua respiração tensa e contida. Mesmo naquelas circunstâncias pareceu bonita e desejável a Lorenzo. Era curioso, disse a si mesmo, como você acaba se acostumando com a beleza. E, no entanto, era impossível apossar-se dela. Pretender o contrário era pura vaidade. Quis se aproximar, tocá-la, mas desconfiou que ela o repeliria. Obrigou-se a olhar para ela, esperando que pelo menos virasse um pouco a cabeça e se dignasse a lhe dirigir a palavra, mas só percebia desprezo e incredulidade.

— Não vai dizer nada?

María fechou os olhos por um segundo. Seu rosto mostrava mais fúria do que aflição: seus olhos semicerrados eram como rendas através das quais destilava uma malevolência concentrada.

— O que espera que eu diga? — retrucou com uma voz carregada de desdém. — Que você é um ser desprezível? Isso você já sabe.

Lorenzo sentiu-se ruborizar, o que o irritou. Não suportava aquela sensação perpétua de fraqueza quando estava em frente a María. Havia deixado de lado seu habitual talento para a hipocrisia e confessado que trabalhava para Publio. Confirmou ponto a ponto o que Alcalá lhe dissera: que a utilizara para obter informações do inspetor e depois passá-la ao deputado.

— Sim, trabalho para Publio. Todos trabalhamos para ele, queiramos ou não. César também, e você, embora não acredite. Somos marionetes que ele maneja a seu bel-prazer. — Não havia orgulho nem vergonha em sua atitude. Só resignação. Como se tudo fosse inevitável.

Procurou se explicar, mas suas razões eram pouco convincentes. Era a reação de um homem culpado. Sentia-se julgado pelo silêncio inapelável de María, que não tinha se comovido, em absoluto, com seu repentino ataque de sinceridade. A esfera em que Lorenzo se movia, com suas intrigas, suas traições, suas estratégias e suas mentiras lhe eram completamente alheias. Ela nunca havia compartilhado seu mundo. Quando estavam casados e chegava em casa esgotado depois de um longo dia de trabalho, esperava que ela o compreendesse, pensava que merecia tranquilidade, atenções, e não se ver imerso em discussões absurdas pelos pequenos problemas domésticos. Esperava dela que fosse complacente, que admirasse o que ele fazia e transformasse seu mundo no mundo dela. No entanto, desde o início María deixou claro que não estava disposta a sacrificar sua carreira nem sua personalidade, em muitos aspectos mais vibrante que a de Lorenzo. Era essa vaidade, essa arrogância de enfrentá-lo, que sempre o tirava do sério; a impossibilidade de dobrá-la. Nem mesmo à base de porrada.

Os minutos passavam penosamente. O aroma do mar, das flores nos grandes vasos e da fumaça do cigarro de María trançava uma corda asfixiante sobre eles. O som dos talheres dos clientes se ampliava até se tornar insuportável. Lorenzo teria preferido que ela gritasse, que o insultasse. Qualquer coisa, menos aquele silêncio perplexo. Ia dizer algo quando María virou lentamente a cabeça para ele. Olhou para ele como se olha uma barata na parede.

— Por que então me meteu nisso tudo?

Era uma pergunta desconcertante, mas em certo sentido lógica. Seria fácil dizer que tinha sido fruto do acaso. Mas acasos não existem.

— Por quê? — repetiu em voz alta Lorenzo, como se não entendesse a pergunta ou a resposta lhe parecesse óbvia demais para se dar ao trabalho de dá-la. Ergueu a cabeça para lá do terraço em que se encontravam.

A tarde se arrebentava em cores cinzentas e vermelhas. Ao longe, viam-se os veleiros da marina de Barcelona. Eram como cavalos inquietos que cabeceavam, uns amarrados aos outros. Vieram-lhe à mente as lembranças da infância. Ele tinha sido criado perto dali, na Barceloneta, e secretamente sempre havia sonhado em ter uma dessas embarcações de lazer, cujo convés costumava lavar de joelhos nos meses de atracação para ganhar umas pesetas. Um tempo em que chegou a acreditar que ele também merecia ser um daqueles ricos proprietários que navegavam para Ibiza, Cannes ou Córsega, acompanhados de mulheres exuberantes e um sol que sempre os favorecia. Essa era a chave de tudo. Pela primeira vez, reconhecia isso sem rodeios. O dinheiro, o poder, sair do pântano para conviver com os grandes. Esse, e não outro, é que havia sido seu único objetivo na vida. E o fim que havia justificado todos os meios.

Mas de repente nada disso tinha sentido. As pessoas morriam e matavam à sua volta, traíam, mentiam, mas ninguém saía vencedor. Ninguém. Nem mesmo o deputado Publio. Tinha visto o medo em seus olhos poucas horas antes, o temor de que tudo saísse mal... Mesmo que seu golpe triunfasse, poderia descansar? Não. Publio era um velho a quem não restariam muitos anos para aproveitar sua vitória, e esgotaria suas últimas forças lutando contra inimigos que ainda nem existiam. Era assim a existência dos homens que decidiam manter a qualquer preço em suas mãos uma coisa tão escorregadia quanto o poder.

— O que queria de mim, Lorenzo? Castigo? Vingança? O quê?

— Você estava presente no momento adequado. Meu ressentimento fez o resto. Era o momento de te castigar e, de passagem, retribuir a seu pai pelos meses que passei na cadeia por culpa dele. Vi a maneira de demonstrar para você que não é melhor do que eu, e que seu pai, com seus pruridos paternais, também não é. Ele queria protegê-la de mim, e, no entanto, era dele que você deveria ter se protegido.

— O que meu pai tem a ver com tudo isso?

Lorenzo fitou-a com um sorriso enigmático. Pela primeira vez, María não soube decifrar o que havia por trás dele.

— Você andou consultando os autos sobre a morte de Isabel Mola, eu sei. Mas suponho que não tenha se dado conta de que faltavam partes importantes do processo. — Pôs em cima dos joelhos a maleta e extraiu vários documentos. Na época, considerou um presente dos deuses da vingança o fato de os autos do caso Isabel Mola terem chegado às suas mãos bem na hora em que precisava de uma razão para forçar César Alcalá a falar. O aparecimento do nome Bengoechea na morte de Isabel ia permitir que Lorenzo entrelaçasse os destinos de María e César a seu bel-prazer, iniciando um jogo de perigosas coincidências. Havia preservado aquela parte secreta do processo como uma garantia de futuro, uma cartada que pensava utilizar à sua conveniência. Mas tudo tinha saído mal. E agora que nada mais tinha importância, descobria com um sorriso de cinismo que ele também tinha sido utilizado naquela história.

Lorenzo explicou a María tudo o que sabia sobre o assassinato de Isabel Mola. E o fez com uma brutalidade nua de sentimentos. Ateve-se às provas, como agradava a María.

Ali estava tudo escrito: as contas que Gabriel cobrava de Publio, sua identificação como agente da Inteligência, seus anos de agente infiltrado na Rússia, seus relatórios sobre os encontros de Isabel com os outros conjurados para praticar um atentado contra o marido entre 1940 e 1941, entre eles o próprio Gabriel, que se fazia passar por cabeça. O plano para preparar o atentado contra Guillermo Mola e posteriormente frustrá-lo, dessa maneira desarticulando, detendo e matando todos os implicados, inclusive a própria Isabel. E ali estava, acima de qualquer outra prova, a carta manuscrita pelo próprio Gabriel em que dava conta de como havia executado Isabel numa pedreira abandonada de Badajoz, obedecendo às ordens de Publio. Nessa mesma carta era citado um soldado que havia sido testemunha casual da presença de Gabriel e da mulher na pedreira. Gabriel recomendava "neutralizá-lo" dado o risco de que viesse a dizer alguma coisa.

— Esse soldado era Recasens. Pedro Recasens. Meu chefe na Inteligência, o homem que contratou você para sondar Alcalá. Só bem mais tarde eu soube que foi Recasens quem delatara falsamente o pai de César. Não fui eu que meti você nisso, embora tenha ingenuamente acreditado que fora. Foi ideia de Recasens. Ele acreditou que o passado comum que você e César têm os levaria a confiar um no outro. A única coisa que fiz foi transmitir a Publio a informação e te pôr a nosso serviço, sem que nem você nem Recasens desconfiassem. Mas na realidade esse velho filho da puta é que utilizava a nós todos... Essa é a pura realidade, María.

Ambos guardaram silêncio, imersos em suas próprias contradições e em seus egoísmos. Lorenzo se atreveu a tocar o braço de pele pálida de María. Ela o afastou e estremeceu, como se de repente tivesse ficado com muito frio.

— Mentira... Você está mentindo — disse com o olhar perdido, negando com a cabeça como se não pudesse acreditar no que ouvia.

— São retalhos de verdades não ditas, mentiras que soam a verdade, passado, poeira, lembranças... Mas você também sabia, María. Dentro de você, sabia. Lembro suas desconfianças daqueles anos, do estranho comportamento de seu pai. Por que nunca fala do passado? Por que nunca quis perguntar seriamente a você mesma o motivo do suicídio da sua mãe? Por que aquele quarto trancado detrás do depósito de lenha? E, quando você pegou o caso Alcalá, lembra as discussões entre vocês? Como ele se opunha a que aceitasse o caso? Você nunca quis se perguntar realmente quem era seu pai. Bastava essa nebulosa de dúvidas em que se refugiava. Preferiu sair de casa, virar advogada, esquecer San Lorenzo... Agora não tem outro remédio, senão enfrentá-lo...

María enterrou os dedos nos cabelos. Sentia-se perplexa, aturdida e quebrada em mil pedaços.

— Preciso sair daqui, estou sufocando — disse, levantando-se.

Lorenzo não procurou detê-la. Pela primeira vez sentia-se em comunhão com María, mas ao mesmo tempo alheio e acima dela, como um espectador privilegiado que assiste à demolição de um edifício que sempre supôs inabalável. Sentia o fatalismo dos réus condenados a morrer que, uma vez aceita a sua sorte, são tomados por uma profunda calma.

— Você tem de parar de se encontrar com César Alcalá e desaparecer para sempre, antes do dia 23 de fevereiro — disse, recolhendo os papéis que acabava de mostrar a María. Não era um conselho. Era quase uma ordem.

María abotoou o casaco com gestos nervosos. Tinha a boca crispada por uma dor intensa e repentina.

— Só porque você assim decidiu?

— Não. Porque Publio me deu ordem de te matar — respondeu Lorenzo. Em seu rosto não havia emoção nenhuma. No máximo, uma expressão cética na fronte, sabendo que até a María aquilo soava grotesco. Não era um assassino, ela sabia disso.

Impossível determinar se María estava interpretando um papel, mas não denotou o menor sinal de medo. Se o que Lorenzo pretendia era intimidá-la, não conseguiu, muito pelo contrário. A única coisa que suas palavras provocaram foi sua cólera.

— Me matar? Uma coisa é espancar mulheres indefesas, outra bem diferente é tentar matar uma pessoa que está disposta a se defender. Eu me lembro da sua expressão de terror quando pus a faca em seus colhões no dia em que decidi resistir a você. Demonstrou o que é, um covarde. Como todos da sua laia. Vocês pegam, manipulam e ameaçam enquanto se sabem fortes. E a fortaleza de vocês é a fraqueza da mulher que pisoteiam. Mas se essa mulher mostra seus dentes, vocês fogem como ratos. Me matar, você disse? Sabe Deus que eu é que devia te dar dois tiros aqui mesmo, seu filho da puta. De modo que guarde seus conselhos para você. Sei perfeitamente o que tenho de fazer... E, acredite, não vai agradar nem um pouco nem a você nem a seus amigos.

Lorenzo engoliu em seco. Sentia-se cada vez menor e mais ridículo. E ao mesmo tempo lutava para se elevar acima dessa sensação e responder com vivacidade.

— Publio quer que eu te mate. Se não o fizer, vai mandar Ramoneda. Mas primeiro vai mandá-lo me matar. Acho que você deveria sumir; pegue sua namorada e esqueça tudo isso. Talvez tenha uma chance.

Mas María já não o ouvia. Saiu do restaurante batendo a porta. Seu passo era enérgico e seguro. No entanto, ao observá-la detidamente se notava um leve tremor em seus ombros e um fraquejar em suas pernas.

24

Bairro Gótico de Barcelona, naquela madrugada

María atravessou a praça deserta de Sant Felip Neri, deixando a igreja à direita e penetrando nas ruelas que desembocam no bairro judeu. O som de seus saltos ficava incrustado nas abóbadas amareladas de umidade. Eram passos inseguros, como de uma criança aprendendo a andar. Com o rosto enfiado na gola do casaco era mais uma sombra da passagem escondendo-se da luz. Cruzou com um bêbado que urinava na própria miséria apoiado na parede. Ele mal abriu os olhos ao ver passar aquele fantasma de passo inseguro. María ergueu a garrafa de genebra a modo de brinde. Não estava suficientemente embriagada para deixar-se cair junto do desconhecido, apesar de vir bebendo sem descanso desde que tinha largado Lorenzo no restaurante.

    Havia anos que não se embriagava, desde seus tempos de universitária, quando os porres faziam parte da liturgia de quem frequentava o círculo de colegas da pensão Comtal. Beber causava em María calafrios que ela mal conseguia dissimular. Mas, agora, nem sequer sentia náuseas. Queria se apagar, esquecer tudo, mas o que era, o que sabia, continuava ali metido em sua cabeça, imune à genebra. Queria que essa voz a deixasse, que parasse de falar, que não levantasse poeira ao pisotear seu cérebro. Tudo era fantasmagórico: a lembrança do fundo da cova gelada da sua mãe. O solo duro e a terra negra. Aquele túmulo não devia ser da sua mãe, mas de seu pai. Aquele cemitério era de um povoado dos Pirineus. Não entendia por quê. O forjador era um estranho, não era parte da família. Só construía espadas, facas e catanas para os Mola, mas não era ninguém, não era nada. Um assassino. Não tinha o direito de pôr flores todos os dias no túmulo da sua mãe, de desfrutar da sua companhia.

María hesitou ao chegar ao portão de madeira descascado e amolecido pela umidade. Tirou o papel do bolso e consultou, sem necessidade, o número da rua. Sabia perfeitamente que era aquele o lugar, mas pela primeira vez em muito tempo sentiu-se insegura, incapaz de bater com a aldrava metálica e empurrar com o ombro a porta entreaberta. Ergueu os olhos. Acima dela só se via uma porção de céu e dezenas de jardineiras de plástico penduradas nas balaustradas das sacadas. Não pôde conter um tremor. Aquele lugar era perfeito em sua monotonia e em seu abandono. Seu lugar preferido. A pensão Comtal.

Empurrou a porta sem bater e atravessou o pequeno pátio calçado de lajotas. Tudo continuava igual aos anos universitários, quando os rapazes eram proibidos de subir aos quartos e ela dava um jeito de Lorenzo entrar burlando a sempre atenta caseira: as mesmas lajotas quebradas num canto, os vasos com flores secas, o poço de pedra. Aproximou-se da beirada e debruçou-se com cuidado. Sempre teve medo da altura e da profundidade. Não dava para perceber o fundo do poço. Era como um buraco negro que a atraía como um ímã. Com esforço, conseguiu se afastar daquele olho cego de que emanavam gritos e lamentos, como se fosse a própria antessala do inferno.

Subiu um a um os degraus de cerâmica da escada que levava à mansarda. A porta do aposento estava aberta. De dentro vinha um cheiro de café novo e uma melodia. Reconheceu-a de imediato e sorriu consigo mesma. Entrou. De costas para ela, as mãos apoiadas na mesa da vitrola, uma figura feminina mais parecia contemplar a música do que escutá-la.

— É "Pour Elise", se bem me lembro.

A mulher apoiada no toca-discos levou alguns segundos para reagir. Sem se virar ainda, assentiu com a cabeça:

— Beethoven a compôs para uma menina virtuose que se queixava que suas composições eram muito difíceis de tocar. É fácil imaginar as horas intermináveis praticando junto do mestre no piano de Elise; vinte dedos numa melodia simples e bonita, criada e pensada para uma menina. — A mulher se virou lentamente, como se ao fazê-lo se desse tempo para pensar o que fazer ou o que dizer ao ver o rosto de María.

Ambas ficaram frente a frente, enquanto a melodia repetitiva e hipnótica de Beethoven as embalava.

— Olá, María. Achei que nunca mais veria você. Mas devia imaginar que sabia onde eu estava.

María assentiu. Sentiu o impulso de avançar e abraçar Greta. Mas não o fez.

— Não contava vir. Mas de alguma maneira meus passos me trouxeram até aqui.

Greta contemplou com um amor crucificado a garrafa pela metade que María segurava sem força pelo gargalo, a ponto de cair. Estava bêbada, mas para lá da sua embriaguez se notava nela um desespero absoluto. Mal haviam passado algumas semanas desde que tinham decidido se separar, mas custava-lhe reconhecer a pessoa com a qual havia compartilhado os últimos cinco anos. Procurou-a com afinco debaixo daquelas rugas de pele descarnada e cinza, mas não a encontrou. María, sua María, deixara de existir. E a única coisa que parecia haver sobrevivido era aquele monte de carne enlouquecida, um monumento ao desvario que a examinava com pupilas de anacoreta. Por um momento sentiu medo.

— Vejo que andou farreando.

María deixou cair com estrépito seu sorriso. Agora seu lábio inferior pendia e ela olhava de soslaio.

— Pode-se dizer que sim. Que hoje foi um dia dos mais "divertidos".

Greta sopesou com cuidado suas palavras.

— Por que não larga essa garrafa e senta no sofá antes de cair no chão? — disse, aproximando-se.

María se remexeu com uma fúria cega, empurrando Greta.

— Sabia que meu pai era um assassino? Acredita? Que porco hipócrita. Ele nunca quis que eu me casasse com Lorenzo porque dizia que via a maldade em seus olhos! E tinha razão; só que o que via em Lorenzo era também seu próprio reflexo, via a si mesmo.

— Por que está dizendo essas coisas do seu pai, não entendo...?

María se aproximou cambaleante da vitrola e levantou a agulha, que emitiu um rangido de giz ao arranhar o disco.

— Entende, sim, Greta. Quantas vezes você e eu falamos da maneira estranha como meu pai se comportava desde que soube que eu ia defender César Alcalá? Lembra que você me perguntou uma vez por que minha mãe se suicidou? Eu disse que não sabia, que não queria saber. Menti para você. Eu sabia, sabia que tinha sido por alguma coisa que meu pai tinha feito com ela. Uma coisa terrível que eu nunca quis descobrir. Agora eu sei. Esse maldito baú que ele esconde no lenheiro. Tantos silêncios e mistérios... — María procurou um lugar para se agarrar, um refúgio ou uma fuga, mas não encontrou nada. Ficou um momento suspensa no ar, como que flutuando. Depois sentiu o mundo girar rápido demais e tudo ficou turvo. Mal sentiu as mãos de Greta, que acudiram para pegá-la bem na hora em que ia bater com a cabeça no canto de uma mesa.

— É melhor você ir para a cama.

María via o teto cheio de rachaduras do aposento e em primeiro plano a cara de Greta, um tanto difusa, mas familiar e protetora. Ouvia sua voz como se estivesse submersa numa piscina.

— Eu estava esquecendo... Estava esquecendo o rosto da minha mãe. Achava que ela era fraca, covarde, por tirar a própria vida...

— Falaremos disso amanhã. Agora você tem de levantar do chão.

María deixou-se arrastar até a cama. De repente, sentiu uma tristeza profunda, algo que se quebrava mil vezes por dentro, um vidro que estourava em cacos e que cravava agudas estocadas dentro dela. Abraçou Greta como faziam outrora, com um amor carregado de pena.

— Vão me matar. Vão me matar pelo que meu pai fez quarenta anos atrás.

Greta pousou a mão fria na testa de María, procurando tranquilizá-la.

— Ninguém vai te matar. Aqui é o nosso esconderijo, lembra? Foi você que me mostrou. Ninguém mais o conhece, você está a salvo. Agora durma um pouco. Vou ficar aqui com você.

María acordou com o corpo gelado. A manhã tremia de frio num céu sem nuvens e com retalhos de luz que mal penetravam no aposento. A seu lado, Greta dormia apertada contra a parede. A cama era estreita demais para as duas, e Greta tinha se encolhido o máximo possível para não incomodá-la. María contemplou-a com ternura. Não havia pensado em pedir sua ajuda. Não era justo fazê-lo nas atuais circunstâncias. Mesmo assim, ficava contente por tê-lo feito. Era a única pessoa em quem podia confiar. A única pessoa que nunca lhe pediu nada nem esperou nada, salvo ser amada. María a amava? Afastou com delicadeza o cabelo revolto da sua testa franzida. Devia estar tendo um pesadelo, porque murmurava com os dentes cerrados. Sim, naquele instante ela a amava intensamente. Aproximou os lábios e beijou-a com suavidade. Lentamente Greta abriu os olhos, pestanejou uma ou duas vezes e olhou surpresa para ela. Depois se lembrou da noite anterior.

— Ué, você ainda está aqui?

— Se quiser, posso ir embora. Não devia ter aparecido num estado tão lamentável, mas precisava estar com você.

— Ontem à noite você disse coisas terríveis. Estava furiosa.

— Eram todas verdadeiras. Tudo o que eu disse é.

Como uma torrente desordenada que empurra morro abaixo tudo o que encontra, María explicou em detalhes tudo o que havia descoberto nas últimas horas. Falou de seu medo de ser assassinada por Publio, de seu remorso para com César Alcalá e da terrível verdade que seu pai escondia. Falava, falava, mas não conseguia se esvaziar, até que explodiu num soluço curto e intenso que desfigurou seu rosto.

— A vida toda eu quis ser honesta. Achei que se me armasse de princípios, se me esforçasse e pusesse ordem em meus atos conseguiria levar uma vida boa. Mas tudo o que fundamenta minha existência é falso. É como descobrir que você mesma é uma mentira. Fracassei e nem sequer sei quem sou, ou quem quis ser. Eu me sinto perdida, confusa, cheia de dor. E não tenho respostas.

Greta deixou-a chorar e desabafar sem intervir. Encostada na cabeceira da cama, limitava-se a receber todas aquelas palavras de dor e aquelas lágrimas que também a machucavam. Acendeu um cigarro e passou-o a María. Ela o rejeitou. Sua cabeça doía horrivelmente.

— Não foi ao neurologista, não é?

María enxugou o rosto com o lençol. Sentia-se um pouco mais aliviada. Deixava os ombros nus caírem para a frente, sentada com as pernas cruzadas entre os lençóis revoltos, em frente a Greta. Disse que era culpa da genebra. Como podia ter bebido meia garrafa de um gole só? A ressaca passaria com uma aspirina e um café bem forte. Mas ela conhecia muito bem aquela fisgada atrás da orelha, do lado direito, para saber que a dor de cabeça e o enjoo eram mais sérios. Semanas antes havia decidido por fim ir ao hospital para fazer uma série de exames. Ainda não tinha os resultados e essa incerteza, não podia negar, a angustiava. Mesmo assim, não quis lhe dar importância. Tinha coisas a fazer e precisava do auxílio de Greta.

— Tem um policial que se chama Marchán. Foi colega de César. Acho que pode me ajudar.

— Ué, você acaba de dizer que não confia na polícia.

— Ele é diferente. Acho que tem uma dívida com Alcalá. Me deu essa sensação quando veio me ver. Em todo caso, não tenho mais ninguém. Preciso que você vá vê-lo. Diga a ele que estou disposta a confessar tudo o que sei sobre a morte de Recasens e a investigação que fazia contra o deputado. Diga que deporei em juízo, se for necessário.

— E o que vai fazer enquanto isso?

María estalou os nós dos dedos.

— Uma coisa que já devia ter feito há muito tempo.

* * *

Introduziu a chave na fechadura do lenheiro e a porta rangeu como rangem as recordações esquecidas.
Acendeu a luz. Diante dela surgiram os enigmas do passado. A ordem era exagerada, de uma frieza desumana. Armazenados em estantes havia centenas de dossiês cintados com nomes, fatos e datas. Nas caixas de papelão estavam guardadas fotografias e objetos pessoais. De quem? A quem pertenciam? Quem eram todas aquelas pessoas recolhidas em pastas e estatísticas? Recendia a esquecimento, como se tudo estivesse embalsamado com bolinhas de cânfora. Aquele cheiro entrava pela garganta de María e apertava seu estômago, comprimindo-o num arquejo interminável. Examinou todas aquelas coisas com cautela, como se tivesse medo de desvendá-las, mas fosse inevitável fazê-lo. O quarto estava cheio de cantos sussurrantes, era uma geografia misteriosa de caixas fechadas, móveis cobertos com lençóis e livros empoeirados. Ali, o falso herói que era seu pai guardava sua armadura, suas medalhas, seus sonhos de juventude, como se fossem o elixir da existência. Ali estava seu barrete de quatro bicos, suas botas de cano alto, seus discos de canções bélicas que costumava ouvir no velho gramofone; encontrou inclusive uma cápsula sem bala dentro de uma cartucheira de lona. María especulou sobre o destino daquela bala. Por que ele tinha guardado a cápsula vazia? De quem teria tirado a vida com ela? De um legionário? De um mouro? De um coronel da artilharia alemã? De um divisionário italiano?
Veio-lhe uma lembrança turva e confusa, uma imagem do passado. Nesse fragmento de lembrança via seu pai conversando com outros homens; María devia ser muito pequena ou a lembrança estava apagada demais, porque mal via a fisionomia dos homens que estavam ao seu redor ou ouvia suas vozes, mas se

lembrava de seus uniformes militares. Seu pai devia ter sido alguém de certa importância para aqueles soldados, porque o procuravam efusivamente e ouviam o que ele dizia com a veneração que os veteranos se brindam quando compartilham experiências que só eles podem compreender. Naquela noite, depois da reunião, quando seus camaradas de armas se foram, María o encontrou chorando. Não prestou atenção em suas lágrimas, e sim na garrafa vazia que girava a seus pés e numa caixa de biscoitos dinamarqueses em que guardava algumas lembranças. "Por que está chorando?", perguntou a ele. Seu pai sorriu com tristeza. Aquele sorriso abarcava sem palavras uma dor que estava fora de limites concretos, como se abraçasse uma árvore de seiva amarga. "Por que não consigo mais conter tanto choro", respondeu enxugando as lágrimas e pondo no colo aquela caixa metálica cilíndrica de cor azul.

 O olhar aturdido de María se deteve no baú de pequenas dimensões, como uma maleta de viagem antiga, com correias de couro e pregos de ponta dourada nos cantos. Por dentro era forrado. O tecido malva do acolchoado havia perdido o lustre, mas mesmo assim era bonito. Procurou com afinco aquela caixa de biscoitos de que se lembrava. Tinha de estar em algum lugar. Encontrou-a enterrada sob uma espessa camada de poeira. Abriu-a sem cerimônia, convencida de que ainda estavam conservadas ali as lágrimas embalsamadas de seu pai. Não havia nada excepcional. Duas pequenas penas de escrever, um caderno com as folhas enrugadas e uma pequena foto, amarelada e zelosamente guardada entre estas.

 Observou primeiro a foto. Era um retrato de um garoto vestido de marinheiro. Devia ter no máximo uns dez, doze anos. Seu rosto era pequeno, intimista, recolhido. Mas eram olhos inquietantes. Grandes demais para o seu rosto, inquietos e perversos demais para sua idade. Empunhava uma espécie de báculo no qual apoiava o peso do corpo, como um pequeno tirano. María escrutou aquele objeto avidamente. O objeto que apoiava aquele menino era uma espécie de espada com ornamentos orientais. Atrás dele havia um homem jovem vestindo o uniforme das divisões motorizadas alemãs. Pousava com firmeza sua mão no ombro direito do menor. A expressão era distante, como se aquele jovem soldado na realidade não tivesse regressado do front.

María se sacudiu como se uma corrente atravessasse seu cérebro.

— Isso é uma loucura — disse, deixando-se cair contra a parede, abatida.

Pegou em seguida o caderno e folheou-o. A letra compacta era de Isabel. De um dos seus diários. Começou a lê-lo.

As páginas se enchiam de palavras doces, de sentimentos que transbordavam a tinta com que foram escritas. Palavras de amor, desejos que teriam enchido o coração de quem quer que fosse seu destinatário. Mas seu destinatário não era outro senão Gabriel. María imaginou com tristeza os desvelos daquela mulher, suas tentativas desesperadas de fazer seu amante compreender a enormidade do que sentia por ele; feliz, intimamente entregue à luz de um lampião a gás, à escrita daquele caderno como se estivesse tatuando cada palavra na pele do amado. María se perguntou se algum dia aquela mulher chegou a dizer aquelas coisas a Gabriel, ou se seu pai se apossou do caderno depois de matá-la. Por um momento se aferrou à ideia de que na certa ele só veio a saber o que ela realmente sentia depois de morta. Se tivesse sabido antes, raciocinava, não a teria matado. Ninguém seria capaz de semelhante traição. Mas logo se desenganava. Era impossível que Isabel não tivesse mostrado o amor que exprimia naquelas folhas enrugadas. Mesmo que quisesse dissimular por seus filhos e por medo de seu marido, a paixão emanava pelas costuras daquele fingimento. Devia existir uma corrente de olhares secretos, de rubores, de meios sorrisos, de silêncios de mel; os corpos deviam tremer ao se roçar, procurando-se com os dedos com uma desculpa qualquer.

— Então você já sabe...

María se virou assustada, com o diário de Isabel nas mãos. Na entrada do lenheiro, viu seu pai. Não o tinha ouvido se aproximar.

Não parecia surpreso nem incomodado. Muito pelo contrário. Gabriel se encostou na moldura da porta com o olhar enterrado nas coisas daquele quarto. Parecia aliviado, libertado por fim de uma carga que havia levado por anos demais.

— É verdade... Tudo o que Lorenzo me disse de você é verdade. Você... é um assassino, um embusteiro, um traidor... Todos esses anos de mentiras. Por quê? — Cuspia as palavras, golpeava-o com elas. Deu um passo à frente. Segurou o rosto do pai, obrigou-o a olhar para ela, a encará-la. Então Gabriel balbuciou algo incompreensível, como o lamento de um animal, como a dilaceração de uma alma, como a ruptura de uma barragem. Sua língua descontrolada procurava espaço entre os dentes e o céu da boca para articular um som lógico, mas foi inútil. Desfez-se em prantos, esquivando o olhar da filha.

María soltou seu rosto. Teve a tentação de acariciar os cabelos ralos do pai. Mas reprimiu qualquer gesto de carinho. Pegou o caderno de Isabel e deixou-o no colo de Gabriel, que afastou as mãos, crispadas.

— Como você pôde fazer aquilo com esta mulher?

Gabriel cerrou as mandíbulas. As veias do pescoço saltaram. De repente parou de chorar e de gemer. Encheu o esterno de ar e soltou-o numa frase bem lenta:

— Tive meu castigo. Eu amava sua mãe... Descobriu o diário de Isabel. E se suicidou por causa disso. Ela me odiava. Agonizou me odiando.

María olhou surpresa para seu pai. Era estranho que Gabriel sentisse remorsos só por essa morte, e não pelas muitas outras que direta ou indiretamente havia causado ao longo da vida.

— E você acha esse castigo suficiente? E eu? Acaso vivi te amando? Você pretendia manter meu carinho com seu silêncio, e a única coisa que conseguiu foi ir me distanciando pouco a pouco de você. Que diferença há?

— Você teria me odiado. Não pode entender como era aquela época, as coisas que aconteciam, como éramos todos então. Não existia amor nem lealdade nem sentimentos. Estávamos em guerra, uma guerra que não podíamos perder. E eu era um soldado. Utilizava os outros e os outros me utilizavam. Achava que o que eu fazia era necessário. Sua mãe não teria entendido. Mas tudo isso já é história. O passado não interessa aos que vivem o presente. Por isso enterrei aquela vida. Não queria que você me julgasse.

Julgar, usar os outros. Não era isso o que ela havia feito a vida inteira? Quantos havia julgado antes de acusá-los ou defendê-los? Afinal de contas, talvez Lorenzo tivesse razão. Ela, advogada ilibada, tinha se permitido dirimir culpas do alto da sua moral, sem se importar com as causas, sem se preocupar com as consequências. Um trabalho frio, profissional, científico. Era nisso que sua prática como advogada tinha se convertido. E utilizar os outros tampouco a incomodava. Podia perguntar a Greta. Como se sentia sendo a lixeira que recolhe a merda quando ela necessitava de sexo, segurança ou, simplesmente, desabafar como havia feito na noite anterior? Pensando bem, não tinha se valido de sua relação com Lorenzo para justificar sua vida de vítima? Até seu pai, aquele homem agonizante pelo câncer que ela tinha à sua frente, porventura ela não utilizava seu ódio por ele como desculpa para eludir suas próprias responsabilidades? O que odiava nele? O que ele tinha feito? Aqueles crimes? Aquela vida dupla? Ou o simples fato de ter se sentido traída? Não era melhor do que ele. Não era. Ela sabia que César Alcalá cometera um delito porque queria encontrar sua filha, sabia que Ramoneda era um psicopata desalmado, mas nada disso lhe importou. Conseguiu condenar o inspetor porque assim obteria notoriedade, prestígio, ascensão na carreira. E calou sua consciência dizendo-se, como os romanos, que "a lei é dura, mas é a lei". Hipócrita. Encarou o pai com desprezo. Porque desprezo era o que sentia ao se ver refletida nele.

— Você não ia me dizer nada. Nem mesmo sabendo que César Alcalá era filho do homem que pagou pelo seu crime com a própria vida.

— Tentei fazer com que você deixasse esse caso. Tentei de todas as maneiras possíveis, mas você não me ouviu. Creio que mesmo que tivesse te contado a verdade então, mesmo que tivesse falado de Marcelo Alcalá, Isabel, Publio, Recasens, de todos eles, nem assim você teria desistido do seu intento. Os homens que te escolheram para que acusasse César souberam calibrar bem sua ambição. Não entende isso? Não foi uma escolha sua. Fernando Mola e Recasens te levaram a aceitar o caso, eles enviaram a mulher de Ramoneda ao seu escritório. Sabiam que você aceitaria, e sabiam que, ao fazê-lo, me destruiriam. É uma maneira estranha de entender a justiça, reconheço. Mas tem sentido: os erros dos pais se perpetuam nos filhos. Do mesmo modo que a culpa. Nós, María, você e eu, destruímos a vida daquela família: eu destruí Marcelo, você acabou com César, impedindo-o de encontrar sua filha. Mas ainda podemos mudar alguma coisa, podemos fazer algo para fechar o círculo. Você tem de ajudar esse homem a encontrar Marta. Tem de fazê-lo.

María já havia tomado sua decisão muito antes de ir à casa

do seu pai. Mesmo assim ficou profundamente irritada com a atitude samaritana de Gabriel.

— Você está me pedindo para te ajudar a se libertar de uma culpa de quarenta anos?

Gabriel negou com veemência. O que estava pedindo à filha era que ajudasse a si mesma, que não se deixasse arrastar para o poço em que ele havia caído.

— Fernando é o filho mais velho de Isabel. Ele tem mais motivos que ninguém para me odiar. Matei a mãe dele e, em certo sentido, por minha culpa mataram Recasens, seu melhor amigo. Sua maneira de se vingar é esta: me obrigou a te contar a verdade, mesmo que você já a tivesse descoberto por si mesma. Me matar não tem mais sentido depois de tanto tempo. Ele sabe que estou com câncer e que vou morrer em breve. Contenta-se em saber que você me odiará por eu ser um monstro. Porém, além de mim, se há alguém que Fernando odeia, esse alguém é Publio. É ele que manipula todos os nossos fios, o diretor dessa farsa. Ele era intocável. Mas o aparecimento de César mudou tudo. Esse policial tem informações para destruir o deputado. E Fernando quer essas informações. Em troca, está disposto a dizer a Alcalá onde está a filha dele. É esse o trato que você deve oferecer a César. E deve fazê-lo rapidamente.

— Como esse homem pode saber onde está Marta?

— Não sei. Mas acredito nele. E sei que cumprirá com sua palavra.

María guardou silêncio. Deu uma volta devagar em torno daquele quarto mofado e asfixiante.

— E eu devo confiar em você?

— Já não tenho importância nisso. E estou cansado, muito cansado.

Quando María foi embora, a solidão de Gabriel tornou-se mais presente que nunca. Procurou uma coisa em seu velho baú e subiu à casa. Foi ao banheiro e sentou-se na frente do espelho. Forçou o olhar. Seu rosto lhe devolveu um sorriso um tanto malicioso. Já não sentia repulsa ao se contemplar. Ver sua cara era como cumprimentar um velho amigo, desagradável, deformado, mas familiar. A pele se dobrava sob seus olhos sem vida. Só haviam sobrevivido aos desenganos as enormes pupilas escuras.

Lentamente, passou pela face cava o barbeador, começou a se vestir. Pôr um terno com paletó e gravata depois de tanto tempo foi um verdadeiro suplício. O algodão da camisa pesava na pele como uma armadura. Teve de cerrar os dentes ao enfiar as calças vincadas e dar o laço nos sapatos que apertavam seus pés. Seu corpo protestava contra aquela prisão repentina.

Ao terminar, observou-se com cansaço; através da janela se entrevia a luz de um dia ensolarado e radiante. Por um momento Gabriel se imaginou passeando entre as pessoas como mais um aposentado; andando pela rua quando ainda não era um monstro com aparência de monstro, mas um monstro como os demais mortais, de mãos dadas com a filha e a esposa.

Sem mais preâmbulos, puxou o pano que cobria a Luger tirada do baú. Lembrou como a tinha tomado de Fernando na Rússia. A guerra palpitava naquela pistola de cano estreito e ferrolho engraxado. Os gritos dos mortos, o fogo dos disparos na nuca, o cheiro de sangue de tantos desconhecidos salpicando em seus dedos. Enfiou a pistola na boca, apontada para cima, fechou os olhos. E disparou.

25

Presídio-modelo (Barcelona), 10 de fevereiro de 1981

— Que horas são? Meu relógio está parado.

César Alcalá não entendia a obsessão pelo tempo de seu colega de cela. Na realidade, todos os relógios estavam parados lá dentro, mesmo que os ponteiros continuassem deslizando pela esfera no pulso.

— Oito horas.

Romero pulou do beliche de cueca. Como todas as manhãs, a primeira coisa que fez foi acender um cigarro e ficar olhando pela janela, através das grades.

— Você devia se vestir, Alcalá.

César Alcalá virou no catre, pondo-se de cara para a parede. Tocou a superfície amarelada de cimento, como se sua mão quisesse certificar-se da consistência das coisas. Quase não havia dormido.

— Para quê? Para continuar dando voltas nesta cela como uma fera enjaulada?

Romero apagou o cigarro numa das grades. Sorriu sem vontade. Olhou para Alcalá e deu de ombros. Inclinou-se e levantou o colchão do beliche. Por baixo da colcha aparecia o cabo reluzente de um facão. Pegou-o com a mão direita e se plantou no meio da cela com as pernas abertas.

— É melhor você se levantar. Não gostaria de fazer isso pelas costas.

— E o que acha que vai fazer? — perguntou alarmado César Alcalá.

Romero sorriu sinistramente, esgrimindo o facão.

— Cortar seu pescoço. Me pagaram um dinheirão pra fazer isso.

César Alcalá se endireitou lentamente, sem afastar o olhar do facão.

— Você não pode fazer isso; você não, Romero.

— Ah, é? E por que acha que não?

— Somos amigos — disse o inspetor com uma simplicidade que teria enrubescido uma criança. Não lhe ocorreu outra razão. Os dois estavam a sós. Romero esgrimia um facão. Ele estava indefeso.

— Se bem me lembro, foi algo assim que Júlio César disse a Brutus enquanto era apunhalado pelas costas.

— Você não é assim. Não é como os outros.

Romero relaxou a mão com que empunhava o facão, mas não baixou a guarda. Era evidente que não gostava daquilo. Sentia apreço por Alcalá. Mas o inspetor não sabia merda nenhuma de como ele era ou deixava de ser.

— Deixe eu te contar uma coisa sobre mim, Alcalá. Faz muitos anos, a prefeitura teve a ideia de instalar um ônibus-biblioteca no subúrbio. Tinha um garoto que ia lá porque era um lugar para se refugiar da chuva e onde era mais ou menos quente. Além do mais, aquela biblioteca ambulante, capenga e mal iluminada, era cuidada por uma jovem pela qual o garoto estava apaixonado. Era inevitável. Aos doze anos de idade, o que ele sabia do sexo se limitava aos concursos de punheta que batia com seus amigos nos banheiros de um puteiro da Plaza Real. Eles se escondiam atrás do espelho e se masturbavam vendo como as putas tiravam os compridos roupões e subiam a cavalo com suas gordas carnes brancas nos clientes. O sexo eram aquelas gotas de sêmen entre os dedos, aquelas ejaculações brutais e repentinas como um relâmpago, e aquele misto de medo de ser descoberto, de vergonha e de prazer.

"Mas a bibliotecária era uma mulher de verdade, não uma visão distante. Ela se aproximava tanto que o menino podia perceber o peito dela encostado em seu ombro, sentir o cheiro do seu perfume e roçar seus cabelos. Não podia obter dela nada mais do que sorrisos e alguma carícia amistosa, mas em troca aprendia a ler. Graças a ela descobria o poder das palavras, das ideias, do escrito. O menino descobria a ferramenta para burilar sua inteligência de sobrevivente. Ela o ensinava a explorar sua sabedoria das ruas para prosperar.

"Uma tarde, os amigos daquele menino, atraídos pelas maravilhas que ele lhes contava sobre a bibliotecária, foram ao ônibus. Ela estava recolhendo os livros. O menino pensou que ela ficaria contente por lhe trazer mais leitores. Mas eles não estavam nem aí para o Quixote, a Odisseia, a Atlântida. Cercaram-na como lobos famintos, imobilizaram-na pelos braços e pelas pernas, rasgaram sua calcinha e a estupraram, um depois do outro, obrigando aquele menino a olhar como faziam, agarrando-o para que ele não tivesse como impedir.

"Aquele menino nunca se esqueceu da cara da bibliotecária, nem de seu olhar de súplica enquanto a humilhavam. Tampouco da sua própria inocência. Ao terminar, queimaram o ônibus com a mulher dentro. Foram seus amigos. Ele os levou até lá. A culpa era dele.

"O menino cresceu, e um a um, durante anos, foi procurando os que fizeram aquilo e os eliminando. Mas nem mesmo acabar com o último deles conseguiu limpar sua consciência."

César Alcalá havia conseguido sentar-se na cama. Retesou os músculos disposto a lutar pela vida, lançou um olhar fugaz para o corredor da galeria. Teve a funesta certeza de que, mesmo se gritasse, ninguém ia acudi-lo.

— Por que você me conta agora essa história?

Romero olhou para a lâmina grossa do facão.

— Por quê? Não sei. Talvez porque seja a minha maneira de dizer que não se deve confiar em ninguém, que não se deve esperar nada de bom de ninguém, muito menos de quem diz ser seu amigo. Ou pode ser que eu precise desabafar... Você acha que sou um filho da puta sanguinário? Bom, é o que todos pensam. E me custou muito criar essa fama. Mas eu poderia ter crescido, me casado com aquela moça, lido todos os livros do ônibus e ser catedrático de literatura. Nem sempre podemos escolher o que queremos.

César Alcalá não afastava a vista do facão. Tinha de reagir, levantar, lutar. Não podia deixar que tudo terminasse de uma maneira tão ridícula: esfaqueado por um cara que estava somente de cueca cor de carne. Passara a vida toda lutando, de uma maneira ou de outra. Seu trabalho era violento, sempre terminava em algum esgoto no qual tinha de lutar para poder respirar. E sua sobrevivência na prisão não tinha sido muito diferente. Talvez a violência ali não fosse tão eufemística nem pautada. Ali tudo era muito mais primitivo, autêntico, a luta era mais encarniçada. Havia sobrevivido a várias agressões e a outras tantas tentativas de assassinato, defendendo-se com unhas e dentes, mantendo-se sempre tenso, alerta e disposto a ser o mais machão dos machões, o mais decidido de todos eles. Mas de repente era incapaz de reagir diante de Romero. Obrigava seus músculos a se retesar, mas era um esforço antinatural, seu corpo simplesmente não queria se defender. Estava farto, cansado, esgotado.

— Não acredito que você queira me matar por dinheiro — falou. — Você tem mais do que pode gastar. E não vai sair daqui com vida o bastante para gastar tudo... Então, por quê?

Romero arqueou as sobrancelhas, entre divertido e confuso. Aquele inspetor era um sujeito corajoso. E além do mais tinha razão. De repente sua expressão se tornou incomodada, quase envergonhada. Como uma criança que interpreta uma mentira e foi descoberta. Largou o facão na cama, perto das mãos indecisas de César.

— É verdade o que está dizendo. O que eles não entendem é que aqui dentro o dinheiro não vale nada, principalmente se você não pode aproveitar. Vou apodrecer aqui antes de conseguir a liberdade condicional. Mas, se eu não te matar, perderei uma boa parte da reputação que ganhei. E então minha vida é que não valerá mais nada. Você sabe como funciona esta bolha em que nos movemos. Aqui o modo de se comportar é tão importante quanto em qualquer outro lugar. Pode até ser que mais.

César Alcalá respirou um pouco aliviado. Com o canto dos olhos observava o facão ao alcance da sua mão. Mas não tinha nenhuma intenção de utilizá-lo contra Romero. O homem que fora antes não teria pensado duas vezes, teria se atirado sobre ele e o trespassado. Mas esse homem não existia mais. A prisão o havia fagocitado. Além do mais, compreendia que Romero também não desejava fazê-lo. Mas precisava encontrar uma saída, uma proposta digna que justificasse seus escrúpulos.

— Não precisa me matar. Aliás, não quer fazer isso. Você poderia ter cortado meu pescoço enquanto eu dormia, no chuveiro, em qualquer momento, e não o fez.

— Mas há outros que não pensarão assim. Um dia ou outro, alguém alcançará seu objetivo, e eu não vou estar sempre aqui para te proteger, amigo. De modo que é melhor pensar em alguma solução. Não pode mais continuar fingindo que esse filho da puta do Publio vai se conformar com seu silêncio ou com manter você encerrado aqui... Tem de fugir.

César Alcalá teria soltado uma gargalhada se a solução não parecesse tão óbvia. E tão impossível de realizar.

— Não é tão impossível — matizou Romero, lendo seu pensamento. Tornou a pegar o facão, desta vez com uma atitude menos ameaçadora. — Você confia nessa advogada que costuma ver?

Confiar, não confiava em ninguém nem em nada. Mas pelo menos María havia estado com ele aquelas semanas, tinha lhe infundido esperanças. E sentia algo por ela, um sentimento parecido com a confiança, sim. Sentia respeito.

— Em todo caso — disse Romero, aproximando o facão do peito nu de Alcalá —, você vai ter de confiar nela e cruzar os dedos. É a única solução que me ocorre: e agora será melhor que você pegue o travesseiro e tape a boca. Isto vai doer.

María olhou a hora em seu relógio de pulso. Era a terceira vez que o fazia em menos de vinte minutos. No entanto, por mais que ela forçasse, o tempo se negava a passar mais depressa.

Mexia seu café com a colherinha, já frio, com o olhar na rua que via através da janela. Repassava minuto a minuto o que havia feito nas últimas horas e esboçava um sorriso abestalhado. Quase não podia acreditar no que o neurologista acabara de lhe dizer. Lentamente, mastigou a palavra em sua boca: tumor. Era uma palavra feia, desagradável ao paladar. O neurologista tinha lhe mostrado as radiografias e as imagens da tomo, mas era difícil para María associar aquelas manchas em seu lóbulo, apenas umas lascas nebulosas de aparência inofensiva, a uma palavra tão pesada e definitiva.

— Vai ter de ser operada com urgência. Não entendo como não foi ao médico antes; é impossível que não tenha se dado conta de que alguma coisa não ia bem. — María se desculpou com o médico, como se tivesse cometido uma negligência imperdoável, apesar de ser seu cérebro, e não o dele, que estava se esfrangalhando. Pensava que era cansaço, estresse. Ultimamente sofria muita pressão... Se soubesse... O neurologista tinha escrito com ar grave uma coisa em seu bloco. Depois arrancou uma folha com ar decidido e a entregou.

— É preciso prepará-la para a cirurgia. Vamos precisar de exames de sangue e do seu histórico completo. Precisará tomar alguns remédios no pré-operatório.

Às vezes, María tinha a sensação de que aquela imagem que passava diante de si era uma invenção. Um pesadelo. Mas ali estava em cima da mesa o tal papel. Sua vida escapava pelas mãos daquele médico que fazia e desfazia, com uma brutalidade asséptica, como se ela não estivesse presente. Sentia que estava dentro de uma bolha e que aquilo tudo não passava de um jogo estranho e macabro. Dois dias antes era uma mulher saudável. Agora era praticamente uma desenganada. Mas essa realidade não penetrava em absoluto em sua inteligência. Ficava na superfície, boiando.

O neurologista que ia operá-la a tinha aconselhado a acertar todos os seus problemas legais e pessoais.

— É uma prevenção que vale a pena — disse o médico, estendendo-lhe a mão. Constatava unicamente um fato irrefutável. Não lhe preocupavam as reações da paciente, mas sua disponibilidade. María observou com desconfiança aqueles dedos compridos e frios que iam operá-la. Aqueles dedos como patas de aranha entrariam em sua intimidade, em seus pensamentos, em suas lembranças, em sua inteligência. Desfariam suas conexões neuronais, podiam inutilizá-la ou matá-la... Por que não pensou que também podiam salvá-la?

Tornou a olhar para a rua. Tornou a consultar o relógio. Pediu outro café quente e bem forte. Aquele gesto rotineiro de repente lhe pareceu importante, como o sol invernal que inundava a lanchonete, como o som dos caça-níqueis, como o barulho do tráfico que entrava cada vez que alguém abria a porta. Aquele momento tinha a doçura das pequenas rotinas e a angústia de saber que aquele fato tão simples talvez não voltasse a se repetir.

Estava aterrorizada, mas nem mesmo nesses momentos tinha plena consciência do que acontecia com ela. Embora tudo dentro de María se contorcesse, alguma coisa em seu epicentro se mantinha imóvel, calado. Uma verdade profunda que ela se negava a racionalizar: ia morrer. Havia visto o processo de degradação da doença de seu pai. No melhor dos casos, talvez terminasse também se sentindo como uma planta fazendo a fotossíntese junto a uma janela. Talvez Greta quisesse trocar suas fraldas sujas de fezes, limpar sua baba e lhe dar de beber a sopa quente com um babador. Mas talvez María não estivesse disposta a aceitar.

Não tinha dito a ninguém o que acontecia com ela. Ao contrário, movida por uma estranha serenidade e uma clarividência que tinha muito de abandono, vira claramente quais iam ser seus passos seguintes nas próximas horas. A primeira coisa que fez ao sair da clínica, no dia anterior, foi procurar uma cabine telefônica. Discou o número do presídio-modelo. Mas não pediu para falar com César Alcalá, e sim com seu colega de cela.

Romero lhe causou uma sensação ambígua. Parecia um ser incapaz de maltratar uma mosca. Era educado, tinha gestos contidos, tom de voz amável. Tanto mais amável quanto mais ela o ouvia. Hipnótico como o chocalho de uma víbora ou de uma cascavel. Mas seu olhar, intenso, desenganado e, portanto, sincero, intimidava mais do que qualquer outra coisa. Aquele homem parecia capaz de parar o mundo e fazê-lo girar em sentido inverso, se fosse essa a sua vontade. No entanto, César Alcalá confiava nele. Falava de seu colega de cela como se falasse de um bom amigo, alguém digno de consideração. Deu-lhe a sensação de que aquele homem esperava sua visita. Que a esperava fazia muito tempo.

Foi uma conversa estranha, entre dois mortos que por alguma razão ainda tinham a aparência de vivos. Terá sido isso que Romero viu nela? Seu medo? Sua certeza de que ia morrer? A ausência de vida? De esperança? Talvez. Mas logo se puseram de acordo. Nenhum esperava nada do outro, mal tinham se visto fugazmente, uma ou outra vez, quando María vinha ao locutório ver César. Mas ambos tinham ouvido falar do outro à saciedade. De certo modo, eles dois eram os extremos de um tênue fio sobre o qual César Alcalá transitava equilibrando-se. Era esse o vínculo entre eles; o desejo de ajudá-lo, ainda que María tivesse dificuldade de entender o que podia levar Romero a se envolver em algo como o que ela lhe propôs naquela conversa. Mas, depois de ouvi-la, ele nem hesitou. Pareceu até se divertir com o desatinado plano que ela descreveu com profusão de detalhes para tirar César dali. María estava tentada a crer, ao recordar a expressão de Romero, que ele quase se sentira aliviado por tirar um enorme peso das costas.

— Se estiver disposto a ajudar o César, é bom saber que isso trará consequências graves para o senhor.

— "Consequências graves" — repetiu Romero, como se saboreasse a expressão. — Está se referindo à possibilidade de somarem alguns anos de condenação à minha comprida sentença? Não se preocupe com isso. Quando chove no molhado, a gente nem percebe. Além do mais, gosto deste lugar. Acho que fora daqui me sentiria um extraterrestre.

Sujeito curioso, Romero. María consultou o relógio pela enésima vez. Se ele havia cumprido sua parte do trato, César já devia estar fora dos muros do presídio. Não demoraria muito a saber. Era só Marchán aparecer pela porta da lanchonete.

Mal acabou de formular esse pensamento, o inspetor apareceu.

Ele parou um segundo, segurando a maçaneta. Achou que María estava nervosa. Mal se maquiara e era evidente que tinha se vestido apressadamente. Chamou-lhe a atenção que o botão de cima da blusa não estava na casa certa. Tinha o olhar de uma intensidade frenética e agarrava as próprias mãos em cima da mesa. Ao redor dela, os clientes tomavam seu café da manhã e folheavam os matutinos. Imaginou se aquela era a atitude de alguém disposto a confessar um crime ou algo de extrema gravidade. Era essa a impressão que lhe dera a companheira de María ao telefonar marcando o encontro. Marchán deu uma rápida olhada ao redor. Claro que aquele não era um lugar discreto, e talvez não fosse o mais adequado para conversarem. Podiam estar seguindo-a. Podiam estar seguindo-o. Desde que havia se encarregado da investigação da morte de Recasens, a pressão sobre ele e seus superiores era insuportável. O deputado Publio e o chefe da Inteligência estavam jogando todos os seus trunfos para afastá--lo do caso.

María se levantou da mesa e estendeu-lhe a mão com cordialidade. Marchán apertou-a. Estava fria, e seu braço tremia imperceptivelmente.

— Não prefere conversar num lugar mais discreto?

María negou. Ali estavam bem. Rodeada de gente não podia deixar-se levar pelo desespero.

Marchán assentiu e sentou com um ar um tanto preocupado.
— Creio que tinha uma coisa importante a me dizer. Pois bem, aqui estou, mas devo avisá-la de que tudo o que me disser será considerado de maneira oficial.
— Sou advogada, inspetor. Sei como funciona isso. E se não quis ir vê-lo na delegacia foi precisamente para que o que vou lhe dizer não tenha nenhum valor probatório. Isto não vai ser nenhuma confissão, entende?

Marchán arqueou ligeiramente a sobrancelha.
— Então vai ser o que, advogada?

De repente, María sentiu-se incomodada. Chamar o inspetor depois do que lhe contara Lorenzo havia sido um impulso incontrolável, uma necessidade peremptória. Em compensação, agora que o tinha à sua frente não sabia o que dizer nem como se comportar. Isso a irritava. Não tinha por que ser difícil se comunicar com ele. Era um policial, parecia honesto e não dava a sensação de ocultar nada que fosse além das mentiras simples que acompanham toda verdade.

— Acho que vão me matar, inspetor.
— Acha ou sabe? — perguntou Marchán, inclinando um pouco a cabeça para ela, mas sem se alarmar em excesso.

Era uma pergunta ridícula, quase estranha. María sentiu-se novamente julgada, como na consulta ao neurologista, como se ela fosse culpada.

— Eu sei, mas isso não parece lhe impressionar muito. Eu não disse que tinha quebrado a perna atravessando um sinal vermelho. Acabo de lhe dizer que estão pensando em me assassinar. E vejo que o senhor está cagando para isso. — Era injusta e estava a ponto de se deixar mover por um desejo faminto de autocompaixão, mas soube controlá-lo e se desculpar.

— Não a vejo muito preocupada por se sentir ameaçada. É

como se não a afetasse, como se falasse do que aconteceu com um conhecido do escritório. Mas, mesmo que seja assim, diga: quem quer matá-la? E por quê?

— Tem em parte a ver com Recasens e com aquele bilhete que o senhor encontrou no bolso dele com meu nome e o do deputado Publio. Claro, vejo em sua cara que continua pensando que eu tenho alguma coisa a ver com essa morte, e me considera suspeita. Os tiras são assim, metem uma coisa na cabeça e toda a sua estrutura mental a dirige no sentido de demonstrar essa ideia, por mais absurda ou errônea que seja.

Marchán não se alterou. Esperou que ela dissesse o que queria dizer.

— Mas o senhor se engana, inspetor. Meu ex-marido, Lorenzo, trabalha para o Serviço de Inteligência. Recasens era seu superior. Ambos me pediram para ir ver Alcalá, porque ele tinha uma informação confidencial que incriminava o deputado Publio. Só que Alcalá não estava disposto a falar desse assunto com ninguém enquanto sua filha Marta continuasse sequestrada. Minha missão era convencer o inspetor de que o Serviço de Inteligência podia ajudá-lo a encontrar sua filha em troca da informação.

Marchán ouvia sem mover um só músculo do rosto. Mas a ponta de seus dedos tinha se avermelhado. Era injusto dar falsas esperanças a um homem tão pouco dado a esperanças quanto César. Em primeiro lugar, ninguém podia saber se ela continuava viva depois de quase cinco anos nem qual era seu paradeiro. O rosto daquela moça era apenas mais um entre as centenas de rostos de desaparecidos que empapelavam as delegacias. Rostos e datas de pessoas que um belo dia se esfumam sem deixar rastro e das quais nunca mais vinha a se saber nada. Eram muitos, e os policiais encarregados de procurar uma pista eram poucos.

Durante anos, Marchán havia dedicado quase toda a sua energia ao caso de Marta. E o máximo que havia conseguido eram umas tantas fotos de uma casa em algum lugar dos arredores da cidade. Havia revistado quase todas as casas parecidas entre Sant Cugat e Vallvidrera sem obter nada. Seguira pistas fundadas em rumores, nomes que apareciam aqui e ali, quase sempre vinculados à família Mola ou ao deputado Publio, claro. Porém muito pouco concretos, muito voláteis. E mesmo assim não tinha desistido, não havia esmorecido em seu empenho, talvez movido pela culpa de não haver apoiado Alcalá com entusiasmo suficiente durante a ação contra seu ex-colega. Mas, quando acreditava estar chegando perto, quando pensava que havia encontrado uma pista minimamente crível, seus superiores o obrigavam a abandoná-la, mudavam-no de atribuição, dando-lhe outro caso ou punindo-o com uma desculpa qualquer.

E agora vinha aquela advogada com uma história de espiões. Uma história de crimes que talvez fosse grande demais, até para ele.

— As ameaças de morte têm a ver com o caso Recasens?

— Em parte. Tenho certeza de que Recasens havia encontrado o modo de incriminar Publio, talvez sem os documentos e as provas que César não estava disposto a lhe entregar. E sei que foi Ramoneda que o assassinou. O mesmo que agora vai me liquidar.

— Como pode ter tanta certeza?

— Porque Lorenzo, meu ex-marido, me contou tudo. Ele trabalha para o deputado. Estão preparando alguma coisa importante, um golpe militar. E Publio quer eliminar qualquer obstáculo que possa vir a atrapalhá-lo.

Marchán deixou escapar um ligeiro assobio. Algo lhe dizia que a coisa ia se complicar, e muito.

— Ele confessaria tudo isso?

— Lorenzo? Duvido muito. Nem sei por que contou a mim.

— E a senhora, está disposta a declarar o que sabe?

María ponderou. Esperava a pergunta. Ela mesma havia ensaiado a resposta enquanto esperava o inspetor.

— Sim, mas com uma condição.

Marchán ficou meio tenso.

— Não estamos em uma loja em que cada um escolhe o que pode pagar. Posso convocá-la a depor diante de um promotor, acusá-la de cúmplice de um assassinato ou de encobrir atividades de alta traição contra o governo.

— Poder, pode, mas não adiantaria nada. É minha palavra contra a sua. Eu me informei, inspetor Marchán: sei que sua palavra não tem muito peso ultimamente na polícia. Principalmente desde que conduz a investigação do assassinato de Recasens. Imagino que muita gente esteja louca para ver o senhor quebrar a cara sozinho. Eu lhe ofereço a oportunidade de se sair bem, de solucionar o caso, mas vai ter de ser do meu modo e com minhas condições.

O rosto de Marchán se anuviou. Compreendia a ira de María, seu medo disfarçado de raiva, seu desejo de machucá-lo com palavras, porque era o que tinha mais à mão. Bem podia ter se levantado, quebrado os vasos de flores secas das mesas ou os copos, insultado e cuspido nos clientes.

— E o que a senhora quer?

María se sentia muito cansada. Na realidade, a única coisa que queria era se levantar, correr para o hotel que virara sua casa e trancar-se no quarto com a luz apagada, enfiar a cabeça no travesseiro e mergulhar num sono profundo. No entanto, restava o mais difícil.

— Quero que deem proteção a Greta, para o caso de Ramoneda se aproximar dela, e também quero proteção para mim.

— Isso vai ser complicado — concedeu Marchán.

— Tem mais. Sei que o senhor é o único que levou mais ou

menos a sério o desaparecimento de Marta Alcalá. Quero que compartilhe comigo essa informação.

Marchán apertou os lábios. Depois os relaxou, olhando para a palma das mãos.

— Isso não vai ser possível. Essa informação é confidencial. E, mesmo que eu resolvesse passá-la, a senhora acha que ia conseguir mais do que eu? Não há nenhuma pista confiável do paradeiro de Marta. O mais provável é que esteja morta e enterrada em algum terreno baldio faz anos.

María pesou bem as palavras que ia dizer.

— Não é verdade. Existe uma pessoa que afirma saber onde a mantêm sequestrada.

Desta vez Marchán perdeu a compostura habitual e olhou María com os olhos semicerrados e uma clara ansiedade no rosto.

— De quem está falando?

— De Fernando Mola... Pelo que vejo, esse nome não lhe é estranho... Fale-me dele, e dessa família.

Por mais de uma hora, Marchán desfiou sobre a mesa tudo o que sabia sobre a família Mola. Também não omitiu explicar a uma perturbada María a existência de indícios que apontavam que Andrés Mola, o irmão mais novo, não teria morrido no incêndio dos anos cinquenta.

— Sempre desconfiei que aquele incêndio foi a desculpa perfeita, o álibi de Publio para tirar seu afilhado de cena. Andrés era um problema, mas Publio não podia se livrar dele. Guillermo o havia declarado herdeiro da família, contanto que Andrés se mantivesse são e salvo. E Publio precisava mantê-lo com vida para utilizar a fortuna que o içou à sua posição atual.

— Mas o primogênito era Fernando. Ele é que devia ter herdado a fortuna dos Mola.

— Fernando Mola foi deserdado pelo pai. Além do mais,

acreditava-se que tinha morrido no front de Leningrado no fim da Segunda Guerra Mundial.
— Pois, pelo que parece, não morreu. Mas não entendo por que ele diz saber onde Marta se encontra. O que tem a ver com isso tudo?

Marchán acendeu o segundo cigarro consecutivo e deixou--o se consumir no cinzeiro abarrotado.

— Imagino que a senhora compreende a magnitude do que tem em mãos.

— Isso não responde minha pergunta, inspetor.

Marchán suspirou pesadamente. Desviou o olhar para a porta de saída. Qualquer um dos presentes podia ser um agente de Publio ou do Serviço de Inteligência. Qualquer um podia estar anotando discretamente aquele encontro, e, se assim fosse, sua carreira estava acabada. Mas por acaso já não estava? Não era hora de pôr um ponto final em tantos anos nadando na sordidez e indo para casa com a consciência tranquila?

— Andrés Mola era um autêntico psicopata. Acusado de vários assassinatos, mas nunca se pôde provar nada. Sempre desapareciam casualmente as provas, as testemunhas se retratavam ou o caso era arquivado. Mas o fato é que esse moleque obcecado por samurais matou, entre 1950 e 1955, pelo menos seis mulheres. Todas elas tinham algo em comum. Pareciam com sua mãe e foram decapitadas com um sabre. A cabeça dos cadáveres nunca foi encontrada. Depois, supostamente, um dos corpos encontrados na clínica em que ele estava internado foi identificado como seu. Mas já disse que sempre desconfiei que estava vivo e escondido por Publio em alguma casa do parque de Collserola ou em suas imediações. Os rumores falam de uma velha chácara dos Mola, uma casa coberta de telhas de cerâmica azul. Pedi vários mandatos judiciais para inspecionar a casa, mas foram negados. Quando decidi ir lá por conta própria, fui recebido por vários capangas a serviço de Publio. Desconfio que esse canalha continua lá, vivendo emparedado como um morto-vivo.

— Não vejo qual é a relação com Marta.

— Olhe uma foto de Marta Alcalá e compare com a de Isabel Mola em sua juventude. A semelhança é assombrosa. Além do mais, Andrés era muito ligado à mãe. E o avô de Marta, Marcelo Alcalá, foi o assassino de Isabel. Acho que Publio soube aproveitar o ódio de Andrés para encontrar uma ferramenta com que pudesse manter a boca de César fechada. Claro, tudo isso são conjecturas. Não há provas. Mas o aparecimento de Fernando faz com que ganhem força. Talvez ele tenha encontrado o irmão ou saiba que ele vive com Marta naquela casa. Pode ser que para o primogênito dos Mola tudo isso seja muito peso a suportar por mais tempo, e ele tenha decidido pôr fim a essa história.

María ouviu com a cabeça enterrada entre os ombros. Aquilo tudo era horrível demais, doloroso demais.

— Se o que o senhor diz estiver certo, Andrés cometeu um erro tríplice. A moça é inocente, do mesmo modo que seu pai e seu avô. Estão sendo martirizados uma geração depois da outra por um crime que nenhum deles cometeu. O verdadeiro assassino de Isabel Mola foi meu pai, Gabriel. Ele trabalhava para Publio quando jovem. Guardou segredo todos esses anos.

Antonio Marchán olhou surpreso para María. Demorou uns minutos para reagir.

— César sabe disso? Sabe que seu pai matou Isabel?

— Acho que não. Sabe que seu pai era inocente e que foi condenado pelo falso testemunho de Recasens. Acho que só isso.

Marchán pensou com rapidez.

— Não diga isso a ele em hipótese nenhuma. Se o fizer, Alcalá perderá toda a confiança que tem em você e se fechará. Escute, precisa conseguir que César lhe diga onde guarda a documentação sobre Publio, custe o que custar. Entregue essas provas para mim. Com elas e com sua declaração acusando Lorenzo e Publio do assassinato de Recasens, conseguirei que um juiz me deixe entrar na casa dos Mola.

María sentiu uma pontada de desconfiança. E se aquele policial não fosse o que parecia? E se os tentáculos de Publio também o tivessem apanhado?

Naquele momento um garçom se aproximou. Marchán tinha um telefonema.

O inspetor achou esquisito. Dera o endereço do restaurante para o caso de aparecer uma urgência, mas não esperava que ninguém o chamasse. Foi ao balcão onde ficava o telefone. Falou uns segundos. María o viu perguntar alguma coisa com certo nervosismo. O inspetor mal conseguiu conter o impulso violento de bater o fone no gancho.

— Esqueça o que eu disse. Não vai poder falar com Alcalá. Esta manhã ele foi esfaqueado em sua cela.

María sentiu um calafrio. Pensou em Romero. Na relação que tinham...

— Foi esfaqueado?

— Vários cortes no ombro e no braço. Está fora de perigo, mas o levaram para o Hospital das Clínicas. Ao que parece ainda não está em condições de falar com ninguém. Mandei deixá-lo sob vigilância.

María relaxou a expressão. Vários cortes... Talvez Romero tenha se excedido, mas o caso é que César estava fora da prisão. Agora era com ela.

— Parece pouco surpresa, María. Sabia alguma coisa a esse respeito?

— Eu estava aqui à sua espera, inspetor. Hoje não ia visitar Alcalá. Como poderia saber?

Marchán sabia que ela estava mentindo. Mas era difícil descobrir a que tipo de mentira estava se aferrando.

— Vou apurar o que puder sobre Fernando Mola, mas desconfio que não vai ser fácil encontrá-lo. Talvez deva interrogar seu pai, para que nos diga onde se viram. Onde posso encontrá-lo?

— Fui visitá-lo faz dois dias em nossa casa em San Lorenzo. Suponho que deva estar lá. Vai prendê-lo?

— Por um assassinato cometido quarenta anos atrás e que já prescreveu? Não é uma pergunta à sua altura, María.

— Queria dizer se vai prendê-lo por encobrir Publio. Acho que meu pai poderá lhe contar muitas coisas sobre o deputado.

Marchán sentiu o peso do ódio de María pelo pai. Encolheu os ombros e se despediu, prometendo que se encarregaria de dar uma discreta proteção a Greta e a ela mesma.

Ela ainda demorou um pouco para sair. Precisava respirar. A cidade recendia a asfalto e àquela atmosfera limpa que de vez em quando ilumina o inverno como uma esperança. Diante dos seus olhos o mundo se reproduzia com a cotidianidade de sempre, inalterável. Daqui a mil anos, pensou, as coisas não seriam muito diferentes de como eram agora. Outras pessoas, vestidas de outra maneira, correriam do mesmo modo no trânsito, conversariam nos sinais ou passeariam com a mesma cara de preocupação ou de alegria. Um mesmo presente imutável, onde uns entravam e outros saíam como parte de um acordo tácito entre a Vida e a Morte. Afinal, pensou consigo, ela não era tão especial quanto imaginava. Era apenas mais uma partícula daquele estranho e às vezes desconcertante universo.

26

San Lorenzo, 11 de fevereiro de 1981

Não foi difícil achar a casa. Acima da floresta apareciam as telhas brilhantes. Marchán parou o carro no caminho de entrada. Dali via as janelas e a porta fechada.

— Não suporto o inverno. Me traz más lembranças — disse, aquecendo as mãos com o bafo da boca.

Estava com a cara arroxeada pelo frio e os pequenos óculos que utilizava para dirigir estavam embaçados. Tiritava. No banco do carona havia um jornal matutino manchado por um pouco de café e com algumas migalhas do sanduíche. O inspetor deu uma rápida olhada em volta enquanto se decidia a sair do carro.

Apesar das circunstâncias, sentia-se relativamente otimista pela primeira vez em muito tempo. O caso Recasens havia provocado um grande alvoroço, exatamente como pretendia ao vazar a notícia para a imprensa. Tinha todos os ingredientes de morbidade e mistério necessários para atrair um bom número de jornalistas e manter o assunto em pauta por alguns dias. Um espião, uma morte violenta, o nome do deputado Publio solto sibilinamente, a ordem de busca de Ramoneda, retratado como um perigoso assassino... Isso lhe dava um pouco de tempo e de notoriedade. Enquanto esse efeito durasse, nem o juiz instrutor nem seus superiores se atreveriam a afastá-lo do caso.

E desta vez tinha um trunfo e tanto na mão: a confissão de María. Poderia prender todos eles se a advogada não se retratasse no último momento ou se Publio conseguisse se livrar dela. Quanto à primeira hipótese, estava tranquilo. Não acreditava que María fosse desse tipo de pessoa que se acovarda com as dificuldades. Ela lhe dera inclusive a sensação de que desejava colaborar com ele, talvez para se isentar de responsabilidades ou de suspeitas no caso Recasens, ou talvez por desejo de vingança contra seu ex-marido. Não, ela confessaria. Quanto a mantê-la com vida, seus homens de confiança se encarregariam de protegê-la com eficiência.

Mas uma coisa inquietava Marchán. Sem o testemunho de César e sem as provas documentais que ele ocultava contra Publio, nada daquilo tinha a devida consistência. Precisava conseguir provas irrefutáveis, que fizessem o deputado cair sem que nenhum dos seus amigos no poder se atrevesse a interceder a seu favor ou a ocultar os fatos. E sem Marta, viva ou morta, César não falaria.

E era aí que o aparecimento de Fernando Mola se fazia definitivo. Tinha de encontrá-lo e convencê-lo de que o levasse até a casa onde Andrés se escondia. E a maneira de achá-lo era através do velho que morava naquela casa de um povoado inóspito.

Desceu do carro contrariado, procurando se convencer de que as horas de viagem até San Lorenzo e o frio que estava passando valeriam a pena.

Atravessou o portão do jardim da frente e bateu a aldrava da porta. Não sabia que tipo de homem era Gabriel. A única ideia que podia fazer dele era através dos olhos de María. E era evidente o desprezo que ela sentia por seu progenitor. E tinha como reprová-la? Talvez fosse interessante travar uma conversa com ele, por mais que o assassinato de Isabel Mola tivesse um interesse relativo para Marchán.

Ninguém vinha abrir, e a porta estava trancada por dentro. Não se via vivalma por perto. Deu uma volta ladeando a casa, procurando evitar as valas do terreno. Parecia deserta.

Estava tão absorto com as janelas que nem viu um carro se aproximar até parar a seu lado. A porta se abriu e apareceram as pernas de uma mulher.

— Quem é o senhor? — perguntou com desconfiança ao ver Marchán.

O inspetor se identificou. Um pouco mais sossegada e movida por uma crescente curiosidade, disse que era a enfermeira de Gabriel.

— Fui até um mês atrás, para ser mais precisa. Ele me deve as últimas semanas. Combinamos que passaria pela minha casa há dois dias. Mas não veio, de modo que resolvi cobrar o que me deve. E o que o senhor faz aqui, inspetor?

Marchán teve um estranho presságio. Essas intuições que são absurdas e não se baseiam em nada racional, mas que quase sempre acabam sendo certas.

— Tem as chaves da casa?

A enfermeira disse que sim, que ainda conservava um jogo. Procurou com certo nervosismo na bolsa.

— Estão aqui.

Marchán pediu que abrisse a porta, mas não a deixou entrar.

O cheiro que o interior da casa exalava era a confirmação da sua suspeita. Entrou na sala envolta na penumbra e se deteve diante da escada que subia ao segundo andar. Lentamente tirou as luvas de lã e desabotoou o sobretudo olhando em volta. O silêncio era absoluto. Aguçou mais o ouvido. Em algum ponto do andar de cima se ouvia um leve gemido, como o de um gatinho recém-nascido. Seguiu esse som intermitente, quase imperceptível, até a porta entreaberta do banheiro. A primeira coisa que viu foi um sapato, em seguida a perna de uma calça manchada de sangue seco.

Teve de empurrar a porta com o ombro para poder entrar. O corpo de Gabriel estava estendido no chão com a cabeça de lado, sobre uma grande poça de sangue coagulado. As paredes, o espelho, a cortina do chuveiro, tudo estava salpicado de pequenas agulhas vermelhas. Marchán se debruçou sobre o corpo frio. Metade do rosto estava destroçado. Um pouco além da mão direita havia uma pistola. Gabriel tinha disparado contra si. E, no entanto, respirava. Não estava morto. Não totalmente. Seus pulmões deixavam sair o ar com um silvo bem tênue. Seus olhos estavam fixos na parede, mas quando o inspetor falou com ele pestanejaram. Havia perdido muito sangue e o tiro causara estragos na cabeça, mas tinha sobrevivido. O inspetor vira outros casos similares. Suicidas que na última fração de segundo se arrependem da decisão e conseguem afastar imperceptivelmente a trajetória da bala.

— O que você fez? — murmurou, tirando seu pulso.

Gabriel não respondeu. Não podia. Mal conseguia se manter desperto. Seu cérebro era como uma lâmpada prestes a queimar, emitia piscadelas brevíssimas, seguidas de períodos de escuridão. Tinha passado assim dois dias e duas noites. Consciente de estar vivo, mas incapaz de se mover, de articular uma palavra ou de cuspir o sangue com que se afogava. Mal ouviu a voz de Marchán, depois os gritos da enfermeira, ou sentiu as mãos nele, os tubos, a maca em que o desceram. A sirene da ambulância. A sensação de movimento. Era como estar dentro de uma vitrine, como ser invisível, como tocar os membros adormecidos do corpo.

Não reconheceu a filha no hospital. Viu-a chorar sem entender exatamente o que era aquele gesto que contorcia seu rosto bonito, nem por que aquela umidade de seus olhos caía sobre ele e não a sentia.

Lembrou-se vagamente do dia em que encontrou sua esposa morta. Perguntou ao cadáver frio por que havia decidido se enforcar, em vez de castigá-lo. Aquela era uma pergunta angustiante, dolorosa, enorme. Agora entendia. Não havia resposta. Era como perguntar a Deus por que as coisas aconteciam como aconteciam, que desígnios ele utilizava para marcar de maneira arbitrária a sorte das pessoas.

27

Hospital das Clínicas de Barcelona, 11 de fevereiro de 1981

O médico conferiu um gráfico junto da cama e sacudiu a cabeça, surpreso.

— É incrível a bala não o ter matado. Destroçou metade do cérebro, e mesmo assim, com o câncer que debilitou tanto suas defesas, continua vivo. Vê-se que seu pai é um lutador. Vai se recuperar, pelo menos em parte.

María observou-o, adormecido por efeito dos sedativos e com a cabeça vendada. Um tubo no nariz o ajudava a respirar. Examinou quase com pavor aquele homem atormentado, perguntando-se quanto devia ter sofrido, quão profundo e seco devia ser seu ódio. Um ódio estéril e inútil, que o impedia de morrer e descansar.

O quarto estava muito quente e ela se sentia tonta, encaixotada entre aquelas quatro paredes brancas. Resolveu descer à lanchonete e tomar um café. No vestíbulo encontrou o inspetor Marchán falando com vários policiais fardados. Estava com o nó da gravata afrouxado e os cabelos revoltos. Parecia cansado. María sentiu-se na obrigação de agradecer por ter encontrado seu pai ainda vivo, mas o fez sem entusiasmo. O inspetor também respondeu com sarcasmo.

— Minha intenção não era essa, e creio que seu pai não vai me agradecer quando recobrar a consciência. Tenho a sensação de ter me intrometido num assunto pessoal. O suicídio sempre é.

— O senhor não fala como um policial, inspetor.

— E a senhora também não parece uma filha aflita. Mas isso não é da minha conta.

María observou o movimento dos policiais fardados junto dos elevadores. Pareceu-lhe excessiva vigilância, e disse isso ao inspetor. Mas Marchán mostrou que estava enganada.

— Estes agentes não estão aqui para vigiar seu pai, e sim para proteger César Alcalá. Vão levá-lo para o quarto daqui a pouco. — O inspetor guardou um calculado silêncio antes de acrescentar: — É curiosa a maneira como às vezes o destino das pessoas se cruza e se entrelaça, a ponto de se confundir. Dois homens que não se conhecem, unidos por uma mesma morte, se encontram quarenta anos depois no mesmo hospital, em quartos contíguos. Se eu gostasse de tragédia, diria que é inverossímil. Mas cá estão... E a senhora entre ambos. — Olhou desconfiado para a advogada, mas não se mostrou preocupado.

— Não tenho nada a esconder.

— Sei que está pensando alguma coisa, mas não sei o quê. A senhora já sabia que Alcalá havia sido atacado na prisão e que ia ser trazido para cá. Esconde muito mal suas emoções, para uma boa advogada. Mentiu mais uma vez para mim, não sei com que objetivo. Mas quero avisá-la: se acredita que vai ajudar César facilitando sua fuga, esqueça. A única coisa que conseguiria seria prejudicá-lo e dificultar a investigação. A única via é a legal. Convença-o a falar, a dizer onde guarda o tal dossiê sobre Publio.

— E por que o senhor mesmo não lhe pergunta? Eram colegas; procure o senhor convencê-lo.

— O inspetor Alcalá e eu não temos nada do que falar. Está avisada, María. — Embora a voz de Marchán não tenha delatado nenhuma emoção, seus olhos refletiram a severidade de um inspetor interrogando uma suspeita.

María entrou na lanchonete, repleta àquela hora de funcionários do hospital e de familiares dos pacientes internados. O burburinho era mais próprio de uma feira livre do que de um lugar cheio de convalescentes. Era preciso fazer fila com a bandeja de plástico no self-service. Serviu-se de um pequeno sanduíche de pão com gergelim e um café bem forte. Na hora de pagar, alguém se adiantou, enquanto ela procurava as moedas no bolso.

— Deixe comigo. Parece cansada; uma noite maldormida velando um parente, suponho.

Era um homem maduro, educado e de aspecto agradável. Porém María não estava com humor para entabular uma conversa, muito menos para flertar com um desconhecido que tinha provavelmente o dobro da sua idade. Agradeceu com um sorriso forçado e saiu da fila. Apesar de não ter se virado, sentiu na nuca o olhar dele. Foi sentar numa mesa distante da porta de entrada.

Mal provou o sanduíche, ficou apenas brincando com as migalhas de pão. O café caiu bem. Gostaria de ter saído para fumar. Fora da lanchonete via-se um jardim interno com palmeiras raquíticas e um pequeno gramado malcuidado. A iluminação exterior era atenuada por uma claraboia na qual batia a chuva. Concentrou-se naquele jardim de inverno sem nenhum sentido. Era como um ornamento inútil, pois suas portas estavam trancadas com correntes e ninguém podia ir passear nele. Só se podia contemplá-lo. Bonitinho, mas inútil.

Então, sem um encadeamento racional, surgiu de novo

diante de seus olhos a realidade da sua doença. Nas últimas horas, impelida pelos acontecimentos, quase tinha se esquecido de si mesma. Agora, no primeiro momento de que dispunha de certa paz, essa realidade emergia de novo. María apalpou a têmpora com a ponta dos dedos, como se pudesse tocar no tumor que se desenvolvia em seu cérebro.

Não se deu conta de que o homem que a tinha convidado no self-service havia se aproximado da sua mesa com uma bandeja na mão.

— Se incomoda se eu me sentar a seu lado? — foi uma pergunta retórica. Sem esperar a resposta, sentou-se e abriu meticulosamente uma pequena embalagem de geleia de pêssego. — A comida daqui é asquerosa, não é?

— Não me tome por grosseira, mas gostaria de ficar só — disse María, incomodada.

O homem assentiu com amabilidade, mas não parou de passar um pouco de geleia na torrada com uma faca de plástico.

— Eu compreendo. Quando vemos de perto a morte, sentimos necessidade de nos recolher. É inevitável pensar no que fizemos e deixamos de fazer. Vemos na morte dos outros nosso fim inevitável. Mas a verdade é que é um exercício totalmente inútil. Não se pode intelectualizar toda uma vida de emoções e sentimentos, nem mesmo quando temamos morrer. Meu conselho, María, é que não se deixe arrastar pela melancolia nem pela saudade. Isso só vai lhe trazer sofrimento e desperdício de tempo.

María fez um gesto brusco com a mão, totalmente involuntário, derramando na mesa de fórmica o café fumegante da xícara.

— Quem é você e como sabe meu nome?

Meticulosamente, o homem pôs-se a enxugar com um guardanapo de papel o café derramado.

— Eu me chamo Fernando. Seu pai deve ter falado de mim.

Deveria dizer que lamento o acontecido, mas, sinceramente, não é verdade. Imagino que entenderá os motivos.

María sentiu um momentâneo ímpeto de raiva e culpa. Aquele velho não tinha o direito de estar ali, com sua pose hierática e cínica. Recriminando-a com o duplo sentido das suas palavras.

— Lamento o que aconteceu com sua mãe, mas não sou culpada pelo que aconteceu.

— Culpada? Ninguém falou nisso. Afinal de contas, talvez seja tão vítima quanto minha mãe, quanto Marcelo ou quanto o pobre Recasens. Mas às vezes sentimos a necessidade de reparar o mal que outros fizeram e tirar das nossas costas um fardo que carregamos injustamente. Tenho a sensação de que você é uma dessas pessoas, María.

— Você não me conhece. Não sabe nada de mim.

Fernando sorriu com uma inocência que era repulsiva naquele homem de rugas acentuadas e cabelos brancos. Apresentou um pequeno álbum de anotações e fotos e abriu-o ao acaso. Virou-o para María e se recostou na cadeira com um ar satisfeito. Havia fotos pessoais da advogada, fotos que ela nem lembrava ter visto um dia: em sua primeira excursão com o colégio, na primeira comunhão, nos últimos anos da escola, com seu pai pescando na ponte de San Lorenzo. Também estava lá a foto do dia da sua formatura na universidade e do seu casamento. Cada uma trazia anotada a data e o lugar em que foi tirada. Mais detalhada ainda era a lista dos casos defendidos por ela, as sentenças que havia ganho, favoráveis ou desfavoráveis, o nome de seus clientes, o tribunal que havia julgado a causa. E menção especial mereciam as dúzias de recortes de jornal e anotações pessoais sobre o caso contra César Alcalá.

— Sei tudo sobre você. Durante anos não fiz outra coisa senão me dedicar a conhecê-la — disse Fernando, aprofundando

a sensação de perplexidade que aquele álbum havia produzido em María.
Ela virava as páginas com um temor crescente. Que tipo de cabeça doentia era capaz de dedicar aquele esforço de recopilação a não ser a de um psicopata? Fechou o álbum com violência.
— Isto não é nada. Fotografias e datas. O fato de ter me espionado não significa que me conheça.
Fernando pegou o álbum e guardou-o debaixo da mesa. Ergueu os olhos. Agora sustentava um olhar cheio de aflição.
— Sei o que é desejar que a noite chegue e na hora de dormir não conseguir, porque a cabeça está povoada de pesadelos, e precisar de remédios para conseguir um sono denso que não cura. Sei o que é os outros maltratarem, humilharem e baterem na gente até se cansarem, até que a covardia nos impeça de nos rebelar contra isso. E sei o que é encontrar uma causa que justifique a nossos próprios olhos a vida miserável que levamos. Uma causa justa. Algo que nos permita esquecer. Concentramos nossos esforços e nossos cuidados nessa causa para calar nossos fantasmas. Mas são como deuses sanguinários e vorazes que não se conformam com os sacrifícios que lhes oferecemos. Voltam a nos atormentar sempre, quando relaxamos nosso espírito e lembramos quem somos na realidade: um prisioneiro maltratado anos a fio num campo de concentração soviético; uma mulher que apanhava frequentemente do marido. Precisamos continuar acreditando que essa parte doente e fraca é algo minúsculo em nós: é melhor ser um filho despeitado e cheio de ódio que decide enriquecer outra vez, do zero, para vingar sua mãe; melhor ser uma advogada de prestígio, justa e inflexível, capaz de mandar para a cadeia um policial corrupto. Mas nada disso nos cura, não é? Não podemos escapar do que somos. Toda vez que nos olhamos num espelho, toda vez que sentimos o fracasso pessoal ou profissional, sobe de novo essa maré que nos recorda de nossas

fraquezas, covardias e renúncias. E ficamos nus e sem desculpas. Por isso precisamos de alguém a quem salvar ou condenar. Alguém, objeto do nosso amor ou do nosso ódio. Alguém que nos faça esquecer.

"Cheguei a acreditar que a única razão pela qual continuei vivo esses anos todos era para ver cair, um depois do outro, os homens que destroçaram minha vida e que mataram minha mãe e condenaram meu irmão a uma existência demente. Publio e Gabriel foram minha obsessão durante décadas. Mas a verdade é que vi meu pai morrer e não senti alegria com isso. Nem tristeza. Simplesmente me dei conta de que era uma coisa que deixara de me dizer respeito. Soube que Gabriel estava com câncer e a única coisa que senti foi medo. Dá para entender? O mesmo medo de agora: se ele morrer, que causa me sobrará? Nunca esperei ouvi-lo pedir perdão, nem matá-lo com minhas próprias mãos. A mesma coisa com Publio. Agora sei que nem quando vir esse canalha cair vou sentir algo mais que um ligeiro alívio.

"Mas você, María, é diferente. Não tem nada a ver com tudo o que marcou minha vida, e, no entanto, em você se perpetuam os erros e os pecados do seu pai. É como um jogo maquiavélico e contorto em que a vida se repete da mesma maneira, impedindo que escapemos da roda-viva. Sei que é uma boa mulher, mas isso talvez nem mesmo você saiba, e pode ser que a esta altura da história haja uma razão pusilânime para eu estar sentado aqui à sua frente. Mas, mesmo que não acredite, você é a última oportunidade que me resta para dar algum sentido a estes últimos quarenta anos da minha vida. Tudo já se foi. Eu também. Tinham razão os que me acreditavam morto. Estou mesmo. Há quarenta anos venho vagando pela vida sem vivê-la. E quero descansar."

Quanto tempo estivera falando? Quantas palavras inúteis havia gastado para tentar explicar o inexplicável? Tinha entrado no hospital com a clara determinação de encarar María e lhe dizer a verdade. Mas a verdade não havia saído da sua boca, ele tinha se negado a formulá-la. Era horrível demais, dolorosa demais. A única coisa que havia conseguido era esboçar traços contorcidos de sentimentos, rancores e emoções secas. Mas não dissera de verdade o que queria dizer.

Refletiu alguns segundos com os dedos cruzados sobre a mesa, fixando o olhar numas gotas secas de café. Anotou algo numa folha da agenda. Arrancou-a e deixou-a junto de María.

— Amanhã à noite estarei neste lugar. Se o inspetor Alcalá quiser ver sua filha com vida, convença-o a entregar a você os documentos que incriminam Publio. Se não vier ou não trouxer os documentos, desaparecerei. E posso lhe garantir que nunca mais vai me ver, mas também nunca encontrarão essa moça.

María ignorava quanto tempo havia permanecido sentada na mesa da lanchonete olhando fixamente para aquele papel, quando ouviu o barulho de pratos caindo no chão. O estrépito a sobressaltou. Fernando não estava mais lá, mas continuava junto dela aquele cheiro meio oitocentista da sua colônia e, entre seus dedos, aquele papel. E suas palavras.

Subiu de elevador ao terceiro andar. Os dois policiais que vigiavam a porta de César Alcalá se levantaram das cadeiras ao vê-la se aproximar com o passo decidido e a mandíbula crispada. María calibrou-os com o olhar. Eram jovens e não pareciam muito tarimbados. Via-se que estavam chateados e incomodados com aquela tarefa que lhes fora atribuída.

— Preciso ver o preso.

— Não é possível, senhora.

— Sou advogada dele. Meu nome é María Bengoechea. Se não me deixarem entrar já, vou ter de pedir seu número de identificação e denunciá-los à Justiça por impedir que eu fale com meu cliente.

Os policiais se amedrontaram um pouco ao verificar a carteira de María. Sua atitude e sua determinação os fizeram retroceder, mas um deles disse que precisavam confirmar.

— Então confirmem. O inspetor Marchán é meu conhecido. Está sabendo e não pôs nenhum empecilho a que eu veja Alcalá — mentiu sem titubear.

O nome do inspetor Marchán causou um efeito balsâmico nos policiais. Eles se entreolharam e um deles aceitou que entrasse, desde que deixasse a porta entreaberta.

— O que acha que vou fazer, ajudá-lo a fugir? — replicou María sem pestanejar. Era precisamente isso o que ia fazer.

César Alcalá estava prostrado na cama com várias almofadas nas costas. Apesar das bandagens no braço direito e no ventre, não estava com um aspecto muito ruim. Talvez as bolsas sob os olhos estivessem mais moles e macilentas, e ele, um pouco mais apagado. Mas María não tinha tempo para se compadecer dele. Aproximou-se, contida.

— Como você está?

César Alcalá meneou a cabeça. Seus lábios estavam ressecados. María levou-lhe um copo d'água, aproveitando para se aproximar e sussurrar-lhe no ouvido:

— Não temos muito tempo. Imagino que Romero já tenha te posto a par.

César Alcalá ergueu o braço enfaixado.

— Levou seu papel a sério demais. Tanto que até eu acreditei.

Um curto-circuito no presente trouxe a María uma imagem do passado. Imaginou seu pai disparando contra Guillermo Mola na escada da igreja. Devia parecer real, para que todos acreditassem. E seu pai não hesitou em perfurar um pulmão de Guillermo.

— Devia parecer real para que te tirassem dali e não se limitassem a te levar para a enfermaria. Acha que consegue andar?

César Alcalá desviou o olhar para a porta. Um dos policiais falava ao telefone. Deduziu que não tinham muito tempo.

— Talvez daqui a uns dois dias os pontos aguentem.

María negou com a cabeça. Arrumou o travesseiro e fingiu verificar o saco de soro pendurado junto da cama.

— Não temos tempo. Tem de ser hoje — e de maneira atropelada explicou o que havia acontecido naqueles últimos dias. Seu encontro com Lorenzo e depois a proposta de Marchán.

Ao ouvir aquele nome, Alcalá se ergueu sobre um cotovelo.

— Não quero nada com esse sujeito. Já me traiu uma vez, deixando que me inculpassem. E vai me trair de novo. A única coisa que ele quer é a documentação de Publio. E não me estranharia se trabalhasse para ele.

— Não é o único. Acabo de falar na lanchonete com Fernando Mola. Sabe quem é?

César Alcalá deixou-se cair lentamente no travesseiro, sem afastar o olhar de María.

— É o filho mais velho de Isabel Mola... Achei que estava morto.

— Pois não está. E afirma saber onde está a sua filha.

Os olhos de César se arregalaram e as rachaduras dos lábios se abriram até sangrar levemente.

— Não é possível. O que tem um dos Mola a ver com a minha filha?

María não tinha tempo para explicar. Precisava de uma informação, e precisava já. Sabia que os policiais de guarda não demorariam a descobrir que a permissão de Marchán para ver Alcalá era uma invenção.

— É complicado explicar agora. Mas preciso que você me dê a documentação sobre Publio. É a condição que Fernando impõe.

— Essa é a única coisa que mantém eu e minha filha vivos. Não confio em ninguém.

— Vai ter de confiar em mim — disse María furiosa. — Pense bem: lá isso é se manter vivo? Até quando?

César hesitava, mas o olhar frenético de María não lhe dava trégua. Olhou para os guardas. Um deles falava com o outro enquanto escancarava a porta.

— Está bem. Então me tire daqui.

Não deu tempo para mais nada. Os policiais entraram no quarto e exigiram que María os acompanhasse.

César Alcalá recostou-se no travesseiro. Notou então que havia alguma coisa dentro da fronha. Esperou que a porta se fechasse e tirou o objeto. Não pôde evitar um sorriso admirativo. Se alguém podia tirá-lo dali, era aquela estranha e imprevisível mulher.

O turno da noite costumava ser sossegado no andar. As enfermeiras se instalavam na sala do pessoal médico, tomando café e conversando a meia-voz sobre sua vida fora daqueles corredores cheios de gazes, seringas, macas e pacientes reclamões. Os policiais que vigiavam a porta se deixavam levar pela sonolência de uma guarda aborrecida, invejando as risadas das enfermeiras e matando tempo com a leitura de jornais velhos. De vez em quando um deles abria a porta e conferia se Alcalá dormia com a luz do teto acesa acima da cama. Depois dava uma olhada nas janelas fechadas a cadeado e voltava ao corredor.

Às duas da madrugada, César se aproximou de uma das janelas. Antigamente, nos andares altos, elas eram de vidro fixo ou tinham grades. Essa medida fora tomada para evitar que os pacientes desenganados ou depressivos pulassem no vazio, mas um pequeno incêndio ocorrido anos antes havia obrigado a trocar os vidros fixos e as grades por um sistema mais flexível. O quarto de Alcalá dava para uma rua lateral, e era precisamente nessa fachada que ficava a escada de incêndio. Por isso, as janelas daquela parte estavam trancadas a cadeado. Só a enfermeira-chefe do andar tinha as chaves.

César enfiou a mão no bolso da camisola. Agora ele também tinha a dele. E não lhe interessava saber como María havia arranjado uma.

Vestiu-se o mais depressa que pôde. O ferimento no ventre, recém-fechado, doía. Aproximou-se da janela e enfiou a chave. Para seu alívio, o cadeado cedeu sem dificuldade. O vidro era de correr. Abriu-o e sentiu o ar frio da noite. A ruela estava deserta, iluminada pelos próprios projetores da fachada do hospital. O parapeito da janela ficava a mais da metade do corpo de Alcalá. Teve de cerrar os dentes para não gritar ao erguer-se até ele e notar que alguns pontos de sutura tinham se rompido. Alcançou o corrimão enferrujado da escada de incêndio e olhou mais uma vez para baixo.

Eram apenas dez metros até o solo. Fácil demais, pensou. Marchán devia ter previsto aquela saída e talvez tivesse colocado homens de ronda na ruela. Alcalá se encolheu numa zona de sombra e esperou, mas não apareceu nenhum veículo e nenhum policial. Talvez não houvesse ocorrido a ninguém que fosse possível arranjar uma chave, ou nem mesmo tenham se preocupado em verificar se havia uma escada de incêndio... Nesse momento veio-lhe à cabeça uma ideia absurda: quem sabe Marchán não pediu para o instalarem naquele quarto precisamente porque sabia da existência daquela escada que dava para uma ruela discreta pela qual ele podia escapulir sem chamar a atenção?

Pouco importava. O caso era que podia escapar. Sabia o que isso implicava. Pensou em Romero, cumprindo naquela mesma hora isolamento na cela de punições; imaginou o que poderia acontecer com María se a relacionassem com a fuga: seria para ela a prisão e o fim da carreira. Para ele próprio era o fim de qualquer esperança de obter um indulto, se o pegassem de novo. Mas já estava com um pé no asfalto molhado e não pensava em olhar para trás.

O ferimento do ventre tinha se aberto inteiramente e uma mancha se espalhava pela camisa do inspetor. Mas Alcalá não deu atenção à dor. Não tinha tempo a perder. Agachado junto à fachada explorou os arredores. À direita se adivinhava a iluminação crescente de uma grande avenida. À esquerda, a ruela se desfazia entre portões sombrios e cantos escuros. Dirigiu-se para lá.

Não podia voltar a seu apartamento. Sabia que seria o primeiro lugar onde Marchán o procuraria quando soubesse que havia fugido. Também não podia se esconder na casa de María. Os agentes que a protegiam de Ramoneda o descobririam no ato. Ela teria de dar um jeito de se livrar deles para chegar ao lugar em que haviam combinado de se encontrar. Além do mais, havia uma prioridade à qual tinha de se dedicar naquela mesma noite.

A igrejinha estava fechada. Era uma construção convencional, sem nenhum interesse arquitetônico aparente. Uma paróquia de bairro no subúrbio que poderia ter sido confundida com um armazém como tantos outros da Zona Franca, o bairro próximo dos cais de carga do porto. Mas, apesar de seu aspecto banal, César Alcalá sentiu uma emoção quase esquecida ao vê-la. Essa emoção não tinha nada a ver com a religião. Ele nunca foi de frequentar igreja e, se algum dia se definiu como crente, a experiência o havia afastado definitivamente de qualquer coisa que tivesse a ver com a divindade.

Sua emoção nascia das lembranças da vida perdida. Naquela paróquia fez sua primeira intervenção policial como inspetor, quase trinta anos antes. Uns desalmados haviam roubado a caixa de esmolas e, ao se verem surpreendidos pelo pároco, o espancaram brutalmente. Alcalá se encarregou do caso e conseguiu prender os autores. Mas o pároco não quis denunciá-los e disse não saber quem eram na sessão de reconhecimento. Que um sacerdote mentisse, não era novidade. Alcalá nunca os considerou melhores ou piores do que qualquer outra pessoa. Mas que mentisse para proteger aqueles indivíduos que quase o mataram a chutes fez com que Alcalá revisse seu cinismo com respeito à espécie humana. Criaram certa amizade, toda a amizade possível entre um homem que não vive no mundo real, e sim no reino dos céus e da esperança, e outro que não podia tirar os pés da imundice da sociedade e do inferno da realidade.

Nessa igreja ele se casaria mais tarde e, passados alguns anos, o mesmo pároco batizaria Marta. Observar esses ritos da cultura cristã era uma coisa que não entrava em contradição com o ceticismo de César. Afinal de contas, ele se dizia, somos parte de algo que vai além das crenças e que se deixa mover pelos costumes. Agora os tempos eram outros, as mulheres não precisavam se casar de véu e grinalda, e alguns pais se rebelavam contra a igreja não batizando seus filhos. Mas na época as coisas não eram tão simples. Era algo por que todo mundo passava sem ter consciência dessa pressão social. E ele também passou, sem se questionar se era correto ou não fazê-lo.

Tocou a campainha de um portão contíguo. As luzes da janela do andar de cima se acenderam e uma silhueta familiar apareceu atrás da cortina. Em poucos segundos, a porta da igreja se abriu. No limiar apareceu um senhor com seus escassos cabelos brancos despenteados, cara de cansaço, enfiado numa grossa blusa de lã. Seus olhos eram tão cinza quanto os pelos que saíam do seu nariz e das suas orelhas e como suas bastas sobrancelhas. Mas eram muito vivos e fitavam César com um misto de afeto, surpresa e pena.

— Olá, padre Damiel. Sei que é muito tarde.

O pároco abriu a porta completamente e o fez entrar.

— Tarde? Sim, para certas coisas é tarde demais — disse num tom de censura; mas, como se arrependendo de suas palavras, logo lhe pôs a mão no braço e acrescentou: — Mas para a volta de um filho amado, de um irmão, sempre é cedo.

Dentro se via a luz trêmula de algumas velas votivas. O ambiente era de recolhimento. Os olhos de Alcalá demoraram para se adaptar ao escuro do interior do templo. Ao fazê-lo, desenharam-se os contornos de linhas retas do corredor central flanqueado por duas fileiras de bancos de madeira. No fundo, uma réplica de um Cristo de Dalí em madeira suspendia-se no ar por dois cabos quase invisíveis, criando a sensação de que a imagem levitava sobre o altar simples de pedra polida.

— Está ferido? Sangrando? — perguntou o pároco a Alcalá. Naquele ambiente, a pergunta soou estranha, com um significado ampliado pela espiritualidade humilde da igreja. Todo mundo sangra, todo mundo está ferido. Algumas feridas cicatrizam. Outras não.

Alcalá cobriu o ferimento com o paletó.

— Não é nada grave — voltou-se para o pároco e o interrogou com o olhar, sem dizer nada. O velho assentiu.

— Espere aqui. Já volto.

César sentou-se no último banco da direita, junto de um armário de metal onde se alinhavam as velas para vender e alguns trípticos de *Caritas* e *Medicus Mundi*. Junto dos assentos havia pequenos missais com a capa forrada de plástico. Pegou um e abriu ao acaso.

— "Bem-aventurados os que sofrem e perdoam, porque antes de todos estarão junto ao Pai no Reino dos Céus" — leu. Por um minuto ficou olhando para aquelas palavras impressas em papel barato. O sofrimento, o perdão... Tudo era fácil quando a paixão se desnudava. Talvez quando Jesus pronunciou aquelas palavras recolhidas no Evangelho segundo João, o tenha feito com convicção. Fechou o missal e contemplou a imagem de Cristo como um ser estranho e alheio a tudo que não fosse sua própria crucificação.

— Foi fácil para você perdoar? Aceitou sem reservas o sofrimento que os outros te infligiram? Com certeza não perdeu uma esposa nem uma filha. Você estava destinado a ser uma vítima, procurava isso e encontrou... Mas o que diz de mim? Eu não queria ser adorado na cruz; só queria viver em paz com os meus.

Ouviu os passos do pároco se aproximando e sentiu-se envergonhado pelo que acabara de dizer. Era como ir à casa de um amigo e faltar ao respeito com sua família. Mas o sacerdote não ouviu o que ele disse ou simplesmente resolveu não ouvir.

— Está aqui. Espero que valha a pena o que tem dentro, porque intuo que é esse o motivo de todos os seus males.

César Alcalá pegou a pequena sacola de lona que o sacerdote havia guardado por cinco anos na sacristia. Tinha certeza de que o padre não a tinha aberto nem dito a ninguém que a guardava. Com essa convicção Alcalá a confiara a ele pouco antes de o deterem pelo caso Ramoneda. O padre Damiel nunca lhe perguntou o que continha. Agora também não. O velho sentou a seu lado olhando para o altar. Podia se ouvir sua respiração entre as quatro paredes. Fechou os olhos por um momento. Talvez rezasse, talvez meditasse sobre o que devia dizer. Alcalá respeitou seu silêncio e não se mexeu, embora María não fosse demorar a chegar.

— Gostaria de ter ido visitá-lo na prisão — disse por fim o sacerdote, olhando para a frente, como se não falasse com o inspetor, mas com o Jesus contorcido como um lenho, cujo perfil mal era visível através das velas.

— Melhor assim, padre. Não quero que ninguém o relacione a mim, pois o senhor correria perigo. Além do mais, já recebe bastante sofrimento aqui para ir buscar mais numa prisão.

O pároco pôs a mão sobre a de César. Era uma mão nodosa, áspera e honesta. A mão de um padre que vê como seu filho querido parte por um caminho incerto em que ele não poderá acompanhá-lo.

— A vida não é justa conosco: buscamos consolo para o que não pode ser consolado, explicações para o que é incompreensível, justificativas para o injustificável. Não há razão na loucura nem lógica no coração que nos envenena com a existência. Eu me perguntei por que os homens bons são os que mais sofrem a dor da perda dos seus, a traição, o esquecimento e a humilhação. Perguntei ao Senhor... Mas este velho sacerdote não encontrou nenhuma resposta. Tomara que você encontre sua filha, e queira Deus que possa perdoar o mal que fez sua esposa ao deixá-lo sozinho com essa culpa; rezo inclusive para que encontre a força que te faça esquecer aos que tanto mal te fizeram. Mas em seus olhos não vejo perdão. Só fastio e um grande cansaço... Pegue a sacola, faça o que tem de fazer e depois trate de recomeçar. Quem sabe terá mais sorte desta vez. Abandone a vingança, César. E não porque a vingança seja pecado, mas porque nela você não encontrará nem consolo nem resposta. E cure-se deste ferimento; não está com bom aspecto. Se a polícia me perguntar, direi que não te vi.

Quando César Alcalá saiu, viu o carro de María parado numa esquina com as luzes apagadas. Certificou-se de que ninguém a tinha seguido e atravessou a rua com a sacola de lona na mão. Antes de entrar no carro virou-se para a igreja. A luz do andar de cima estava apagada e a porta novamente trancada. Mas o inspetor sabia que lá dentro alguém rezava por ele.

28

Sant Cugat (arredores de Barcelona), manhã de 12 de fevereiro

Gostava da urbanização do bairro grã-fino. Era asséptica, limpa, ordenada e tranquila. As fileiras de árvores desfolhadas e as casas de tipo modernista com seus muros altos cobertos por trepadeiras produziam em sua mente uma ordem de que necessitava para pensar com mais clareza. Era como se os moradores daquelas mansões tivessem as coisas tão claras quanto seu lugar no mundo. Aquela gente não parecia procurar nada, nem se inquietar com o futuro ou o sentido da existência. Tudo neles parecia estar a salvo de turbulências, e nada fora das suas vidas alterava isso. Ramoneda conhecia suficientemente bem as classes burguesas para saber que tudo aquilo na realidade não passava de simples aparência. Mas não lhe importava; naquele momento necessitava daquele silêncio e daquela paz de claustro.

O sol irritava as cores ocres da casa em frente à qual se deteve. Era uma construção centenária, cercada por um gradil de ferro. Demorou-se observando as filigranas de ferro que a coroavam. Empurrou o portão que estava entreaberto. Naquele momento saiu a seu encontro o porteiro do solar. Era um lacaio arrogante, como um cachorrão amestrado e satisfeito por servir os grandes senhores. Exibia orgulhoso seu uniforme de zelador com botões dourados.

— Em que posso ajudá-lo?

Ramoneda estava acostumado com os olhares de desprezo. O zelador sorria com arrogância, consciente de seu cargo de guardião. Fumava e exalava a fumaça pelo nariz com suavidade. O nariz era estreito e reto, debruado com pequenas veias vermelhas, miúdos derrames em forma de árvore. Seus olhos eram de uma cor indeterminada, entre o azul e o verde, bonitos. A camisa clara o favorecia e o paletó alargava seus ombros. Ramoneda pensou no prazer que sentiria arrebentando a cara dele com uma pedra.

— Vim ver o deputado.

O porteiro se aproximou com cuidado. Observou-o atentamente e disse que não se lembrava de tê-lo visto antes por ali. E nunca se esquecia de um rosto, nem de uma ordem dos patrões, que haviam proibido terminantemente o acesso de estranhos.

— Mas não sou um estranho. Dom Publio me espera.

O porteiro não se alterou. Se assim era, não haveria inconveniente em lhe dar seu nome, e ele ligaria para a residência do senhor anunciando sua visita. Enquanto isso, podia esperar ali, na rua.

Dez minutos depois, apareceu Publio visivelmente alterado. Falou um segundo com o porteiro e saiu à rua, segurando Ramoneda pelo cotovelo sem olhar para sua cara.

— O que está fazendo aqui? — perguntou, obrigando-o a andar.

— O senhor disse que, se acontecesse algo de importante,

eu devia avisar — replicou Ramoneda, erguendo a cabeça em direção às janelas da casa. O porteiro os observava.

— Vamos dar uma volta — respondeu Publio um pouco mais relaxado quando saíram da mansão. Mesmo assim, enquanto caminhavam pela calçada virou-se várias vezes, como se temesse que estivessem sendo seguidos. Um varredor empurrava, indolente, as folhas mortas com um rastelo. Até a presença dele, aparentemente inofensiva, o alterou.

— De que está brincando comigo, seu idiota? — lançou Publio a Ramoneda, parando no meio da calçada. — Não quero que ninguém veja você rondando a minha casa nem que o relacione comigo.

Ramoneda não se esforçou para fingir. Não havia tempo para rapapés.

— Não gosto que me trate como se eu fosse um cão sarnento, por melhor que me pague ou por mais poderoso que seja. Então, cuide da sua boca e de seus modos, se quiser ouvir o que tenho a dizer: César Alcalá escapou ontem à noite do hospital onde estava convalescendo. Encarreguei uma pessoa para liquidá-lo na prisão, mas pelo que parece não teve sucesso. Foi removido para o Hospital das Clínicas e de noite fugiu.

O deputado ficou pálido. Secou o suor da testa com as costas da mão e se apoiou no tronco de um plátano gigantesco.

— Como é possível?

Ramoneda sustentou seu olhar por uns segundos.

— A advogada o ajudou. Eu disse que não dava para confiar naquela mulher. Teria sido melhor matá-la com Recasens. E tem mais. Lorenzo se encontrou com ela, e estou quase convencido de que contou os planos de vocês. Esse veado está a ponto de pular fora. Ele vai te trair.

Publio pensou com rapidez. Tinha mandado Lorenzo se encarregar daquela advogada intrometida, mas era evidente que não havia cumprido suas ordens. Ele o havia traído, e naqueles momentos a traição era o pior dos crimes. Não havia tempo para agir com precaução. Tinha de tomar a iniciativa antes que César Alcalá decidisse ir ver algum juiz ou jornalista com as provas que tinha contra ele. Publio era o pilar no qual se sustentava a estrutura que estava prestes a dar um golpe de Estado. Todos hesitavam e muitos queriam dar para trás, mas sua férrea vontade de continuar os mantinha unidos. Se ele caísse, tudo fracassaria.

Procurou um papel na carteira e pegou uma caneta. Anotou algo com traço rápido.

— Perdemos tempo demais. Está na hora de cortar o mal pela raiz. Vá a este endereço. É uma casa perto do mirante de Tibidabo. Não tem erro. Parece abandonada, mas não está. Espere anoitecer, a casa está sendo vigiada por homens de confiança, mas pedirei que se retirem discretamente para não despertar suspeitas. Lá você vai encontrar duas pessoas: uma é a filha de Alcalá; a outra é Andrés Mola. Mate os dois e queime os corpos. Devem ficar irreconhecíveis.

Ramoneda não disse nada, mas o sorriso em suas pupilas falava por ele. Não se alterou muito. Sabia que aquilo nunca ia acabar. Sempre precisavam de gente como ele. E Ramoneda faria tudo escrupulosamente, fosse quem fosse a parte prejudicada.

— Quer dizer que é verdade: aquele monstro assado continua vivo e tem a moça em seu poder. Sempre desconfiei disso. Deve ter se aproveitado muito da filha de Alcalá... Eu sabia que deveria ter cobrado mais do senhor para fazer o trabalho. Mas nunca é tarde. Minha cumplicidade tem um preço que acaba de aumentar, deputado. Acho que sou o único que sobra em quem possa confiar.

De repente o punho de Publio acertou com violência a boca de Ramoneda, que cambaleou sem chegar a cair. O deputado agarrou seus cabelos penteados com brilhantina e deu um puxão na direção do joelho, acertando-o pela segunda vez com surpreendente agilidade. De maneira vertiginosa puxou uma faca afiada e a pôs no pescoço de um desconcertado Ramoneda.

— Olhe aqui, seu filho da puta, não se deixe enganar pelas aparências. Sou velho, mas tratei a vida inteira com uma chusma muito mais perigosa que você. Não sou uma mulherzinha indefesa, nem um preso que você possa assustar. Se tentar me extorquir de novo, eu te degolo como um porco — grunhiu, cuspindo na cara de Ramoneda.

Publio afrouxou pouco a pouco a faca sobre o pescoço avermelhado de Ramoneda. Sabia que, por ora, aquele desgraçado tinha razão. Só podia confiar nele. Levantou-se enxugando o sangue que tinha manchado o punho da camisa. Já não era moço e sentiu que o súbito ímpeto que acabara de ter roubava o ar dos seus pulmões.

— Pagarei o que combinamos, mas quero os dois corpos calcinados. E lembre que María e César continuam vivos.

Ramoneda massageou o pescoço. Apalpou o lábio machucado e soltou uma gargalhada. Aquele velho de ar inofensivo tinha lhe dado uma boa surra. Não esqueceria. Pegou o papel que Publio lhe passou e guardou-o, sem olhar para o deputado. Aos poucos ia se formando na sua cabeça uma ideia que à medida que crescia lhe parecia mais genial.

— E com Lorenzo, o que faço?

Publio olhou para Ramoneda como se não entendesse a pergunta. Depois, como se de repente se lembrasse de um detalhe insignificante, fez um gesto displicente.

— Mate-o.

Desceu na parada María Cristina. Ao sair à rua recebeu uma rajada de vento desagradável que trazia uma chuva miúda. Quis acender um cigarro, mas não conseguiu. Jogou-o fora irritado.

A rua era delicadamente sem graça. Em uma leve ladeira se alinhavam à esquerda e à direita escadarias com balaustradas de mármore e pequenos canteiros junto da entrada envernizada dos edifícios. Ao longe se viam os muros e jardins do Palácio de Pedralbes.

Ramoneda torceu o nariz. Nunca teria sonhado em morar num bairro assim. Para ele era El Carmel, La Trinitat ou La Mina. Mas as circunstâncias presentes faziam-no olhar as coisas numa perspectiva diferente. Por que não podia comprar uma daquelas coberturas de duzentos metros quadrados e ter, ele também, um lacaio na porta, uniformizado igual um palhaço, tal como o deputado? Graças a Publio, agora poderia viver num apartamento de um bairro nobre com balaustradas de mármore e flores secas idiotas na sacada. Talvez aquele luxo fosse totalmente ridículo, pura fachada. Mas não era isso que lhe interessava; não era a ordem das ruas, a rigidez dos transeuntes, nem pairando no ambiente aquele ar de arrogância e letargia, como o de um leão enfastiado que faz a sesta. O que realmente atraía Ramoneda era a sensação de poder que escapava pelas costuras daquele bairro, a certeza de que existem leis para uns e outros, e de que naquele lado do mundo as malhas da rede da Justiça eram muito mais frouxas que para o resto dos mortais. Nada, fora deles mesmos, podia prejudicar seus moradores nem interferir em suas vidas. Viviam impunes.

Deteve-se junto de um edifício de estilo sóbrio e pesado. Um prédio alto dos anos setenta que não tinha nada a ver com o de Porcioles e muito com a ostentação lúgubre de um poder econômico contido mas evidente. Consultou as caixas de correio externas: escritórios de advogados e funcionários de nível alto, consultórios de ginecologistas e psiquiatras. Ramoneda sorriu consigo mesmo. Lorenzo era um cara com aspirações, mas ainda não havia alcançado o grau de poder que lhe permitisse mudar para um bairro como o de Publio. Mesmo ali, entre os vencedores, existiam guetos.

Ergueu o olhar para seu apartamento. Uma mulher, que lhe pareceu atraente, apareceu à janela.

— Tem um desconhecido lá embaixo. Está olhando para cá.

Lorenzo afastou o olhar vítreo do copo de genebra e ergueu a cabeça para a janela. Encostada na parede, sua mulher afastava com os dedos a cortina de painel japonês e olhava para a rua. Ainda trazia a marca das pancadas no pescoço e nos ombros, que ficavam descobertos por cima do penhoar. Sentiu um calafrio, misto de sentimentos contraditórios como medo e culpa.

— Como ele é? — perguntou sem se atrever a levantar do sofá e observando com o canto dos olhos a pistola carregada junto da televisão.

A mulher descreveu o homem. Não havia dúvida de que era Ramoneda. Lorenzo arrancou os cabelos. Tudo estava indo rápido demais, pensou, procurando acalmar a ansiedade que o paralisava. Já sabia que mais cedo ou mais tarde Publio ia mandar alguém, quando ficasse sabendo que María continuava viva. Por sorte, tinha posto seu filho a salvo. Não queria que ele estivesse presente. O interfone tocou. Um tom frio e breve anunciando uma visita esperada.

A mulher se virou. Não havia nem angústia nem ansiedade em seu olhar. Só um cansaço infinito, um fastio que tinha se transformado num estado permanente de perplexidade. Estava com o olho direito inchado e fumava com um leve tremor nos lábios. Sabia que Lorenzo não suportava cigarro e que em outras circunstâncias aquele gesto de rebeldia teria significado um pouco mais de suplício. Mas nada mais lhe importava.

— Quer que eu abra?

Lorenzo observou o anel de fumaça azulado que cobria parcialmente o rosto da mulher. Sentiu uma irritação aguda na garganta diante do seu gesto de abandono, que o culpava sem palavras. Aquela rebeldia dela, de fumar em casa, o sufocava de raiva. Porém o que mais o incomodava era seu desafio, agora que o sabia fragilizado.

A campainha voltou a tocar, desta vez com mais insistência. Só que agora era a da porta que soava. Algum vizinho imbecil ou talvez aquele velho gagá do zelador tinha aberto o portão.

Lorenzo deixou escapar um gemido quase inaudível, como se alguma coisa bem lá dentro de si tivesse se rompido. Não tinha escapatória, não mais. Podia ter pegado o dinheiro do cofre, o passaporte falso e fugido enquanto dava tempo. Mas não fizera isso, convencido de que um derradeiro gesto podia redimi-lo ante os olhos de María, da sua mulher e do seu filho, e inclusive dos seus próprios. Um gesto de estoica coragem. Esperar de pé a morte. Mas chegado o momento sentia vontade de ir correndo se esconder debaixo da cama, de abraçar as pernas cheias de equimoses da mulher e pedir que o protegesse. Podia tentar arrazoar com aquele bruto sádico do Ramoneda, pedir perdão a Publio, suplicar-lhe uma nova oportunidade, mas nada disso ia adiantar.

— Abro a porta? — voltou a perguntar sua mulher, olhando para ele quase com desprezo, não fosse um sorriso de compaixão que suavizava um pouco seu rosto depauperado.

— Eu abro — disse Lorenzo com uma voz surpreendentemente segura. Levantou-se devagar e seus passos o levaram involuntariamente para o vestíbulo. Ao contrário do que pensava, suas pernas não tremiam, e isso era surpreendente. Antes de abrir, virou-se para a mulher e apontou para o móvel da televisão. — Pegue a pistola e se esconda no toalete. Está carregada. A única coisa que você tem de fazer é esperar que ele se sente. Quando eu fizer sinal, atire nele. É fácil, lembre como ensaiamos. É só apertar o gatilho.

A mulher apagou o cigarro num cinzeiro de vidro talhado. Pegou a arma de Lorenzo e observou-a como um objeto alheio a ela e à sua vida, como se aquele pedaço de metal frio resumisse todas as mentiras de uma existência que havia imaginado de outra maneira bem diferente. Havia atirado em latas e pedaços de pau numa pedreira. Lorenzo dizia que ela se saía bem, e ela sentia um orgulho idiota por essa habilidade. Agora teria de atirar num homem. Mas em seu foro íntimo sabia que não seria diferente de disparar contra um objeto inanimado. Foi ao toalete e sentou para esperar, com a porta entreaberta apenas o bastante para ver o que acontecia na sala.

Lorenzo suspirou com força. Sentia de repente uma estranha calma, a certeza quase absoluta de que tudo sairia bem. Sua mulher saberia desempenhar seu papel no plano. Abriu a porta e, apesar de saber quem ia encontrar, não pôde deixar de dar um passo atrás com o rosto compungido.

Ramoneda avançou naquele espaço que Lorenzo lhe cedia, como um peão de xadrez que vai direto comer o oponente. Fez uma exploração perimetral da casa e seu olhar se deteve na guimba fumegante do cinzeiro. Sabia que Lorenzo não fumava.

— Quem mais está em casa? — perguntou sem necessidade de dissimular suas intenções. Eram todos adultos naquele jogo, não havia por que manter conversas banais e perder tempo com fingimentos.

Lorenzo se manteve firme no centro da sala. Evitou o reflexo de desviar o olhar para o toalete, que ficava bem atrás de Ramoneda.

— Minha mulher estava aqui faz um minuto. É possível que vocês tenham se cruzado no elevador. Mandei ela ir embora. Não quero que veja isto.

Ver isto. Que curiosa maneira de definir a própria morte, pensou Ramoneda, convencido de que Lorenzo dizia a verdade. Não hesitava e estava curiosamente tranquilo.

— María ajudou César a escapar do hospital — disse Ramoneda.

Lorenzo procurou não demonstrar surpresa ou fingir que não sabia. Descobrira apenas algumas horas depois da fuga. Teria preferido que María seguisse seu conselho e fugisse. Mas no fundo admirou-a, por seu empenho idiota em salvar aquele inspetor e sua filha.

Ramoneda passou a mão pela mesa de mármore polido do salão, admirando a qualidade dos móveis, a perfeição dos quadros pendurados simetricamente nas paredes, o cheiro de lavanda do perfume de ambiente, a limpeza do solo de porcelanato que refletia a superfície como um mar tranquilo. Logo também sentiu que poderia descansar num lugar assim. Sentiu a tentação de perguntar a Lorenzo como se fazia para ser rico, em que consistia ser uma pessoa respeitável e de bom gosto. Mas o que fez foi perguntar onde se escondiam María e o inspetor Alcalá. Não lhe surpreendeu que Lorenzo respondesse que não sabia. Não tinha importância. Não era esse o objetivo da sua visita.

Sacou da cintura sua pistola semiautomática. Era uma bela arma, uma Walter 9 mm que se ajustava como uma luva à sua mão. Sentia-se bem, completo, ao empunhá-la. Não lhe agradou ter de manchar as bonitas cortinas de linho e o assoalho impoluto. Era uma imagem suja naquela ordem tão perfeita.

Naquele momento soou um tiro. Os dois homens se olharam surpresos. Lorenzo cambaleou e caiu para a direita em cima da mesa. Um fio lento de sangue começou a se esparramar pelo mármore. Ramoneda tocou o próprio rosto. O sangue de Lorenzo o salpicara. Mas ele não tinha atirado. Virou-se para trás e descobriu uma mulher empunhando uma arma, mas sem apontar para ele. Ela observava como que em estado catatônico o corpo sem vida de Lorenzo. Deixou a pistola cair no chão e olhou para Ramoneda sem nada nos olhos.

Ramoneda ficou confuso. Então se deu conta das equimoses no corpo da mulher, de seu olho inchado. E compreendeu o que havia acontecido. Ela não tinha errado o alvo. Aquela mulher havia matado o marido.

Não a reprovou. Ela tinha direito à vingança. E ao descanso. Aproximou-se com lentidão e acariciou o rosto inerme da mulher. Apontou para a cabeça dela e estourou-lhe os miolos.

29

Arredores de Barcelona, naquela mesma noite

Era uma dessas noites maravilhosas e estranhas. Olhando para a cúpula de estrelas era inevitável sentir-se complexado, pequeno, parte de algo que, sendo de tamanho descomunal, escapava dos próprios limites da compreensão. Ante o infinito de pontos luminosos lá em cima era lógico se perguntar que lugar os seres humanos ocupam e como nos encaixamos em tanta beleza, uma beleza quase violenta, com nossas limitações de formigas exploradoras.

Sentado no banco de trás do carro, Fernando procurou esquecer por um minuto o que sabia e o que era, levantando a cabeça para aqueles fogos diminutos que cintilavam na imensidão. Ali, em Centauro, a estrela mais próxima de nós, nem sabiam o que era o tempo. Não conheciam nossas misérias de pequenos anões, nem nossas disputas, nem nossos ódios e paixões. Talvez alguém olhasse para a Terra, como ele olhava agora para as estrelas. E entre ambos os olhares havia centenas de milhares de quilômetros de silêncio. Por um momento, imaginou que isso era a morte. Parar de pensar, de sofrer, de se deleitar. Esquecer o bem e o mal e vagar para sempre entre aquele magma de luzes elusivas que pairava sobre sua cabeça. Talvez naquele imenso mar de estrelas e corpos cósmicos por explorar existisse o que chamavam de Deus. Como explicaria a Ele sua passagem por esta vida? Ia se queixar da sorte como uma criança malcriada? Falaria a Ele do ódio a seu pai, ou das guerras, ou dos campos de prisioneiros? Ia se lamentar inutilmente por uma vida desperdiçada? Imaginava a cara desse Grande Ser ouvindo-o um tanto incrédulo, certamente com uma ponta de ironia. E podia também imaginar sua resposta. Entre todas as opções possíveis de existência havia escolhido uma. Portanto a culpa, se é que se podia falar de culpa, não era de mais ninguém, somente sua.

Olhou então para a casa de telhas azuis que se adivinhava entre os sicômoros. Lembrava-se daquela casa vestida com os tons da primavera, com as colunas jônicas coroadas com samambaias, as esculturas gregas, os jardins de fontes ruidosas. Anos a fio espionou sem ser visto os passeios de Andrés pelas trilhas forradas de folhas da chácara. Poderia ter sido feliz ali com seu irmão. Eles certamente poderiam ter escolhido outra vida. E não o fizeram. Nenhum dos dois. E, agora, aquela casa era como um monumento erigido à sua própria ruína e destruição. Não restava nada da antiga glória familiar, nem dos momentos vividos nela. Em toda parte a casa apresentava rachaduras, e era como se esperasse um derradeiro empurrão, um breve sopro do vento aquela noite para desabar e sepultar sob o entulho os últimos vestígios daquela família maldita.

Não se via movimento nenhum, nem luzes em nenhuma parte da casa. Mas Fernando sabia que Andrés estava ali, em alguma parte da mansão, vagando como o fantasma de um rei sem reino. E sabia que com ele estava a moça. Sabia há muito tempo.

E não tinha feito nada para impedir. Como? Trair o irmão, depois de provocar o incêndio que o havia matado em vida para sempre, depois de abandoná-lo à sua sorte? Mas não era a mesma coisa que ia fazer desta vez? Com ele estava a antiga catana que Gabriel forjara para ele quando menino. Desceu do carro e caminhou com ela até o portão. Não tinha medo de ser descoberto pelos homens de Publio; sabia o que isso significava. O deputado abandonava seu irmão à própria sorte. Mas ele não faria isso. Desta vez seria diferente.

Acariciou com delicadeza a lâmina curva de um só gume da catana. Desembainhou-a com um movimento de rotação, levando o gume para cima com ambas as mãos, do modo tradicional. Era uma arma magnífica, elegante, criada originalmente muito mais para cortar do que para golpear. Conhecia cada detalhe da sua anatomia: a têmpera da lâmina, seu comprimento e o sulco intermediário que absorvia e dividia a tensão do golpe. Na parte da lâmina que entrava na empunhadura podia se ver a assinatura do armeiro Gabriel, um pequeno dragão mordendo a própria cauda, assim como as aplicações metálicas ornamentais numa das laterais do cabo. Lentamente, como o silvo de uma serpente, introduziu a lâmina na bainha, feita de magnólia e bambu.

Durante aqueles anos escondido, tinha estudado e lido tudo o que interessava a seu irmão. Precisava entender por que Andrés sentia aquele fascínio aparentemente absurdo e sem sentido pelo mundo dos samurais. E, sem se dar conta, ele também tinha se deixado envolver numa teia fascinante de rituais quase litúrgicos, livros orientais e regras estritas de vida. Desse modo, havia conseguido memorizar detalhadamente o código de Bushido. Era verdade que o primeiro dos sete princípios de "O caminho da perfeição do guerreiro" exigia ser honrado e justo. Mas não a justiça que emanava dos outros, conforme entendeu mais tarde, quando Recasens morreu, e sim a sua própria. O mundo o confundia com seu sentido do bem e do mal, com o perdão e o arrependimento, distorcia sua verdadeira natureza. Mas não existiam as tonalidades. Só existia o correto e o incorreto.

Já não tinha medo de agir, nem pensava em se esconder como uma tartaruga em sua carapaça. Isso não era viver. A vida era o que ele sentia correr pelas veias, a coragem de aceitar seus impulsos e segui-los. Sua mãe estava morta. Seu melhor amigo estava morto. Sua vida era uma grande chaga, igual ao corpo martirizado de Andrés e à sua mente de monstro doente. E ele só podia curar a ferida retribuindo a dor com a dor. Uma ofensa podia ser ignorada, não reconhecida ou perdoada. Mas nunca podia ser esquecida. E Fernando tinha boa memória. Por fim havia chegado a compreender em que consistia a verdadeira vingança, de que modo podia fechar definitivamente o círculo aberto quarenta anos antes.

Um carro avançava devagar pelo caminho com as luzes apagadas. Parou junto do automóvel de Fernando.

María desligou o motor, que não podia mais ser ouvido. O silêncio se fez mais intenso.

— É ele? — perguntou César Alcalá sentado a seu lado. Tinha o olhar fixo na silhueta em frente ao portão da casa. Não via seu rosto oculto pelas sombras.

— Sim. É Fernando. Mas antes de ir a seu encontro você precisa saber de uma coisa importante. — Ela precisava falar com Alcalá. Desde que o havia pegado na paróquia do subúrbio e ele tinha lhe entregado as provas contra Publio.

— O que é tão importante assim?

— Preciso que me perdoe... Sei que é difícil compreender agora, mas preciso saber que você me perdoa.

César Alcalá ouviu com seriedade.

— Sei como se sente.

María negou com a cabeça.

— Não, César, não sabe — disse com resignação. — De fora a gente nunca compreende as coisas. — María tentava se pôr na pele do seu pai, compreender por que entregou Isabel, mas não conseguia. Tentava encontrar razões para justificar o que ela mesma havia feito com o inspetor, e fingia fazê-lo, aceitava argumentos se eram sensatos ou convincentes. Mas era apenas uma compreensão teórica, nunca completa.

Mas César Alcalá a compreendia sim, mesmo que ela não acreditasse. Nem agora que tinha sua filha ao alcance da mão podia esquecer o passado. Sempre estaria presente. Tinha visto, vivido e sofrido coisas que não tinham nome, que nunca teriam, que ficariam para sempre escondidas nos pesadelos. Nenhum deles voltaria a ser como antes.

— Há cicatrizes que nunca se fecham, María. Mas temos de seguir em frente com o que somos. Não tem que pedir perdão, isso não servirá para nada. Só temos de seguir em frente, não se pode fazer outra coisa.

Fez-se um silêncio tenso. María observou a casa e Fernando com uma interrogação nos olhos.

— Pode ser que dê tudo errado — disse.

— Vai dar tudo certo — sossegou-a Alcalá, com uma determinação diferente.

María respirou profundamente. Quase parecia aliviada, como se tivesse se descarregado naquele momento de uma terrível incerteza.

— Então está bem. Vamos lá.

Desceram do carro. César deixou escapar um gemido de dor e levou a mão ao ventre. María o havia ajudado a fazer um curativo na ferida aberta, mas ela não parava de sangrar. Mais cedo ou mais tarde teria de ir a um hospital. Mas isso significava que voltariam a pegá-lo, e ele não estava disposto a deixar.

Caminharam devagar até a casa. Fernando se virou para eles e os esperou escrutando seus rostos. Quando os três estavam cara a cara, observaram-se mutuamente com desconfiança. Numa mão Fernando levava a catana. Na outra, María segurava a sacola com as provas que incriminavam Publio em vários delitos cometidos nos últimos dez anos.

Fernando prestava especial atenção em César Alcalá.

— Não me reconhece?

César Alcalá fez que sim sem entusiasmo. Lembrava-se vagamente de ter visto umas poucas vezes o primogênito dos Mola na infância. Seu pai foi basicamente o tutor de Andrés, e Fernando era quase dez anos mais velho que o irmão. Quase nunca estava na quinta de Almendralejo quando César Alcalá acompanhava o pai às aulas. No entanto, em seu rosto envelhecido e mudado se adivinhavam restos da altivez e da arrogância daquela gente que sempre esteve acostumada a mandar e ser obedecida sem protestos. Por sorte, os tempos haviam mudado. César já não era o filho assustadiço de um professor rural que recebia uma miséria para educar os filhos do jovem sr. Mola; e para Fernando as coisas não pareciam ter ido muito bem naqueles anos.

— O que você sabe da minha filha? — perguntou com um tom de voz ameaçador e impaciente.

Fernando olhou para a catana embainhada, depois se dirigiu a María.

— Você não lhe disse?

María sabia a que ele se referia. Talvez tivesse acalentado a esperança de que o velho resolvesse passar por cima dessa página. Mas compreendia que era esperar demais. Era uma tolice acreditar que, depois de tantos anos esperando, Fernando se furtasse ao prazer da vingança.

— Não disse nada.

Fernando meneou a cabeça, avaliando a situação. Havia algo em María que a fazia sentir-se culpada e suja, como se nela se refletisse sua parte daquele velho tortuoso e mesquinho. Que podia importar agora César saber que foi seu pai que matou Isabel? O importante era que já sabia que Marcelo era inocente. Disso Recasens tinha se encarregado.

— O que é que eu tenho de saber? — perguntou César, mas nem María nem Fernando responderam. O velho e a mulher se olharam como se olham os que estão de posse de uma verdade que decidem tacitamente que nunca será revelada.

— É esta a documentação que você juntou todos estes anos contra Publio? Deve ser muito importante para que o deputado esteja disposto a eliminar todos nós.

— É — disse María, estendendo-lhe a sacola. — Corri os olhos pelo dossiê. Há gravações, declarações juramentadas, provas materiais de pelo menos quatro assassinatos, um caso de fraude, vários de corrupção e provas concludentes de que Publio esteve implicado na tentativa golpista de 78, e de que também está na que vai se produzir em breve se ninguém impedir.

Fernando se deu por satisfeito. Mas para a surpresa de María e César não pegou a bolsa, mandando a advogada deixá-la no chão.

— Escute, María: quero que se encarregue de levar amanhã de manhã isto ao inspetor Marchán. Sei que não confia nele, mas eu o investiguei. Diga a ele que entregue ao juiz Gonzalo Andrés, da primeira sessão do Tribunal Militar. É um amigo meu e também era de Pedro Recasens. Está a par de tudo e é o único disposto a abrir de imediato uma investigação. Inclusive, se for preciso, pedirá licença ao Supremo para deter o deputado. — Depois se voltou para César Alcalá. Seu rosto era pétreo, quase hierático, como o de um aristocrata que se dispõe a dar instruções a um serviçal para que este esvazie o penico. Mas o lábio de Fernando tremeu um segundo, cheio de emoção, e suas pupilas brilharam. Quanto mal desnecessário havia sofrido aquela família, pensou. Por sorte, as sombras da noite velaram suas emoções, deixando transparecer unicamente uma ordem seca, que não admitia dúvidas.

— O senhor, inspetor, esperará aqui enquanto a advogada e eu entramos na casa.

César protestou encolerizado, mas Fernando esperou com paciência que ele o recriminasse. Repetiu a mesma ordem sem se alterar.

— Em hipótese alguma entrará nessa casa. Espere aqui, se quiser voltar a ver sua filha. Essa condição é inegociável.

César Alcalá cerrou os punhos, furioso. Aquele velho sabia onde estava sua filha, dizia sabê-lo. Marta estaria mesmo naquela casa fantasmagórica? E pretendiam que tendo sua filha ao alcance dos dedos aceitasse esperar impassivelmente que ele e María a trouxessem? María tocou-lhe no braço e puxou-o para o lado, fazendo-o voltar à razão. Era Fernando quem dava as cartas e, enquanto esperavam para ver no que aquilo ia dar, o melhor era obedecê-lo. Mesmo assim, combinaram que se vinte minutos depois não tivessem saído da casa ele entraria para procurá-los.

Fernando aceitou, embora em seu foro íntimo soubesse que isso não seria necessário. Não cogitava permitir que aquele pai desesperado encontrasse sua filha nas mãos de Andrés. Sabia Deus em que estado estaria a moça, se é que continuava viva, e não pensava em deixar que aquele policial se vingasse de seu irmão.

O velho e María empurraram o portão enferrujado até ele ceder. César Alcalá fechou os olhos com força, enquanto os dois se perdiam entre as sombras do jardim da casa.

A chama de uma vela acesa bruxuleava num canto da mesa de cabeceira, diante da qual Andrés Mola permanecia de joelhos, com as mãos relaxadas nas coxas e os olhos fechados, com as costas completamente retas. A luz da vela ia e vinha como uma onda, desenhando os contornos secos de seu corpo. O resto do aposento permanecia às escuras, isolado do mundo, do barulho, da vida.

Ouviu um ruído de dobradiças se abrindo. Aproximou-se da janela da qual podia ver o jardim e observou através das tábuas que a tapavam. Junto do caminho dos sicômoros havia dois carros com as luzes apagadas. Uma pessoa andava de um lado para o outro como um animal enjaulado. Parava e olhava justamente para aquela mesma janela, como se soubesse que alguém o espiava.

— Guardas! — gritou, correndo para o corredor sem luz da casa. Supunha que os homens que Publio havia posto para protegê-lo estariam ali, dispostos a se encarregar de qualquer intruso que se aproximasse para bisbilhotar. Mas não havia ninguém em toda a casa. Percorreu os cômodos chamando-os, subiu ao terceiro andar e desceu ao porão. Tinha sido abandonado. Ouviu barulho na porta das caldeiras. Alguém estava arrancando as tábuas que a bloqueavam. Ouviu vozes, mais de uma. Imaginou inclusive distinguir a de uma mulher. A do homem lhe parecia vagamente familiar.

Correu até seu quarto. Procurou entre as caixas onde guardava seus pertences mais queridos até encontrar o que procurava. Sorriu satisfeito, escondeu o objeto no quimono e se ergueu, movendo a cabeça para a direita e para a esquerda, presa de uma excitação crescente. Chegava por fim o dia que tanto havia esperado. Não precisaria mais se esconder. Se seus inimigos o tinham encontrado, era hora de enfrentá-los com honra.

Mas antes tinha de fazer uma coisa. Foi ao quarto ao lado.

Empurrou a porta e plantou-se na soleira. Ao vê-lo, Marta recuou para um canto como uma sombra.

— Levante — ordenou Andrés.

Marta ergueu os olhos com uma pergunta pendurada nas pupilas. Alguma coisa se mexeu um instante em Andrés, que desviou o olhar para a janela vedada com tábuas. A noite era fria e clara. O vento ululava ao entrar pelas frestas das tábuas.

— Vai me matar? — gaguejou a moça.

Andrés não respondeu. Levantou-a pelos ombros com violência. O corpo da moça era leve. Estava imunda e suja de sangue e desprendia um cheiro pestilento. Abriu a argola que a prendia à parede e a corrente caiu pesadamente no chão. Marta estava tão fraca e assustada que cambaleou, e ele teve de ampará-la para que não perdesse o equilíbrio. Despojou-a do trapo em que sua camisola tinha se transformado.

— Por que isso tudo? — perguntou a moça.

Andrés fulminou-a com o olhar. Talvez Marta sentisse que ele havia sido um monstro. Ela não entendia que um ser sem respeito era como aquela casa em ruínas. Tinha de ser demolida para ser construída de novo. Não havia motivo para ser cruel, não precisava mostrar sua força gratuitamente. Ele a tinha mantido com vida aqueles anos todos, a tinha alimentado, esperando um gesto de sua parte, um sinal que lhe permitisse ser menos rigoroso e mais compassivo com ela, mas Marta não tinha dado mostras de arrependimento pelo crime do avô; ao contrário, havia profanado a memória da sua mãe, vomitando no dia em que lhe permitiu entrar em seu santuário. Não esperava receber respeito dela por sua força ou sua ferocidade, e sim por sua maneira de tratá-la. No entanto, Marta tinha lhe faltado com respeito. E ninguém, salvo ele próprio, era juiz competente para impor a pena que a filha do inspetor merecia. Um homem é o reflexo das decisões que toma e da determinação com que as leva a cabo.

Quando resolvia fazer uma coisa, era como se estivesse feita. Nada ia impedir que naquela noite a cabeça de Marta Alcalá rolasse a seus pés.

Sacou o objeto que fora buscar em seu quarto. Era uma faca cerimonial com cabo de marfim entalhado e uma lâmina curva de dois gumes com vinte centímetros. Pegou pelo pulso a moça nua e arrastou-a para o corredor. Queria que seus inimigos assistissem ao ritual incapazes de impedi-lo.

— De joelhos — mandou.

Marta obedeceu torcendo os dedos até se sangrar com as unhas. Andrés esperou sem pressa. O tempo já não era uma necessidade. Nem o desejo. Já não experimentava as aguilhoadas da carne enquanto contemplava aquelas coxas repletas de imundice, a mata de seus pelos e o tremor dos peitos em contato com a lâmina da faca. O desejo que sentira outrora havia desaparecido. Só conservava uma frieza extrema, a calma de um deserto gelado sob uma noite estrelada.

Marta não resistia. Não mais. O medo a paralisava. Resolveu ficar caída de bruços, com os olhos fechados e as unhas cravadas no chão, esperando o golpe seco que lhe arrancasse a vida. Sentiu a mão de Andrés agarrá-la pelo couro cabeludo e erguer sua cabeça, deixando seu pescoço à vista.

— Não faça isso — disse alguém atrás deles. Uma voz profunda e grave que por um momento Marta acreditou que havia surgido da boca morta da própria casa. Mas não era a voz de um morto que falava, e sim a de um homem vivo que entrou no aposento seguido por uma mulher horrorizada diante do espetáculo.

Andrés ficou imóvel. Pestanejou deixando cair a cabeça de Marta, que se arrastou rastejante até os recém-chegados.

— Não faça isso — repetiu o homem, sem desviar o olhar de Andrés, mas dirigindo-se a Marta.

Passado o primeiro momento de desconcerto, Andrés se recuperou. Esgrimiu a ponta da faca para a frente, como um dedo ameaçador.

— Quem é você, um fantasma?

— Sou Fernando... Seu irmão. — Enquanto avançava, inclinou-se lentamente para Marta, sem afastar o olhar de Andrés. — Estamos sozinhos, você e eu — disse, ao mesmo tempo que levantava Marta pelos ombros e a protegia detrás do seu corpo.

— Não toque nela! — gritou Andrés. — É minha.

Fernando não se mexeu. Empurrou Marta para trás até os braços de María, que permanecia junto da porta.

— Leve-a daqui — pediu à advogada, sem desviar o olhar de seu irmão, que permanecia tenso como a corda de um arco, a ponto de vibrar um golpe mortal com sua faca.

— Vou matar vocês todos! — gritou Andrés desconcertado.

— Isso não curará suas feridas. Olhe, sou eu. Sou eu de verdade. Vim te buscar — disse Fernando em tom conciliador, avançando devagar na direção de Andrés. — Abaixe a faca. Você não vai me ferir. Sou eu, seu irmão. Venha comigo, iremos para longe daqui. Recomeçaremos a vida em outro lugar.

Andrés baixou os olhos, mas não a faca, que tremia indecisa no ar. Estava confuso, não sabia o que fazer, mil vozes ao mesmo tempo e todas as contradições lhe gritavam, puxavam-no como se suas extremidades estivessem amarradas a cavalos que corriam cada um numa direção, esquartejando-o.

María aproveitou a indecisão para pegar Marta e tirá-la do quarto. Ficou comovida com sua magreza extrema e a expressão de sofrimento de seus olhos afundados em olheiras como poços.

— Vamos embora daqui — murmurou. Mas Marta não se mexia. Era como uma estátua de pedra cravada no chão, com o olhar fixo em Andrés.

Fernando girou a cabeça para elas.

— Tire-a daqui já, María.

— Não! — gritou Andrés de repente. Suas mãos, vencidas pelo desejo, se aferraram com força ao cabo da faca. Arremeteu para a frente com um grito desesperado. Mas, antes mesmo de respirar, tudo ficou suspenso numa cor malva, bonita e intumescida. Ouviu-se o ceifar de uma lâmina cortando o ar, como uma guilhotina, e o impacto surdo contra o pescoço.

Foi tudo tão rápido que os olhos dos presentes não puderam captar o instante. Lentamente, o sangue começou a brotar do ferimento, que se abria por momentos. O olhar de Andrés se apagou como num eclipse e seu corpo desabou de lado.

Durante um segundo, ninguém disse nada, não houve gritos, choros nem lamentos. Fernando ficou alheio, olhando para o corpo do irmão convulsionando no chão. Suas mãos se relaxaram, soltando a catana que acabara de degolá-lo, e caiu de joelhos diante dele. María se colou à parede, protegendo com os braços Marta, também incapaz de se mexer e de afastar o olhar do corpo de Andrés.

Os ombros de Fernando começaram a tremer num soluço que vinha como uma onda, arrebentava nele e se afastava ruidosamente para voltar com mais virulência, até desencadear um grito feroz, animal e desesperado.

Lentamente, seus olhos abrasados por lágrimas que pareciam de sangue pousaram nas duas mulheres.

— Saiam. Deixem-nos a sós.

María arrastou a moça para fora. Era difícil arrancá-la do olhar hipnótico de Andrés, que a fitava do além com o branco dos olhos, como um demônio de gesso do qual nunca poderia fugir. Ao se ver livre de argolas e prisões, hesitava como um passarinho que vê, um belo dia, lhe abrirem a porta da gaiola. María cobriu-a com seu casaco e obrigou-a a descer a escada. Do andar de baixo viram como Fernando fechava a porta, trancando-se com o cadáver do irmão.

Fernando arrastou o corpo até a cama do quarto. Cobriu-o com um lençol. Depois se desnudou cerimoniosamente e deixou a roupa numa cadeira. No Japão antigo considerava-se um ato de piedade que um amigo pusesse fim à agonia cortando a cabeça do suicida. Esse último gesto de consideração era exclusivo para aqueles cuja vida merecia evitar sofrimento. Fernando não tinha ninguém para ajudá-lo a morrer rapidamente. Nem merecia ter. Sua vida, como a dos seus, não havia sido edificante. Merecia morrer esvaindo-se em sangue e se lembrando das coisas indignas que havia feito. Só assim, com uma morte lenta e ritual, podia expiar seus erros.

A prática japonesa de se abrir o ventre era reservada aos altos nobres, àqueles que consideravam que sua vida só podia terminar pela própria mão, de um modo cruel e doloroso, mas voluntário. Era sua maneira de demonstrar honra e coragem. Era a tristeza suprema do samurai. O homem que dignifica sua vida com uma boa morte. Pôs-se de joelhos, tirou da bainha a adaga ornamental do irmão e com um golpe seco e decidido cravou-a do lado esquerdo do abdome. Deslocou lentamente a lâmina para o lado direito sem tirá-la e fez uma incisão, ligeiramente ascendente. Depois puxou para fora, arrancando o intestino.

Deixou-se cair de lado, junto do cadáver do irmão. Pegou sua mão, já fria, e lembrou-se do calor que ela tinha em vida, a gratidão e os abraços que experimentava quando o pegava nos braços para brincar com ele. As lembranças eram dispersas, boas e ruins se confundiam, gritos e risos, choro, alegria, momentos, quietude.

— Porra, que carnificina! — disse alguém arrombando a porta.

Fernando tentou erguer a cabeça, mas um sapato italiano pisou no seu pescoço.

— Estas tripas todas são suas? Dizem que temos mais de seis metros de intestino. Pelo que vejo, você quis verificar por conta própria.

Fernando não podia falar. Com cada respiração um escarro de sangue inundava sua garganta. Então o desconhecido se pôs de cócoras e olhou-o nos olhos.

— Sabe quem sou? Ramoneda. Afinal, você conseguiu. Se estripou como esses fantasmas japoneses do seu irmão. Mas não se engane: isso não o transforma num deles. E vejo que deu cabo de Andrés. Bom, isso me poupa metade do trabalho. Agora me diga onde estão a mulher e a advogada.

Fernando girou os olhos. Esticou a mão para a catana ensanguentada. O desconhecido afastou-a de suas mãos.

— O que você pretende? Bancar o herói?

Fernando se congestionou numa expressão de dor.

— O que é isso? Uma espécie de ritual? Entendi: se eu corto a sua cabeça você vai para o céu dos loucos, como esses seus samurais. E se não o fizer, vai ser só um imbecil que arrancou as próprias tripas.

Fernando conseguiu se erguer sobre um cotovelo.

— Por favor. Não sei onde estão.

— Nesse caso, não posso te ajudar. Não há como interferir no curso da natureza. Agora eu me sinto como esses repórteres de fauna selvagem, sabe, esses que filmam uma gazela indefesa quando o leão vai caçá-la. Poderiam espantá-la, avisá-la. Mas então alterariam o equilíbrio das coisas. O melhor é que eu vá embora. Pode ser que você tenha sorte e morra antes das chamas te alcançarem. De qualquer modo, é justo que as coisas se passem assim.

Fernando olhou para a lata de gasolina nas mãos de Ramoneda antes de ele a derramar no corpo do seu irmão estendido na cama. Não se importou. Que as cinzas de seus corpos se espargissem entre as ruínas daquela casa, que o vento que entrava pela janela as espargisse na noite do inverno, que a lembrança deles se apagasse como seus corpos. Que descansassem em paz.

Ramoneda acendeu um cigarro. Depois tocou fogo numa folha de jornal, atirou-a para cima e fugiu, desaparecendo entre a fumaça.

Fernando ficou num canto, segurando sem força suas tripas enquanto o quarto ia se transformando pouco a pouco numa bola de fogo voraz. Impotente, viu as chamas se aproximarem do corpo do irmão, beijarem seus lábios machucados e seus olhos vazios até transformá-lo numa tocha que enegreceu como um pedaço de carne podre. As chamas se deleitaram, pois já conheciam o sabor daquele corpo que uma vez conseguiu escapar do seu cerco. Desta vez não lhe deram opção. E viu impotente como as mesmas chamas o envolviam, logo a ele, que tanto havia desejado nos longos frios siberianos o calor de um lume. Como uma matilha, o fogo o atacou de todos os lados, devorando os últimos resquícios da sua vida.

30

Barcelona, de 18 a 20 de fevereiro de 1981

— Como ela é bonita — disse Greta, acariciando a testa de Marta, que ainda dormia.

María concordou. Deitada na cama e coberta com os lençóis brancos, a filha de Alcalá parecia um anjo de estranha formosura. Ressaltava sobre sua pele nacarada a delicadeza do nariz e de seus lábios entreabertos pelos quais apareciam dois dentes incisivos. Sob as equimoses e as olheiras profundas se desvendava pouco a pouco o rosto de uma menina de dezessete anos. Mas ao se queixar, movida por obscuros pesadelos, esse vislumbre de inocência desaparecia atrás de uma comprida sombra cinzenta.

A enfermeira entrou e verificou o gotejamento do soro. Ao sair, conversou animadamente com o policial que vigiava a entrada do quarto. Os policiais haviam feito muitas perguntas a María e já começavam a aparecer os primeiros repórteres farejando notícias sensacionalistas com as quais poderiam encher as manchetes. Naquela mesma manhã, os bombeiros haviam encontrado nas ruínas da casa de Tibidabo os corpos dos irmãos Mola. Incapaz de suportar o aluvião que lhe caía em cima, María havia pedido ajuda a Greta, que fora para o hospital sem uma só censura.

María consultou com nervosismo o relógio da parede.

— Ainda não se sabe de nada?

— Não.

— O juiz vai expedir uma ordem de prisão contra esse deputado, você vai ver — tranquilizou-a Greta, pegando sua mão.

María sorriu cansada. Não estava tão certa. Não se sentia feliz. Havia descoberto coisas demais e perdido muito naquela busca.

— E de César, o que sabemos?

María certificou-se de que ninguém podia ouvi-la.

— Está a salvo. Eu o mantenho informado sobre o estado da sua filha, mas é melhor ele não aparecer por ora. Confio em que, se as provas que ele trouxe acabarem inculpando Publio, o promotor lhe proponha um acordo. Talvez o governo lhe conceda um indulto. Mas está tudo no ar.

Greta acariciou seu braço, mas María se afastou, mal conseguindo dissimular sua necessidade de estar sozinha.

Por que não sentia nada? Não havia choro engasgado, nem sensação de felicidade ou de satisfação. Só cansaço. Não podia evitar a imagem de Fernando com a espada ensanguentada, e seu olhar de incompreensão, de loucura apaixonada. Não era nem capaz de tocar em Marta, de falar com ela ou olhá-la nos olhos. Sentia-se culpada por tudo o que lhe havia acontecido. Sentia que ela e seu pai eram os causadores da dor daquela família, um sofrimento que havia varado três gerações, quarenta anos de tristeza.

María e Greta foram jantar naquela noite num restaurante à beira-mar, no bairro da Barceloneta. Através das grandes vidraças da sala, via-se a praia iluminada com seus postes característicos. A brisa marinha eriçava a espuma das ondas que deslizavam mansamente até a areia.

— Por que está me olhando desse jeito? Fez isso o dia inteiro — perguntou María. Incomodava-a sentir-se objeto de compaixão.

— Não é compaixão — replicou Greta, lendo seus pensamentos. — É só que sinto a sua falta e me dói não ter estado com você durante tudo isso.

María ficou pensativa, sustentando uma taça de vinho diante dos olhos.

— Na verdade, eu não fiz nada. Simplesmente fui usada por uns e outros. Não tive em nenhum momento a oportunidade de poder optar por agir de outro modo.

— Não é verdade. Você podia ter deixado as coisas seguirem seu curso e não se imiscuir. Mas não fez assim, você devolveu ao inspetor sua filha.

— É o justo depois de a terem tomado dele. Eu me pergunto o que vai pensar essa garota quando um dia despertar do seu horror e perguntar a seu pai por que tudo aquilo teve de acontecer com ela. O que César vai lhe dizer? Que um maníaco a sequestrou e a torturou porque considerava que seu avô, Marcelo, era o assassino da sua mãe e que por isso queria se vingar. Dirá então que esse louco estava enganado, que o culpado era outro homem, um velho senil, com uma filha advogada cega e arrogante. E dirá também que não pôde resgatá-la antes porque essa advogada o impediu, mandando-o para a cadeia.

Greta acariciou seus cabelos.

— Não é justo você se acusar dessa maneira. Está desfigurando as coisas. Não é responsável pelos atos do seu pai, nem pela morte daquela mulher; nem tem nada a ver com a demência do filho dela. César cometeu um delito, e você fez o que tinha de fazer… A mesma coisa que agora. Tudo acabou… Você devia voltar para casa comigo e descansar uns dias. Podíamos passear pela praia, ler, ouvir música, fazer as coisas que fazíamos antes, você e eu.

María sentiu uma pontada de dor. Sentia-se só, sabia-se só, e estava assustada. Não dissera nada a Greta sobre sua doença. Ninguém podia lhe sugerir de que maneira devia enfrentar o fato de que sua vida tivesse desmoronado por culpa de seu pai e de um tumor que talvez a deixasse prostrada para sempre ou a mandasse para o cemitério. Não queria compartilhar com ninguém aquele sentimento. Refugiava-se nele e se isolava do mundo de que já não se sentia parte. As pessoas que não têm mais fé em seu destino deixam de lutar, não moldam mais sua vida e se transformam em testemunhas passivas de si mesmas.

Greta tinha consciência de que María já não lhe pertencia, se é que algum dia tivera mais que uma simples porção dela. Não era apenas seu ar abatido. Era outra coisa. O modo de mover as mãos, a entoação da voz, amável, serena, mas distante. O jeito de rir de uma piada suja, sem permitir que a alegria transbordasse. E, por mais que tentasse penetrar nessa escuridão e jogar nela um pouco de luz, não conseguia.

As duas se beijaram com o olhar, acariciando dissimuladamente os dedos entre os guardanapos. Jantaram com calma, como amigas que um dia compartilharam algo mais que simples experiências. Mas entre as palavras se intrometiam olhares e silêncios inquietantes, sinais de um distanciamento que ambas fingiam não existir.

A confirmação de que a distância entre ambas era sideral foi dada na hora de se despedirem. Antes de entrar no carro, dispensaram os policiais que Marchán havia enviado para lhes dar proteção. Greta procurou o encontro dos lábios num beijo que María pretendia lhe dar no rosto. María cedeu, mas como uma coisa que se deve a alguém que se comportou bem com você, não um impulso de amor. Olharam-se com tristeza. María deu a volta e se afastou caminhando, protegida por seu comprido casaco marrom, sob os postes de luz do Paseo Marítimo. Greta ficou dentro do carro, observando a curvatura das suas pernas, o passo elegante de seus sapatos de salto creme e a fumaça do cigarro que ia deixando para trás. E pensou que era uma mulher de outra época, com uma elegância de filme em branco e preto. A plenitude no centro da ausência.

Seus passos eram admirados por outros olhos. Estes não estavam inundados de lágrimas pela perda. Estreitavam-se como os felinos que seguem sua presa entre o matagal, esperando o momento, calibrando as forças, farejando o ar.

Ramoneda deu uma longa tragada em seu cigarro de tabaco Virgínia. Com um golpe seco do dedo médio atirou a guimba na água e ajustou o blazer. Era um casaco novo, comprado para a ocasião. O outro tinha estragado no incêndio da casa de Tibidabo. Também tinha chamuscado um pouco o cabelo e tinha queimaduras nas mãos, exibindo por isso aparatosos curativos que ele mesmo tinha feito.

Deixou que María passasse junto dele pelo passeio, virando-se para o mar bem quando ela olhou para ele. Gostava de correr riscos, num jogo de gato e rato antes de devorá-lo. Sabia que ela iria caminhando até o hotel. Os policiais de escolta tinham ficado para trás. Não gostavam de proteger aquela mulher e ela não gostava de se sentir aprisionada. Isso facilitava as coisas. A noite não era especialmente fria e ela gostava de passear sem pressa. Ele tampouco a tinha. Começou a segui-la à distância, detendo-se de vez em quando, mudando de calçada e até de rua para não despertar suspeitas. Havia aperfeiçoado seu trabalho, aprendido a ser metódico. Além do mais, ela merecia respeito. Era uma peça importante, a principal presa a pegar.

Não tinha um plano preconcebido, simplesmente a seguiria até dar com o momento e o lugar propício. E, se não fosse possível, atacaria no hotel, apesar de preferir um lugar mais discreto. Por exemplo, aquela obra em construção junto do edifício dos Correios que ele avistava.

María sentiu frio, como havia sentido ao passar por aquele homem que fumava num banco olhando para a praia. Ergueu a gola do casaco e abotoou o último botão. Não tinha pressa de chegar ao hotel. Na verdade, não queria chegar tão depressa. Perguntou-se por que tinha sido tão fria com Greta. Poderia ter ido para casa, o trabalho pendente para aquela noite era somente uma desculpa. Na realidade, não quisera entrar no carro com ela porque não desejava agarrar-se a nada. Tinha tanto medo de querer alguma coisa, de esperar ou desejar qualquer coisa, que preferia não ter nada. Perguntar-se por que era assim, por que sempre tivera medo de ser feliz, de agarrar o que se oferecia a ela, era algo que não tinha sentido àquelas alturas. Não lhe valiam as respostas úteis nem freudianas.

Não podia acusar seu pai, nem Lorenzo. Não eram eles que haviam destroçado sua vida. Era ela mesma, estava em sua própria natureza ser incapaz de desfrutar das coisas, dos sentimentos ou da companhia de um ente querido. Isso não a tornava uma mulher desapaixonada; ao contrário: agora sentia com toda a efervescência as paixões do medo em não sobreviver à operação, o torvelinho de culpa e satisfação por ter conseguido que César e sua filha se encontrassem. Mas nada disso a contentava completamente. Sentia-se como algo estático em torno de que as coisas passavam, roçando-a apenas na superfície.

Já lhe restavam poucos prazeres íntimos, como aquele passeio noturno. Gostava daquela solidão e da harmonia do silêncio, a conjunção entre a noite e seu estado de ânimo. Havia algo de belo naquele momento de quietude. Não necessitava encher-se de certezas nem mostrar desalento ou temor a Greta ou qualquer outra pessoa. A única coisa de que necessitava era caminhar, despistar os sabujos de Marchán, subir a rua até o hotel, fumar um cigarro e ouvir o som de seus saltos.

Parou no sinal de pedestres. A Vía Layetana oferecia um aspecto pouco usual e formoso. A iluminação dos grandes edifícios contrastava com o silêncio dos trilhos sem trânsito e com as cores dos sinais mudando fantasmagoricamente. Só permanecia às escuras o quarteirão que ocupava o enorme edifício dos Correios. Justo para onde ela se dirigia.

Ramoneda verificou com satisfação que María ia exatamente em sua direção. Excitou-se tanto antecipando os acontecimentos que teve uma ereção. Sacou o revólver e o engatilhou. Era fácil disparar do seu esconderijo, entre madeiras e montões de tijolos empilhados. Mas não era isso que ele queria. Esperou com paciência, apertando a coronha do revólver. Grudou-se na parede até María passar junto dele, tão perto que pôde sentir o cheiro do seu perfume. Então saiu atrás dela.

María parou sobressaltada.

— Olá, advogada... Voltamos a nos ver. Não se lembra de mim? Sou Ramoneda. Seu cliente preferido. — Antes que ela pudesse reagir, golpeou-a com o revólver na testa, abrindo uma ferida e fazendo-a cair. Golpeou-a outra vez com força na cabeça até ela perder os sentidos. Depois, confirmando que ninguém o havia visto, arrastou-a para dentro da obra. Amarrou-a e amordaçou-a.

Não pensava em matá-la sem mais nem menos. Necessitava satisfazer tanto seu orgulho quanto seu corpo. Ele não era um estuprador, mas não se tratava de violentá-la, e sim de possuí-la. Os estupradores, como as pessoas comuns, subestimavam o poder do sexo e a falta dele. Não existia mística nenhuma numa penetração ou numa ejaculação. Ele não era um cão tarado. O que queria era despertar o terror em sua vítima. Fazê-la compreender que estava totalmente em suas mãos, que podia introduzir o cano do seu revólver em todos os orifícios do seu corpo antes de lhe desfechar um tiro no rosto. E a tensão sexual, o desejo de dominá-la até extingui-la, fazia parte desse ritual.

Arrastou-a até a entrada de um edifício e esperou passarem os policiais, que estavam à procura dela, amaldiçoando sua falta de cuidado.

Quando se sentiu seguro, esbofeteou-a com violência para fazê-la voltar a si. María recobrou os sentidos devagar, e seus olhos demoraram a focalizar a imagem do homem que acariciava seu queixo com o cano do revólver. Procurou se livrar, mas Ramoneda a golpeou com um soco no estômago.

— Você é teimosa, María. E luta, o que é bom. Faz a coisa ficar mais interessante, embora incômoda. Suponho que já saiba por que estamos aqui. Você fez pouco caso dos avisos que te dei, nem adiantou Recasens ter tido a mesma sorte que te espera. Deveria ter desistido; você não conhece Publio. Ele é dos que não se detêm diante de nada quando quer alguma coisa. Você viu o que ele fez a seu amigo inspetor, que, é claro, tem uma conta pendente comigo. Quanto a Lorenzo, eu me encarreguei dele. Se bem que o mais correto seria dizer que a mulher dele é que se encarregou por mim. Era valente, aquela loura. Vi seu corpo machucado e a cara toda roxa. Não me estranha seu ódio. Já você não o enfrentou, fugiu. Foi o que sempre fez, fugir... Para onde vai fugir agora?

Era evidente que Ramoneda não esperava chegar a nenhum acerto. Nem sequer destapou a boca de María. Sabia que, se o fizesse, ela começaria a gritar e aí acabaria a brincadeira. Era simplesmente um discurso que ele havia ensaiado na frente do espelho, queria se ouvir dizendo aquilo, sentir-se o ator do seu próprio filme. Havia nascido para aquilo, pensou. Para viver momentos assim.

Enfiou o joelho com força na pélvis de María e obrigou-a a abrir as pernas. Com uma mão ansiosa procurou sob a saia sua meia-calça, rasgou-a e puxou com violência a calcinha. María pisoteava o chão, emitia sons surdos que a mordaça e a mão de Ramoneda calavam.

— Sempre achei que você era uma dessas esnobes, frígidas, altaneiras e arrogantes. Vou fazer você botar os pés no chão, princesa.

De repente María parou de se debater.

Ouviu-se uma detonação seca. Ramoneda ficou muito quieto. Levantou-se com um olhar de incompreensão, tocando o ombro. Ouviu-se outro disparo. Ramoneda caiu no chão batendo contra algumas tábuas. Estava morto.

Uma sombra se agigantou diante de María, que encolheu os joelhos retrocedendo com as mãos amarradas. Pouco antes de a sombra entrar no círculo frágil que um poste de luz emitia, deteve-se. Da escuridão a observava e parecia hesitar. Durante um minuto interminável não aconteceu nada. Depois, aquela sombra se tornou visível. Inclinou-se sobre María e tirou-lhe a mordaça.

— Você?

César olhou com um misto de desprezo e tristeza o corpo de Ramoneda. Depois olhou para María.

— Sim, eu. — Alcalá estivera seguindo María durante aqueles dois dias. Conhecia a maneira de pensar de Publio e de seu esbirro. Sabia que mais cedo ou mais tarde tentariam matá-la. Só era necessário esperar. Tocou a jugular de Ramoneda. Não respirava. Morto, era um ser indefeso, como qualquer outro. Dava dó, com os joelhos dobrados para dentro, como um boneco quebrado. Ao contrário do que pensava, não havia sentido emoção nenhuma ao matá-lo. Só a certeza de ter terminado algo que deixara pela metade cinco anos antes.

María pôs o pulso na boca para calar o pranto. Por que chorava? Não sabia. Talvez porque ela fosse uma mancha que acabava matando tudo o que tocava.

César não procurou consolá-la. Era inútil pretender procurar consolo nas palavras. Nem sequer esperava que ela mostrasse agradecimento, apesar de ter salvado sua vida. Não havia feito aquilo por ela, mas por ele mesmo, e por sua filha. Ramoneda não era nada, um cão raivoso abatido com um disparo. Mas Publio, o verdadeiro culpado, continuava fora do seu alcance. E não descansaria enquanto não o encontrasse.

Os homens da escolta não demorariam a aparecer. Deviam ter ouvido os tiros.

— Fique aqui. Eu me encarrego disto. — Puxou para si o corpo de Ramoneda pelos pés. Carregou-o como um fardo no ombro e desapareceu na noite.

Dois dias depois, o cadáver de Ramoneda foi encontrado por guardas urbanos num dos jardins do sopé do Montjuïc. Era um lugar frequentado por viciados em heroína que ofereciam favores sexuais em troca de pequenas quantidades de dinheiro ou de doses da droga. Os roubos e delitos eram comuns na região. Ninguém estranhou que o cadáver aparecesse com as calças abaixadas e a cara destroçada por uma enorme pedra.

31

Barcelona, 22-23 de fevereiro

María esperava no vestíbulo do Tribunal Militar. A decoração não tinha uma aparência marcial. Os tons das paredes eram agradáveis, havia quadros de paisagens e marinhas, e um vaso de flores numa mesinha. De vez em quando alguém abria a porta, perguntava alguma coisa, ela respondia sucintamente, e o interrogador tornava a sair.

Na última hora da tarde, Marchán saiu da sala do juiz. Mostrava-se amável, mas não fazia concessões.

— O juiz negou a abertura de diligências contra Publio — disse, cravando nela seus grandes olhos. O policial esperou a notícia ser assimilada por María, observando sua reação de estupor e calibrando a verossimilhança das lágrimas que jorraram compulsivamente de seus olhos.

María não conseguia acreditar no que estava ouvindo.

— Insiste em que César deve se entregar. Sem o testemunho dele, não aceitará as provas.

— Eu posso depor. Tem as provas que César reuniu, peça que mande examinar os documentos dos arquivos de Lorenzo.

Marchán se mostrava pesaroso.

— Fizemos isso, mas alguém limpou o apartamento dele. Suponho que o próprio Ramoneda. Quanto a você, o juiz não acha que seja uma testemunha fiável.

— Que história é essa?

— Ele não te acusa de nada, por ora. Mas conhece o histórico do seu casamento. Sofria maus-tratos, e a relação com Lorenzo não era boa. Além do mais, direta ou indiretamente, você está relacionada à morte de Pedro Recasens e de Ramoneda, e ao incêndio que provocou a morte dos irmãos Mola, além de estar presumivelmente implicada na fuga de César Alcalá. Por mais boa-fé que possa ter, me parece muito difícil convencê-lo de que tudo não passa de casualidade. Não conto entregar os pontos, María. Tenho a sensação de que alguém está tentando parar o juiz, que espera o desenrolar dos acontecimentos para tomar uma ou outra decisão. É como se todo mundo estivesse esperando uma coisa acontecer, como se ninguém quisesse detê-la para que tudo arrebente de uma vez. Mas não descansarei enquanto o deputado não for parar na cadeia.

María consultou a hora em seu relógio de pulso. O tempo estava se esgotando. Naquela mesma tarde tinha de se internar no hospital para ser operada.

— Vai me dizer onde Alcalá se esconde?

María olhou para Marchán com incredulidade.

— Por que essa ânsia de pegá-lo?

— Quero ajudá-lo. E não poderei fazê-lo se ele for um fugitivo. A coisa deve ser feita de acordo com a lei. Você sabe que esse é o único caminho.

María sorriu com tristeza.

— Não, inspetor. Eu já não sei de nada.

* * *

No dia 23 de fevereiro, segunda-feira, às 18h30, uma grande quantidade de gente começou a se reunir diante da antiga sede do *La Vanguardia* na rua Pelayo em Barcelona. Em poucos minutos a multidão era tamanha que um dos redatores do jornal teve de sair à rua e, com um megafone na mão, transmitir de viva voz as notícias que iam chegando das diferentes agências noticiosas. Paralelamente, as pessoas se aglomeravam em torno dos que escutavam, num transistor, a notícia.

Meia hora antes, enquanto os deputados votavam a aprovação do novo presidente do governo, um grupo de duzentos guardas civis armados havia irrompido no Congresso dos Deputados, e o chefe da tropa, de pistola na mão e ocupando a tribuna de oradores, intimou suas excelências a se deitar no chão. Tinham sido ouvidas rajadas de metralhadora no plenário e se temia um massacre. De repente, o país inteiro mergulhou num anoitecer amedrontado. Acabava de se produzir um golpe de Estado.

— Veja, isto é seu cérebro.

O médico mostrou a tomografia, assinalando uma zona no lobo direito em que se notava uma pequena mancha.

— O problema é que ela se expandiu. Daí as agnosias de que a senhora sofre: percebe objetos, mas não os associa à sua função habitual; e pela mesma razão tem dificuldade de falar, tem essas afasias. Os enjoos e as perdas de visão se devem em parte a essa hipertensão que se vê nesta zona.

María ouvia com atenção. Tentava se concentrar em qualquer outra coisa que não fosse o som do aparelho de barbear com que a enfermeira estava raspando sua cabeça. E fingia que não lhe importava ver as mechas de cabelo caindo no chão como uma cascata de folhas outonais.

— Isso é um mau sinal?

O médico ajustou os óculos no nariz.

— Saberemos quando extirparmos o tumor e o analisarmos.

Depois de se lavar, levaram-na numa maca para a sala de cirurgia. No elevador, o pessoal comentava agitadamente os acontecimentos que as rádios transmitiam a conta-gotas. María pôde ouvir que os militares haviam tomado as instalações da TVE em Madri e que os blindados ocupavam as ruas de Valencia.

Sentiu um profundo desânimo. Depois de tantas mortes, nada do que fora feito pudera evitar que Publio se safasse. Imaginou como seria o mundo ao despertar. Que caras veria no jornal da TV? As de uma junta militar? A de um novo ditador? Como aquilo podia ter acontecido? Ninguém tinha feito nada para impedir, e os que tentaram haviam fracassado. O impensável, a volta no tempo, estava a ponto de acontecer diante do olhar atônito de todos. Publio sairia triunfante. Talvez o nomeassem ministro, quem sabe presidente...?

O maqueiro parou de falar e ficou olhando para ela.

— Por que está chorando? Não fique com medo. Vai ver que tudo dará certo.

María assentiu. Não chorava por ela. Para isso não tinha lágrimas. Seu pranto era de incompreensão, de muda desesperança num mundo cujas regras jamais compreenderia. Os homens morriam, matavam, traíam seus ideais, arrastavam um povo inteiro em guerras fratricidas, e ela não entendia por quê. Pelo poder, esse é o único motivo que move os homens: o poder, disse-lhe em certa ocasião seu pai. Mas o poder era uma coisa absurda, abstrata, minúscula e inútil. Bastava entrar numa sala de cirurgia para comprovar como eram ridículas as aspirações humanas.

Uma enorme lâmpada esférica, sustentada por um braço mecânico, lançava fachos de luz muito intensa através de dezenas de olhos. Parecia um disco voador. À direita da mesa de operação se estendia o instrumental cirúrgico num pano verde, junto de uma bandeja de metal. Tudo era branco, as paredes, a luz, o chão, os rostos, salvo as roupas da equipe médica e os lençóis da cirurgia, que eram de um verde desgastado. Recendia a linimentos, álcoois desinfetantes, gazes impregnadas de líquidos assépticos.

Colocaram-na como se fosse um fardo na mesa de cirurgia e puseram-lhe algumas faixas que prendiam sua cabeça, forçando-a a olhar para a esquerda. Injetaram algo na sonda enfiada em seu braço; logo sentiu frio no crânio nu; estavam passando um creme gelado. Os médicos falavam ainda sem pôr as máscaras. Apontavam para sua cabeça como se fosse um objeto estranho. Quanto a ela mesma, ignoravam-na por completo. Alguém marcou com uma hidrográfica o caminho a seguir até seu cérebro. María ficou contente por não estar na Idade Média, quando trepanavam os crânios com uma furadeira.

— A anestesia vai demorar um pouco para fazer efeito. Pode ser que você sinta um leve mal-estar. É normal.

Por que de repente o medo havia desaparecido? Através das cortinas que vedavam a sala de cirurgia entrevia a sala externa. Todos lhe davam as costas, atentos a uma televisão pendurada na parede. Pareceu-lhe uma boa metáfora. O cirurgião que ia operá-la perguntou preocupado como iam as coisas no Congresso, enquanto uma enfermeira punha nele as luvas azuis.

Sentia-se sozinha, mas não triste. Em parte se arrependia de ter dito a Greta que não queria que ela fosse ao hospital. Não queria que ninguém a visse assim, rendida, à mercê de outros. Curiosamente, a última pessoa que viu antes de tudo se apagar foi o inspetor Marchán, que estava disposto a mandá-la para a prisão se sobrevivesse à operação. O policial sorria para ela do outro lado. Era um sorriso sincero. Um sorriso que lhe desejava boa viagem rumo à escuridão.

María Bengoechea morreu no hospital da Sagrada Família no dia 6 de maio de 1982, após várias operações. Sua agonia dos últimos dias não foi poética nem romântica. Teve poucos momentos de lucidez, e não pôde desfrutar nem de alguns minutos de intimidade com Greta. Gostaria de ter se despedido dela a sós, beijá-la na boca e sentir pela última vez as carícias de seus dedos emaranhando-se em seus cabelos. Mas aquele quarto era como uma prisão de fios e máquinas, de médicos, de policiais, de jornalistas. Ela se apagou lentamente até se extinguir num estertor final, algo monstruoso e cômico ao mesmo tempo, um enorme arroto que expulsou os últimos restos de ar de seus pulmões e, com eles, suas últimas partículas de vida, de pensamentos, sentimentos, emoções.

Veio então o rebuliço dos preparativos do funeral. María não havia disposto nada. Até o último segundo deve ter se convencido de que testamentos não tinham nada a ver com ela. Greta assumiu sem emoção o ritual de escolher as flores e o caixão. Tudo foi tão banal, tão mundano, que chegou a ser insuportável. Foi um ato íntimo. A morte sempre é. Mas quando o enterro é em família, e como família havia ela e a metade que sobrava de Gabriel, tudo é mais rápido, menos litúrgico. Por deferência, o inspetor Antonio Marchán tinha ido ao cemitério. As notas deixadas por María tinham sido muito úteis para esclarecer sua inocência nas mortes de Recasens, Ramoneda, Lorenzo e dos irmãos Mola. Mas o policial estava convencido de que María havia levado para o túmulo o paradeiro de César Alcalá e sua filha, que continuavam sendo procurados.

Não houve cerimônia religiosa. María não teria permitido. Unicamente com eles três como testemunhas, os funcionários do cemitério introduziram o caixão no nicho, colocaram a lápide e a selaram com cimento. Ajudada pelo policial Marchán, Greta colocou uma pequena coroa de lírios, sem nenhuma faixa nem dizeres. Não disse nada, não esboçou gesto algum. Virou-se e se foi por onde havia vindo, sem olhar para trás, sem pressa, deixando suas pegadas no caminho.

Epílogo

Em 1982 começaram os chamados Julgamentos de Campamento. Neles foi condenada boa parte dos implicados no golpe de 23 de fevereiro de 1981. Tejero, Milans, Armada... São os nomes mais conhecidos daquele complô. Foram condenados nada menos que trinta militares, a penas que iam de dois a trinta anos de prisão.

Entre os condenados, houve um só civil.

Quanto ao deputado Publio, não foi acusado formalmente. Seu nome desapareceu de todos os relatórios, e nunca se voltou a saber de nenhum processo contra ele. Os jornais da época, as decisões judiciais, a mídia oral e escrita apagaram seu nome da trama. Nem sequer aparece nos livros de história ou na ampla literatura sobre o assunto, que veio a ser escrita depois. De modo que Publio, o deputado, parece um personagem de ficção, como se nunca houvesse existido.

No entanto, basta passear por uma pequena quinta nos arredores de Almendralejo, perto de San Marcos, para encontrar um velho que definha, amargurado pelo esquecimento e que conta a quem quiser ouvir que o dia 23 de fevereiro esteve a ponto de mudar a história da Espanha. Vive atemorizado detrás de grades e janelas seladas, esperando a visita de alguém que, mais cedo ou mais tarde, virá ajustar as contas.

ESTA OBRA FOI COMPOSTA EM ELECTRA PELO ESTÚDIO O.L.M./ FLAVIO PERALTA E IMPRESSA EM OFSETE PELA RR DONNELLEY GRÁFICA SOBRE PAPEL PÓLEN SOFT DA SUZANO PAPEL E CELULOSE PARA A EDITORA SCHWARCZ EM MAIO DE 2014